SEIS FORMAS DE ~~NÃO~~ SE APAIXONAR

ERIN CONNOR

SEIS FORMAS DE ~~não~~ SE APAIXONAR

Tradução de Karine Ribeiro

Rocco

Título original
UNROMANCE

Ilustrações no interior do livro: Freepik

Direitos para a língua portuguesa reservados
com exclusividade para o Brasil à
EDITORA ROCCO LTDA.
Rua Evaristo da Veiga, 65 – 11º andar
Passeio Corporate – Torre 1
20031-040 – Rio de Janeiro – RJ
Tel.: (21) 3525-2000 – Fax: (21) 3525-2001
rocco@rocco.com.br|www.rocco.com.br

Printed in Brazil/Impresso no Brasil

Preparação de originais
MARINA MONTREZOL

CIP-BRASIL. CATALOGAÇÃO NA PUBLICAÇÃO
SINDICATO NACIONAL DOS EDITORES DE LIVROS, RJ

C762s

Connor, Erin
Seis formas de não se apaixonar / Erin Connor ; tradução Karine Ribeiro. - 1. ed. - Rio de Janeiro : Rocco, 2025.

Tradução de: Unromance
ISBN 978-65-5532-584-3
ISBN 978-65-5595-383-1 (recurso eletrônico)

1. Ficção americana. I. Ribeiro, Karine. II. Título.

CDD: 813
25-98997.1 CDU: 82-3(73)

Carla Rosa Martins Gonçalves - Bibliotecária - CRB-7/4782

Para Abby,
Ninguém mais pode interpretar o seu papel

1

• *O encontro inesperado* •

Os interesses amorosos se encontram. É inesperado. Revoluciona a vida deles.

— Segure a porta!

Sawyer esticou o braço automaticamente e enfiou a mão entre as portas quase fechadas do elevador. Qualquer dia desses ia perder um braço, mas acreditava que os pequenos atos de gentileza valeriam a pena cedo ou tarde.

Caramba, quem sabe hoje seria o dia.

As portas do elevador se abriram para revelar o homem mais lindo que ela já vira. Cachos pretos escapavam do gorro azul-escuro, os olhos castanho-escuros dele brilhavam por conta de sua corrida desenfreada até o elevador. Ainda havia neve acumulada nos ombros largos do jaquetão e por cima das botas, como se ele não tivesse tido tempo de limpar.

— Obrigado — arfou o cara, deslizando entre as portas. Estendeu a mão para o painel e viu que o botão de seu andar já tinha sido pressionado. — Estou bem atrasado — confessou ele.

— Vou deixar você terminar primeiro, então. — Ela pigarreou. — *Descer* primeiro — corrigiu, segurando uma risada.

Sawyer sentia o olhar dele em seu rosto. Então cedeu e olhou de volta, os cantinhos dos olhos dele enrugando, divertidos. Ele estava com os lábios franzidos, para dentro, como se para conter a resposta rápida na ponta da língua. Embora Sawyer não gostasse de indiretas de estranhos, ela se pegou segurando o fôlego, a promessa de uma boa provocação no sorrisinho dele. Aí, como se lembrasse de onde estava, o rosto dele se transformou em uma máscara séria.

— Obrigado.

Abaixando a cabeça, ela sorriu para seu reflexo nas paredes espelhadas. Ele podia não ter mordido a isca, mas ela já estava ansiosa para vê-lo sair, a fim de analisar se de costas ele valia tanto a pena quanto de frente. Sawyer se apaixonava umas vinte vezes por dia. Não *pra valer* — por anos, fizera questão de evitar se apaixonar —, mas era consequência de ser autora de romances. Qualquer coisa era um encontro inesperado para ela. Bem, ao menos costumava ser.

Afastou o pensamento — e tudo o que veio com ele. Tinha saído naquela noite para *não* pensar naquilo.

— Que monte de livros — comentou ele, olhando para a bolsa cheia nos braços dela.

Era incrível ela ter se esquecido da bolsa, considerando o peso; mas já fazia tempo que seus braços tinham ficado dormentes. Passando a bolsa para a frente do corpo, aninhou o fundo do tecido ecológico para aliviar a dor no ombro.

Em seu pequenino apartamento, as estantes de Sawyer eram imaculadamente organizadas em uma ordem de arco-íris perfeita para agradar sua bolha do Instagram. Fora de ângulo de seu fundo cuidadosamente feito para reuniões no Zoom, no entanto, estavam as *pilhas*: "para ler", "para dar minha opinião" e "para doar". Ela não era nenhuma Marie Kondo, mas a tentativa de organizar era sincera, pelo menos. Então, uma vez por ano, Sawyer deixava suas doações ali e, todo ano, ela se esquecia de encontrar uma forma menos dolorosa de transportar os livros.

— O barman e eu temos um acordo — disse ela, enigmática, o mistério que queria fazer sem dúvida atrapalhado por sua postura de Gollum.

Ele ergueu a sobrancelha. Uma só. Como é que ousava fazer isso quando ela não conseguia?

— Ele é enfermeiro. Tenho livros demais. Dou a ele livros para a biblioteca da enfermaria e ele me deixa beber de graça.

Fosse lá o que ele ia dizer, foi interrompido quando o elevador chacoalhou e um guincho de doer os ouvidos preencheu o ar. As luzes tremeluziram e o elevador parou, a música orquestral natalina sumindo sinistramente.

— Tá de brincadeira — murmurou ele. Apertou alguns botões, mas nenhum se acendeu.

Sawyer riu.

— Você acha isso engraçado? — perguntou ele, como se temesse pela sanidade dela.

— Não — disse ela, a risadinha a contradizendo. Pigarreou. — Não — repetiu, mais séria. — É só que... leio muitos romances... — Gesticulou para a bolsa de livros. — Duas pessoas ficando presas no elevador? É um clássico encontro inesperado, mas não achei que acontecesse na *vida real*.

Ele franziu a testa, com certeza questionando a sanidade dela.

— Não entendi. O que tem de legal nisso? — Cruzou os braços, como se tentasse se segurar.

Sawyer ficou séria.

— Você não gosta de elevador, né?

— Não — confirmou ele, contendo um suspiro, e passou a mão pelo rosto ridiculamente atraente. — Continue falando, por favor. Me fale mais desse encontro inesperado.

Ela deu de ombros. Contar histórias escapistas era o que pagava suas contas, mas de repente deu branco. Uma bela metáfora para o estado atual da carreira dela, infelizmente. O pânico ameaçou subir pela garganta, mas ela o engoliu.

— Hã, não sei. Duas pessoas ficam presas no elevador; costuma ser duas pessoas improváveis de se apaixonarem, mas, você sabe, confinadas juntas...

Agora, ele cobria a boca com o punho no gesto universal de segurar o vômito.

— Mais da parte inesperada, por favor, fale menos de "presas" e "confinadas"...

— Certo, desculpe — murmurou ela. — Hã, então, na minha favorita, depois de ficarem — ela disse "presos" sem som, para poupá-lo — no elevador juntos e compartilhando o queijo que ela tem na bolsa, os dois estranhos concordam em namorar de mentirinha para fazer ciúmes na ex do cara...

— Não quero fazer ciúmes na minha ex — disse ele, prático.

Ela o encarou.

— Eu não propus isso.

Ele deu uma risada estrangulada quando sua ficha caiu sobre o que ela dissera.

Tinha uma risada boa, rouca e profunda. Sawyer queria fazê-lo rir de novo, só para ouvir mais uma vez. Mas, tipo, em outro momento, quando ele não estivesse ao mesmo tempo tentando conter uma crise de pânico. Os elevadores não tinham conexão com os bombeiros ou algo assim? Por que nenhuma voz tinha soado no alto-falante para acalmá-los? Por que ela *não tinha* trazido queijo na bolsa?

O elevador estremeceu e zumbiu de volta à vida.

— Ah, graças a Deus — grunhiu ele. Virou-se para ela, tirando a touca e despenteando o cabelo. Parecia muito macio, o que era uma injustiça. — Desculpe, espaços apertados me deixam nervoso.

— Sério? Adoro ficar presa.

— Engraçadinha — disse ele, sem emoção.

O elevador fez um *ping* quando eles chegaram ao décimo quarto andar, as portas se abriram. Sawyer gesticulou para que ele fosse na frente, considerando seu atraso.

— Obrigado. Fico te devendo uma — disse ele, com sinceridade. Então voltou. — Ei, se você tiver um ex para enciumar...

— De jeito nenhum!

Ele sorriu debochado e correu de costas, virando-se apenas ao dobrar a esquina, impedindo-a de ter a visão do que suspeitava serem as costas deliciosamente em formato de V.

Sawyer riu baixinho. Se os deuses do romance queriam fazê-la acreditar em felizes para sempre outra vez, teriam que se esforçar bem mais do que orquestrar um encontro inesperado no elevador com um rostinho bonito.

Ela fez hora no saguão para evitar aquele momento desconfortável em que duas pessoas se despedem e vão na mesma direção. Quando teve certeza de que o Cara do Elevador estaria fora de vista, seguiu o mesmo caminho que ele em direção ao restaurante, que ocupava a maior parte do décimo quarto andar. Da primeira vez que ela aparecera com a bolsa cheia de livros, a recepcionista elegante a olhara de esguelha. Agora, quem quer que estivesse na recepção gesticulava para que ela entrasse, passando pela pequena fila de clientes que esperavam por uma mesa. Quando chegou ao bar, tirou a bolsa do ombro com um suspiro aliviado.

O restaurante era bem mais classudo do que Sawyer podia pagar, mas de graça dava para ficar. Afastando todos os pensamentos deprês do orçamento que fizera para calcular quanto tempo tinha até que seu adiantamento acabasse, ela se sentou no banco do bar, o coração mais pesado que a bolsa de livros.

— Você é um anjo — disse Alex, colocando um guardanapo diante dela. — As senhoras estavam me perturbando por mais livros noite passada.

Sawyer sorriu.

— Fico feliz por ajudar. Além disso, você está me salvando de aparecer em *Acumuladores*, então obrigada.

Alex levou a bolsa para os fundos do bar antes de servir um shot duplo do uísque favorito dela.

— Com fome? — perguntou.

— Sempre — respondeu Sawyer. — Me surpreenda.

Ela conhecera Alex no ano anterior, quando sua melhor amiga, Lily, a arrastara até ali em uma tentativa de encontrar "casualmente" o elenco de *Diagnósticos*, o drama médico ambientado em Chicago e filmado no hospital descendo a rua. Lily não conheceu nenhum ator de segunda categoria naquela noite, mas Sawyer partiu com uma solução pouco ortodoxa para seu problema de estar com livros até o pescoço. Claro, ela podia entregar pessoalmente os livros para o asilo, mas, na melhor das hipóteses, partiria com um bolso cheio de balinhas de caramelo velhas. Dessa outra forma, partia de barriga cheia e com a sensação que apenas uísque de primeira qualidade grátis podia dar. Ela preferia assim.

Enquanto Alex fazia o pedido da refeição para ela, Sawyer tirou o casaco e pegou sua leitura atual da mochila: um romance daqueles indecentes que ela sempre conferia mil vezes se não tinha ido parar na pilha de doação.

— Outro romance erótico? — disse Alex, estalando a língua. — Quem é você e o que fez com a Sawyer Greene que me deu um sermão por não fazer leituras mais variadas?

— É, você só lê não ficção. É bizarro — disse ela, torcendo o nariz. — Sem falar que isto aqui conta como pesquisa, muito obrigada. E, mesmo se eu não estivesse desesperada por inspiração, finais felizes são meu tipo favorito de fantasia.

— Meu também — concordou Alex com um assentir travesso. — Mas não acho que estamos falando da mesma coisa.

— Alex! — Ela bateu nas costas do braço dele com o livro.

Ele segurou o sorriso.

— Como está indo? O livro?

— Bem — mentiu ela. — Falei com minha agente esta manhã pelo telefone. — Essa parte era verdade, mas a ligação tinha sido para falar de como ela com certeza não ia conseguir terminar o livro a tempo e precisaria de outra extensão de prazo.

— Que ótimo — disse Alex, sincero. — Sabia que você ia conseguir.

Ao menos um deles era otimista. A culpa a fez se remoer por dentro pela fé equivocada de Alex nela. Ele desenrolou os talheres diante dela antes de se retirar para atender o casal na outra ponta do bar.

Sawyer não conseguia ver o rosto dele, mas o reconheceu como o Cara do Elevador. Ao lado dele, uma morena muito bonita. Sua companhia não parecia feliz. Ele devia estar *muito* atrasado.

— Pena estar na merda — murmurou Sawyer. Abriu o livro outra vez e tomou um gole de uísque, aproveitando o calor que se espalhou pelo corpo. Os invernos em Chicago eram uma praga, mas o uísque servia para isso.

Comeu o jantar sem enrolar, se perdendo tanto no livro que se esqueceu da ligação deprimente com a agente e da conta bancária definhando.

Nem percebeu que Alex serviu mais uísque, ficou surpresa em encontrar o copo cheio ao pegá-lo. Piscou para afastar a história em sua mente e olhou ao redor. Enquanto lia, o restaurante esvaziara, e pelas janelas, ela podia ver as ruas da cidade de Chicago todas iluminadas.

Sawyer marcou a página, agora em uma cena quente. Jamais podia ler esse tipo de cena em público, pois ficava paranoica demais que alguém inocente passasse e olhasse, as palavras "pau" ou "orgasmo" pulando da página para sugerir a todos que ela era uma solteira cheia de tesão.

Não que tivesse algo errado em ser solteira. Na verdade, ela preferia assim. A segunda parte, no entanto... bem, podia lidar com isso na maioria dos dias, mas às vezes era bom não ter que fazer tudo sozinha. A parte difícil era encontrar alguém que não esperasse mais do que ela estava disposta a dar, e fazia, bem, *um tempo* desde que tinha encontrado alguém.

Ela colocou o livro de volta na bolsa e bebeu o uísque enquanto observava a vista. A catorze andares de altura, a cidade parecia um paraíso invernal com sua camada fresca de neve. Luzes natalinas brilhavam em cada vitrine das lojas, a cidade totalmente decorada para o Natal, apesar de faltar ainda uma semana para o Dia de Ação de Graças.

— Então — disse uma voz baixa.

Ela se virou e viu o Cara do Elevador inclinado ao seu lado, os braços apoiados no bar.

— O que fazem duas pessoas presas em um elevador sem ex-parceiros para enciumar?

Ela o observou por cima do copo.

— Seguem a vida?

Ele segurou a risada.

— Caramba.

Sawyer ergueu as sobrancelhas — ambas porque, diferentemente dele, não conseguia erguer só uma.

— Você acabou de sair de um encontro... — Ela balançou a cabeça na direção do canto do bar, agora vazio, onde ele estivera sentado — ... para vir dar em cima de mim com essa cantada ruim. O que esperava que eu dissesse?

Ele a observou curiosamente.

— Não era um encontro.

Ela o olhou, incrédula.

— Se você quer saber... foi um término.

Sawyer endireitou a postura.

— Ah. Merda. — Ela faz um brinde com a cerveja dele. — Foi mal.

Ele deu de ombros.

— Tudo bem. Demos um tempo faz seis meses, desde que ela foi trabalhar em Los Angeles, então... vamos só dizer que já era de se esperar.

— Ah — disse ela como se entendesse, o que com certeza não era verdade. Não acreditava que as pessoas davam mesmo um "tempo", assim como pessoas não ficavam presas no elevador e se apaixonavam.

Sawyer amava romances — devorava-os —, mas não acreditava nisso para valer. Pelo menos não em paixões avassaladoras. Um dia acreditou, mas deu muito, muito errado. Hoje em dia era como uma fantasia engraçada, como os livros que ela escrevia — costumava escrever. Fazia dois anos que não conseguia terminar um. Seu último livro chegara às prateleiras no início daquele ano, e agora ela deveria estar promovendo o próximo lançamento. Mas não tinha escrito ainda. Nem tinha uma ideia para um, o que desanimava sua editora.

— Enfim — disse ele com um suspiro pesado, interrompendo os pensamentos dela. — Vou dar um tempo de namoro por enquanto. Mas gostaria de ser avisado de antemão, sabe, se há outra coisa em que devo ficar de olho para evitar outro encontro inesperado. E você obviamente é uma especialista, então...

Sawyer não conseguiu evitar o sorriso. Não tinha se sentido tão especialista assim nos últimos tempos, então esse comentário espontâneo pareceu o auge do elogio.

— Pode-se dizer que sim. — Ela abraçou as costas do banquinho, pensativa. — Bem, os elevadores claramente querem te pegar, então você devia evitá-los por um tempo.

Ele assentiu, sério.

— Fácil. Usar só escada. Entendi.

— E nada de cafeterias — avisou ela.

Ele fez um biquinho charmoso.

— Sério? Caramba.

— Tem que se comprometer — disse ela, séria.

— Tem razão — concordou ele, dando um longo gole na cerveja. — Está bem, me conte mais.

— Se você for a uma pousada…

— Uma *pousada*?!

— Sim, uma pousada — disse ela, muito séria. — Garanta que tenha mais de uma cama.

Ele mordeu o lábio para não rir, e Sawyer não pôde deixar de reparar que ele tinha uma boca muito bonita. Muito beijável. Muito mordível. Merda, ela precisava transar. Sawyer afastou o pensamento.

— E Deus nos livre de nos encontrarmos inexplicavelmente outra vez: fuja. Só fuja, ou estamos condenados.

Ele riu, as covinhas aparecendo. A beleza dele era injusta.

— Entendi. Só para garantir, vou ficar com os tênis de corrida prontos.

— Eu agradeço. — Sawyer tomou o restante do uísque, deixando a gorjeta no bar para Alex ao se levantar. — Bom, foi legal *não* ter um encontro inesperado com você.

Ela se levantou, mas de pé não era tão mais alta que sentada. Na verdade, talvez ela tivesse perdido um centímetro. Ele se endireitou e ela inclinou a cabeça para manter o contato visual.

— Desculpe, como é que você se chama? — perguntou ele, encarando-a.

— Provavelmente é melhor se a gente não souber — disse ela, agourenta, curtindo essa situação que estava se prolongando demais.

— Certo — concordou ele, sério. — Assim a gente não se apaixona.

— Exatamente.

— Porque duas pessoas atraentes presas em um elevador não poderiam fazer diferente.

Ela ignorou o frio na barriga com a palavra "atraentes", assim como ignorou o fato de ele não ter negado sua intenção de dar em cima dela.

— Claramente.

— Então faremos o oposto disso.

— É?

Por que tinha soado como uma pergunta?

Não passou despercebido, e ele deu um sorrisinho.

— Quer ir a algum lugar? Tomar um drinque?

Sawyer riu, balançando a cabeça.

— Estamos literalmente em um bar agora.

— Eu estava pensando em outro lugar...

— Se você disser na sua casa, juro por Deus...

Esperou que ela terminasse a ameaça, os olhos escuros focados nos dela.

Ela sabia o que os deuses do romance estavam aprontando. A maioria das pessoas daria uma olhada naquele rostinho bonito e começaria a planejar o casamento, mas tudo o que Sawyer queria fazer com aquele rostinho bonito era sentar nele.

Ela sabia o que *deveria* fazer. Deveria ir para casa, colocar uma máscara facial e terminar de ler o livro indecente. Ou... pela primeira vez em tempo demais, ela poderia de fato transar em vez de só ler sobre o assunto.

E por que não? Pessoas rejeitadas davam as melhores ficadas sem compromisso. Eles não se conheciam — nem sabiam o nome um do outro. Claramente, ele queria apenas uma ficada. Apesar do comprometimento de Sawyer em manter as coisas casuais, ela nunca tivera uma. Talvez a nova experiência fosse a inspiração de que precisava para acabar com o bloqueio de escrita.

Antes que pudesse se convencer do contrário, ela deu de ombros indiferentemente, embora sentisse o exato oposto, a emoção de fazer algo novo a acordando mais rápido do que um mergulho no lago Michigan.

— Tá, foda-se. Mas só porque uma ficada é o exato oposto de um encontro inesperado, e acho mesmo que a gente deve cortar isso pela raiz, pelo nosso bem.

Os deuses do romance se esforçavam muito, mas Sawyer Greene se esforçava mais.

— É a coisa responsável a se fazer — concordou ele, solene.

Ela gesticulou para que ele fosse na frente. Acompanhando-o, sorriu. As costas dele *eram* tão atraentes quanto a frente.

2

• Secretamente famoso •

Pessoa privilegiada com fama finge ser comum. Noventa por cento das vezes dá tudo errado, todas as vezes.

— É seguro estarmos aqui? — Mason olhou para as portas do elevador, desconfiado.

A Garota dos Livros sorriu para ele, apertando o cinto do casaco em preparação para o frio lá fora.

— Estamos aguentando firme.

Ele riu baixinho. Não era assim que esperava que a noite acontecesse.

Na verdade, ele pensara que a noite tinha acabado antes mesmo de começar. Sabia que todo o propósito de se encontrar com Kara era terminar as coisas oficialmente para que ela pudesse sair em público com seu colega de elenco, com quem ela não sabia que Mason sabia que ela estava saindo. Quando Kara foi a Los Angeles pela primeira vez seis meses antes, ele sinceramente pensou que "tempo" fosse uma formalidade e que retomariam o namoro quando ela voltasse a Chicago. Nada mudou — a princípio. Um mês depois, quando a frequência das ligações e mensagens e chamadas de vídeo dela diminuíram, ele soube.

Soube exatamente o que os tabloides diriam.

Mason West Não Segura Namorada

Mason West Solteiro. De Novo!

Qual Celebridade Mason West Vai Namorar Agora?

Olhando de esguelha para a mulher ao seu lado, ele mordeu o lábio para conter o sorriso. Não tinha certeza de por que tinha ido falar com ela depois que Kara partiu, exceto por não querer ficar sozinho com os próprios pensamentos enquanto terminava sua bebida.

Isso, e ele se sentiu em dívida com ela. Ela tentara distraí-lo quando o elevador empacou e, embora seus esforços tivessem uma efetividade questionável, foram divertidos quando ele se acalmou o suficiente para apreciá-los.

Ele pensou em comprar uma bebida para agradecer — em outro lugar que não o bar onde tomara um pé na bunda, mas quando ela interpretou mal e achou que estivesse tentando levá-la para seu apartamento e *concordou*... bem, ele não ia dizer "não". Não que estivesse hesitante esperando que Kara retornasse, apenas não tivera tempo de namorar ninguém durante a temporada livre. Pelo menos, era isso o que dizia a si mesmo e a qualquer um que perguntasse, uma história que seria bem mais convincente se ele pudesse contar a literalmente todos o que *estivera* fazendo naqueles últimos meses. E, sim, ele estava mais que um pouco intrigado pela aficionada em romances que parecia não querer ter nada a ver com romance.

— Você mora por aqui? — perguntou ela, olhando-o enquanto ele colocava a touca marrom na cabeça.

Ela era a pessoa mais colorida que ele já vira. Usava calça verde-militar para dentro de botas marrons de couro, e ele sabia que sob o casaco amarelo-mostarda ela estava com um suéter cor de creme com gola rolê que se agarrava às curvas de uma forma que fez Mason questionar sua antiga aversão àquele tipo de decote. Em contraste com as roupas, tudo nela era discreto. O cabelo era tão loiro que era quase branco, a franja emoldurando o rosto como o de uma *groupie* de banda de rock dos anos 1970. As sobrancelhas eram pesadas e escuras em comparação, arqueando acima de olhos verde-claros impressionantes.

— O quê? — perguntou ela incerta, limpando os cantinhos da boca bem delineada. — Tem comida no meu rosto?

Opa. Encarou por tempo demais. Ele trabalhava com lindas atrizes todos os dias e, mesmo assim, havia algo naquela pequenina mulher ácida que o impressionou.

— Cílio — improvisou ele, tirando o cílio imaginário da bochecha dela. — E, sim, meu apartamento fica por aqui — respondeu, enfim se dando conta da pergunta dela.

— Está coberto com lona? — perguntou ela, encarando a frente.

— Tipo *Dexter*?

Ela assentiu.

Mason franziu os lábios para não rir.

— Nada de lona. Não sou um assassino em série.

— Isso é algo que um assassino em série diria — disse ela, duvidando enquanto o elevador fazia um *ping*, as portas se abrindo.

Desta vez, ele não segurou a risada, os ombros relaxaram quando saíram do elevador.

— Sou Mason, a propósito — disse ele, e abriu a porta do saguão para ela. O vento friorento de Chicago o envolveu ao passarem, roubando todo o calor.

— Ei! — disse ela, incrédula.

Ele se encolheu por dentro, antecipando a conversa desconfortável que viria.

— Nós combinamos que não trocaríamos nomes.

Mason a olhou de esguelha.

— Você disse isso, eu não.

Ela franziu a testa, suspirando resignada.

— Sawyer Greene.

— Um nome falso, com certeza — provocou ele.

— Completamente real, amor. Sou abençoada assim. — Enquanto falava, ela fez uma dancinha adorável. Empurrou-o com o cotovelo enquanto esperavam o sinal ficar verde. — Qual o seu, então?

Mason mordiscou o interior da bochecha antes de tomar uma decisão impulsiva.

— Mason Álvarez.

Sawyer bufou, revirando os olhos.

— Tá, *com certeza* é falso. Parece nome de mocinho de novela.

Ele piscou para ela, surpreso. Então ela não sabia mesmo quem ele era — na verdade, não sabia como quase tinha acertado. Bem, ele que não ia contar. Ser anônimo por uma noite parecia incrível.

De alguma forma, dizer a verdade *pareceu* uma mentira. O último nome dele era Álvarez, mas podia contar em uma das mãos quantas pessoas sabiam disso. Tentara ficar longe dos negócios da família, mas fora sugado para eles mesmo assim, e o nome de sua mãe, estrela de novelas, tinha mais influência ali, então a maioria o conhecia como Mason West. Mason West não podia ter contatinhos. Mason Álvares, no entanto... Sorrindo consigo, ele gesticulou para que Sawyer o seguisse.

O olhar dela disparou para a boca dele, e Mason sentiu a porcaria do frio na barriga. Fazia tanto tempo desde que fizera isso — flertar. A "pausa" com Kara provavelmente foi o maior período solteiro que ele teve desde a pré-adolescência.

O prédio dele apareceu e seus passos desaceleraram. Sawyer olhou para trás, para o caminho de onde vieram. Pouco mais de dois quarteirões.

Os tabloides costumavam acusá-lo de ser feito de capacho por suas parceiras — embora Mason tivesse certeza de que isso falava mais delas do que dele —, mas ele tinha *certo* orgulho. Kara o deixara escolher o local do encontro, e claro que ele não ia longe só para ganhar um pé na bunda. Um segundo pé na bunda? Um término depois do tempo?

Luther, o porteiro do prédio, abriu a porta do saguão e Mason observou Sawyer entrar calada, de olhos arregalados enquanto olhava ao redor. Ele passava mais tempo no set do que ali e esquecera como era bonito. Sawyer bateu a neve das botas e Mason fez o mesmo antes de ir para o elevador. Ele comprara o apartamento antes do dia tenebroso no set que o deixara com aversão a elevadores. Em alguns meses, quando se mudasse para Los Angeles, garantiria que o novo prédio tivesse escada.

Mason tolerava elevadores em um dia bom — eram quase inevitáveis em uma cidade cheia de arranha-céus —, mas, depois do quase incidente mais cedo, foi necessário certo esforço para subir cada andar; embora ele imaginasse que a chance de ficar preso no elevador duas vezes em um único dia fosse bem pequena. Tentou se confortar com isso e não focar as brilhantes e imóveis paredes de metal, tentando não imaginá-las se fechando...

— Ei — falou Sawyer baixinho.

Mason desviou o olhar das portas do elevador, ansiosamente esperando que se abrissem, e notou o olhar curioso dela.

— Você e os elevadores têm uma rixa antiga, não é? Um elevador roubou sua namorada?

— O dinheiro do almoço, na verdade — falou ele, lentamente. — Por anos...

Ela estalou a língua.

— Sempre vem de quem menos se espera.

Ele deu uma risada tensa enquanto as portas se abriam no andar dele. Saiu rapidamente, inspirando fundo pela primeira vez desde que entrara.

Olhou para ela, e Sawyer parou de morder a bochecha para dar um sorriso. Ele hesitou com a chave na mão. Geralmente não fazia isso — *ter um lance casual*. A imprensa seguia sua vida amorosa como se fosse uma religião. No princípio, ele ficou desconfortável com isso, mas, ao crescer sob holofotes, acabou se acostumando. Contudo, fazer aquilo, ser anônimo por uma noite e se perder em outra pessoa sem contar a ninguém, o animava. Não tinha sido a intenção dele ao sugerir sair do bar, mas Sawyer fora tão confiante que ele decidiu dizer "sim", experimentar a forma como as outras pessoas viviam, podendo ser casuais com seus sentimentos e corpos, sem nenhum TMZ para dizer nada do assunto.

Só que... ele não era todo mundo. Será que era um erro — um erro para o qual ele a arrastava inadvertidamente?

— Podemos ir a outro lugar — sugeriu ele.

Sawyer ergueu as sobrancelhas.

— E fazer você entrar em *outro* elevador? — perguntou, incrédula.

Os cantinhos da boca dele se ergueram.

— Só estou dizendo...

As palavras morreram na língua dele quando Sawyer o agarrou pela lapela do casaco.

— Só abra a porta, Codinome Álvarez.

Com a proximidade dela, toda a vontade de mudar de ideia desapareceu. Ele se inclinou para a frente e a pressionou contra a porta, se deliciando com o breve suspiro dela, a forma como os lábios se entreabriam um pouquinho. Deslizou a chave na fechadura e girou, destrancando.

— Você primeiro, Nome Superfalso Greene.

Ela deu um sorriso antes de deslizar sob o braço dele e entrar no apartamento.

Mason a observou tirar o casaco, revelando o que ele tinha certeza de que era o único suéter de gola rolê sexy que existia. Algo quente e meio que derretido feito lava se acumulou em seu baixo-ventre, algo mais excitante que desejo. Podia até ser um lance de uma noite só, mas ele tinha a sensação de que aquela noite, aquela mulher — Sawyer Greene — ficaria em seus pensamentos por um bom tempo.

3

• *A ficada* •

A matemática do romance dita que, quanto menos provável for que um personagem tenha uma ficada de uma noite só, mais provável é de encontrar o tal ficante outra vez.

Puta merda, o apartamento dele era bacana. Se Sawyer ia ser assassinada, pelo menos partiria sabendo que morrera em um local limpo, como a mãe dela ia querer que fosse. Mason pegou o casaco dela e pendurou no armário perto da porta da frente. Caso ele fosse um assassino em série, era um assassino educado. Ela sentiu falta do aquecimento do casaco, embora tivesse quase certeza de que o arrepio era mais de nervosismo do que de frio.

Ela não fazia isso. Não deixava caras — ou minas — a buscarem em bares, nem ia buscar ninguém. Mesmo assim, ali estava, no apartamento muito bonito daquele estranho, para o qual ela se convidara. Ele nem pestanejara. Devia receber cantadas o tempo todo. Ela saíra naquela noite em busca de distração e, nesse aspecto, aquela era uma ótima opção.

Enquanto Mason pendurava o casaco ao lado do dela, Sawyer percebeu que tinha dado crédito demais à roupa. Sim, havia uma magia inegável em casacos e em como faziam qualquer um que os vestia ficar 27 por cento mais gostoso. Mas os ombros largos e as costas em formato de V? Ele tinha isso naturalmente.

Ela se perguntou o que mais ele tinha naturalmente, os dedos se atrapalharam nos cadarços congelados das botas enquanto tentava não sujar toda a entrada com neve.

— Uísque serve? — perguntou Mason.

Seguindo o som da voz dele pela curta entrada, ela quase tropeçou ao passar pela cozinha, os armários e bancadas pretos ficaram em segundo plano para revelar janelas do chão ao teto, a vista do lago Michigan refletindo a linha do horizonte.

— Prefiro uísque — disse ela, recuperando o queixo caído.

O apartamento era obscenamente bonito. Que diabos ele fazia? Provavelmente algo incrivelmente chato com ações ou números, usando um diploma bem caro da Ivy League que os pais dele pagaram enquanto compravam iates e casas de verão.

Isso, ou aquele era o apartamento da última mulher com quem ele saíra, e ela estava escondida dentro de uma das paredes.

Sawyer provavelmente deveria ouvir menos podcasts de crime.

Ou mais.

Estava no ar por enquanto.

Mason pegou dois copos e uma garrafa de uísque de uma caixa, e ela suspirou aliviada. Se ele tivesse um daqueles bares em carrinho com decantadores de cristal ou gelo no balde, isso seria demais. Ela não sabia por que *esse* era o seu limite entre aceitável e inaceitavelmente rico, mas era.

— Gelo? — perguntou ele.

— É gelo naquele formato de esfera grande e chique? — provocou Sawyer.

Ele sorriu.

— O tipo comum de congelador, infelizmente.

— Perfeito — disse ela, sincera. — Aceito dois cubos bem normais, por favor.

Um dos cantinhos da boca dele se curvou para cima, admirado, enquanto passava por ela para pegar o gelo. Ela apoiou o quadril no cantinho do sofá, se endireitando quando o couro gemeu, como se ofendido pelo toque da sua calça de segunda mão. Por sorte, Mason voltou antes que ela pudesse perturbar a otomana também, entregando-lhe um copo com uma dose generosa de uísque, e ela fez um brinde contra o copo dele.

— Saúde. — Toques de canela, baunilha e caramelo dançaram pela língua dela, e Sawyer odiou que tomar um bom uísque sempre a fizesse pensar na ex.

Sawyer queria enviar para ela uma foto de sua bebida com o horizonte iluminado no fundo, sabendo que faria Sadie espumar pelo fato de a bebida não estar servida na "vidraria ideal para o melhor palato e olfato possíveis". Como se elas não tivessem se conhecido enquanto tomavam cerveja quente em copos vermelhos de papel em uma festa de fraternidade, duas garotas caipiras e queers do sul de Indiana se conectando porque estavam morando "na cidade" pela primeira vez. Não era surpresa nenhuma Sadie agora trabalhar na destilaria.

— Não gostou? — perguntou Mason, interpretando mal a careta dela.

Às pressas, Sawyer sorriu.

— Não... está delicioso. É que minha ex gostava muito de bebidas, e odeio ter adquirido meu amor por uísque chique com ela.

— E uma aversão a cubos de gelo esféricos, pelo que vejo — deduziu ele corretamente.

Ela inclinou a bebida na direção dele, confirmando, antes de dar outro gole. O uísque queimava menos que as memórias de Sadie. Era injusto como, anos depois, não importando quanto Sawyer parecia ter superado, o passado ressurgia para assombrá-la de maneiras novas e inesperadas, como em fortes opiniões sobre o formato de cubos de gelo.

— Ela provavelmente se ajoelharia e rolaria de costas, balançando as pernas no ar como uma barata moribunda, se visse a caixa de rosé barato que tenho na geladeira agora.

Mason riu alto, se apoiando na bancada da cozinha diante dela.

— Você tem jeito com as palavras, sabia?

Sawyer deu um sorrisinho.

— Sabe, já me disseram isso. — Ela não se surpreendera com o fato de Mason não ter reconhecido seu nome. Nomes na lista de mais vendidos do *New York Times* não recebiam tanta reverência quanto aqueles em pôsteres de filmes ou camisas de esporte.

— Faz quanto tempo que vocês terminaram? — perguntou ele.

— Você pode simplesmente me perguntar se também acabei de levar um pé na bunda. Está tudo bem.

Mason sorriu para o copo, girando o conteúdo pensativamente.

— Eu não diria que levei um pé na bunda...

Ela ergueu as sobrancelhas com um inclinar de cabeça como se dissesse: "Aham, claro."

Ele balançou a cabeça para o teto.

— No que me diz respeito, faz seis meses que terminamos.

— E você ficou com alguém durante esse "tempo"?

Arfando, ele murchou visivelmente.

— Não, mas eu estava ocupado, tá?

— Aham — disse ela, duvidando.

Mason cruzou os braços, olhando-a com atenção de uma maneira que a invadiu e causou um arrepio nos ossos dela.

— E você tem honrado isso desde sua ex... Faz quanto tempo?

Tirando a touca da cabeça, Sawyer afofou o cabelo e ajeitou a franja antes de responder.

— Três anos. Não namorei ninguém desde então, não quis, melhor decisão da minha vida.

Ele tentou manter o rosto sem emoções, mas franziu as sobrancelhas um pouquinho, o que fez aparecer uma ruga no meio.

Ela sabia que as pessoas esperavam que sua resposta indicasse um tempo mais curto, tipo seis meses ou um ano. Mas, não, ela vivera assim de propósito, na verdade.

— Então, vamos ver se entendi: você lê romances... mas odeia romance?

Sawyer fez arminha com os dedos e apontou para ele.

— Acertou.

Mason passou a mão pelo cabelo, o despenteou e jogou as mãos para cima, derrotado.

— Não entendo.

Sawyer deu de ombros.

— É fantasia — disse ela simplesmente. — Como bruxas, elfos e fadas. É legal de imaginar, mas não é real. Não existe final feliz, tela ficando preta, gente cavalgando para o pôr do sol. O fato de nos ensinarem a desejar essas coisas... Isso nos faz correr atrás do próprio rabo, buscando sinais onde não existem, nos fazendo ficar com a pessoa errada porque temos muito medo de ficar sozinhos, que mentimos para nós mesmos ao dizer que estamos felizes quando estamos infelizes. Nós interpretamos as coisas mal por livre e espontânea vontade, na esperança de que tudo signifique alguma coisa, quando na verdade a pessoa não está esquisita porque está planejando uma festa surpresa ou um pedido de noivado, e sim porque está dormindo com outra pessoa, e, de alguma forma, isso é culpa *sua* porque está focado demais no trabalho, porque o trabalho te deixa feliz, e como você ousa? *Sua pessoa* é que devia fazer você feliz. Seu copo transbordará simplesmente porque você pertence a outra pessoa, certo? É besteira pra caralho. — Ela suspirou pesadamente, pois não queria ter resmungado tanto. Mas aquele era seu terceiro uísque na noite, então, opa.

Mason a observou com olhos semicerrados.

— Não sei se quero aplaudir ou chorar ou... *as duas coisas*?

— As duas coisas. — Sawyer riu. — Com certeza as duas coisas.

Ele sorriu e se afastou da bancada para ficar diante dela. O coração de Sawyer acelerou de forma automática ao erguer o olhar para o dele.

— Bem, então... — Mason estendeu o copo quase vazio. — Um brinde à solteirice.

Sawyer também sorriu, brindando com o seu copo no dele e bebendo todo o conteúdo. Toda vez que ela compartilhava suas crenças sobre as Mentiras Que Hollywood Nos Contou, as pessoas ignoravam como se ela fosse uma adolescente filosofando. Pela primeira vez, sentia que não estava sendo zoada.

Enquanto Mason colocava o copo vazio na bancada atrás dela, Sawyer apoiou as mãos nos quadris dele, guiando-o para mais perto. Merda, ele era atraente. Por que ela desperdiçara tanto tempo sofrendo por Sadie e namorando casualmente ou insistindo em ter amigos coloridos quando podia ter ficantes? Sexo sem confusão. Nada de enrolação tímida. Os dois sabiam por que estavam ali, e ninguém iria longe demais e acabaria magoado.

Mason afastou o cabelo dela do rosto, colocando-o atrás da orelha, apenas para a franja voltar para o mesmo lugar, fazendo-lhe cócegas no topo das bochechas. Quando os dedos dele se apoiaram na curva da mandíbula de Sawyer, arrepios de nervoso e excitação surgiram na pele dela.

— Eu provavelmente devia te contar uma coisa. — Sawyer não conseguia encará-lo, as mãos viajando devagar dos quadris para o peito dele. A boca dela ficou seca com os músculos que sentiu sob a camisa. De jeito nenhum ele trabalhava com finanças, não com um corpo daqueles.

Ele segurou o queixo dela entre o dedão e o indicador, guiando-a para que Sawyer o olhasse.

— O quê, que sua vagina tem dentes? Porque, caso tenha... — Mason arfou alto. — Não vai rolar, desculpe.

Sawyer riu.

— Não, a Beyonceta não tem dentes.

Uma risada surpresa eclodiu nos lábios dele e se transformou em algo que chacoalhou todo o seu corpo. Com esforço, ele se acalmou, impedindo que os cantinhos de seus lábios sorrissem. Ela deslizou o dedo entre os botões da camisa dele, distraída.

— Esta é a minha primeira ficada sem compromisso. — Sawyer não tinha certeza de por que estava contando isso a ele. Culpou o uísque por soltar sua língua. Isso e saber que nunca o veria outra vez também a deu forças. — Não que isso seja importante nem nada assim, eu só... Não sei, achei que você devia saber.

Mason cobriu a mão dela com a dele, achatando a palma dela sobre seu coração.

— Estou honrado.

— Você deveria estar — disse ela.

— Darei o meu melhor para fazer seu tempo valer a pena.

A voz dele passou a um timbre baixo, e Sawyer se inclinou contra a bancada. Seu cérebro levou um tempinho a mais que o normal para formar uma resposta.

— Bem, espero isso de qualquer jeito.

A risada dele ecoou pela bochecha dela, e Mason apoiou o queixo no peito. Enquanto a encarava com olhos semicerrados, Sawyer sentiu um frio na barriga ao perceber que a conversa acabara. O que era uma pena, sério. Ela não conseguia se lembrar da última vez que rira tanto com alguém, e não o veria de novo depois daquela noite.

O pensamento fugiu da mente dela quando Mason roçou os dedos em sua mandíbula. Ela o encarou, o ar entre eles pesado de expectativa enquanto cada um esperava que o outro desse o primeiro passo.

E então os dois se mexeram. Ela inclinou o rosto para trás, um convite que ele entendeu, roçando a boca na dela uma vez, os lábios dela entreabrindo enquanto a mente ficava vazia, os dele voltando aos dela em um beijo que era doce demais para o que eles estavam ali para fazer.

Sawyer enterrou as mãos nos cabelos dele, praguejando contra a boca de Mason quando descobriu que era tão macia quanto parecia, e enroscou os dedos nos seus cachos escuros com inveja. Pensou que precisava descobrir a marca do xampu dele antes de ir embora. Ele deslizou as mãos nos bolsos de trás dela, apertando suavemente e arrancando-lhe um sorriso.

— Você não precisa ser tão gentil — murmurou contra a boca dele.

Um grunhido baixo escapou de Mason, os dedos apertando com mais força.

Sawyer amassou a boca contra a dele, cada fibra de seu ser ciente das mãos errantes de Mason. Ela não costumava gostar de falar durante o sexo, achava constrangedor, mas não estava preocupada em impressioná-lo. Então falou, quando ele fez algo de que ela gostou — o que era praticamente tudo — e não se deu ao trabalho de abafar os gemidos e suspiros.

— Por que ainda estamos vestidos?

Ele segurou os seios dela por cima da roupa.

— Não faço ideia, mas — arfou — quem inventou o suéter de gola rolê devia te enviar um agradecimento.

Sawyer riu.

— Quero dizer, posso continuar vestida.

Mason a olhou de cima a baixo, balançando a cabeça sem parar.

— Não — falou, rouco.

— Posso tirar? — sugeriu ela com um sorriso preguiçoso.

— Daqui a pouco.

Antes que ela pudesse responder, Mason desabotoou a calça dela e puxou joelhos abaixo em um movimento fluido. Estava claro que tinha outras prioridades, e, por ela, tudo bem. Deu outro apertão não tão gentil na sua bunda antes de colocá-la sobre a bancada e terminar de tirar a calça. Beijou-a com força e então desceu por seu corpo, ficando de joelhos.

Eles iam fazer aquilo ali mesmo. Na cozinha dele. Sawyer imaginou que fosse um local apropriado para ser chupada.

Tirando os copos de bebida do caminho, ela se deitou sobre a bancada da cozinha, as mãos enroladas no cabelo de Mason enquanto seus dentes, dedos e língua a provocavam gentilmente, pegando deixas dos gemidos, suspiros e choramingos de "sim" que saíam dela.

Em certo ponto, Sawyer podia até ter gemido um "obrigada" aos deuses do romance por lhe entregarem um homem que tratava sexo oral como um trabalho de quem deve o aluguel. Ela nem se importava de gozar rápido demais. Nem se importava com Mason Álvarez poder ser um nome falso ou ele achar que Sawyer Greene era falso também porque, agora, enquanto ele a levava ao limite em cima da bancada da cozinha em seu apartamento obscenamente bonito, ela nem lembrava seu próprio nome, o nome dele, ou se isso fazia diferença.

Sawyer arfou, trêmula, quando Mason subiu por seu corpo com beijos, afastando o suéter dela sob os seios.

— Quarto. Agora — gemeu.

Mason guiou as pernas dela ao redor de sua cintura e a segurou. Ela ainda estava derretida como manteiga, então foi um grande feito ele ter conseguido movê-la, mas ela supôs que todos aqueles músculos não fossem à toa. Falando nisso…

Enquanto ele a carregava pelo corredor até o quarto principal — qual era o tamanho daquela porra de apartamento, sério? —, Sawyer lhe beijou a mandíbula, mantendo um braço ao redor do pescoço dele enquanto o outro abria devagar os botões da camisa. Precisava ver o que os dedos sentiram mais cedo, antes que se distraísse demais outra vez. Com o último botão aberto, pressionou as palmas contra o peito dele, afastando a camisa dos ombros, fazendo-a cair no chão.

— Tá de brincadeira? — gaguejou.

— O quê? — perguntou Mason alarmado, olhando para o corpo.

— Quem é que tem um tanquinho assim? Quem é que tem tempo? — disse ela.

Ele a olhou, um sorriso brincando nos lábios, as covinhas aparecendo. Inexplicável pra caralho. Aquele homem não era real. Era algum tipo de sonho molhado muito vívido que Sawyer estava tendo, e por isso tinha permissão de encarar, as mãos passando pelo peito dele, os dedos mergulhando entre os músculos do abdômen. Que abdômen, meu deus. *Abdô-meu-deus*. Sawyer riu baixinho.

— Será que você pode *não* rir enquanto toca meu corpo? — Mason chamou a atenção dela de brincadeira.

Sawyer deixou de encarar aquele corpo estupidamente perfeito para olhá-lo nos olhos enquanto a mão viajava para baixo, segurando a ereção por cima da calça. Mason fechou os olhos de pálpebras trêmulas, o pomo de adão subindo e descendo enquanto engolia em seco. Ela sorriu, desabotoando rápido a calça dele e descendo o zíper, a calça caiu no chão ao lado da camisa. Serpenteou a mão pela cintura dele, deslizando-a sob a cueca boxer para apertar a bunda.

Mason mordeu o lábio inferior como se contivesse um sorriso. Ele fazia isso muito, e agora que Sawyer sabia da sensação daqueles dentes roçando em sua pele, mordiscando-a... Por um instante esqueceu o que estava fazendo, precisando sentir a boca dele na sua outra vez. Ele gemeu, a puxou contra si bruscamente, para empurrá-la na cama e se esgueirar sobre ela.

Sawyer sempre pensou que não ia gostar de uma ficada, autoconsciente demais para deixar suas ansiedades de lado, mas Mason era como uma fantasia tirada dos devaneios dela. Ele gemia toda vez que ela rebolava o quadril contra o dele, suspirava quando ela mordiscava seu lábio inferior, a tocava onde ela queria e também onde ele queria.

Ele tirou a blusa dela, suspirando alegremente, embora Sawyer usasse o sutiã nude mais sem graça que tinha — ela estava com uma camisa branca, o que mais deveria usar por baixo? Mas da forma como o olhar dele se iluminou, ela olhou para si esperando ver um daqueles sutiãs de renda com fendas que mal cobriam seus seios. Enquanto Mason abria o fecho, ela desceu a mão, percorrendo o tamanho dele. Ele mordeu seu ombro e Sawyer gemeu, acariciando-o outra vez.

— Caralho — praguejou ele no pescoço dela, respirando pesado.

Ela puxou o cós da cueca boxer, a ereção dele se libertando. Mason mordeu seu ombro mais uma vez enquanto ela o segurava e bombeava uma, duas vezes, antes de empurrá-lo para trás. Sawyer tirou o sutiã devagar, as pupilas dele muito dilatadas. Ele queria — muito — brincar com os seios dela. Ela queria também, mas, antes, tinha um favor a retribuir. Distribuiu beijos pelo corpo dele e o tomou na boca. Quando Mason a chupara, ela esquecera o próprio nome, o nome dele — como falar palavras no geral, na verdade —, mas Mason não esqueceu. Ele gemeu e praguejou e disse o nome dela sem parar. Não era um daqueles homens que evitava fazer barulho, e a forma como a informava de seu prazer com gemidos guturais e xingamentos suspirados... era sexy pra caralho.

— Porra, Sawyer, por favor — gemeu ele, guiando o rosto dela de volta ao dele.

— Sim? — foi tudo o que ela conseguiu dizer antes que ele esmagasse a boca na dela, rolando-a para baixo de si e a pressionando contra o colchão.

De repente, o calor dele sumiu. Decepcionada, ela se ergueu nos cotovelos e o viu sentado sobre os pés na beirada da cama, revirando a mesinha. A luz baixa refletiu na embalagem de alumínio e Sawyer suspirou aliviada. As preliminares foram incríveis, mas ela tinha certeza de que corria risco de desidratação por estar molhada pra caralho.

Quando Mason ficou por cima dela, Sawyer ergueu a mão e se deitou de bruços.

— Não vou fazer a porra de papai e mamãe na minha primeira ficada sem compromisso.

Ele guiou gentilmente os quadris dela para cima antes de pressionar o peito contra suas costas. Colocando o cabelo dela para o lado, roçou os lábios na sua orelha.

— Só porque é apenas uma ficada não significa que temos que fazer uma vez só.

A resposta engraçadinha morreu nos lábios dela quando Mason a penetrou devagar. Isso, porra. Eles com certeza fariam várias vezes. Sawyer tinha certeza de que havia entrado em algum estado de fuga induzido por sexo, saindo apenas quando ele a colocava em uma posição nova que ela nunca tinha testado e não sabia bem por quê. Claro, não era o ângulo que a deixava mais atraente, mas era um *ótimo* ângulo para a única parte do corpo com a qual ela se importava agora. Fantástico pra caralho, na verdade.

Era isso o que ela estava perdendo todo esse tempo? Toda ficada era tão boa assim? Por que ela desperdiçara tantos anos de sua juventude fazendo algo além daquilo? Ou será que era só com Mason? Pena que seria um lance de uma noite só. Mais noites assim fariam bem para ela. Enquanto ela quase gozava pela milésima vez, jurou renomear todos os seus vibradores para Mason.

4

• Cansou de relacionamentos •

A protagonista diz "Estou desistindo do amor para focar em minha carreira", e o universo responde: "Até parece, querida."

Mason sabia que isso ia acontecer, só *não assim*. Ele estava encarando o celular havia alguns minutos, sem conseguir ler além da manchete e da foto, furioso com a assinatura de Diedre Browne logo abaixo.

Duas semanas antes, Browne havia escrito "Os Romances Favoritos da *People* Dentro e Fora das Telas". Ela incluíra o dr. Santiago e a enfermeira Lia, personagens de Mason e Kara em *Diagnósticos*. Inócuo o suficiente, só que ele e Kara não estavam mais juntos — nem dentro nem fora das telas. Os autores deixaram o romance central da série no ar depois que a temporada final chegara à metade. Mason entendeu a raiva dos fãs, considerando que seu relacionamento com Kara na vida real estivera "no ar" por seis meses. Mas agora todo artigo sobre os dois, reciclando uma foto de meses antes, era como uma montanha-russa subindo cada vez mais, e ele sabia que a queda aterrorizante estava próxima.

Na semana anterior, Browne escrevera outro artigo: "Sinos de Natal ou Sinos de Casamento para Mara?" Ele nem ligava para o trocadilho brega misturando os nomes deles, mas a foto que acompanhava o artigo havia despertado um frenesi de likes com o qual Mason nunca tivera que lidar antes. Claro, ele interpretava um médico gostosão na TV e tinha histórico de namorar atrizes, o que a mídia adorava, mas a melhor coisa sobre viver em Chicago era não ser tão reconhecido quanto em Los Angeles. Porém, talvez ele tivesse se acostumado um pouco demais com isso.

Duas semanas antes, quando sua mãe lhe pediu que buscasse o colar que ela mandara consertar no joalheiro, Mason não pensara duas vezes. E, está bem, talvez ele tivesse vagado até a vitrine de anéis enquanto esperava, pensando em como seria um dia escolher um para alguém, mas não achava que a gravação das câmeras de segurança seria vendida para a *People*. Na última semana, os tabloides só falavam do suposto pedido de casamento natalino de Mara.

Até hoje. Mason tinha que dar crédito a Diedre Browne. Ela obviamente estivera planejando isso durante todo esse tempo, incentivando o casal antes de anunciar a separação. A foto de Kara grudadinha em seu novo parceiro de elenco não teria vendido tantas cópias sem a outra que a acompanhava, mostrando Mason de coração partido e barba por fazer. Ele não estava de coração partido nem barbado. A foto era de muitos anos antes, de um papel representado no primeiro projeto de sua amiga Alissa.

Falando nisso, o celular dele vibrou com uma mensagem de Alissa. Eles eram melhores amigos desde a adolescência, quando interpretaram irmãos no filme de sucesso da Disney, *A (quase) herdeira*. Alissa deixou de atuar pouco depois desse papel, mas eles trabalharam em vários filmes independentes juntos, Alissa na direção, Mason na atuação ou na produção ou ambas as coisas — e de vez em quando deixando a barba crescer. Não que alguém se lembrasse de algo no portfólio dele além de Disney e Doutor Gostosão.

Mason se preparou enquanto clicava no link que Alissa enviara de um tabloide muito conhecido.

“A Longa Lista de Ex-Namoradas de Mason West”

Jesus Cristo. Como é que os outros atores lidavam com essa merda? A fama dele sempre tinha sido no máximo medíocre. Um pequeno artigo aqui e ali, nunca uma matéria de capa. Nada assim. Agora, ele não podia ir ao supermercado sem ver o próprio rosto estampado nos tabloides.

Pior ainda, nem era culpa dele essa notícia sensacionalista. Ele era o dano colateral no desfile publicitário em torno de Kara desde que ela conseguira um papel na Marvel junto ao seu novo namorado, Peter Levine, o filho repugnantemente bonito de uma ex-Bond girl. A mídia *adorava* os dois juntos e estavam se divertindo demais em tornar a vida de Mason um circo.

Ele tivera seis meses para superar Kara — mais três semanas desde que ela oficialmente terminara tudo, então não era isso. Era a sensação de impotência, como se fosse um espectador enquanto outros escreviam a história de sua vida. Claro, ele interpretava um libertino reabilitado na TV e, sim, namorara muitas mulheres, mas não era o tipo de homem que curtia um pente e rala, como o artigo sugeria. Só que, de acordo com seu agente e equipe de relações públicas, tudo o que ele podia fazer era esperar a tempestade passar, aguardar até que outra pessoa se tornasse a história da semana.

Mason estava acostumado com a mídia documentando sua vida amorosa. Antes, tudo fora positivo, com comentários carinhosos para fosse lá qual colega de elenco estivesse namorando. Não se importava quando o chamavam de "caidinho" por alugar um iate privado e um chef para seu quinto encontro com Kara. Havia coisas piores do que ser conhecido como romântico. Agora, os artigos questionavam por que o romântico favorito deles não conseguia manter um relacionamento sério depois das produções, questionavam se *ele* era o problema. Pior que isso, ele estava começando a se perguntar o mesmo. Fez tudo o que os filmes disseram que devia fazer, e mesmo assim...

O celular vibrou com uma ligação.

— Ei — disse Mason, derrotado, assim que atendeu à chamada. Se afundou ainda mais nos travesseiros. Eram quase dez da manhã e ele ainda precisava sair da cama, mas tinha passado o tempo nas redes sociais.

— Eiiii — disse Alissa, com cuidado. — Como você está?

Ele grunhiu em resposta.

— Sim — concordou ela, triste. — Eu... sinto muito. É uma merda. Se serve de consolação, todo mundo que importa sabe que você não é assim.

Isso o animou bem pouquinho. Alissa sabia melhor que qualquer um que era difícil se recuperar depois de ter o nome arruinado. Ela se defendera no set por anos, ganhando uma reputação de "difícil de trabalhar" que a levou a ser desconsiderada para papéis que teriam sido perfeitos para ela. Não se deixou abalar, passando a dirigir e depois a abrir sua própria produtora, com o único foco de criar um espaço seguro para contar histórias de mulheres. Uma produtora que Mason estava ajudando a começar. A Luz Guia anunciaria seu primeiro projeto na semana seguinte.

A cabeça de Mason atingiu a cabeceira com um baque.

— Alissa — suspirou ele. — Sobre a Luz Guia...

Do outro lado da linha, Alissa inspirou fundo.

— É, eu tô ligando para falar disso.

— Ainda não dei a *Diagnósticos* uma resposta sobre o meu contrato, então... — Bile subiu pela garganta dele. A estabilidade de um contrato de seis anos tinha sido metade do apelo para passar para a televisão. Por outro lado, as últimas temporadas tinham parecido uma armadilha da qual ele não conseguira escapar. Estivera fantasiando sobre o dia em que pudesse recusar a opção de uma sétima temporada, mas agora...

— Vou fazer só mais uma temporada e ver como estaremos daqui a um ano. Não quero que minhas confusões afetem o lançamento da Luz Guia.

— O quê? Mason, não — disse Alissa, com empatia. — Não quero isso de jeito nenhum. Os tabloides vão *superar*. É, não é um bom momento para anunciarmos uma produtora focada em empoderamento feminino enquanto a mídia está pintando você como um galinha...

— *Ai.*

— Bem... — Alissa deixou as palavras morrerem. Mason podia imaginá-la fazendo uma careta meio arrependida. — Enfim, enviei aquele artigo porque acho que você precisa dar uma de Taylor Swift.

— Deixar a mídia reduzir minha carreira inteira à minha vida amorosa? — perguntou ele, desacreditado. — Acho que já estamos nessa.

— Não! Deus, não. Você precisa desaparecer, porra, como a era pós-*Reputation* da Taylor Swift. A mídia está te sacaneando e você precisa se curar em paz. Adiaremos o anúncio da Luz Guia para depois dos feriados de fim de ano, quando tudo isso tiver passado. Você só precisa ficar solteiro por uns meses e se manter longe dos tabloides. Acha que consegue?

Mais fácil falar do que fazer. Sim, ele queria se apaixonar, se casar, ter aquela linguagem secreta na qual é possível comunicar parágrafos inteiros com um único olhar, mas não estava buscando isso. Como o encontro inesperado com Sawyer no elevador, ele não fez *de propósito*. E, embora tivesse gostado de "arruinar" o encontro inesperado deles, não podia ser mais diferente de como ele costumava agir. Em geral, teria feito exatamente aquilo de que ela reclamou: interpretar mal os sinais, desenvolver sentimentos, e, antes que se dessem conta, teriam gavetas no apartamento um do outro. Ele era um romântico incurável.

Além disso, estar solteiro durante as festas de fim de ano parecia uma ideia horrível. Não que ele já tivesse levado alguém para casa durante o feriado, mas ter para quem mandar mensagem enquanto sua mãe se intrometia demais em sua carreira, alguém para ligar e com quem relaxar quando o tempo com a família parecesse menos "tempo com a família" e mais como se tivessem concordado em fazer aquele reality show *De olho nos West* no fim das contas — e sua mãe era a única com o roteiro —, ter alguém era um conforto. E, sim, ele estava um pouco inseguro por não ter quem beijar no Ano-Novo pela primeira vez em... Nem sequer conseguia calcular quantos anos.

Talvez Alissa tivesse razão, mas doía mesmo assim.

— Não namoro o tempo todo *de propósito* — resmungou ele.

— Igualzinho a Taylor. Ela é tão incrível que os homens são atraídos para ela. E repare que ninguém *os* julga. Assim como você. Mas talvez uma pausa não faça mal, certo? Não vai rolar você sair da Luz Guia. Preciso de você e do seu charme para convencer as pessoas a nos dar dinheiro.

Mason suspirou, coçando a barba por fazer no queixo — ó Deus, será que ele estava mesmo ficando barbado? Uma olhada rápida no espelho em cima da penteadeira confirmou que era barba de apenas alguns dias.

Ele odiou o fato de Alissa adiar o anúncio. Trabalharam por anos para chegar a esse ponto, mas ela estava fazendo a coisa certa. Apesar de ter proposto sair do projeto, ele não queria isso. Amava atuar, mas a cada temporada de seu contrato de seis anos em *Diagnósticos* o criador da série ficava mais tóxico. Mason precisava sair, queria ser parte da mudança de que a indústria precisava desesperadamente. Mesmo que significasse mudar sua vida de novo.

— É, acho que posso fazer isso. Também não faz sentido namorar quando vou para Los Angeles em breve.

Ele sabia por experiência própria que relacionamentos à distância não duravam. Começar algo novo era um convite ao desastre — e a reputação dele não podia se dar ao luxo de mais desastres agora. Se ele seria o gerente de produção na Luz Guia, precisava ser alguém que as pessoas respeitassem, não o cara sobre o qual elas liam nos tabloides enquanto esperavam na fila do supermercado. Esse cara não recebe dinheiro para fazer filmes.

Alissa pigarreou.

— Falando em Los Angeles: quando é que vamos contar para a família? Ainda não ouvi os gritos das *banshees*, então imagino que sua mãe não saiba e ainda não tenha começado a planejar meu assassinato por roubar o filho dela.

Mason gemeu.

— Vou contar a eles... em breve — mentiu. Evitaria essa conversa específica enquanto fosse possível. Se Alissa ia adiar o anúncio, então tudo bem esperar até depois das festas de fim de ano, certo?

Saindo da cama, ele foi em direção às janelas do chão ao teto e abriu as cortinas blecaute. Se encolheu com a luz maciça que o recepcionou.

Mason deixou Los Angeles e se mudou para Chicago cinco anos antes, quando conseguiu o papel em *Diagnósticos*. Era o tipo de trabalho que sempre jurara que não aceitaria, pois não queria seguir os passos da mãe. A aprovação total dela com a possibilidade de ele atuar na TV quase o fez recusar. Amava os filmes independentes que estivera fazendo, mas estava cansado de mudar de vida várias vezes por ano e deixar para trás mais que apenas apartamentos. *Diagnósticos* lhe propiciou estabilidade e o colocou na mesma cidade que sua irmã e seus sobrinhos. Então Mason assinou o contrato, fez as malas com seus poucos pertences e se mudou.

Chicago, a terra do vento e da neve onde raramente o sol brilhava.

Nos cinco anos em que estivera ali, ele nunca vira tanta neve e tão cedo. Geralmente, começava a cair pra valer depois do Ano-Novo. Não naquele ano, ao que parecia. Ele mataria por um pouco de sol, mesmo com a temperatura baixa. O mais próximo de luz solar que tivera em semanas fora Sawyer Greene.

Passara bem mais tempo do que deveria pensando nela, principalmente logo de manhã, quando seu pau estava duro e sua cama vazia.

E, sim, Mason pesquisara sobre ela. Tinha que descobrir se o nome era mesmo Sawyer Greene. Surpreendentemente, era. Ficou ao mesmo tempo surpreso e não surpreso por descobrir que era uma conhecida autora de romances. Um dos livros dela fora adaptado em um filme para o qual Mason fizera uma audição. Não conseguira o papel, uma decepção, pois acabou virando um clássico instantâneo — ainda que tenha sido massacrado pelos fiéis leitores por mal se parecer com o original.

Praticamente não havia nada no Instagram dela sobre o filme, e o que havia gritava "Fui obrigada pelo contrato a fazer isso". Ela praticamente não postava nada, na verdade, desde que seu terceiro livro saíra no começo do ano. Mason não sabia muita coisa sobre o mercado editorial, exceto que, como em Hollywood, tudo era vagaroso. Parecia que lançaria o próximo livro dali a um ano, mas não havia nada no Instagram nem no site dela sobre uma quarta publicação. Ele gostava de pensar que era porque ela estava escrevendo, ocupada demais para uma atualização. Pensava nisso bem mais do que deveria, porque a alternativa, a ideia de uma criadora não criando nada... Ele conhecia a sensação bem demais, ainda que sua situação fosse meio diferente.

— Ei, você ainda tá aí? — A voz de Alissa soou e ele quase deixou cair o celular. Tinha esquecido que ela estava na linha.

— É, desculpe — disse Mason inocentemente. — Eu estava só pensando. Vou contar a eles depois das festas, prometo.

Teria que contar, mas estava morrendo de medo. De vez em quando, Alissa parecia mais família que, bem, a família dele. Ele e a irmã se davam bem, mas nunca conversavam abertamente assim. Por isso Mason se mudara para casa, para ficar mais perto deles depois que seu eu mais jovem havia afastado todos para descobrir quem era sem a influência deles — leia-se: a influência da mãe. Pensou que tinha que fazer tudo sozinho na época. As coisas estavam melhores agora, mas jantar de família algum podia desfazer a volatilidade daqueles primeiros anos da carreira dele, a mãe o rodeando como um helicóptero, o pai e a irmã em silêncio, observando acontecer...

— Ah! Ei, você me enviou um livro?

Distraído, Mason coçou os fios ásperos abaixo do umbigo.

— É, mandei. Esqueci de te contar. — Diabos, ele esquecera que enviara, comprando um exemplar para ela com dois cliques a uma da manhã depois que terminou de ler. — Pode ser algo para a Luz Guia.

Alissa cantarolou, interessada.

— Queria mesmo adicionar algo mais leve à agenda. Mas desde quando você lê romances? Não fique envergonhado, só estou... surpresa?

Ele sorriu.

— Leia. Me agradeça depois. É tipo um *Alta fidelidade* bissexual.

— Me interessei pelo bissexual. Tem um papel nele para você, não é?

— Se você quiser — disse ele imediatamente.

Alissa bufou.

— É ideia sua. Claro que quero você envolvido. Diante ou detrás das câmeras. Ou ambas as coisas.

— Você nem leu ainda — disse ele.

— Confio em você.

Mason sorriu enquanto a ouviu folhear o livro. Se Alissa o adaptasse, o papel dele não seria grande, coadjuvante no máximo, mas talvez depois de sair de *Diagnósticos* — quando contasse a eles que estava saindo — isso fosse o que precisava para se livrar do estereótipo de "doutor gostosão" de uma vez por todas. Ele tinha herdado a aparência de devasso do pai, o que significava que costumava receber roteiros para papéis sedutores. A recente fanfarra da mídia com certeza pegava carona nisso, e ele estava pronto para se livrar desse tipo de papel. Sentia falta da emoção de desenvolver um personagem, o passado secreto que só ele conhecia se traduzindo nas telas. Fazia anos que não se sentia assim com a atuação, e era algo que não conseguiria resolver se permanecesse na série.

O celular vibrou na mão dele e Mason parou de olhar para a luminosidade extrema lá fora.

Estou uns minutinhos atrasada, desculpe!

Mason praguejou. Entre ler os tabloides e a ligação de Alissa, perdera por completo a noção do tempo. Ele devia se encontrar com a irmã no Christkindlmarket dali a cinco minutos, e morava a dez de distância.

— Ei, Alissa, preciso ir. Estou atrasado para encontrar uma pessoa.

Ela grunhiu alto.

— *Por favooooor*, me diz que não é uma mulher.

A risada dele ficou abafada quando pegou a primeira calça e camisa que conseguiu encontrar — não importava, tudo ficaria escondido debaixo do casaco de inverno.

— São dez horas da manhã de uma terça-feira, Alissa. Vou me encontrar com a família — disse ele distraído, enquanto tentava colocar o cabelo para trás. Deus, ele precisava de um corte urgente. Não ter que cortá-lo curto como o do dr. Santiago era sua rebelião de férias, mas nos seis meses desde que as gravações acabaram tinha crescido demais. — Estou dando um tempo de namoro, na verdade.

— Ah é? — disse Alissa, fingindo surpresa. — Mas, sério — falou mais baixo —, tudo isso vai passar, e quando estivermos em Los Angeles, fazendo nosso lance na Luz Guia, todo mundo verá o Mason West que conheço e amo.

— Obrigado — respondeu ele. — Também te amo.

— Mande um oi à sua família e lembre-se: O Que a Taylor Swift Faria?

— Vou mandar. — Ele riu, calçando as botas enquanto se despediam.

Saiu às pressas do apartamento e entrou no elevador, apertando o botão do saguão com mais força que o necessário. Apoiando as botas na parede, amarrou os cadarços enquanto o elevador descia.

Mason ainda odiava elevadores, mas estava grato por um deles tê-lo levado a um pouquinho de sol no meio de um inverno escuro.

5

• *Temos que parar de nos encontrar assim* •

Não importa o tamanho da cidade, a geografia da comédia romântica dita que você vai encontrar a pessoa que está tentando evitar. *Principalmente* se tiver ficado com ela.

Nas três semanas depois de sua aventura de uma noite inteira com Mason, Sawyer passou muito tempo fantasiando com ele. Apesar de ter ido embora quando as coisas ficaram um pouco doces demais na manhã seguinte, ela esperava que a nova experiência desbloqueasse algo em seu cérebro, apresentando a ela um novo ângulo para escrever o próximo livro. Pelo menos essa foi a desculpa que contou a si mesma para pensar tanto nele. Não escreveu, mas gozou. Se masturbou pensando naquela noite bem mais do que admitiria. Não tinha certeza se era porque fazia tempo que não transava ou porque tinha sido mesmo Bom Demais.

Tá, beleza, ela com certeza sabia que era a segunda opção.

O documento do Word em branco a encarava, o cursor piscando, sombrio. Sawyer só precisava digitar alguma coisa, fazer as palavras fluírem, e então mais palavras viriam. Não importava se fosse uma merda. Mais tarde, ela poderia consertar. Só que… não sabia o que queria escrever. Bateu nas teclas, frustrada. Sempre tinha um milhão de ideias na cabeça, mas nenhuma delas parecia certa, *pronta*.

Havia um ditado sobre fazer a mesma coisa várias e várias vezes e esperar resultados diferentes. Exceto por sua ficada com Mason, Sawyer estivera fazendo a mesma coisa havia meses. Acordava, se masturbava, tomava banho, fazia um bule de chá, se sentava com o notebook para escrever e *não escrevia*.

Praticamente podia sentir Emily, sua editora, a observando, cafungando em seu cangote. A ligação delas naquela manhã não tinha sido boa. Ela estava livre de escrever a sequência de *Por que não estamos juntos*, mas ainda devia a eles um novo livro — qualquer livro. Embora Emily tenha concordado em adiar o prazo de fevereiro para março, ficou subentendido que essa era a última extensão que Sawyer teria. Em março, o livro estaria um ano atrasado. Ela já estava quebrando o contrato por estar tão constrangidamente atrasada. Se desistissem dela, se tivesse que devolver o adiantamento... não podia devolver. Os royalties dos livros anteriores e do filme não eram suficientes para pagar as contas. O cheque do serviço de streaming a teria deixado bem — só que ela o usou para pagar a montanha de dívidas de seu empréstimo estudantil de uma só vez. Na época, tinha parecido um uso inteligente do dinheiro. Mas agora... se não terminasse esse rascunho e recebesse o próximo pagamento... estaria fodida.

Sawyer precisava fazer algo diferente. Literalmente qualquer coisa. Ela limparia o apartamento, mas estivera limpando tanto nos últimos tempos para evitar escrever que não havia nada a organizar exceto a única colher na cozinha do iogurte daquela manhã.

Apoiando a testa na beirada da mesa — também conhecida como mesa da cozinha —, inspirou fundo várias vezes. Escrever sempre fora a única coisa que ela sabia fazer bem. Arriscara tudo pela carreira e agora... conseguia sentir o tempo acabando. Precisava sair do apartamento.

Com alguns toques na tela do celular, abriu o número da melhor amiga, o dedão pairando sobre o botão de ligar quando lembrou que Lily estava fora da cidade, visitando os sogros. Sawyer sabia que precisava se acostumar a fazer as coisas sozinhas outra vez. Não era mais Sawyer e Lily. Era Lily e Beau. E, embora Sawyer estivesse solitária, não estava ressentida. Estava bem.

Não tinha se permitido precisar de outra pessoa em muito tempo, não desde Sadie. Não desde que todos os amigos dela escolheram Sadie no término. Ela estava acostumada a fazer a maioria das coisas sozinha.

Fechou a lista de favoritos no celular e abriu o Google. Era o meio do inverno em Chicago. Mas *era* Chicago. Sempre tinha algo acontecendo, certo?

Se sentindo como a porcaria de uma turista, ela pesquisou "coisas para fazer em Chicago".

Meia hora depois, estava a caminho do Christkindlmarket, o mercado natalino alemão que vira no Instagram mil vezes. Sawyer era uma farsa nas redes sociais. Sem novos livros para anunciar, havia um limite de quantos stories dizendo "escrever é difícil" ela podia postar. Precisava de conteúdo e inspiração. E, caramba, gostava muito de decoração natalina. Talvez, pela primeira vez em anos, comprasse uma árvore de verdade. Podia montá-la durante o final de semana, passando os próximos dias decorando, bebendo chocolate quente batizado e ouvindo o álbum de Natal da Ariana Grande como a garota básica de Natal que era.

Enquanto descia do trem, um sorriso se espalhou em seu rosto, o cheiro de sidra e vinho quente a alcançando. Flocos grossos de neve flutuavam preguiçosos para o chão, e Sawyer fingiu que era a protagonista de um filme de Natal do Hallmark.

O ar estava frio de doer, mas a fez se sentir viva pela primeira vez em semanas, invadindo a monotonia sufocante das suas falhas e aplacando o pânico que vivia no fundo da garganta como um grito mal contido.

As barraquinhas do mercado e suas lâmpadas a atraíram para mais perto, todos os vendedores vestidos em trajes alemães. Um deles exibia algum tipo de anjo natalino, uma linda mulher, em vestido dourado com uma tiara combinando, lendo histórias de Natal para um grupo de crianças.

Sawyer comprou uma sidra e um pretzel, a mostarda condimentada despertava as papilas gustativas enquanto ela ficava num cantinho para olhar as pessoas. Não se considerava extrovertida, mas adorava observar os outros. Os pequenos gestos que faziam ao contar uma história. Os toques inocentes que davam uns nos outros, a necessidade inconsciente de contato visual.

Adorava criar historinhas para elas. O casal debatendo qual ornamento de Papai Noel comprar. O garotinho implorando ao pai que lhe desse uma rena de brinquedo. Sawyer observou uma menininha loira dançar totalmente fora do ritmo da música, pulando e pousando com um giro, sorrindo de orelha a orelha como se tivesse feito algo impressionante. Naquela idade, ela tinha sido igual. Sempre em seu próprio mundo, convencida de que aquilo que fazia era real e mágico.

Na maior parte do tempo, Sawyer ainda sentia que estava em seu próprio mundo. Talvez por isso nunca tivesse sido extrovertida. Não passara tempo suficiente habitando este plano de existência para realmente conhecer as pessoas, sempre perdida demais em pensamentos, em devaneios ou na tentativa de desvendar o último problema de seu enredo.

Ela queria ser escritora desde que se entendia por gente. Ser publicada assim que saísse da faculdade era uma esperança vã, mas acontecera com ela. Então, tudo deu errado.

Tudo aconteceu bem rápido, e ela achou que tinha que dizer "sim" para todas as oportunidades, quando na verdade não deveria. Disse a si mesma que fosse grata, mas fez malabarismos com tantas coisas novas, tão rápido, que deixou a peteca cair. Deixou muitas coisas caírem. Perdeu Sadie para o vício em trabalho e, embora Sawyer desejasse ter feito certas coisas de outro jeito, o que mais odiava era como, quando seu livro enfim saiu e alcançou a lista de mais vendidos do *New York Times*, o objetivo pelo qual sacrificara tudo, ela não tinha ninguém com quem comemorar.

Sawyer odiava se sentir assim e decidiu bem ali que não ia mais se importar com noções românticas. A carreira dela seria seu Único e Verdadeiro Amor. Todo relacionamento que tivera depois de Sadie apenas a deixara mais decidida.

Namorar uma escritora era uma novidade. As sessões de escrita de Sawyer à meia-noite ou despertadores às cinco da manhã eram engraçadinhos no começo; mas, quando ela tinha que perder festas ou desligar o celular por dias para conseguir cumprir prazos, os ex dela a achavam egoísta, embora ela jamais sonhasse em puni-los por trabalhar. Assim, mantinha seus lances breves, leves, sem compromisso. Esperava nada além de orgasmos de seus parceiros.

Talvez tenha ficado solitária às vezes, mas funcionava para ela. Sawyer não queria se desculpar por amar o trabalho.

Mesmo que, no momento, estivesse falhando nele.

O sucesso dela foi um golpe de sorte. Tinha vinte e seis anos e nenhuma história para contar. Escrevera rascunhos ruins do segundo e terceiro livro antes que o primeiro chegasse às livrarias, antes que tudo desmoronasse com Sadie. Conseguira editar aqueles dois livros até chegar a algo que lhe dava orgulho, mas recomeçar do zero tinha se provado impossível até então. Ela se definia pela escrita e, se não conseguisse terminar esse próximo livro, pelo que havia sacrificado tudo?

Afastando o pensamento antes que o pânico lhe subisse pela garganta, observou o mercado. Podia sentir o arrepio familiar de uma história surgindo. Sempre começava pelos personagens, nunca pelo cenário, mas algo naquele pequeno mercado falava com ela. Por que não começar pelo cenário? Estava claro que seus métodos habituais não estavam funcionando.

Jogando a embalagem de papel do pretzel na lixeira para reciclagem, vagou até o vendedor mais próximo, um daqueles tão coloridos, que quase ofendia as vistas. Apesar de que a maioria das pessoas devia pensar o mesmo ao ver o apartamento dela. Parecia que alguém havia vomitando um arco-íris lá. Bem, alguém ou Lily. Não que Lily tivesse *literalmente* vomitado lá.

Eles se conheceram dois anos antes em uma galeria de arte e se deram bem imediatamente, ficando no cantinho e rindo de uma peça fálica de arte moderna. Mais tarde, Sawyer abandonou a pesquisa de personagem artístico, mas Lily se agarrou ao seu novo melhor amigo artista — e colega de quarto. Pelo menos até o ex do ensino médio de Lily se mudar para Chicago e eles reviverem o romance com uma doçura tão sincera que até Sawyer ficou tentada a acreditar no amor outra vez; mesmo que significasse que a pessoa querida dela tinha agora uma nova pessoa. Quando Lily se mudou, elas dividiram a guarda das obras de arte de Lily. Sawyer adornou as paredes de seu novo apartamento de um quarto com as obras, então parecia que sua amiga ainda vivia ali, como se ela não estivesse sozinha. De novo.

Ao se dirigir para a barraquinha de um vendedor, Sawyer ficou de olho em um ornamento de coruja feito de aniagem com galhinhos nas patas e um tufo de pelo na cabeça. Amava coisas coloridas, mas, quando se tratava de decoração natalina, gostava da calmaria de uma paleta mais discreta, deixando o verde das árvores de Natal no centro das atenções. Havia algo muito calmo nos pisca-piscas brancos, no cheiro de uma sempre-viva e nos delicados enfeites em um parapeito coberto de neve.

Sawyer tinha que comprar uma árvore de verdade naquele ano. A inspiração exigia. Ela não fazia ideia de como subiria com uma árvore até seu apartamento no terceiro andar, mas *subiria*. E, se ia comprar uma árvore, enfeites novos eram necessários. Ignorando a forma como seu saldo bancário gritava no aplicativo de finanças — já conseguia imaginar a cara descrente da contadora quando enviasse essa baixa contábil para pesquisa e desenvolvimento —, ela pegou a coruja de aninhagem do mostrador, o dedão acariciando gentilmente o macio na cabeça.

Pagou o vendedor e segurou a sacolinha de papel como se fosse um tesouro enquanto explorou o restante do mercado. Quando passou por uma barraquinha cheia de trenzinhos de brinquedo, paralisou.

Um homem de casaco cinza e boina azul-marinho estava de costas para Sawyer, mas ela conhecia aquelas costas. Tinha passado os dedos ali antes do Dia de Ação de Graças — e estava *muito* grata a ele.

Como se sentisse o olhar dela, Mason se virou, dando um sorrisinho. Ele agradeceu à mulher que trabalhava na barraquinha quando ela lhe entregou o pacote e, então, se aproximou de Sawyer.

— Nome Verdadeiro Greene — cumprimentou ele.

Sawyer deu uma risada nasalada. Então ele tinha pesquisado seu nome. Tentou não ficar lisonjeada. Também tinha procurado por um Mason Álvarez no Instagram, mas encontrara apenas um jogador de futebol espanhol que, embora também fosse gostoso pra caralho, não era ele. Provavelmente era melhor assim. E se ele fosse um babaca on-line? Arruinaria todas as fantasias dela, e Sawyer precisava desesperadamente de seus devaneios de suporte emocional.

— Álvarez — disse ela, ainda sem saber se esse era ou não o sobrenome dele.

Ele olhou ao redor, hesitando.

— Escuta, sei que a gente prometeu que eu ia sair correndo se a gente se encontrasse de novo, mas estou fazendo compras com meus sobrinhos, então tudo bem se eu terminar isso primeiro?

Sawyer sentiu um frio estranho na barriga que afastou todos os pensamentos de como isso era adorável.

— Claro. Você sabe que eu mesma sou uma grande fã de terminar.

As covinhas apareceram nas bochechas de Mason quando ele sorriu.

— Pare de fazer piadas sexuais, ou vou me apaixonar por você.

Sawyer olhou feio para ele.

— Nem ouse.

Mason deu uma piscadela. Estavam no meio do caminho, o mar de compradores se dividia ao redor deles. As pessoas os encaravam pela inconveniência, mas os olhares suavizavam ao parar em Mason.

— Como você está? — perguntou ele.

Uma sensação disparou pela espinha dela quando ele pousou a mão em suas costas, guiando-os para fora do caminho principal e para perto de uma barraquinha de doces.

Sawyer deu de ombros e observou os doces com desinteresse.

— Tentando escrever meu livro novo. Falhando. Vim aqui pra agitar as coisas, talvez me inspirar.

— E está... inspirada? — perguntou ele, pegando uma caixa de bombons da prateleira.

— Estou começando a me inspirar — disse ela, esperançosa.

Mason a olhou, a expressão dele imitando a dela, com esperança cuidadosa e alívio.

— Fico feliz em saber.

Sawyer franziu os lábios para não sorrir, seguindo-o enquanto ele pegava mais doces superfaturados.

— Como você está? — perguntou para ser educada, mas também... queria saber. — Teve mais encontros inesperados? Ficou preso no elevador com mais mulheres bonitas?

Mason deu um sorriso para ela.

— Só uma, graças a Deus.

Ela revirou os olhos, grata por poder fingir que o rubor nas bochechas era de frio.

Mason contou os pacotes em seus braços, adicionando mais dois antes de ir para a fila do caixa. Deve ter reparado que Sawyer olhava para sua pilha enorme, seu sorriso ficando conspiratório.

— O quê? — disse ele, inocente. — Tenho uma família grande! Não ligo de ter que usar suborno para manter minha posição de tio favorito. — Como se para provar, pegou um pacote de moedas de chocolate no mostrador perto do caixa, adicionando-o à pilha com um floreio.

Enquanto deixavam a lojinha de doces, Mason se virou de repente, fazendo Sawyer quase esbarrar nele. Dando um passo para trás, ela colocou uma distância aceitável entre os dois. Isso nem deveria importar. Eles transaram, porra. Não era como se ela não soubesse com exatidão o que havia sob o casaco dele. Mas nunca fizera sexo casual antes, e não sabia qual era o protocolo ao encontrar a pessoa de novo. Fazer compras natalinas no mercado mais fofo que você já viu com certeza *não era* o protocolo. Principalmente quando os pisca-piscas pendurados refletiam nos olhos dele e…

Jesus, Sawyer, se controle, ela se repreendeu.

— Ei — falou Mason, baixinho. — O que você vai fazer depois daqui?

Sawyer ficou boquiaberta. De jeito nenhum. Eles tinham concordado que seria uma vez só. Ela não podia começar a passar tempo com o *Cara do Elevador*. Principalmente quando estava com um prazo tão precário.

— Tio Mason! — gritou uma voz alta.

A multidão ao redor deles se dispersou, abrindo espaço para um garotinho que na mesma hora começou a arrastá-lo na direção oposta.

— Tio Mason! Você precisa vir ver!

Mason lançou a ela um olhar pasmo antes de pegar o menino nos braços e o colocar sobre os ombros como se fosse bombeiro.

— Está com fome? — perguntou, como se não tivesse uma criança se contorcendo em seus ombros.

— Hã — murmurou Sawyer, olhando ao redor em busca de alguma desculpa mágica.

Uma bela morena apareceu ao lado de Mason, o garoto em seus braços igualzinho ao outro que ele carregava. Só podia ser a irmã dele; o marido dela, com cara de exausto, vinha logo atrás. Como ela ia recusar educadamente diante da família dele?

— No Kuma's? Em uma hora?

A mulher ao lado dele a observou com curiosidade, as sobrancelhas bem-feitas se ergueram um pouco enquanto ela olhou de um para o outro. Sawyer agora estava se sentindo muito calorenta sob suas muitas camadas de inverno e não queria nada além de sair dessa conversa desconfortável antes que apresentações fossem feitas. E foi só por isso que ela murmurou: "Sim, claro", antes de ir direto para a saída.

6

• O contrato •

Quando dois personagens fazem um pacto, cheio de regras, que eles vão seguir, sim, *confia.*

Com certeza encontrar Sawyer outra vez era um sinal.

Então por que, de todos os restaurantes em Chicago, ele havia sugerido o encontro no Kuma's, o menos romântico de todos? Normalmente, escolheria algo como o The Purple Pig, onde eles poderiam se aconchegar em uma das pequenas cabines, compartilhando uma entrada — não um bar de heavy metal que servia hambúrgueres do tamanho da cara dele.

Apesar da escolha claramente pouco romântica, sua irmã ainda tinha dado um sermão sobre a mulher no "casaco amarelo horroroso". Margot podia não ter seguido os passos da mãe e se tornado atriz, mas com certeza herdara sua necessidade fundamental de puxar orelhas. Às vezes, ele pensava que o fato de o universo lhe dar dois meninos bagunceiros era uma maneira de fazê-la abaixar a bola — fazer todos eles abaixarem a bola. Mason amava os sobrinhos, como poderia não amar? Eles eram metade sua irmã e metade seu melhor amigo, mas seriam um terror na adolescência. E, embora adorasse passar tempo com eles, sempre ficava grato em deixá-los com Margot e Luis e voltar para casa sem crianças.

Ou ir a um bar de heavy metal que servia hambúrgueres do tamanho da cara dele. Ele adorava essa liberdade. Também gostava da visão de Sawyer esperando por ele no bar, com um copo de uísque diante dela. Ela ergueu a mão em um cumprimento tímido quando o viu serpenteando entre a multidão até ela. O Kuma's estava sempre cheio, o que ele não pensara quando escolheu. O casaco amarelo dela (que ele não achara horroroso) estava pendurado no banquinho ao lado, guardando o assento para ele.

— Faz muito tempo que está esperando? — perguntou ele em tom de desculpas, embora estivesse dez minutos adiantado.

Ela deu de ombros.

— Consigo me entreter — respondeu ela, dando um golinho na bebida. — Um ótimo local para observar as pessoas — adicionou com um súbito assentir para o bar.

Mason observou o casal de meia-idade diante deles, inclinados sobre os hambúrgueres enquanto Metallica soava alto no som estéreo. Sawyer se inclinou para mais perto, e ele reparou que o cheiro condimentado do Christkindlmarket ainda se agarrava a ela. Até que era agradável, agora que não estava tão concentrado. Sob tudo aquilo, o cheiro que ele até então não tinha percebido que associava a ela: coco. Estava nela inteirinha naquela noite. Na pele, no cabelo e, ele tinha certeza, até no hidratante labial.

— Meu palpite é que os turistas ficaram sabendo que o hambúrguer aqui é ótimo, mas não pesquisaram o tipo de lugar.

Mason se sentou no banquinho, observando o casal em busca de pistas.

— Moradores do subúrbio — palpitou ele. — No centro para fazer compras de Natal. Ele está aqui para reviver seus dias de glória, quando sua barba de ZZ Top estava na moda. Ela tem zumbido no ouvido por conta dos shows de rock que frequentaram naqueles tempos, então é difícil para ela ouvir, mas a faz lembrar da primeira conexão, o encontro inesperado deles na grade do Led Zeppelin.

Os lábios vermelhos de Sawyer fizeram um biquinho, como se chupassem limão.

— Isso é tão romântico que chega a ser nojento, mas... — Suspirou e grunhiu ao mesmo tempo. — Também é uma ótima construção de personagem

— admitiu a contragosto. — Posso pegar seu cérebro emprestado para escrever o meu livro?

Mason riu, o sorriso paralisando no rosto quando teve uma ideia. *Será* que ela podia pegar seu cérebro emprestado — e ele podia pegar o dela?

Um bartender tatuado os observava por cima das torneiras de cerveja, balançando a cabeça na direção de Mason. Ele pediu a primeira cerveja amarga que viu, ainda pensando no comentário dela.

O bartender deslizou a cerveja para Mason sem olhá-lo, fixado em Sawyer.

— Tudo bem, querida?

Ela sorriu, lábios vermelhos se abrindo para revelar dentes brancos.

— Sim, obrigada.

Enquanto o bartender jogava a conta em um copo diante deles com outra olhada para Sawyer, Mason percebeu que ela ignorava completamente as tentativas de chamar a atenção dela. Se um bartender gostoso encarasse Mason daquele jeito, ele já estaria no meio do planejamento do primeiro encontro perfeito. Quando as entradas chegassem, estaria na página três do site de uma imobiliária, buscando o apartamento dos sonhos para os dois.

Talvez ele estivesse errado. Talvez encontrar Sawyer outra vez não fosse um sinal de que estavam destinados a ficar juntos. Talvez devessem ajudar um ao outro.

Ele falou antes que pudesse se interromper:

— Acho que nos encontrarmos de novo foi um sinal.

— Ai, meu Deus — resmungou ela antes de tomar o resto da bebida. — Mason — falou, séria, se inclinando para a frente como se a proximidade fosse amenizar o pé na bunda.

— Não porque estamos destinados ou somos almas gêmeas ou sei lá o quê — disse ele, às pressas. Sawyer ficou tensa, como se decidisse se ia ou não sair correndo. — Acho que fomos feitos para curar um ao outro.

As sobrancelhas escuras dela desapareceram sob a franja.

— Não sabia que estávamos doentes.

Ele se virou de lado no assento para olhá-la direito, agarrando na mente o começo de uma ideia que era genial ou idiota, pausando apenas o suficiente para descobrir como dizer sem colocar toda a essência de Mason West na frase. Para ela, ele ainda era apenas Mason Álvarez. Não tinha percebido o peso de ser Mason West até, de repente, não precisar ser ele.

Mason sabia que precisava contar a ela quem era — já estava mantendo segredos demais das pessoas —, mas, considerando a atual cobertura da mídia, ser Mason West não era exatamente favorável para ele. Porém, era por isso que o destino trouxera Sawyer de volta. Porque ele *não era* a pessoa que os tabloides mostravam.

Mason não podia controlar o que os tabloides escreviam, mas podia controlar o que fazia — e o que não fazia. E precisava de ajuda de um especialista. Ele precisava de Sawyer.

— E se *pudéssemos* pegar emprestado o cérebro um do outro?

Sawyer riu, desacreditada.

— Como é?

— O que você disse naquela noite... — Fazia semanas que eles tinham dormido juntos, mas a lembrança estava fresca como se tivesse acontecido no dia anterior. — Nos ensinam que todas essas coisas fúteis são sinais do universo. Que tal pessoa é a nossa pessoa porque ficamos presos juntos no elevador ou fizemos contato visual em uma cafeteria, quando, na verdade, é um elevador com defeito ou um contato visual acidental com um estranho. Sim, eu sempre caio nessa. Me preocupo tanto com perder minha própria história de amor épica que gasto muita energia atrás de mulheres nos mercados natalinos porque *e se* ela for a pessoa certa? Mas nunca é, e... estou exausto. — Mason suspirou profundamente. — Preciso ficar solteiro por um tempo. Então, preciso parar, preciso *aprender* a parar. E aí aparece você, uma especialista em romance sem interesse em me namorar. Quero que você me arruíne.

Sawyer inclinou a cabeça para o lado, curiosamente.

— O que você está sugerindo exatamente, Álvarez?

Ele sorriu com a menção ao sobrenome.

— Terapia de exposição: vamos fazer tudo. Todas as coisas bregas que as pessoas só fazem em comédias românticas. Vamos fazer e não sentir nada um pelo outro. Então, da próxima vez que eu pensar: "Isso é um sinal", não cairei nessa porque já terei feito isso e não vai ter significado nada.

— Você quer que eu arruíne o romance para você? — falou Sawyer, devagar.

— Sim. E, em troca, talvez eu te inspire um pouco. É isso o que você estava procurando hoje, certo? Você me mantém ocupado demais, e cansado demais, para namorar, e eu deixo você pegar emprestado minha visão de mundo cor-de-rosa.

Ela mordiscou o lábio inferior, pensativa.

Mason precisava muito que ela parasse de fazer isso, ou teria que se esforçar demais para não beijá-la — mais do que já estava. O que, ele percebeu, era um bônus inesperado de fazer isso com Sawyer. Não havia futuro para eles, e ele teria que aprender a repreender a atração em vez de incentivá-la.

— O que te preocupa, Greene? — perguntou Mason em tom de desafio, dando um sorrisinho por cima do copo de cerveja. — Se apaixonar por mim?

Sawyer pestanejou.

— Nem um pouquinho.

— Ótimo — disse ele, se inclinando para a frente. — Eu vou te provocar tanto que você escreverá uma trilogia inteira antes de se dar conta do que aconteceu.

Sawyer bufou alto.

— Então, você vai aparecer debaixo da minha janela com uma caixa de som e tocar as músicas dos anos oitenta que eu odeio?

— Claro. — Mason deu de ombros, erguendo um dedo. — Mas só se você arruinar o beijo do Homem-Aranha para mim.

— Qual Homem-Aranha? — perguntou ela, séria.

Mason bufou.

— De ponta-cabeça, sob a chuva, Tobey Maguire e Kirsten Dunst, óbvio.

Ela gaguejou, pensativamente.

— Tenho que usar mamilos falsos?

Mason teve certeza de que seu coração acelerou, o cérebro dando curto-circuito quando seus jeans de repente pareceram apertados demais. Engoliu em seco.

— Os seus servem — murmurou às pressas, dando um gole na cerveja. Precisava de um banho frio, mas uma bebida fria teria que servir.

Sawyer riu baixinho, mas seus olhos permaneceram sérios.

— Gosto do que você está pensando — comentou ela, devagar. Ele tinha a sensação de que ela não falava dos mamilos. — A esta altura, eu faria qualquer coisa para despertar minha inspiração. Tô dentro. — Definitivamente não era sobre os mamilos.

Mason tomou outro gole da cerveja, sem conseguir abafar um devaneio dos dois reencenando o cinematográfico beijo na chuva.

— Primeiro tema...

— Agora? — perguntou ele, alarmado, olhando ao redor do bar cheio. Estava tentando não chamar a atenção, mas ela não sabia disso. Se ela começasse um número musical agora...

— Um contrato. Algumas regras bem definidas.

Ele suspirou devagar, aliviado por Sawyer não estar prestes a atrair a atenção de todos ali. Apenas o bartender os observava, agora sem fingir que não estava de olho nela.

Sem reparar nisso, ela prosseguiu:

— Regra número um: sem nos apaixonarmos e sem ter qualquer tipo de sentimentos — disse como se fosse óbvio, encarando-o com expectativas.

— Naturalmente — concordou ele, um pouco tarde demais. Era por isso que estava ali, afinal de contas. Se apaixonar por Sawyer Greene seria um desastre em um dia normal, e ainda pior quando ele estava preso no meio do triângulo amoroso inventado pelos tabloides e à beira de se mudar para o outro lado do país.

— E nada de sexo.

Mason engasgou com o gole de cerveja que acabara de tomar. Isso não passou despercebido.

— Só vai estragar tudo — disse ela, cheia de razão.

Talvez aquela noite não tivesse sido tão boa para ela quanto foi para ele, mas Mason tinha certeza de que tinha sido sim. Pelo menos, era o que esperava. Mas era justo. Eles tinham concordado antes que aconteceria uma vez só. Provavelmente era melhor que continuassem assim.

— Sem sentimentos e sem orgasmos. Entendi — repetiu ele.

Sawyer o encarou ao ouvir a palavra "orgasmos", fazendo disparar nos ouvidos dele um zumbido, que nada tinha a ver com o Iron Maiden soando alto no ambiente.

— Tudo bem aí? — perguntou o bartender, batendo na bancada diante deles com uma mão tatuada.

Desta vez, Mason ficou satisfeito com a interrupção, suspirando profundamente enquanto Sawyer voltava a atenção para o bartender. Ela pediu outra rodada e um hambúrguer. Mason terminou a cerveja e fez o mesmo. Luis ia matá-lo no dia seguinte por tomar cerveja e comer um hambúrguer com o dobro do tamanho que qualquer pessoa tinha o direito de comer. O lado ruim de ter o melhor amigo como personal era não poder mentir para ele. O lado bom era que Luis sempre o perdoava — na verdade, ele costumava estar sentado ao lado dele, comendo um hambúrguer tão grande quanto o de Mason.

— Ei! — Sentando-se sobre uma perna e se inclinando sobre o balcão, Sawyer chamou o bartender. Ele se aproximou rapidinho. — Você tem uma caneta para me emprestar? E papel?

Mason tinha a sensação de que o bartender lhe daria literalmente o que ela quisesse. E entendia o cara. Sorriu, convencido, imaginando a decepção do bartender ao entender que o papel e a caneta não eram para que ela anotasse seu número.

— Está bem. — Sawyer clicou a caneta, pensativa. Escreveu o número um e o circulou, seguido de "nada de sentimentos", e então o número dois e "nada de sexo". Jogou o cabelo platinado por sobre o ombro. — Que outras precauções devemos tomar?

— Podemos sair com outras pessoas enquanto fazemos isso? — perguntou ele.

As sobrancelhas dela sumiram sob a franja.

— Pensei que o propósito disso fosse você ficar solteiro.

Mason sorriu.

— Eu não estava perguntando para mim, e sim para aquele cara ali. — Com a cabeça, ele indicou o bartender, que enxugava os copos de cerveja enquanto observava Sawyer.

Ela sorriu. Anotou um número de telefone no cantinho do papel e o rasgou. Mason esperou que ela o colocasse disfarçadamente dentro do copo que tinha a conta deles, mas, em vez disso, ela o colocou no bolso da frente do jeans dele.

— Fica com isso para a gente coordenar a logística. — Sawyer clicou a caneta duas vezes. — Agora… o que devemos arruinar primeiro?

7

• Lenhador/Lenhadora •

A ciência do romance decreta que todas as pessoas usando uma camisa xadrez vermelha se tornam quarenta e dois por cento mais atraentes. Se as mangas estiverem arregaçadas e os antebraços expostos, adicione mais dezessete por cento e se prepare.

Sawyer sorriu consigo ao entrar no elevador, com uma sacola pesada de livros. A mão estava com cãibra, mas ela estava animada demais para ficar com raiva de si mesma por — mais uma vez — se esquecer de arranjar uma maneira melhor de transportar seus livros. O único ponto positivo de não escrever era ter mais tempo para ler, e estava terminando livros mais rápido que nunca.

O passeio no Christkindlmarket acendera uma fagulha nela. Ainda não estava escrevendo, mas seus dedos espasmavam, a semente de uma ideia crescendo no fundo da mente, desde que ela não analisasse demais. Em vez disso, decidiu alimentá-la. Se ia escrever uma comédia romântica natalina, entraria com tudo.

Sawyer sempre amara o Natal, mas fazia anos que não decorava direito. Não desde Sadie. Elas decoravam tudo quando estavam juntas, recebendo todos os amigos que tinham escolhido como a própria família. Embora com o término tivesse perdido os amigos, não tinha perdido o amor pelo Natal. Sempre parecera muito esforço decorar só para si, mas talvez, se ela decorasse o bastante, o primeiro rascunho do livro se escrevesse sozinho.

Além de devorar livro após livro a semana inteira, ela assistira a uma quantidade inumana de comédias românticas para ter ideias do que arruinar para Mason. Enquanto estudava temas e clichês, suspeitava que Mason tivesse sugerido apenas encontros e grandes gestos que tivera e fizera. Ela estava começando a pensar que ele era mesmo um mocinho de romances em carne e osso, com tanquinho e tudo.

Eles conversaram por mensagem a semana toda, tentando combinar múltiplos clichês em um para aproveitar o que tinham o máximo possível. No espírito natalino, ela fizera uma lista e a conferira duas vezes:

Missão: (Sem)Romance:

1. Escolher uma árvore de Natal

Com isso, conseguiriam duas coisas: uma árvore para ela e arruinar a ambientação de metade dos filmes de Natal do Hallmark. Mason estava obrigado a usar uma camisa xadrez vermelha.

2. Esquiar no Millennium Park

Sawyer era péssima em esquiar, mas Mason disse que isso apenas tornava mais adequado para uma comédia romântica — e mais fácil para ela deixar menos divertido. Ela só cedeu quando ele prometeu levar uma caixa térmica de sidra alcoólica.

3. Beijar à meia-noite na véspera de Ano-Novo

Sawyer não era muito fã do Ano-Novo no geral, mas Mason era praticamente escrito por Nora Ephron, e, portanto, ela não podia eticamente deixá-lo desacompanhado em um dos momentos mais impossíveis de permanecer solteiro do ano ou ele com certeza recairia no romantismo incurável.

4. Comprar na IKEA

Eles concordaram que *500 dias com ela* não era um romance, mas ainda valia a pena colocar na lista, só para garantir. Além disso, Mason precisava de uma nova mesinha de canto ou algo assim.

5. Ir a um espetáculo musical???

Este ainda estava no ar, porque nenhum deles gostava de grandes demonstrações públicas, fosse para as receber ou realizar. Tinham concordado de tirar no palitinho depois.

6. Refazer a cena do cartão em *Simplesmente amor*

Sawyer defendia com unhas e dentes que essa cena era esquisita, mas Mason insistiu que era icônica demais para não arruinar.

A lista parava aí. Acabou sendo bem mais difícil do que Sawyer antecipara, e ela não tinha certeza de como fariam metade disso. Não havia feira alguma naquele período do ano, então Mason não podia ganhar um urso de pelúcia gigante para ela. A coisa mais próxima era o Christkindlmarket, e já tinham feito isso. Eles não podiam dançar e se beijar na chuva, porque tinham concordado que sua regra de "nada de sexo" incluía todo o tipo de intimidade — sem exceção.

O beijo de véspera de Ano-Novo parecia um clichê grande demais para *não* incluir. Mason já tinha planos — uma festa do trabalho — e atualizara seu convite para incluí-la. E, graça as Deus, porque o único convite de Ano-Novo que Sawyer recebera era de Lily, mas também era o primeiro aniversário de casamento dela e, se Sawyer expusesse Mason à felicidade marital de Lily e Beau, todo o trabalho deles para arruinar o romance seria desfeito com um olhar. Ela sugeriu que ser a namorada de mentirinha de Mason na festa de véspera de Ano-Novo era outro clichê clássico, mas ele ficou estranhamente defensivo, então ela deixou para lá.

Saindo do elevador, ela apoiou a sacola de livros no bar, esperando que Alex terminasse de servir um cliente.

Tirando a lista do bolso, ela a releu. Não tinha certeza se era suficiente, demais ou pouco. Pegando uma caneta, escreveu: "data final???" no cantinho de um pedaço de papel. Acabaria quando terminassem a lista ou quando se cansassem um do outro? Ou será que quando se cansassem um do outro é que precisariam continuar, para colocar o último prego no Caixão do Amor?

— Anjo dos livros — disse Alex, colocando a sacola dela atrás do bar. Pegou um rolinho de talheres, mas ela ergueu a mão.

— Deixa para depois — disse ela. — Eu precisava liberar espaço para conseguir colocar uma árvore de Natal no apartamento esta tarde.

Alex sorriu.

— Olha você, toda fofa e natalina.

Sawyer fez uma pose.

— Estou experimentando coisas novas. Te conto da próxima vez. É bom. — Alex ia gostar da missão dela e de Mason.

— Tem algo a ver com você ter ido embora com Mason West da última vez que esteve aqui?

Ela paralisou. Mason *West*? Por que esse nome soava familiar? Tentando manter o tom casual, ela fingiu desinteresse, analisando as unhas.

— Você conhece o Mason?

Alex ergueu as sobrancelhas.

— Sim, o elenco de *Diagnósticos* vem bastante aqui. Eles filmam no hospital descendo a rua. Por que... por que está me olhando assim?

Sawyer não tinha TV a cabo, então nunca assistira à série, mas com certeza *sabia* que existia. Lily ia ter um treco quando soubesse que Sawyer, por acidente, conseguira conhecer um membro do elenco que fugira delas naquele mesmo bar um ano antes. E ela fizera bem mais que *conhecer* um. De repente, algo se alojou na garganta dela. Talvez um grito. Pigarreando, colocou o cabelo atrás da orelha e recuperou a compostura.

— Eu, hã, preciso ir — conseguiu dizer. — Mesmo horário mês que vem?

Alex assentiu devagar.

— Você está bem?

— Sim — insistiu ela. — Estou bem.

Muito bem, só que pelo visto dormira com alguém muito famoso de uma série muito popular à qual não assistia porque odiava diagnósticos, e agora tinha que ir encontrar Mason e fingir que não sabia quem ele era ou que odiava a série. Está bem, *ódio* era uma palavra forte. Ela nunca assistira. Talvez fosse boa.

Ela deu um tchauzinho para Alex ao se afastar do bar, esperando que seu colapso mental não estivesse estampado na cara. Apertou o botão do elevador com bem mais força que o necessário e pegou o celular do bolso com a outra mão. Enquanto esperava, abriu o Google e pesquisou: "Mason West *Diagnósticos*". Talvez tivesse outro Mason West em Chicago.

Não tinha.

— Ah, merda — murmurou, passando por uma foto dele com a Dakota Johnson. A foto era uma tentação para os bissexuais.

O cérebro dela estava derretendo.

"Mason Álvarez, conhecido profissionalmente como Mason West…"

Ele não mentira sobre o nome, mas também não contara a verdade.

Não importava.

Não *deveria* importar.

Sawyer era bem-sucedida na profissão — ou tinha sido — e ele sabia quem ela era. Que diferença fazia se o motivo de o apartamento dele ser tão bonito era a profissão de ator, e não o fato de ele ser um nepobaby das finanças? Embora o Google tenha dito que ele *também*, provavelmente, era um nepobaby. A mãe dele, Moira West, era uma famosa atriz de novelas. Enquanto as portas do elevador se abriam, ela fechou a página de Mason na Wikipédia e abriu o Google Imagens. Entrou cegamente no elevador e apertou o botão do saguão.

"Mason West enche o camarim de Kara Zhao com mil rosas"

"Uma espiadinha nos planos românticos de Dia dos Namorados de Mason West"

"Dez coisas que todos os homens poderiam aprender com Mason West: um passo a passo"

Céus. Ele era mesmo um mocinho de romance em carne e osso. Mas os artigos mais recentes tinham um tom diferente.

A atenção de Sawyer foi atraída para uma foto dele com a moça bonita que ela vira ao seu lado na noite em que se conheceram. Alguém a editara para parecer rasgada no meio. A imagem fora reciclada em vários artigos. No topo estava: "A longa lista de ex-namoradas de Mason West", o que era engenhoso, mas cruel. A manchete seguinte era pior: "Kara Zhao deixa *Diagnósticos* e Mason West: Coincidência? TMZ tem todos os detalhes..."

TMZ precisava cuidar da própria vida. E Sawyer também.

Ela se forçou a fechar o Google antes que descobrisse mais do que deveria. Mas isso não impediu que as pecinhas se encaixassem em sua mente. A ex dele estivera em Los Angeles "a trabalho", o que Sawyer agora sabia que significava "filmando". Ela resistiu à vontade de abrir o Google outra vez e ler o primeiro artigo. Os ex dela não estavam expostos on-line, então não era justo acessar essa informação quando Mason não podia fazer o mesmo. Além disso, por que ela se importava com quem ele tinha namorado?

Enfiando o celular no bolso, Sawyer suspirou. Não fazia diferença se Mason era famoso. Não mudava nada — exceto que talvez tivessem que se esconder, o que, sinceramente, parecia meio divertido. Não era de se espantar que ele não quisesse que Sawyer fosse sua namorada de mentirinha na festa do trabalho. *Puta merda.* Talvez depois disso ela pudesse escrever um livro com o tema "secretamente famoso". Pensou em adicionar isso à sua enciclopédia de tropos de romance mais tarde. Tinha começado como pesquisa para a lista, mas o documento de muitas páginas no Google Docs tinha agora uma guia permanente no navegador dela, cada adição atiçando as brasas quase apagadas do seu amor pela escrita. Esperava que o fogo começasse em breve, seus dedos disparando pelo teclado como costumavam fazer.

As portas do elevador se abriram e Sawyer viu um casaco cinza familiar passando pela porta.

Mason sorriu carinhosamente para ela.

— Achei que seria mais fácil encontrar você aqui — disse ele, animado. Ao observar o rosto de Sawyer enquanto ela se aproximava, a expressão dele ficou preocupada. — Você está bem, Greene?

— Estou bem, West — disse ela, parando diante dele.

A princípio, Mason não reagiu, e então piscou várias vezes, massageando a nuca. Pigarreou.

— Eu ia te contar isso hoje. Entendo se estiver chateada. Eu... — Ele suspirou. — Queria ser anônimo por uma noite, e então quando te vi de novo... Não tem um jeito fácil de dizer: "Ei, falando nisso, sou meio famoso", sem parecer um completo babaca. Eu não queria te deixar desconfortável ou que você me tratasse diferente, mas talvez isso tenha acontecido mesmo assim, não é? — Ele deu de ombros, impotente.

Algo dentro dela se derreteu com o tom dele. Sawyer sabia bem como era ser tratada de maneira diferente quando as pessoas achavam que podiam ganhar algo com ela.

— Não estou chateada — disse ela, sincera. — Entendo por que você não disse nada. É bom ser anônimo. Só que agora meu bartender acha que eu dormi com um ator porque me viu saindo com você.

Mason sorriu para ela.

— Você *dormiu* comigo.

Sawyer dispensou o comentário dele.

— *É*, mas eu não quero que ele saiba disso.

Mason enfiou as mãos nos bolsos do casaco, encolhendo os ombros.

— Então, o que a gente faz agora? — perguntou, nervoso. — Prometo transparência total daqui em diante...

— Não — interrompeu Sawyer, erguendo a mão. — Acho que isso é bom, na verdade. Concordamos em não falar nossos nomes naquela noite...

— E eu arruinei isso...

— É, mas acho que devemos reaplicar a regra agora. — Mason ergueu as sobrancelhas, confuso. — É tarde demais para esconder nomes, claro, mas todo o resto... Não precisamos da história de vida um do outro para fazer isso. Na verdade, se vamos fazer um monte de coisas românticas, provavelmente é melhor *não* nos conhecermos muito bem.

— Poucas informações — disse Mason, as covinhas aparecendo quando franziu os lábios. — Esperta. Adicione isso às regas.

Sawyer sorriu, batendo um martelo imaginário.

— Petição aprovada. — Ela adorava saber poucas coisas. Por que não tinha pensado nessa proteção antes? — Mas quanto à nossa lista, acho que devo saber: Você será reconhecido aonde formos?

Mason balançou a cabeça.

— Não temos que nos preocupar. Os únicos paparazzi em Chicago são fãs com celulares, mas manteremos as aparições públicas no mínimo. E, quando sairmos, a melhor coisa do inverno é que ajuda muito no anonimato. A maioria das pessoas não vai me reconhecer se eu não estiver usando um jaleco.

Sawyer mordiscou a bochecha. Não tinha vontade de ser arrastada para essa bagunça midiática, mas pesquisar sobre ele apenas fortalecera a crença dela de que, se alguém poderia enfrentar a postura dela quanto ao amor, seria o romântico incurável na sua frente agora. Ela aceitara a oferta de Mason de se curarem sem pensar no assunto, mas estava começando a ver isso como sua salvação. Pesquisar coisas para arruinar com eles tinha sido a inspiração mais criativa que sentira em meses. Ela precisava que isso funcionasse.

— Já estamos aqui — disse Mason. — Me dê o dia de hoje e um item da lista. Prometo que não serei reconhecido e, se você não estiver inspirada pelo menos um pouquinho no fim do dia, não desperdiçarei o seu tempo com o restante da lista.

Semicerrando os olhos, Sawyer o encarou.

— Está me desafiando?

Mason sorriu, abrindo os braços em convite.

— Faça o seu pior, Greene. Me arruíne.

Sawyer não conseguiu deixar de sorrir também.

— Está bem. Mas fique sabendo: não tenho TV a cabo, então nunca vi sua série.

Apesar disso, imaginar Mason de jaleco a provocou. Talvez Sawyer tivesse que *começar* a assistir, mas isso poderia tornar impossível não dormir com ele outra vez, e ela não tinha tempo para esse tipo de distração agora. Uma ficada era uma coisa, mas um relacionamento enquanto tinha um prazo a cumprir? Ela sabia bem o que aconteceria.

Ele sorriu.

— Imaginei. Se um dia assistir, não me conte.

Sawyer riu.

— Justo. Também sou assim com os meus livros.

— Ah — disse ele, travesso. — Já li seus livros.

Ela piscou para ele, os olhos arregalando de surpresa.

— Livros? No plural?

— Aham. *Quase amantes* — Mason contou cada um nos dedos —, *Ficantes & outras palavras com F* e *Por que não estamos juntos.*

— Ai, meu Deus — murmurou ela, cobrindo o rosto. — Por quê?!

Mason riu.

— Achei que não ia te ver de novo e estava curioso. Fiz audição para o filme de *Quase amantes*, mas não consegui o papel, óbvio.

Sawyer espiou entre os dedos.

— Tá falando sério?

— Seríssimo. E agora entendo: o livro *é* muito melhor que o filme.

Sawyer pôs a mão sobre o coração.

— Obrigada.

Enfiando as mãos bem fundo nos bolsos, ele sorriu timidamente.

— Então, estamos bem? Ainda vamos fazer isso?

Franzindo os lábios para fingir pensar, ela abriu o colarinho do casaco dele, espiando a camisa xadrez vermelha que eles tinham combinado. Devagar, ela sorriu.

— Ah, pode apostar. Vamos, Álvarez-West, a hora está passando.

Mason sorriu ao se apressar para sair na frente e abrir a porta para ela.

— Cadê seu carro?

Sawyer gesticulou orgulhosamente para o carro estacionado ali em frente, na vaga premium.

Mason caiu na risada.

— Você só pode estar brincando.

8

• A queda •

Ficar caidinho pela pessoa, literalmente. Pontos extras por cair em cima dela, com o rosto a um centímetro de distância.

Era o menor carro que Sawyer podia ter. Era uma fofura e combinava perfeitamente com ela.

— O que foi? — disse Sawyer na defensiva. — Tem pneus ótimos e as ruas estão livres.

Mason mordeu o lábio para não sorrir. *Não* era com isso que ele estava preocupado; mas, se ela não tinha percebido a falha em seu plano, ele que não ia falar nada. Ainda não. Ergueu as mãos inocentemente, cortando Sawyer para chegar primeiro à porta, abrindo-a com um floreio.

Ela balançou a cabeça e se sentou no banco do motorista. Mason sorriu consigo e foi para o lado do passageiro do velho Volkswagen Beetle. Inspirar romance? Ele nascera para isso.

A fazenda ficava a quarenta e cinco minutos fora da cidade, mas o trajeto passou em um piscar de olhos — em parte porque Sawyer dirigia como louca na rodovia e em parte porque Mason pode ter fechado os olhos mais de uma vez, por puro instinto de preservação. O carro dela era tão velho que não tinha alça PQP, do contrário ele teria segurado enquanto ela passava de uma faixa para a outra sem nem olhar direito.

Era melhor não ficar olhando para a estrada, então Mason olhou para ela. Sawyer falava animada, descrevendo todas as suas tradições favoritas de Natal, por vezes se distraindo no meio da história e começando outra, apenas para voltar perfeitamente para o argumento original. A mente dela era caótica e fascinante.

— Então, além da árvore, o que você planejou para as festas de fim de ano? — perguntou Mason.

Ela murchou, e ele jurou que até a seta dela piscava mais devagar.

— Chegamos! — Sua voz estava contida, e ele sabia que ela fingia entusiasmo para evitar responder à pergunta. Ele não conseguiu entender o motivo. As tradições de Natal-queer que ela passara a última meia hora descrevendo soavam melhor que qualquer festa de Natal que ele já tivera.

Sawyer estacionou, o carro comicamente pequeno perto das SUVs e picapes no estacionamento enlameado. Mason a olhou, esperando que ela percebesse a falha no plano, mas o sorriso que fora forçado estava agora suave outra vez.

— O que foi? — perguntou ela, na defensiva.

— Você gosta mesmo do Natal, não é?

Ela deu de ombros.

— Você não gosta?

Mason franziu a testa.

— Não desde que o Papai Noel deixou de ser real. A única tradição que tínhamos era minha mãe decorando a árvore perfeita para ser o fundo da nossa foto do cartão de Natal com uma carta destacando todas as coisas glamorosas que fizemos durante o ano, atividades que ela nos obrigava a fazer.

Sawyer fez uma careta que dizia: "Caramba."

Ele ficou tenso. Tinham *acabado* de concordar em manter as coisas superficiais. Ele não queria ter compartilhado tanto, nunca falava demais da mãe com alguém além de Luis ou Alissa. O relacionamento era complicado, mas ele sabia que a postura dela — por mais que fosse exaustiva — sempre fora para aplacar a curiosidade da mídia, para que pudessem ter a vida mais normal possível por trás das câmeras. Ele confiava que Sawyer não era o tipo que correria para os tabloides, mas o treinamento de imprensa da mãe era natural para ele agora, e Mason não conseguia resistir à vontade de amenizar as coisas.

— Amo minha família. Amo mesmo. É só que... às vezes, não sei se tive mesmo sorte de ter a família perfeita ou se é só um papel que fomos treinados a desempenhar. — Ah, sim, amenizar as coisas. Eles estavam bem além do nível superficial agora. Era mais sincero do que ele já fora na vida, mesmo dentro de sua própria cabeça. Na noite em que se conheceram, Mason pensou que estar tão à vontade com ela era só o efeito da ficada anônima, mas no Kuma's e agora seu filtro costumeiro continuava a falhar. — Enfim... — Ele massageou a nuca, desconfortável. Não queria que a relação complicada de sua família arruinasse o dia.

Por sorte, parecia que Sawyer também estava evitando... *algo*, e ignorou o que ele disse sem pensar duas vezes.

— O *showbiz* é assim, querido — disse ela no que Mason presumiu ser sua melhor voz de apresentadora.

Ele a olhou antes de abrir a porta do carro e sair. O ar frio encheu seus pulmões, e ele sorriu. Metade do tempo, a cidade o fazia odiar a neve e desejar os invernos ensolarados de Los Angeles. No entanto, fora da cidade, onde os galhos de sempre-vivas estavam polvilhados com o pó branco e fofo, com arvorezinhas alegres dignas de uma pintura do Bob Ross, não era tão ruim assim.

Um arrepio violento chacoalhou a figura pequena de Sawyer enquanto eles iam até a fila para comprar a árvore.

— O Hallmark não prepara ninguém pra porra dos mamilos congelando.

Mason segurou a risada, tirou o casaco e passou pelos ombros dela.

Ela franziu a testa, relutantemente entrando em seu calor. A forma como inspirou o cheiro do tecido despertou algo nele que era difícil sufocar.

— Para registrar, só estou permitindo esse gesto clichê porque, primeiramente: estou com frio — disse ela. — E em segundo lugar: você é um idiota por desistir do seu casaco quando a sensação térmica está abaixo de zero, e espero que isso o liberte de suas tendências românticas.

Mason estava prestes a dizer que não estava tão frio assim, então o vento soprou e roubou todo o calor de seu corpo. Mas até parece que ele ia admitir que ela tinha razão. Rangendo os dentes para não os deixar bater, forçou um sorriso.

— Por que ser pragmático quando posso ser romântico?

Sawyer o encarou como se ele tivesse três cabeças.

— Ah, vamos — disse ele, a cutucando com o cotovelo. — Você adicionou isso à lista. Com certeza deve achar romântico.

Sawyer cantarolou pensativamente, mas fosse lá o que estava prestes a dizer, ele nunca descobriu. Enquanto avançavam na fila, as agulhas de pinheiro no chão se moveram para revelar uma parte com gelo. Mason cambaleou para trás, movendo os braços em uma tentativa fútil de recuperar o equilíbrio. A gravidade ganhou, e ele caiu de bunda no chão com um baque alto.

Sawyer cobriu a boca, mas mal conseguiu disfarçar a risada rouca.

— Você está bem?

— Estou — resmungou Mason, o constrangimento atingindo suas bochechas com a mesma força de suas nádegas no chão meio congelado.

— Quer saber? — disse ela, rindo. — Fui convertida. Estou achando tudo *muito* romântico. E você?

Ela estendeu a mão para ajudá-lo — a ideia da Sawyer de um metro e meio ajudando-o a se levantar era hilária, mas ele aceitou mesmo assim. Tudo deu errado a partir daí. Enquanto ele firmava os pés no chão, a lama da neve semiderretida sob as botas de Sawyer se mexeu e ela perdeu o equilíbrio. Mason a segurou no meio da queda, mas não conseguiu evitar que batessem a testa com um som alto. Cambaleando para trás, ele encarou o céu cinzento, caindo na lama pela segunda vez.

Sawyer caiu sobre o peito dele com um *opa*, o rosto a um centímetro de distância. O olhar semicerrado dela pousou na boca dele, pertíssimo da dela.

— Você fez isso de propósito — acusou ela, franzindo a testa.

— Eu, não. — Mason riu. — O romance deve estar no ar.

— Que nojo — resmungou Sawyer. Desenganchando as pernas da perna dele, se levantou, desajeitada.

Mason garantiu que ela tivesse equilíbrio — e não estivesse sobre o gelo — antes de se levantar com o máximo de dignidade que conseguiu. Limpando o traseiro, resmungou ao ver as mãos enlameadas.

— Não se preocupe — Sawyer o reconfortou enquanto dava risadinhas descontroladas ao inspecionar as costas dele. — Parece que você cagou na calça *só um pouquinho*.

— Ótimo — disse ele, sério.

Com pena, Sawyer se aproximou, tirando as agulhas de pinheiro da camisa dele. Ela beliscou um ponto abaixo do bolso do peito, puxando. Para o constrangimento de Mason, arrancou a etiqueta da camisa xadrez novinha em folha.

— Quando eu pedi que usasse uma camisa xadrez e você concordou...? — Sawyer deixou a pergunta no ar.

— Comprei uma — confessou ele.

— Mason, eu pedi *esta manhã*. Você podia ter negado!

— Eu gosto de agradar, e se o look de lenhador funciona para você, então... — Deu seu sorriso sensual que enlouquecia as fãs de *Diagnósticos*.

Sawyer enganchou os dedos nos passadores do cinto dele, puxando-o para mais perto. Inclinando a cabeça, ela o olhou com olhos bem semicerrados.

— Na verdade, me agrada muito, muito mesmo — sussurrou. A atenção dele passou pelas bochechas dela, coradas do frio, até os lábios pintados de vermelho. — Mas como é que você sabia — continuou ela, com a voz baixa e rouca que fazia entre quatro paredes — que minha real fraqueza são homens que cagam na calça?

Quando a ficha caiu, Mason fechou os olhos. Sawyer estava de zoeira. Ele caíra na dela sem nem pensar no assunto.

De brincadeira, ela o empurrou e foi até a pequena bilheteria vermelha para pagar pela árvore. Quando ele pegou a carteira, ela se inclinou sobre a bancada, colocando o traseiro entre ele e a maquininha do cartão.

— Seja um querido e pegue uma serra pra gente, sr. Lenhador.

Ainda bem que a missão deles não contava pontos; porque, se contasse, bem, ele com certeza estaria perdendo. Se fosse um primeiro encontro, se estivesse mesmo tentando impressionar Sawyer, então era sua pior performance.

Mais determinado, Mason foi até o armazém onde ficavam as serras e escolheu uma. Não era o homem mais habilidoso, algo que fazia o pai provocá-lo. Os pais dele eram um casal estranho, e mesmo assim um clichê perfeito.

O dublê reformado do exército e a protagonista. O pai havia mexido com carros e não pagava ninguém para consertar nada na grande casa que tinham até que a mãe insistisse — ou contratasse alguém sem que ele soubesse. Tentara ensinar Mason a fazer tudo isso, mas o filho nunca teve jeito para trabalhos manuais. Margot recebera o gene de Como as Coisas Funcionam, mas preferia números e cifrões a carburadores e velas.

Mesmo assim, Mason passava tempo suficiente na academia para conseguir cortar uma árvore.

De camisa xadrez.

Sim, ele mentira quando Sawyer perguntou se tinha uma camisa xadrez vermelha. Não tinha e correu para comprar uma. Mas a forma como o olhar dela se iluminou ao olhar debaixo do casaco dele? Valeu a pena.

A mesma luz estava agora sobre os olhos verdes dela, as íris com o verde intenso de uma folha nova. Sawyer parou diante dele, brandindo a nota fiscal como se fosse um bilhete dourado.

— Vamos, lenhador — disse, sorrindo. Enganchou o braço no dele e praticamente o arrastou em sua missão de encontrar a árvore perfeita. Faltavam apenas duas semanas para o Natal, logo as opções eram escassas.

Sawyer falava de um pinheiro simétrico quando uma garotinha com chapéu de rena cor-de-rosa correu até ele, abraçando-o e dizendo que era a melhor árvore do mundo. Sawyer concordou, e esperaram até que a família da menina chegasse antes de recomeçar a caçada.

Mason sorriu. Estava começando a suspeitar de que Sawyer não fosse tão mal-humorada quanto fingia ser. Em algum lugar sob as camadas de espinhos, havia uma alma docinha. Ele só precisava que ela lhe ensinasse o segredo para que pudesse preservar melhor seu coração, parar de entregá-lo tão fácil.

De repente, Sawyer virou à direita, soltando o braço dele enquanto dava a volta em uma árvore tão alta quanto ela — ou seja, pequena.

— Está bem — proclamou Sawyer, com as mãos nos quadris. — É esta.

Mason fez uma careta.

— Tem um buraco gigante.

Sawyer franziu a testa, farfalhando o vão entre os galhos com carinho.

— Todo mundo tem, não? — disse sabiamente. — Vou colocá-la onde ninguém poderá ver e vou cobri-la de enfeites fofos. Não vai dar para notar a diferença.

Em algum lugar, um terapeuta se arrepiou.

De joelhos, Mason afastou os galhos infinitos até encontrar um bom ponto para começar a cortar.

— Acho que, se você não a levar para casa, quem vai levar, né?

Sawyer cantarolou, concordando.

— Minha boa ação do ano.

Mason olhou para ela entre os galhos enquanto dava o primeiro golpe.

— Não é Ano-Novo ainda.

— Eu sei — disse ela, sorrindo. — Quis dizer deste ano. Fiquei preocupada de não conseguir.

Mason balançou a cabeça, focado em serrar.

— Porque você é uma pessoa péssima.

— Uma verdadeira Grinch.

— Só que você gosta de Natal — observou ele. Estava chegando à metade da base da árvore agora, então não viu a expressão dela quando Sawyer levou um momento a mais para responder.

— Meu coração é bem fechado para todo o resto.

Ela falou tão baixinho que foi um milagre ele ter conseguido ouvir alguma coisa, e tinha um palpite de que ela não queria que ele ouvisse, então não comentou nada. Mason é que não ia mencionar que o fato de ela ser tão contra romance e sentimentos era evidência de que seu coração não era nem um pouco fechado, mas sim que ela, como ele, o havia entregado para a pessoa errada. Com certeza não ia comentar isso. Não estava ali para mudá-la ou "consertá-la". Estava ali para aprender com ela.

Com a confirmação dos rumores de que Kara estava saindo de *Diagnósticos*, os investidores já estavam ligando sem parar para Alissa, preocupados de que a tendência de Mason de namorar com colegas de trabalho desestabilizasse a produção. Como se todo set não fosse incestuoso. Eles passavam o dia todo, todos os dias, com a mesma equipe. Com quem mais deveriam namorar? De qualquer forma, ele já recebera uma ligação de seu empresário, concordando com a ideia de Alissa de que ele deveria permanecer solteiro e deixar a tempestade passar.

Mason canalizou toda a frustração com os tabloides em cada movimento da serra, fazendo progresso rápido. Toda vez que os dentes agarravam, ele fazia mais força, a sensação catártica. Talvez devesse fazer trabalhos manuais com mais frequência. Quando chegou ao meio, parou, se sentando.

— Está bem. — Segurou o tronco e gesticulou para que Sawyer se sentasse ao seu lado.

Diante de Mason, ela tirou serragem do cabelo dele antes de penteá-lo para trás, a sensação das mãos dela entre os fios disparando direto para o pau dele. Sem querer, Mason olhou para Sawyer, os lábios vermelhos dela sorrindo.

— Você fica bem de joelhos. — Ela deu uma piscadela.

Mason ignorou o comentário; não devia reagir enquanto a "Regra 2: Sem sexo" estivesse em vigor.

— Vem aqui — grunhiu ele, balançando a cabeça.

Obediente, Sawyer ficou de joelhos, balançando o traseiro enquanto se colocava entre os arbustos.

Esse era um jogo para dois. Mason se inclinou sobre ela, o peito pressionado contra as costas dela enquanto a ajudava a posicionar a serra, como se fosse um mestre da sinuca ensinando a uma mulher a jogar.

— Só precisa de alguns movimentos de vaivém.

Sawyer riu roucamente ao ouvir *vaivém*, e Mason se afastou da árvore antes que ela percebesse o que o som fez com ele.

Enquanto Sawyer trabalhava na árvore, ele observou as crianças correndo descontroladas, então enroladas em casacos e lenços que pareciam bolas acolchoadas com pernas enquanto trançavam entre as árvores, rindo alegres. Os sobrinhos dele haviam convencido Margot a colocar a árvore falsa pré-decorada no dia seguinte ao Dia de Ação de Graças, então agora era tarde, mas ele pensou em convencer Margot a comprar uma de verdade no próximo ano. Sabia que ela reclamaria da bagunça — Margot *detestava* bagunça —, mas os meninos iam adorar.

Ele deixou de pensar nos sobrinhos quando Sawyer começou a serrar, as vibrações da lâmina cortando o tronco disparavam pelo braço dele e por seu pau já malcriado. Pelos céus. Toda saída com ela seria assim? Ele não ia sobreviver. Rangendo os dentes, tentou controlar os hormônios.

Flertar com Sawyer era fácil. Inspirar romance pareceu uma tarefa simples quando ele concordou, mas, assim como quando precisava fazer uma cena emocional no set, o truque real era convencer seu corpo de que todas as emoções não eram verdadeiras. Ele não estava de fato em uma emergência médica salvando vidas, e Sawyer não era sua de verdade.

Esse era o problema. Sawyer Greene era a última mulher no mundo que ele deveria desejar. Ela não tinha interesse em ficar com ele, e Mason não devia estar pensando em ficar com ninguém agora. Mesmo sem os tabloides, ele se mudaria para Los Angeles dali a alguns meses. Ainda assim, ali estava ele, babando sobre ela como se Sawyer tivesse sido sua primeira ficada sem compromisso. Não tinha. Na verdade, agora que pensava no assunto, a maioria de suas tentativas de lances casuais *tinha* se transformado em relacionamentos. Não de propósito — mas ele precisava quebrar o ciclo. Se apaixonar era divertido, sim, mas o problema era que cedo ou tarde a magia acabava. Mason ainda precisava pôr os pés no chão, e suas parceiras costumavam já estar lá, correndo para a próxima coisa empolgante enquanto ele, de coração partido, ficava se perguntando o que fizera de errado.

Com um estremecimento, a árvore se soltou e Sawyer comemorou.

Quando ela reapareceu entre os galhos, sorria.

— Consegui! — exclamou, flexionando os braços e beijando os bíceps.

— Sozinha — elogiou Mason. — Muito impressionante.

Ela o cutucou de lado enquanto se erguia.

— Com a ajuda do meu belo lenhador, claro. Meu coração romântico está todo cheio — disse. Prendeu a perna nele, colocou a mão na testa e fingiu um desmaio como a heroína na capa de um romance de banca. Então Mason era Fabio?

— A camisa xadrez funcionou mesmo, hein?

— Ah, é — disse ela, sarcástica. — Você vai ter que me jogar na caçamba da sua caminhonete e esmagar minha rata.

Mason riu, balançando a cabeça. Antes que pudesse pensar nisso, balançou a cabeça na direção da árvore.

— Tá. Eu pego a base. Segure a cabeça.

Ela não era a única que conseguia fazer um trocadilho. Que provasse do próprio veneno.

Sawyer riu, balançando as sobrancelhas sugestivamente antes de segurar a ponta da árvore. Juntos, eles a carregaram de volta ao carro. Enquanto os passos dela desaceleraram, Mason desejou estar diante dela para ver a ficha cair.

— Ah, céus — disse ela, preocupada, olhando da árvore gigantesca para o carrinho.

Mason sorriu, abaixando a árvore para apoiá-la ao lado do carro dela.

— Vou pegar corda.

— Talvez um monte de corda — disse ela, rindo e o acompanhando.

Enquanto esperavam que a família da frente terminasse de pegar corda, a atenção de Mason passou para as outras decorações à venda. Guirlandas feitas de galhos de árvores, ornamentos de jardim em formato de rena feitos de troncos, visco enrolado em fitas. Um casal jovem escolheu um, esfregando as pontinhas dos narizes juntas antes de ter uma crise de riso.

Mason não conseguiu evitar o sorriso, o amor deles era contagiante.

Ao seu lado, Sawyer pigarreou.

— O quê? — disse ele, na defensiva. — Eles são fofos.

Ela revirou os olhos.

— Você não tem jeito.

Mason pegou um raminho de visco da mesa e pendurou acima deles.

Sawyer olhou feio para ele.

— Contra as regras, amigo.

Ele levou o dedo aos lábios.

— Feche os olhos — murmurou.

Sawyer continuou olhando feio antes de obedecer.

— Você está em uma festa — falou Mason baixinho, de forma que só ela ouvisse. — A pessoa por quem você tem uma quedinha secreta faz um tempo está lá. Ela está linda pra caralho. Vocês ficam fazendo contato visual a noite inteira. Você sente a forma como ela te tocaria se um de vocês desse o primeiro passo. — Ele colocou a franja dela atrás da orelha, e os fios teimosos voltaram para o lugar quando Mason passa o dedo pela mandíbula dela.

Um sorrisinho brincou em seus lábios após suspirar, as pálpebras tremiam pelo esforço de manter os olhos fechados. — Mas dar o primeiro passo é arriscado, até vocês se encontrarem debaixo do visco, o quebra-gelo perfeito para a tensão entre vocês...

Mason passou o dedão pelo lábio inferior dela, que relaxou um pouquinho. Sawyer abriu os olhos de uma vez, diversas emoções aparecendo em uma sucessão rápida — desejo, confusão, surpresa e então: medo.

Sawyer gritou, batendo no visco na mão dele, o galhinho verde e vermelho caindo na neve meio derretida aos pés deles. Ela se agachou, com ânsia de vômito.

Mason revirou os olhos.

— Não seja dramática, Greene. Me beijar não é tão horrível assim. Se eu bem me lembro, você gostou...

Ainda segurando a lateral do corpo, Sawyer agarrou a lapela dele, o puxou para baixo e apontou para o visco.

— O quê... — A pergunta morreu na língua quando Mason viu a gigantesca aranha marrom saindo da planta.

Ele cobriu a boca com o punho, engolindo a onda de bile. Estremeceu como se sentisse a aranha andando em sua pele.

— Ai, Deus. Tá, beijos sob o visco estão oficialmente arruinados para sempre. Obrigado. Tire isso da lista.

Sawyer estremeceu. Ao recuperar a compostura, fez mímica como se cortasse o item da lista, adicionando um ponto para si.

Mason franziu os lábios.

— Não acho que você pode levar crédito por isso. Eu com certeza estava ganhando antes de a aranha mal-educada interromper.

Sawyer sorriu convencida para ele enquanto pegava a corda.

— Posso e vou. Além disso — adicionou, balançando a cabeça na direção do casal comprando (com sorte) um galho de visco sem aranha —, eles são fofos, mas não vão aguentar passar as festas com a família um do outro.

Por vontade própria, os cantinhos dos lábios de Mason se curvaram para baixo. Nem o romantismo dele chegava tão longe. Não levava as namoradas para conhecer a mãe por um motivo.

Quando ele não contestou, Sawyer lhe lançou um olhar sagaz e fez outro ponto para si no ar.

Enganchando o braço no dele, ela o guiou para o carro, onde analisaram o teto e a árvore antes de caírem na gargalhada pelo dilema.

Conseguiram amarrar a árvore em cima do carro dela ao passar a corda pelas janelas e ao redor do para-choque; Sawyer riu enquanto corria ao redor do carro e Mason segurava a árvore no lugar — um feito e tanto, pois ela estava determinada a bater nele com a corda toda vez que a levava de um lado para outro do carro. Ele apoiou a cabeça no antebraço enlameado e coberto de seiva, sem conseguir parar de rir, enquanto Sawyer amarrava a árvore. Fazia tempos que não ria assim.

Mason esperava que ela se sentisse inspirada, porque, para ele, os dois não estavam arruinando esse tropo nem um pouquinho.

9

• *"Apenas amigos"* •

O antigo mito do romance de que você (mera mortal) pode ser uma conhecida platônica de um deus do sexo que abalou suas estruturas quinze dias antes.

Mesmo com a ajuda do pequeno saca-rolhas que Sawyer mantinha na bolsa em caso de emergência — graciosamente, Mason não questionou o valor de um vinho emergencial —, os dedos dela estavam congelados quando deram um jeito de tirar a árvore de cima do carro. Ela conseguiu encontrar uma vaga na esquina do apartamento e ficou muito grata ao ver que o físico ridículo de Mason era bom para outras coisas além de admirar quando ele ergueu a árvore acima da cabeça e a seguiu pela calçada cinza e coberta de neve derretida.

Mesmo assim, ela não conseguiu deixar de perguntar:

— É mesmo necessário um médico estar tão em forma assim?

Olhando para trás, viu o sorriso convencido que ele deu.

— Ah, sim, o dr. Santiago faz todas as cirurgias sem camisa.

— Como deve ser — disse ela, abrindo a porta do prédio para ele. Quando chegaram ao canto apertado da escada e Mason parou a fim de reposicionar a árvore, ela desabotoou o casaco dele para revelar a camisa vermelha xadrez com os botões quase estourando. — Melhorou?

Mason balançou a cabeça para ela.

— Você não tem vergonha.

Sawyer deu uma piscadela antes de saltitar escada acima e gesticular para que ele a seguisse pelo corredor. Enquanto destrancava a porta, entrou em pânico. Seu apartamento não era tão bonito quanto o de Mason. A única vista era dos artistas de efeitos visuais sanguinolentos do outro lado da rua, partes de corpos desmembrados casualmente apoiados contra as janelas. Bem, essa era a história que inventara para eles. Ela tinha histórias para todos os vizinhos.

Pelo menos todo o tempo que passara Sem Escrever significava que o apartamento estava limpo. Abrindo bem a porta, ela o seguiu para dentro. Desfazendo o laço das botas, Sawyer o observou olhar ao redor enquanto tirava os sapatos. Os olhos analisaram o sofá azul-cerúleo de veludo, as almofadas esmeralda em forma de folha que eram o mais perto que ela chegaria de uma planta viva, a galeria na parede de desenhos de palitinho emoldurados e as aquarelas de Lily.

O rack ainda estava sem televisão, todas as divisórias explodiam com livros. Mesmo com suas doações mensais a Alex, havia alguns dos quais ela não conseguia se separar. Mantinha-os por perto para poder folheá-los, revivendo os destaques da vida de seus personagens favoritos ou revisitando os diálogos perfeitos que a deixaram sem fôlego.

O olhar de Mason parou na cristaleira mostarda onde ela guardava sua grande coleção de canecas. Ele sorriu ao ver a favorita dela, uma caneca branca com um padrão de seios de todos os formatos e tamanhos.

— No canto? — perguntou ele, gesticulando para a base da árvore que ela tirara do depósito mais cedo naquela manhã.

Sawyer assentiu, seguindo-o e segurando a árvore firme conforme ele apertava os parafusos na base. Enquanto ele trabalhava, ela se deu conta de como tudo aquilo era estranho. Aquele era o *Cara do Elevador*. Ele era uma transa que ela não deveria ver nunca mais. Mesmo assim, ali estava, em seu apartamento, que era um quarto do tamanho do dele, de joelhos, aparafusando uma árvore.

Olhando para baixo, viu que a camisa xadrez vermelha de Mason subira, revelando duas covinhas na parte inferior das costas, nas quais ela queria mergulhar os dedos. Antes que sua mente pudesse ter mais ideias, ela pigarreou.

— O que você fazia antes?

— Antes do quê? — perguntou ele, distraído. Deu uma balançada na árvore para conferir o trabalho e sorriu um pouco quando viu que ficou de pé.

Se afastando para ver se a árvore estava boa, ela sorriu. Estava um pouco torta, mas Mason parecia tão orgulhoso, que ela não o faria consertar.

— Antes de ressuscitar pacientes de coma com sua gostosura em *Diagnósticos*.

Mason se endireitou, quase alto demais para o teto baixo dela.

— Um monte de filmes independentes com minha amiga Alissa. Nos conhecemos no set de *A (quase) herdeira*, mas depois da Disney nós dois queríamos nos provar como "artistas sérios". — Mason deu uma risada zombeteira. — Então passamos para o lado independente e acabamos nos apaixonando por ele, com ela dirigindo e eu atuando. Tem mais liberdade lá, e todo mundo com quem trabalhei era comprometido e apaixonado. O processo criativo foi muito diferente e colaborativo... Desculpe, estou falando demais.

Sawyer balançou a cabeça.

— Não, eu... Isso parece incrível, mas VOCÊ ESTAVA EM *A (QUASE) HERDEIRA*?

Mason fechou os olhos, suspirando resignado.

— Sim.

— Quem?! — exclamou Sawyer. Quando era pré-adolescente ela *amava* aquele filme, mas agora não conseguia se lembrar de Mason no elenco. Da amiga dele, Alissa, por outro lado, ela se lembrou imediatamente. Afinal de contas, ela fora o despertar bissexual de Sawyer.

— Eu era o irmão mais velho esquisitinho. Eu tinha cabelo verde.

Ela arfou.

— Ai, meu Deus! *Era* você! — Ela resistiu à vontade de perguntar mais sobre os dias dele na Disney. — Então, por que a troca para a TV?

— Me cansei. Quando você mora na locação, acaba formando uma relação intensa com o elenco e a equipe... — Sawyer adivinhou que Mason estava evitando mencionar um tipo específico de relacionamento. — Essas pessoas se tornam sua família, e, quando termina, vocês todos passam para o próximo desafio. Então Margot teve Max e, embora a família me deixe exausto, eu só queria ficar perto deles. — Ele piscou, como se não quisesse ter contado tanto. — E o pagamento não é ruim também.

Sawyer não conseguia compreender querer ficar perto da família, mas de dinheiro ela entendia. Por isso vendera os direitos audiovisuais de seu primeiro livro. Sim, queria ver os personagens ganharem vida, mas também era uma universitária falida. Uma universitária que confiara de olhos fechados e não fizera perguntas suficientes, cega demais pelos zeros no cheque que lhe deram por entregar seus personagens de estreia.

Isso tinha permitido que escrevesse em tempo integral? Sim.

Ela faria isso outra vez? Não.

Sawyer não podia pensar naquele livro, os personagens que passara anos construindo, despejando neles partes de si das quais não conseguia falar, apenas para vê-los deformados por Hollywood. Agora era tarde para mudar, mas aprendera a lição. Seus personagens pertenciam a ela e aos seus leitores, e ela permaneceria alegremente na rua dos livros sem virar para a La-La-Land.

Havia algo na expressão de Mason que fez o coração dela doer de familiaridade. A forma como ele se iluminou ao falar do trabalho com Alissa, e como essa luz se apagou rapidinho ao falar do presente.

— Mas você não ama o que faz?

— Eu amava... Amo — ele se corrigiu rapidamente. Deu de ombros, massageando o pescoço sem perceber. — É complicado.

Sawyer o encarou. Era mentira, e os dois sabiam. Ela deixou para lá. Mason não lhe devia uma explicação. Tinham concordado em manter as coisas em nível superficial, mas Sawyer não podia deixar de ler nas entrelinhas das pequenas confissões e omissões cuidadosas dele. Suas situações eram completamente diferentes, e mesmo assim ela sentia que o entendia — ou pelo menos estava começando a entender.

O silêncio se estabeleceu entre os dois, e ela se perguntou se ele também estava tentando descobrir como tirar a conversa do fundo do poço onde tinham mergulhado.

— Então — disse Mason bruscamente, pigarreando. — Como me saí? Você está se sentindo inspirada?

Sawyer bufou, mas não conseguia se livrar da imagem do casal aconchegado sob o visco.

— Já arruinei o romance para você?

Ele a encarou, confirmando o que ela já sabia: nenhum deles tinha sido bem-sucedido na missão.

— Talvez — cedeu ele. — Vamos fazer mais uns itens da lista. Em nome da ciência.

Para ser justo, se aquele dia fosse um período de experiência, não tinha sido tão ruim assim. Sawyer teve várias ideias que estava se coçando para escrever. Queria ver onde ia dar.

— Em nome da ciência — concordou. Foi até a cristaleira, pegou uma garrafa de uísque e serviu uma bela dose em duas canecas. A que entregou a Mason tinha escrito "EDB" em letras garrafais, e em uma fonte pequena abaixo "(energia desastrosa bissexual)".

Mason riu baixinho ao ler a caneca, erguendo-a para fazer um brinde com a dela, de estampa de seios, antes de tomar um gole.

— Só para você saber — disse Sawyer baixinho, sem saber como começar esse assunto de maneira diplomática. Ela se considerava mestre em muitas coisas, mas tato não era uma delas. — Sei que isto... — gesticulou entre eles — é uma coisa incomum que estamos fazendo, mas tudo o que você me disser será segredo. Não tenho ninguém a quem contar. — Merda, era constrangedor ser tão sincera assim. Pigarrou e evitou a expressão muito suave de Mason. — Só estou dizendo que não tenho o TMZ na discagem rápida.

Os cantinhos da boca de Mason se ergueram.

— Obrigado. Não queria mudar de assunto... Bem, sim, queria. Mas não porque não confio em você. É só que... — Encarou a caneca como se fosse sopa de letrinhas, desejando que soletrasse uma desculpa perfeita. Quando não aconteceu, deu de ombros. — Amo o elenco, a equipe, meu personagem, mas... — torceu o nariz — vamos só dizer que, se fosse minha série, eu coordenaria as coisas de maneira *muito* diferente. Porém... — Deu de ombros, derrotado. — Parece uma merda reclamar quando tenho algo que a maioria das pessoas mataria para ter.

Mesmo sem dizer muitas palavras, conseguiu dizer muita coisa.

Sawyer assentiu, compreendendo.

— Entendo. Minha editora está implorando pelo meu livro novo, mas nem consigo escrever um. Enquanto isso, há vários autores brilhantes esperando por essa oportunidade, e aqui estou eu, estragando a minha.

Ela tomou um grande gole de uísque, se encolhendo com o ardor. Tinha rascunhado várias mensagens a seus amigos escritores para falar exatamente disso, mas apagara cada uma delas, sem querer parecer ingrata, e ali estava vomitando a coisa toda para o Cara do Elevador.

O apelido ardia mais que o uísque. Mason não era só o Cara do Elevador de uma Transa Só. Não mais. Como é que se chama um amigo colorido quando o "colorido" é contra as regras?

Um… amigo?

Sawyer não queria pensar demais em quanto tempo essa palavra levou para aparecer. Um novo amigo. Claramente, já estava gostando demais de Mason, porque o mero conceito de amizade fazia seu coração acelerar.

Deviam manter as coisas superficiais, mas ela supôs que ainda pudessem ser amigos, de certa forma. Como os colegas de classe com quem você faz um grupo para um trabalho e então nunca mais conversa de novo depois que o semestre acaba.

Era bom ter alguém com quem falar dessas coisas. Exceto Lily, ela não tinha feito muitos amigos desde que perdera os da faculdade no término com Sadie. Tinha amigos escritores, mas estivera falando do mesmo bloqueio triste de escrita por tanto tempo, que, onde antes havia apoio, condolências e palavras de incentivo, um refrão repetido tantas vezes, agora havia apenas silêncio.

Mas ela *estava* tentando. O que vinha fazendo com Mason pareceria ridículo se tentasse explicar, mas o fato era que estava mais inspirada nas últimas semanas do que se sentira em anos.

A esta altura, sua editora, Emily, aceitaria qualquer coisa, mas, toda vez que concordavam em uma ideia para o próximo livro, Sawyer se pressionava mais, e mais o "Fim" fugia dela. Ela precisava criar, precisava do escape que a criação fornecia, mas isso permanecia fora de alcance. E a estava sufocando aos poucos. Escrever sempre fora seu espaço seguro, algo que era completamente dela, e em seu bloqueio de escrita de anos era como se a base da própria vida desmoronasse sob seus pés. Ela já havia sacrificado tanto pela carreira, que não havia nada que não sacrificaria para consegui-la de volta.

— Então — disse Mason em voz baixa, interrompendo os pensamentos acelerados dela —, vamos decorar essa árvore ou o quê?

Sawyer arregalou os olhos.

— Ah, eu não ia obrigar você a ficar sentado aí durante todas as minhas tradições de decoração. Já tomei demais do seu tempo, mas agradeço. Sério. Eu não conseguiria uma árvore de verdade sem você.

Mason ficou decepcionado, mas logo disfarçou com um sorriso ensaiado.

— O que foi? — perguntou Sawyer, suspeitando.

Ele deu de ombros, acanhado e adorável de uma maneira que fez Sawyer se derreter.

— Eu tinha esperança de poder ajudar. Quando era criança, nunca decoramos nada. A nossa era sempre profissionalmente decorada para estar perfeita para a foto. Sem contar que — disse com um sorriso travesso que fez uma parte muito específica dela derreter — estou morrendo de curiosidade em saber se sua coleção de enfeites é tão interessante quanto suas canecas. — Ergueu a caneca EDB para demonstrar.

Sawyer riu. Tinha planejado pedir que Lily viesse decorar com ela, mas não queria esperar que voltasse de sua viagem com os sogros.

Os alto-falantes Bluetooth dela biparam alto quando os ligou e colocou Ariana Grande. A excursão à fazenda havia assoprado as brasas da inspiração que o Christkindlmarket acendera, e ela queria permanecer nessa sensação.

— Bem, se você vai ficar aqui por um tempo, tire a calça.

— Srta. Greene — disse ele, pousando uma mão escandalizada sobre o coração. — Regra número dois.

— Você está coberto de lama, querido — ela o lembrou.

Mason resmungou, segurando o uísque com uma das mãos e desabotoando os jeans com a outra. Ele hesitou antes de descer a calça, erguendo as sobrancelhas.

— O que foi? — Riu Sawyer.

— Vire-se — pediu ele.

Sawyer engasgou.

— Já te vi pelado!

— Me ver de cueca boxer não é um privilégio superficial.

Sawyer pressionou os lábios, balançando a cabeça enquanto se virava.

— Tem um robe na porta do meu banheiro que *talvez* cubra... — gesticulou vagamente — algo.

— Minha modéstia agradece. — Mason fungou e colocou os jeans enlameados na palma aberta dela.

Sawyer já tinha posto a roupa para lavar e começado a decorar a árvore antes que ele voltasse. Mas quando reapareceu...

Ela quase engoliu a língua.

— A camisa também estava suja — chamou ele da cozinha, adicionando a camisa na lavadora.

Sawyer riu baixinho. Tinha escolhido não mencionar que o robe de chiffon de estampa colorida mal tinha comprimento para cobrir o traseiro, quem dirá sua modéstia. Mesmo assim, estava grata por ter feito isso. Teria sido difícil resistir a Mason em camisa xadrez e cueca boxer, e tornaria fácil demais jogar a Regra 2 pela janela e preencher o vazio com ele. Passar tempo com ele assim, como amigos, já estava extrapolando os limites da regra sobre "nível superficial". O robe adicionava um ar de bobagem muito necessário.

Isso não estava na lista deles, mas a alegria infantil no rosto de Mason quando pediu para ajudar a decorar, a mesma alegria agora em seu rosto enquanto inspecionava cada enfeite com curiosidade, selecionando com cuidado o galho ideal onde pendurá-lo... era algo que Sawyer não podia lhe negar. Permitiria esse desvio na missão deles, mas era melhor, mais seguro, se aterem à lista — e às regras — de agora em diante.

Decoraram em silêncio por um tempo, dançando ao redor um do outro no cantinho cheio do apartamento; os corpos se tocavam casualmente enquanto buscavam o local perfeito para cada enfeite. Quando Sawyer desenrolou o ornamento de Polaroid dela e de Sadie oferecendo o primeiro jantar do Natal-queer, ela o escondeu entre dois livros na prateleira ali perto, uma sensação de vazio dentro de si. Não tinha decorado com ninguém desde Sadie, as tradições que construíram juntas eram agora o Fantasma do Natal Passado.

Mason pousou a mão no ombro dela a fim de mantê-la parada enquanto estendia o braço para pendurar um enfeite de rena especialmente pesado em um galho alto. O calor dele enquanto a segurava... Sawyer tossiu para disfarçar um gemido involuntário.

— Então, o que tem de errado com você? — perguntou ela sem pensar.

Mason riu.

— Como é?

Virando-se, ela inclinou a cabeça para observá-lo.

— Você é atraente, tem emprego, dá pra tolerar e quer sossegar com alguém. Você é, tipo, o parceiro ideal pra quem gosta desse tipo de coisa.

Os lábios dele se ergueram no cantinho.

— Então você está perguntando por que não consigo manter uma namorada?

Sawyer deu de ombros.

— Quero dizer, sou a favor de arruinar o romance para você. Estou grata pela oportunidade, sério. Mas, cedo ou tarde, quando toda essa bobagem dos tabloides passar, você vai namorar de novo, né?

Ele assentiu devagar.

— E, mesmo que você consiga acabar com a minha visão romântica e eu escolha a pessoa certa, ainda vou ferrar tudo?

Ela tentou parecer empática, mas teve certeza de que fez algo mais como uma careta.

— Quer dizer... — Ela franziu a testa. — Já pensou nisso? Ou se perguntou?

— Tipo, rastrear minhas ex como em *Teste de fidelidade*? — Ele fez aquela coisa sexy de erguer uma sobrancelha antes de se inclinar e sussurrar no ouvido dela: — Tipo *Por que não estamos juntos*?

Sawyer estremeceu. Os livros dela eram tão pessoais — e tão safados — que ela costumava querer cavar um buraco e morrer quando as pessoas que conhecia liam seu trabalho. Mas havia algo encantador em Mason ter lido logo depois que se conheceram, sem a expectativa de que se veriam outra vez.

— Sim, tipo isso. — Sawyer pigarreou para livrar a voz do estranho tom contido que adquirira. — É um lance clichê-recurso-de-enredo-tropo muito bom. Podemos adicionar à lista e depois riscar?

Mason se afastou e torceu a boca, pensando. Pegou o celular do bolso e abriu várias telas.

— Eu... ah, não quis dizer *agora* — ela gaguejou. Por que estava nervosa? Isso não tinha nada a ver com ela, mas a mera ideia de falar com seus ex a fez querer fugir. Pairou a mão sobre a tela para evitar que ele ligasse. — Talvez você deva fazer isso sozinho? Eu devo estragar seu romantismo incurável, não... — gesticulou para o celular — seja lá o que isso vai ser.

Ele assentiu e colocou o celular de volta no bolso.

Sawyer suspirou devagar, o coração martelando nos ouvidos. Dando um gole no uísque, baniu a visão de ligar para Sadie e ouvir todos os motivos pelos quais elas não deram certo. Já sabia a resposta a essa pergunta.

Mason pegou o celular dela da cristaleira, entregando para que ela pudesse digitar a senha. Assim que foi desbloqueado, ela o observou interromper a intepretação de Ariana Grande de "Last Christmas" para colocar "Thank U, Next".

Cantarolando com a gratidão de Ariana por seus ex, eles enfiaram o enfeite mais feio da coleção no buraco entre os galhos da árvore, escondendo-o de vista.

10

• *Filme de Natal do Hallmark* •

Mesma medida de pisca-piscas e cachecóis estampados, três pitadas de olhares gostosos como chocolate quente e cerimônia de acender a árvore a gosto. Sirva em um rinque de patinação no gelo na praça da cidade.

— Toda publicidade é boa, Mason.

Mason mordeu a língua. Às vezes, desejava poder só reclamar com a mãe, sem a conversa se tornar um TED Talk sobre os Cinco Passos de Moira West para Construir Carreira como Atriz. Ele sabia que ela pensava que estava ajudando. Construíra a carreira dela trabalhando em novelas, fingira relacionamentos e brigas com amigos por publicidade porque os telespectadores gostavam disso. Mas o relacionamento dele com Kara tinha sido real — não matéria-prima para a mídia. E essa "boa publicidade" tinha repercussões reais na carreira dele. Não que ela soubesse disso, já que Mason ainda não tinha contado que estava saindo de *Diagnósticos*, mas seria necessário lhe contar sobre a Luz Guia e a mudança para Los Angeles.

Mason grunhiu. Merda. Se anunciasse que estava saindo do programa agora, pareceria que também estava saindo por conta do término.

— Querido, isso é besteira. O que aconteceu? Pensei que você e a Kara fossem uma jogada de marketing. Não achei que era sério. Pelo menos não sério o bastante para você se dar ao trabalho de nos apresentar a ela.

Isso fora intencional. A mãe se intrometendo na vida profissional dele quase destruíra o relacionamento dos dois dez anos antes, e, embora ela estivesse melhor (*mais ou menos*) agora, Mason não estava ansioso para descobrir como esses poderes de conspiração podiam atingir sua vida pessoal, se tivessem chance.

Família era tudo para Moira West. Ela dava à máquina da mídia o que eles queriam ver e então voltava para sua vida privada perfeitamente construída. Quando fora empresária de Mason, fizera o mesmo para ele. Estava tudo bem enquanto ele pensava que estivessem naquilo juntos. Então, aos dezesseis anos, Mason descobriu o real motivo de sua namoradinha ter mudado de ideia sobre namorar colegas do elenco. A mãe dele a aconselhara a dar uma chance para Mason, dizendo que geraria boa publicidade para o filme. Todo mundo sabia que era um relacionamento de fachada — exceto ele. Só descobriu a verdade quando ganhou um pé na bunda na festa após a estreia. Ele e a mãe ficaram sem se falar por um longo tempo depois disso.

— Mãe — Mason suspirou —, não sou como você. Nunca quis jogar o jogo como você joga.

Moira fungou.

— Bem, isso é muito bom, Mason, mas somos *família*. Eu queria não precisar descobrir essas coisas nos tabloides, querido.

Ele contara à mãe sobre o término semanas antes, e ela nem ligara na época, então por que estava tão chateada agora? Pegou o celular da mesinha, digitando às pressas o nome de Kara.

Cambaleou para trás até os pés atingirem o estrado da cama, afundando na beirada do colchão.

People. E! *Elle*. TMZ. Todos tinham postado a mesma foto. Ela usava touca e óculos escuros, mas não havia como não saber que aquela era Kara se aconchegando ao lado de seu novo colega de elenco. Na Starbucks da cidadezinha dos pais dela. Na semana anterior ao Natal. Com um anel na mão esquerda.

"O Romance Avassalador de Kara Zhao e Peter Levine"

"Peter e Kara Levam o Romance para Fora das Telas"

"Tudo o que Você Precisa Saber sobre Peter e Kara, Nosso Novo Casal Favorito do Momento"

Mason não precisava "saber" de nada — na verdade, queria saber menos. Mas talvez isso fosse bom. Talvez enfim o deixassem em paz. Ah, *ótimooo*. O TMZ tinha sido gentil a ponto de incluir aquela porcaria de foto do Mason barbado e descuidado, arrastando a narrativa de que não estava lidando bem com o término.

A mãe dele parecia estar vendo o mesmo artigo, fazendo *tsc-tsc*.

— Queria muito que tivessem usado uma foto melhor. — A voz dela vibrou do alto-falante.

— Por isso usaram essa, mãe.

Ela suspirou, exasperada.

— Bem, eu não gosto. Ah, se você me deixasse vazar algo para corrigir a cobertura deles... Algo de bom gosto sobre nossos planos familiares para o fim de ano... Talvez sobre como estou animada para receber sua nova amiga para o Natal...

— Não estou saindo com ninguém.

— E daí? Posso arranjar algo para você, a filha da Brenda está tentando começar a modelar e...

— Mãe. *Não.*

Moira suspirou, chateada.

— Está bem. Enfim... só sinto muito por você ainda ter que trabalhar com ela. Falando nisso... — Fez uma transição nada sutil. Mason deveria ter colocado um cronômetro para ver quanto tempo levou para ela começar a querer saber do trabalho dele, a única coisa que desbancava o amor da mãe por saber da sua vida romântica. Mason se esforçava para estabelecer limites entre trabalho e família, mas Moira West se esforçava mais, abrindo buracos nas paredes que ele construíra com cuidado. A esta altura, deviam parecer queijo suíço. — Já assinou sua renovação? Você deveria usar esse burburinho para fazer mais dinheiro.

Ele se distraiu quando Moira contou uma história sobre a vez em que ela levou a emissora ao extremo para lhe pagar tanto quanto a seu colega de elenco homem, uma história que Mason ouvira centenas de vezes.

Seu celular vibrou e ele abriu a mensagem no automático, desesperado por um alívio.

estou atrasada! me dá cinco minutos!! desculpe!!!!! <3

Mason poderia ter beijado Sawyer pela interrupção na hora perfeita.

— Ei, mãe, preciso desligar.

Ela se interrompeu no meio da história.

— Vai encontrar alguém? — perguntou esperançosa. — Um encontro? Você *deveria* ser visto com alguém novo, querido.

A risada zombeteira dele foi abafada quando passou uma camiseta macia pela cabeça.

— Na verdade, é o exato oposto de um encontro.

— Está bem. Não sei o que isso significa e, como sua mãe, não acho que quero saber, principalmente se tiver a ver com aqueles aplicativos.

Chame a imprensa. Marque seu calendário. Moira West *não* estava se intrometendo. Monumental. Histórico.

Ele não disse nada disso, só apressou a mãe a desligar e prometeu ligar no dia seguinte para falar dos planos de Natal sobre os quais ela queria falar naquele dia, antes de começar a imediatamente dissecar a vida dele.

Dois minutos depois, estava vestido e saindo do apartamento, feliz por estar longe da conversa que parecia pairar no ar ali. Enquanto o implacável vento de Chicago irritava seu rosto, ele se pegou desejando ainda ter a barba da foto do TMZ.

O rinque de patinação do Millennium Park ficava apenas a alguns quarteirões de distância, mas Sawyer chegou primeiro, imediatamente reconhecível em seu casaco mostarda. Um sorriso se espalhou pelo rosto dele ao vê-la, e o nó no estômago afrouxou um pouquinho.

Tentou não pensar demais no que isso queria dizer.

— Está pronta para isso? — perguntou Mason, forçando animação.

Sawyer balançou a cabeça, arregalando os olhos verdes.

— Merda — disse ele, tirando a touca, frustrado. — Esqueci a sidra.

— Tudo bem — insistiu ela. — Provavelmente é melhor eu estar sóbria enquanto facas estão presas aos meus pés. Tenho a sensação de que não precisarei de ajuda extra para arruinar o clichê de hoje — adicionou com um olhar rápido para o rinque.

Mason viu um grupo de pessoas fazendo compras, uma delas semicerrou os olhos como se tentasse reconhecê-lo. Ele colocou a touca outra vez.

— Vamos — disse, rouco.

Sawyer o observou, tentando seguir seu olhar enquanto ele segurava a mão dela e a guiava para a cabine de locação.

— Tudo bem?

Mason olhou para trás, mas o grupo já tinha partido. Suspirou devagar.

— Sim, crise evitada.

Ela ergueu as sobrancelhas com a palavra "crise". Apertou a mão dele, que ainda segurava a dela como se fosse sua salvação. Imediatamente, ele a soltou, sem ter percebido antes que a segurava. Se alguém tivesse visto, tirado uma foto... Ele já podia ver a manchete: "Guerra de Pé na Bunda: Quem Saiu por Cima?" A mãe ficaria muito feliz.

Mason piscou, e Sawyer ainda sorria suavemente para ele, as sobrancelhas escuras erguidas de preocupação.

— Se estiver preocupado que isto esteja público demais, podemos ir outra hora, em um rinque menor... ou melhor, podemos nem fazer isto.

Ele afastou os pensamentos dos tabloides.

— Ah, vamos fazer, sim. Está na lista.

— Droga — disse Sawyer. — Tamanho trinta e oito, por favor — disse resignada quando chegaram ao começo da fila para os patins.

O rinque estava lotado de turistas e gente fazendo uma pausa nas compras, o que era melhor que um rinque menor. Seria mais fácil se disfarçar entre eles. Além disso, Mason sempre quisera ter um encontro ali. Precisavam arruinar essa fantasia.

Sentaram-se em um banco para amarrar os cadarços, Sawyer mordiscou o interior da bochecha ao observar os grupos patinando.

Mason a empurrou levemente com o ombro, gesticulando para um pai e uma filha que patinavam desajeitados com a ajuda de um apoio em formato de pinguim.

— Posso arranjar um daqueles pra você, se quiser — provocou.

— É uma piada com altura? — devolveu ela.

Ele sorriu, sem conseguir parar de olhar para seu corpinho pequeno. Voltou a atenção para os cadarços dela, amarrados às pressas.

— Ah, não. Você precisa amarrar bem. — Se agachando, apoiou os patins dela na própria coxa e desfez os cadarços. Quando o primeiro estava apertado o suficiente, ele guiou o outro pé dela para o colo. Podia senti-la olhando, e encarou de volta ao amarrar o segundo patim. Ela deu um sorrisinho. — Se você fizer outra piada sobre eu estar de joelhos, juro...

Sawyer se inclinou para a frente, tão perto, que as nuvens brancas da respiração deles se misturaram.

— Jura o quê?

Tirando a atenção da boca irritante e do hidratante labial de coco cujo cheiro conseguia sentir, Mason balançou a cabeça. Não tinha se esquecido da Regra 2. Ela provocava apenas para testá-lo. Desta vez, não cairia tão fácil.

Se levantando, Mason estendeu a mão.

— Pronta?

Ela lhe deu um sorriso nervoso, de olho nos patinadores enquanto permitia que ele a puxasse. Deu de ombros, e Mason percebeu como estava mesmo nervosa.

— Sabe que estou com você, não é? — murmurou.

Sawyer o olhou, suavizando a ruga entre as sobrancelhas ao assentir.

— Sim. Confio em você — disse, igualmente baixinho. De repente, o peito dele apertou. — Não confio naqueles filhos da puta. — Ela apontou atrás dele, para uma dupla de patinadores experientes cortando os grupos que se moviam mais devagar.

Uma menina gritou quando um passou a centímetros dela, e Mason franziu a testa.

— Bem, não sei se você sabe — disse em tom de conspiração, guiando-a para a entrada do rinque —, mas, quando não estou fazendo cirurgias descamisado, dou um guarda-costas excelente.

— Uuhhh — disse Sawyer. — Romance de guarda-costas. *Clássico.*

— Então estou ganhando esta — disse Mason com uma piscadela.

— Até parece — bufou ela. — Não acho isso nada românico. Por que você colocou na lista? Do que você gosta nisto?

Mason riu, segurando o cotovelo dela para equilibrá-la enquanto faziam fila para entrar. Olhando ao redor, ele manteve o sorriso ao ver os vários casais de mãos dadas, deslizando em sincronia sob a copa de pisca-piscas, a música de Natal instrumental tão baixa que permitia sussurros, conversas íntimas.

— Tudo? — arfou ele.

Sawyer revirou os olhos.

— Mas está tão lotado...

Ele assentiu em direção a um casal do outro lado do acrílico, a forma como sorriam, com olhos apenas um para o outro.

— Eles não fazem ideia de que tem mais gente aqui além deles.

Sawyer cambaleou um pouco quando a ponta de seu patim agarrou no caminho emborrachado. Suspirou, trêmula.

— Você pagou muito caro nesses patins alugados.

Mason deu de ombros.

— A experiência vale a pena.

Sawyer apontou para uma mulher caindo de bunda no gelo.

— Você tem razão — disse, sarcástica. — Nada grita "experiência romântica" mais que um cóccix quebrado.

Assim que disse isso, um homem voltou para ajudar a mulher que caíra a se levantar. Ela conseguiu — embora um pouco desajeitada, como um potro usando as pernas pela primeira vez —, mas não havia como confundir a alegria em seu olhar enquanto o homem a segurava nos braços, os dois rindo.

— Ah, vai, é muito fofo — insistiu Mason.

Sawyer franziu os lábios para ele obstinadamente, e ele marcou um ponto para si no ar.

Chegaram à extremidade do rinque e Mason pisou no gelo, estendendo a mão para ela. Sawyer a aceitou. Ele praticamente conseguiu ouvi-la rangendo os dentes quando pisou no gelo e... paralisou. Agarrou muito forte o braço dele com a outra mão.

Ao ver o puro pânico no rosto dela, todos os planos de lhe provar que a situação era romântica sumiram da mente de Mason. Uma fila se formava atrás dela, esperando que se mexesse para que pudessem entrar também. Mason olhou feio para eles antes de focar a atenção em fazer Sawyer ter a experiência em segurança.

— Sawyer — falou ele, baixinho, fazendo-a olhá-lo. — Venha até mim.

Ela encarou os pés como se usasse blocos de cimento em vez de patins. Ao segurar o queixo dela, Mason a guiou para que o olhasse. Ofereceu um sorriso reconfortante, virou-se para ficar diante dela e estendeu a mão.

— Venha até mim.

Sawyer deu um passo incerto para a frente e caiu no peito dele.

— Bem, acho que o clichê já está bem arruinado — brincou ela. — Vamos.

— Podemos ir embora quando você quiser. A saída fica bem ali. — Ele gesticulou para o outro lado do rinque. Sabia pelo olhar dela que Sawyer estava precisando de toda a força de vontade para não ir contra o fluxo de patinadores e voltar para a entrada pela qual haviam acabado de passar.

— Uma volta — barganhou ela, o orgulho tingindo suas bochechas de rosa. — Posso dar uma.

— Você com certeza pode dar uma — concordou ele, gentilmente.

Ela deu outro passo hesitante e ele a imitou, mantendo a mão sob o cotovelo dela. Ela se encolheu enquanto os patinadores velozes passavam, Mason a posicionou diante de si outra vez.

— Não se preocupe com eles. Só olhe para mim, eu ficarei de olho neles.

Sawyer assentiu e deu outro passo, ambas as mãos segurando os antebraços dele em busca de equilíbrio. Os passos ficaram mais certos, com Mason patinando para trás e olhando sobre o ombro vez ou outra a fim de garantir que não ia tropeçar em uma criança. Falando nisso, a garota com as rodinhas nos patins passou com pernas menos trêmulas.

— Ai, Deus — murmurou Sawyer. — Uma criança de cinco anos nos passou?

Mason não conteve a risada.

— E como foi que você aprendeu? — bufou ela, a respiração fez uma nuvem diante de si.

— Minha irmã, Margot, gostava muito de patinar quando éramos pequenos, embora eu ache que ela gostava mesmo era das roupas.

Sawyer arfou.

— Por que não pegamos as roupas?

— Fica pra próxima — prometeu ele.

— É? — Ela deu um sorriso provocador. — Gostaria de ver você usando um macacão de lycra com pedrarias.

— Se é o que você gosta... — Mason nem sabia mais o que estava dizendo, mas Sawyer estava patinando agora, prestando mais atenção na conversa deles do que em mover as pernas. Confiante de que ela não cairia de cara no chão, ele passou a ficar do lado dela. Sawyer engoliu em seco, encarando a saída. — Se bem que não seria nada discreto.

— Está preocupado em... ser reconhecido aqui? — perguntou ela.

Ele balançou a cabeça.

— Está tudo bem. — Esperava que não fosse uma mentira.

— Tem certeza? Você parecia distraído quando chegou.

— Não é isso — disse ele.

— O que é, então?

Aproximavam-se da saída e Mason ergueu a sobrancelha.

— Mais uma — disse ela, em tom de desafio. — Além disso, você não pode evitar minha pergunta se estiver preso aqui comigo.

— Danada — provocou ele.

Patinaram em silêncio por um momento, Mason esperou até que tivessem passado pelo grupo de adolescentes tirando selfies antes de contar as últimas manchetes dos tabloides para Sawyer.

— Ela não podia ter sido discreta pelo menos até depois do Ano-Novo? — disse Sawyer, por fim. — Ela terminou com você faz, tipo, algumas semanas!

O senso de proteção dela o fez sorrir, o nó no estômago por ter que reviver a história afrouxou. Não que significasse alguma coisa.

— Eu já sabia que ela tinha outra pessoa. Não é isso. É que...

Provavelmente não deveria falar a respeito ali, em público, mas *queria* contar a ela. Não tinha contado a ninguém porque sua família estava interessada demais e encontraria uma maneira de fazer o assunto ser sobre eles. Podia falar disso com a Alissa sem problema, mas ela era sua sócia e, portanto, também era da conta dela. Só queria *falar* e ser ouvido por alguém sem segundas intenções.

— Estou saindo — falou Mason, baixinho. Aguardou, meio que esperando que todos no rinque parassem e encarassem, que começassem a tirar fotos e gritar por uma entrevista exclusiva. Mas ninguém se importou com eles. Ninguém fazia ideia de que, em sua confissão de duas palavras, Mason se sentia mil vezes mais leve. — Estou saindo da novela — não conseguiu resistir, teve que repetir. Estivera mantendo tantos segredos para proteger seus sentimentos de todos ao redor, que não tinha percebido como era sufocante, até que confessar a Sawyer o fez respirar mil vezes mais fácil. Isso com certeza quebrava a regra de superficialidade deles, mas Mason precisava falar. Mais que isso, queria abordar o assunto com *ela*. — Estou me mudando para Los Angeles para começar uma produtora com Alissa. A gente devia ter anunciado no começo deste mês; mas, com os tabloides me fazendo parecer um mulherengo num dia e um trouxa que tomou um pé na bunda no outro, é...

Ele suspirou. Uma bagunça, era isso. Enfim sentia que estava fazendo algo na carreira que não tinha sido escolhido pela mãe ou feito por conta dela. A mudança era cem por cento por ele, uma forma de recuperar a alegria de atuar e criar. Odiava não contar a ninguém, como se fosse um segredinho sujo, sem poder celebrar o grande passo.

— Por isso nossa missão — disse Sawyer sabiamente. — Para manter você solteiro e fora dos tabloides, a fim de que o foco seja sua nova produtora, e não sua vida amorosa.

Mason assentiu.

— Ninguém quer dar dinheiro a um cara que só vive correndo atrás de mulheres. Preciso mostrar a eles que *essa* é a minha prioridade.

Sawyer franziu a testa.

— Términos são uma merda. Não consigo imaginar passar por isso em público.

Mason viu que ela falava sério. Apesar daquele papo de ter um coração de Grinch, ela sentia mais do que deixava transparecer.

— Posso te perguntar uma coisa? — Assim que falou, ele desejou engolir as palavras de volta.

— Claro — disse ela, com cuidado.

Mason sentia as bochechas queimando, totalmente consciente de que estava quebrando as regras ao perguntar, mas eles tinham passado três dias inteiros falando de Kara, então...

— Términos são mesmo uma merda, mas você não acha que talvez seu término tenha sido apenas uma má experiência... a exceção, não a regra?

O silêncio caiu entre eles, Mason com uma desculpa na ponta da língua por ter passado dos limites, mas Sawyer falou primeiro.

— Claro que pensei nisso — respondeu baixinho, suas palavras doces como um soco no estômago dele. — Mas é mais que isso. — Ela mordiscou a bochecha, o olhar fixo para a frente enquanto Mason seguia patinando. — Minha vida inteira implodiu quando Sadie e eu terminamos. Perdi minha namorada, meu apartamento, todos os meus amigos. E você... você devia estar gritando suas notícias a plenos pulmões. Em vez disso, o término está fazendo sua alegria de refém. Como se ter o coração partido não fosse ruim o bastante, eles podem prender também as coisas que amamos? É ridículo e não é justo. — Baixinho, ela admitiu: — Não posso arriscar isso outra vez.

Franziu os lábios. Ele esperou. Se queria continuar falando, ele queria ouvir.

Sawyer o olhou de esguelha.

— Agora é sua hora de me fazer mudar de ideia falando de suas grandes filosofias sobre... — Ela abaixou a voz como se até dizer a palavra arriscasse invocá-lo — *romance.*

Mason riu alto.

— Por que você fala como se fosse perigoso?

— E não é? — perguntou ela, a voz aguda. — Não é que eu tenha tido um término ruim e desistido de tudo — disse devagar, num tom distante. — É assim: uma vez eu estava em uma mesa-redonda sobre escrita, e alguém perguntou a uma colega autora como ela dava conta de ser mãe e escritora. Ela explicou que era mesmo como fazer malabarismo, e que é necessário saber quais bolas são de vidro e quais são de plástico. Se você deixar cair uma bola de plástico, ela quica; se deixar cair uma de vidro, ela estilhaça.

"Nos últimos anos, deixei cair várias bolas de vidro achando que eram de plástico, sacrificando-as por bolas de plástico que pensei serem de vidro.

E, embora esteja fazendo bem menos malabarismo agora, estou com dificuldade. Não posso aceitar nem mais uma bola. Não ria disso — disse ela, apesar de estar rindo também. — Eu sabia que estava deixando a bola cair com Sadie, mas pensei que nosso relacionamento fosse de plástico, que voltaria para mim. Não sei se minha carreira é de plástico ou de vidro. Minha vida é esse circo muito triste em que tento manter uma bola no ar porque, se a deixar cair... não sei se vai quicar, ou se *eu* vou me recuperar."

Ela engoliu em seco.

— Então, sim, o romance é perigoso. Mais uma bola para manter no ar quando já estou com dificuldades? Não é justo com a pessoa que confia que eu a mantenha no ar.

Os olhos dela estavam marejados, um tom de pânico na voz que sempre aparecia quando falava de escrever. Mason não a pressionou mais, guardando a informação para pensar depois. No momento, disse:

— Pode dizer "bolas" mais uma vez?

Sawyer riu — embora essa não fosse a melhor palavra para descrever. Era mais como uma buzina. Quando se recompôs, encarou Mason de esguelha.

— Bolas — sussurrou.

— Bolas — disse ele, um pouco mais alto.

— Bolas.

— *Bolas.*

— BOLAS! — gritou Sawyer, arrastando-o para fora do rinque.

Disfarçadamente, Mason escondeu o rosto no cachecol, embora Sawyer tivesse calculado bem seu grito. Todos no rinque que ouviram estavam olhando para os patinadores ao lado em busca da fonte, e não para as laterais, onde Sawyer se equilibrava de qualquer jeito nos patins, se inclinando enquanto ria pra valer.

Que pessoa estranha. Mason gostava demais dela.

Como amiga.

Gostava demais dela como amiga.

11

• *A melhor amiga engraçadinha* •

Ela é estranha, sabe como te provocar e isso te faz amá-la. Só isso mesmo.

As mãos de Mason deslizaram por entre as pernas de Sawyer, os dedos longos a provocando. Estava tão perto — *tão perto* — de onde ela precisava dele. Quando ele enfim cedeu, dando o que ela queria, Sawyer arfou.

Com um pulo, Sawyer se sentou na cama, esfregando os olhos. Cobriu-se com o edredom, embora não precisasse. Estava sozinha. Piscou para afastar o sonho quando seu quarto mal iluminado e sem Mason entrou em foco. Com um suspiro deitou-se de volta, virou e gritou no travesseiro.

Havia feito um pacto consigo mesma para parar de pensar em Mason enquanto se tocava, mas as lembranças da noite deles juntos costumavam aparecer, o que significava que tinha parado de se masturbar e pronto. Era uma pena porque, se praticar o prazer sozinha fosse um esporte olímpico, ela teria mais medalhas que o Michael Phelps.

Apertando as pernas para aliviar a vontade, contou de dez a zero. Fantasiar sobre Mason era uma coisa quando pensou que não o veria outra vez, mas agora não dava para fazer isso, ou ia querer realizar as fantasias. E era óbvio que não podia. Não apenas era contra as regras, mas, quanto mais o conhecia, mais convencida ficava de que seria a pessoa errada para ele. Mason queria romance, a paixão arrebatadora de um novo relacionamento. Sawyer simplesmente não tinha tempo para isso. Tinha um livro para escrever e, se estava com dificuldade em fantasiar sobre o amor, não estava em posição de planejar e executar planos românticos no mundo real.

Mason era proibido. Ela sabia disso. Inferno, foi ela quem definiu essa regra. Mas a memória das mãos dele em seu corpo, de senti-lo dentro de si... a assombrava — assombrava uma parte sua específica e muito *necessitada*.

Bem quando as mãos começaram a descer, o alarme soou alto e ela pulou para fora da cama. Encarando os lençóis amassados que a traíam, desligou o alarme e foi preparar um banho frio, a fim de se arrumar para desbravar o shopping.

No geral, o shopping era o local favorito de Sawyer para observar pessoas. O shopping na véspera de Natal, por outro lado, era um hospício.

— Quando concordei em fazer compras de Natal de última hora com você — resmungou ela para Lily enquanto faziam fila para pegar um café —, pensei que estava falando de lojas de antiguidade e brechós, não da Apple Store.

Em retrospecto, Sawyer devia ter presumido. O marido de Lily, Beau, era um nerd da tecnologia. Os dois não poderiam ser mais diferentes, e mesmo assim até o coração de Grinch de Sawyer podia admitir que eram a cara de uma comédia romântica. Namoradinhos de infância vivendo uma segunda chance no amor. Eram a exceção, não a regra. A regra era: quando a bola de vidro cai, ela se estilhaça, e nenhum gesto grande e romântico a faz ficar como era antes, só dá para deixar mais coisas caírem no processo de tentar salvar o que já se quebrou. Sawyer não cometeria esse erro outra vez.

— Não acredito que você vai à IKEA depois daqui — murmurou Lily. Sawyer havia antecipado algum tipo de resposta sarcástica de Lily quando a atualizou sobre como o Cara do Elevador da Ficada Única era agora o Cara da Missão: (Sem)Romance, mas, até agora, o único questionamento de Lily era a IKEA. — Lá vai estar bem pior que aqui.

— Será? — questionou ela, a voz estranhamente alta. — Quando faço minha lista de Natal, não fico pensando: "Ah, sim, não há nada que eu queira mais que passar a manhã de Natal desistindo de montar móveis porque fiquei puta."

Apesar de que a véspera de Natal era um caos extra. De jeito nenhum Mason conseguiria tornar a IKEA romântica em um dia normal, muito menos no dia mais cheio do ano. Ela com certeza ia ganhar esse item da lista — não que estivessem marcando pontos. Mas, se estivessem, esse era perfeito para arruinar.

O barista chamou os nomes delas, e Lily entregou a Sawyer seu latte de leite de coco antes de pegar a própria bebida — Sawyer já havia esquecido a descrição enorme do pedido da amiga. Lily apoiou a bengala contra o balcão antes de modificar ainda mais seu pedido com uma pitada disso e daquilo. Tratava o café como uma tela — quanto mais camadas e misturas, melhor.

— Além disso, temos que arruinar *500 dias com ela* — disse Sawyer, dando de ombros.

— Esse filme *não* é romântico — insistiu Lily.

— Eu sei, mas meio que a intenção é essa, não é? — disse Sawyer. — Todo mundo acha que é, quando, na verdade, o vilão é o Tom, não Summer. Ela está bem decidida em não querer um relacionamento, e Tom se apaixona mesmo assim.

Lily mexeu o café, contemplativa.

— Então, Mason é o Tom?

Sawyer balançou a cabeça enquanto pensava.

— Mason é tipo o Tom, mas não acho que ele seja vilão. É só que temos que parar de analisar tudo e definir algum tipo de significado cósmico. Duas pessoas podem ir a uma fazenda comprar árvore de Natal, ou ao Christkindlmarket, ou à IKEA e se divertir, elas não precisam se apaixonar.

Pegando o café com uma das mãos e a bengala com a outra, Lily se aproximou ao passar por Sawyer na saída da cafeteria lotada.

— Mas elas poderiam, digamos, transar de novo.

Sawyer teve que apertar o passo para acompanhar. Mesmo nos dias em que a osteonecrose de Lily a fazia precisar da bengala, suas longas pernas ainda eram mais rápidas que as de Sawyer.

— Ai, meu Deus, Lily.

— O quê? — disse Lily, inocente. — Múltiplos. Orgasmos — disse, batendo a bengala no chão após cada palavra. — Não desperdice isso, Sawyer!

Ela fungou, esnobando.

— Meus vibradores dão conta. — Desconsiderando o fato de que ela mesma tinha renomeado todos como Mason.

Lily suspirou longamente.

— Tá, darei pra você e seu vibrador um pacote de vinte e quatro pilhas de Natal. — Sem sequer respirar, prosseguiu: — Espera, se Mason é Tom, você é a Zooey Deschanel? Se sim, parece que está amaldiçoada a deixá-lo apaixonado por você.

Sawyer com certeza tinha pensado nisso. Estavam se divertindo, e ela gostava de passar tempo com Mason, mas ele queria um romance épico. Ela tinha certeza de que ele era autoconsciente o suficiente para perceber que Sawyer não era a pessoa certa para isso. Embora não soubesse como ele planejava encontrar isso em Los Angeles, enquanto gerenciava uma produtora. Que sua próxima parceira descansasse em paz. Ele ia se casar com o trabalho.

O coração de Sawyer acelerou de um jeito desconfortável, sabendo muito bem como era ser rejeitada pela busca de um sonho. Ela sabia que a missão deles era logicamente um pouco frágil, mas *caralho*. Se pudesse ajudar Mason mesmo que fosse um pouquinho, poupá-lo de passar pelo que ela passara com Sadie… valia a pena.

Ela se segurou firme nessa determinação, piscando quando voltou ao presente, em um shopping lotado de pessoas e com uma Lily que a encarava como se soubesse demais. Hora de parar de pensar nisso. Lily e sua imaginação não podiam ser deixadas sozinhas.

— Ele está se mudando para Los Angeles, então não há um futuro nisso, mesmo que a gente quisesse. E não queremos.

— Está bem, então não há futuro, mas no presente pode haver orgasmos.

Sawyer resmungou. Lily não ia largar o assunto, e ela estava tão desesperada para parar de falar disso que deixou escapulir.

— Pensei nisso — admitiu. — O sexo foi ótimo, mas não acho que ele sabe como manter casual. Quando dormimos juntos… — Sawyer balançou a cabeça, desacreditada, quando a memória voltou — ele preparou um café da manhã enorme e trouxe para a cama. Tipo, não um pãozinho, um café e tchau.

Frutas, panquecas caseiras, café fresquinho, iogurte e granola... Nunca entendi essas crianças de séries que acordam com isso, pegam, tipo, *um* morango e saem correndo, mas — Sawyer estremeceu — foi demais. Saí correndo tão rápido que nem peguei morango nenhum.

Lily estava boquiaberta.

— Espere aí — disse, sem fôlego. — Você disse café da manhã, o que quer dizer que você, que nunca você, Senhorita Não Passo a Noite Com Os Caras, *realmente passou a noite?*

Merda.

Sawyer estendeu um dedo, avisando.

— Estava tarde, e eu adormeci sem querer. — Baixinho, confessou rápido: — Eatransamatinalfoitãoboaquedormidenovo.

Lily assentiu, em uma seriedade fingida.

— Claro. Pobrezinha, ficou de perna bamba e então ele teve a *audácia* de levar café da manhã para você na cama? Que horror! Você com certeza não devia dormir com ele de novo. Parece... péssimo — disse ela. — Insuportável ser tão cuidada assim. Você teve sorte de sobreviver, na verdade.

Sawyer rangeu os dentes com tanta força, que arriscou rachar um.

Lily imitou a expressão séria dela.

— Só estou dizendo: será que seria tão difícil assim dormir com alguém de quem você realmente gosta, para variar?

Sawyer quase mordeu a língua.

— Como assim?

Lily bufou.

— Por favor. Nós duas sabemos que você escolhe de propósito pessoas dos quais sabe que não vai gostar.

Inclinando o pescoço, ela fingiu se concentrar em encontrar uma mesa vazia, mas a praça de alimentação estava tão cheia quanto a cafeteria.

— Não tenho tempo para isso agora, estou...

— Focando minha carreira — disseram as duas em uníssono, Lily com um tom de zombaria.

Sawyer bufou.

— Por que você fala como se fosse algo ruim?

— Porque você pode fazer mais de uma coisa ao mesmo tempo, Sawyer.

Ela não sabia se o grunhido que Lily soltou foi de frustração com ela ou porque dois adolescentes roubaram a mesa em que estavam de olho.

— Da última vez que tentei fazer as duas coisas — murmurou Sawyer —, ferrei as duas. Eu só… preciso me recompor, e me apaixonar é a antítese de me sentir *recomposta*.

— É você quem fica falando de sentimentos — observou Lily, convencida.

— Eu, não.

Sawyer suspirou.

— O que quero *dizer* é que ele não sabe ser casual. Então, não, não podemos transar mais.

Lily murmurou, pensativa.

— Justo. Seria uma tortura se o deus do sexo se apaixonasse por você.

— Ele está se mudando para Los Angeles! — rebateu Sawyer.

Lily ergueu as sobrancelhas.

— A saída perfeita — disse. — A não ser que a sua preocupação não seja ele se apaixonar. Quero dizer, você dirigiu até aqui e pagou caro demais pelo estacionamento só para poder dirigir quarenta e cinco minutos até Schaumburg depois daqui e desbravar a IKEA com ele. Isso… — Ela começou a cantarolar "I'd Do Anything for Love (But I Won't Do That)" do Meat Loaf bem baixinho.

Quando Sawyer a olhou feio, Lily ergueu as mãos inocentemente.

— Tá bom, tá bom, parei. Então, o que tem em Los Angeles que ele não consegue encontrar aqui?

— Além do sol? — Sawyer amava Chicago, mas não se importaria com um pouco mais de luz do sol em sua vida para equilibrar o eterno inverno. — Ele está indo para trabalhar — disse com cuidado.

— Ah, o que ele faz?

Ela não tinha contado a Lily essa revelação em específico. Evitou responder enquanto avançavam pela multidão em busca de uma mesa livre.

— Ele é ator.

Lily se interessou de imediato.

— Em qual teatro? — Lily amava a cena teatral de Chicago e frequentava vários círculos. Sawyer havia se sentado na primeira fila de releituras avant-garde de Shakespeare bem mais do que podia contar.

— TV, não teatro — explicou Sawyer.

Lily usou a bengala para bloquear o caminho, fazendo Sawyer parar e ter que encará-la.

— Mason *do quê*?

Sawyer suspirou, parando.

— Mason West — murmurou.

Lily arregalou os olhos ainda mais.

— O Cara do Elevador é Mason West? Você teve, nas suas palavras, uma transa "fenomenal" com o Mason West?

— Não acho que eu falei "fenomenal" — retrucou Sawyer. Mas, sim, tinha sido. O homem sabia o que fazer com o corpo de uma mulher, e ela não estava brava com isso. Mas, quando contara para a melhor amiga sobre a gloriosa transa (em detalhes), não esperava vê-lo outra vez.

Lily gargalhou.

— Você com certeza falou, mas não me contou que ele era o *Mason West*! Como é que você pôde esconder isso?

— Quer parar? Pare de gritar o nome dele — sibilou Sawyer. As pessoas estavam encarando, e a risada de bruxa de Lily cortava o burburinho da multidão e a musiquinha de Natal que soava nos alto-falantes. — Eu não estava escondendo. Até o dia da fazenda, eu não sabia quem ele era.

— Então — começou Lily, com um sorrisinho que causou desconfiança em Sawyer —, se você realmente se inspirar e escrever um romance depois dessa missão estranha de vocês, sabe que vai ter que dedicar o livro ao, *nas suas palavras,* pau "glorioso" dele, não é?

— Eu não falei "glorioso" — insistiu Sawyer. Com certeza tinha falado e não estava errada.

Lily continuou a rir. Estava se divertindo demais à custa da amiga. Com um suspiro, Sawyer murchou.

— Desculpe — disse Lily. — Parei. Mas, por favor, saiba que estou impressionada por você ter transado com alguém tão lindo. Eu sabia que você não era tão bonita à toa.

— Deus do céu — praguejou Sawyer. — Pare de agir igual à sra. Bennet! Não tenho fortuna e não desejo um marido nem esposa, nem parceiro.

Lily mordeu o lábio.

— Desculpe. Agora parei mesmo, prometo. — Estendeu o dedinho para selar a trégua.

Sawyer enganchou o dedinho no da melhor amiga, pronta para mudar de assunto. Amava muito Lily, mas, desde que ela desistira da vida de solteira de vinte e poucos anos e se casara, a amiga estava em uma missão para encontrar um bom partido como Beau para Sawyer. Bom partido. Haha.

— Então, como vai a missão de vocês? Está inspirada? — perguntou Lily quando desistiram de encontrar uma mesa e entraram em uma loja de presentes.

— Não acho que estou ensinando a ele *Como perder um homem em 10 dias* o suficiente, mas estou me divertindo e me sentindo inspirada para escrever de novo, então estamos pelo menos fazendo metade certo — respondeu Sawyer.

Lily arregalou os olhos, mordeu o lábio e balançou as sobrancelhas, animada.

— Está escrevendo de novo? — Apesar de toda a intromissão, Lily era uma ótima incentivadora, mesmo para as ideias de Sawyer que nunca chegaram ao papel.

Um sorrisinho se espalhou pelo rosto de Sawyer.

— É, mas ainda não estou pronta para falar disso.

Lily assentiu e não pressionou mais, parando para ver a parede de canecas.

Sawyer inventava um milhão de ideias por dia, mas tinha que haver uma fagulha, algo especial no pensamento, alguma coisa com a qual ela se conectasse, que tornasse necessário que *ela* escrevesse aquela história específica. Estava quase lá. Tinha múltiplas ideias na cabeça, mas ainda não encontrara o fio que as conectava. Era como olhar para uma geladeira cheia, saber que tem os ingredientes para um banquete, mas não saber o que fazer com eles. Claro, havia várias coisas que podia fazer, mas precisava de tempo e energia emocional, e ela não podia começar até saber o que queria.

Faltava pouco. Escrever alguns milhares de palavras de um esboço e algumas cenas de abertura, só que começos eram fáceis. Meios eram complicados, mas possíveis; agora, finais? Os finais eram a kryptonita dela.

Sawyer ficou tão animada com a ideia nova que abriu o grupo de escrita, o qual ela havia silenciado meses antes em uma crise de síndrome de impostora. Quando rolou pelas mensagens não lidas, a síndrome de impostora reapareceu. Fechou sem dizer nada, se sentindo uma merda por ter perdido tantas conquistas de seus amigos.

Pensou em ligar para a agente, Tess, várias vezes durante a última semana, para falar da ideia mais ou menos formada. Mas era fim de ano, Tess estava passando um tempo com a família, e Sawyer já tinha feito essa ligação antes. Uma ideia se formava, ela se animava com a inspiração enfim fluindo depois da longa seca, contava a história para Tess e Emily, escrevia cinco, dez, cinquenta mil palavras e então, no ponto crítico... travava. Ou escrevia até um ponto sem saída, ou largava os pontos de trama que estivera tecendo com cuidado, ou os personagens paravam de falar com ela... A ideia de engavetar outra história inacabada a assustava e fazia seus olhos arderem.

Sawyer afastou o pensamento, piscando rápido para limpar a vista embaçada. Não podia se dar ao luxo de pensar nisso. Literalmente. Não podia se dar ao luxo. Ela não ia falhar outra vez. A editora dela não ia largá-la, porque ela *ia* terminar a tempo.

— Então — disse Lily, de repente muito interessada em uma xícara de rena e evitando contato visual —, sei que falei que ia parar de tocar no assunto, e prometo que vou, mas você não pode fazer todo o lance de *Como perder um homem em 10 dias* e ainda transar?

12

Tá todo mundo vendo, menos eles

Nem preciso explicar.

Era véspera de Natal e o shopping estava lotado. Como sempre, Luis deixara as compras de Natal para o último minuto, e Mason, como seu melhor amigo e cunhado, tinha obrigação de acompanhá-lo. Ou foi o que Luis falou ao ligar no dia anterior e dizer que ele precisava ir.

— Então, como vão as coisas com a moça? — perguntou Luis, inspecionando os utensílios de cozinha Williams Sonoma mais perto deles. Mason não fazia ideia de para que serviam, e, ao que parecia, Luis também não, girando-os curiosamente antes de deixá-los de lado quando algo lá dentro tilintou sinistramente.

Mason engasgou com o café, em parte pela risada e em parte com a menção a Kara.

— Terminamos, lembra? Duas vezes — Mason o relembrou.

Ele devia ganhar um Oscar pela habilidade de parecer não se importar. Não que ainda quisesse Kara. Tinha começado o processo de superá-la meses antes. Era o fato de ter terminado com ele porque Mason tinha ficado "sério demais, rápido demais" e agora estar noiva.

Luis o olhou de esguelha, sorrindo.

— E você sabe que não estou falando da Kara.

Agora, foi Mason quem fingiu se interessar por um utensílio de cozinha.

— Por que é que a gente está nesta loja? A Margot não cozinha.

— É, mas eu cozinho — rebateu Luis. — Não mude de assunto. Quem é a mulher?

— Por que você acha que há uma mulher? — questionou. Conferindo o relógio no celular, quis que já fosse hora de encontrar Sawyer para que pudesse se livrar de Luis e evitar a conversa. Mas não teve sorte. Ainda tinha duas horas até arruinarem a IKEA, o que, sinceramente, não seria difícil. Mason já odiava aquele lugar, mas fazia meses que estava enrolando para comprar outra mesinha.

— Com você? — Luis riu. — Sempre tem uma mulher. Ainda mais quando confere o celular a cada cinco minutos. — Ele tocou a ponta do celular dele e Mason franziu a testa, enfiando o aparelho de volta no bolso. — Sei que vai se encontrar com alguém depois daqui, e você só tem, tipo, dois amigos. Eu já estou aqui e, segundo o Instagram da Alissa, ela está em Toronto com a namorada, então... — Gesticulou como se só houvesse uma conclusão lógica.

Mason odiava o fato de ele estar certo. Não fazia ideia de quando a maioria de suas amizades tinha acabado, mas entre gravações noturnas, relacionamentos falidos e múltiplas mudanças transcontinentais, seu grupo de amigos se reduzira apenas a Luis e Alissa. O que, francamente, não o incomodava. Mason e Luis eram melhores amigos desde o fundamental, e, embora Alissa fosse o salva-vidas inestimável de Mason na indústria, ter pelo menos uma pessoa que o conhecera antes de ele ser "importante" dizia muita coisa. Luis apoiava a carreira de Mason, mas não podia se importar menos com toda a pompa, trazendo Mason de volta à Terra quando ele se perdia no microcosmo que era o mundo da atuação. E ia ter que deixá-lo para trás quando se mudasse para Los Angeles. A culpa retorceu seu estômago por não ter contado a Luis ainda. Sabia que o amigo aceitaria melhor que a família, mas, agora que Luis *era* família, não podia pedir a ele que guardasse um segredo de Margot.

No início, foi estranho o melhor amigo dele namorando sua irmã mais velha, mas significava que podiam passar todos os feriados juntos, e ele preferia bem mais a companhia de Luis aos namorados insuportáveis que Margot levara para casa antes.

— Estou te julgando por não negar que estou certo, então: Como ela se chama?

Todos os pensamentos carinhosos sobre Luis e a amizade deles sumiram. Claro que o amigo tinha pensado isso. Mason tinha o mau hábito de se distrair no meio das conversas, tão acostumado a morder a língua que às vezes esquecia que havia pessoas perto das quais podia falar livremente. Mas isso... Ele não queria envolver a família nas aventuras com Sawyer. Não tinha certeza de como evitar a conversa sem provocar o interesse de Luis ainda mais, então fez o que a mãe havia ensinado a fazer quando recebia uma pergunta de que não gostava: deu uma meia resposta.

— O nome dela é Sawyer, mas não é nada disso.

— Então você não está dormindo com ela?

Mason pigarreou.

— Não.

Tecnicamente, não era mentira. Tinham dormido juntos? Sim. Estavam fazendo isso agora? Não. Ele ainda pensava nisso o tempo todo? Irrelevante.

Luis o encarou de olhos arregalados, e Mason temeu que o amigo descobrisse seu blefe. De que adiantavam todos aqueles anos de atuação se ele não conseguia sequer ser convincente ao mentir?

— Espere... você... *você fez outra amiga*?

Mason ignorou o comentário, o que pareceu ter sido a decisão errada, porque Luis semicerrou os olhos, suspeitando. E foi assim que conseguiu arrancar toda a história dele. Mason pulou o detalhe de Los Angeles, mas lhe contou sobre ficar preso no elevador, o encontro no Christkindlmarket, o pacto no Kuma's, a fazenda de árvores de Natal, e então gritar "bolas" no rinque de patinação do Millennium Park. No fim, Luis estava rindo tanto que as pessoas pararam para encarar, alguns dos olhares permanecendo em Mason por tempo suficiente para deixá-lo desconfortável.

— Vamos — Luis conseguiu dizer entre as risadas. — Vamos sair daqui antes que alguém te reconheça e eu fique preso te fotografando diante de marshmallows gigantes.

Mason revirou os olhos.

— E de repente os tabloides falarão que estou com compulsão por conta do emocional.

— Mason West — disse Luis, de forma dramática —, você diria que comer marshmallow evita um coração partido? É... — Luis fez uma pausa para o efeito — recomendação médica?

Mason não conseguiu conter a risada, entrando na loja de presentes para evitar os olhares que atraía.

— Tá, mas sério. Você e essa mulher...

— Sawyer — lembrou Mason, indo até uma parede cheia de canecas.

— Como é que fazer coisas românticas com essa mulher vai curar você do seu romantismo?

Ele balançou a cabeça, lendo algumas frases nas canecas enquanto tentava encontrar as palavras certas. Costumava achar fofas as frases inspiradoras, mas hoje as achou sufocantes.

Talvez a missão estivesse funcionando.

— Não se trata só de mim. As "coisas românticas" devem acabar com o bloqueio criativo dela, e acho que está ajudando. — Ele sorriu com o pensamento. — Quanto a mim, sinto que é terapia de exposição. Aposto muito no frio na barriga, mas ele não dura; nem meus relacionamentos. — Não quando não era a pessoa certa. Não quando talvez *ele* fosse o problema. Mason tinha pensado na sugestão de Sawyer de ligar para as ex e descobrir por que seus relacionamentos não davam certo. Depois que ela interrompera a decisão impulsiva dele de ligar para Kara, ele não tivera coragem de fazer isso de novo, mas pensava muito no assunto, um item secreto que adicionou à lista deles.

Luis o encarou como se ele tivesse falado uma bobagem.

— Então, tá — disse ele, cético. — Você costuma se apaixonar assim... — Ele estalou os dedos.

Mason não sabia como responder a isso. Não tinha planejado contar a ninguém sobre seu pacto com Sawyer porque não esperava que compreendessem. Mas, se alguém podia entender, era Luis. O amigo sempre era em quem ele pensava quando precisava de uma noite de pizza e cerveja, porque, bem,

Mason *comia* para compensar os sentimentos depois de um término. A única exceção à regra tinha sido Kara, tudo graças a Sawyer o distraindo.

— Então, tipo, qual é o grande defeito dela? Porque eu a vi no Christkindlmarket antes que ela fugisse como a porra da Cinderela à meia-noite, e ela... — Ele ergueu as sobrancelhas, olhos castanhos se arregalando para sugerir como Sawyer era atraente. — Como você planeja *não* se apaixonar por ela?

Luis tinha razão. Mason tinha um histórico de se apaixonar por pessoas que não se apaixonavam por ele. Normalmente, lia sinais demais na provocaçãozinha fácil que tinha com Sawyer. Era um hábito que precisava perder. Por conta dela, sabia que não daria em nada. E, mesmo se passasse mais tempo pensando nela do que deveria, ele estava de partida. Mas não podia contar isso a Luis. Pensou que esperar até depois das festas para contar à família sobre Los Angeles fosse a decisão certa, mas agora a ideia de mentir para eles nos próximos dias...

Balançou a cabeça para clareá-la, focando a conversa ali e tentando torná-la menos íntima.

— Saber que ela tem zero interesse em um relacionamento logo de cara torna bem fácil não criar a ideia errada acidentalmente. Estamos fazendo "coisas românticas", sim, mas passar tempo com Sawyer não parece um namoro. Parece sair com minha amiga. — Quase a chamara de melhor amiga, um termo que conferia apenas a poucas pessoas em sua vida. Pessoas que conhecia havia anos, não poucas semanas. Mesmo assim, não conseguia se livrar do pensamento. Melhor amiga.

Os cantinhos da boca de Luis se voltaram para baixo, e ele ficou pensando.

— Tá. Bem, boa sorte, acho. Quantas coisas faltam arruinar?

Mason deu de ombros.

— Fizemos uma lista, mas é meio aberta.

Luis franziu a testa, mas, pela primeira vez, não disse nada.

Quando terminava? O último "encontro" deles seria na festa de véspera de Ano-Novo, dali a uma semana. Era isso? O pânico o dominou. Não tinham falado disso, mas a ideia de que se separariam quando a lista terminasse estava ali. Ele não gostou da ideia de nunca mais vê-la. Não queria pensar demais em por que de repente estava refletindo sobre a física das comédias românticas e como prender o casal junto em um *loop* temporal.

Mason se forçou a se afastar da parede de canecas e da pessoa para quem estivera inconscientemente escolhendo uma, apenas para se virar e dar de cara com a tal pessoa.

— Sawyer! — disse, surpreso. Ao seu lado, Luis se empertigou como um cachorrinho que ouvira a palavra *petisco*.

— Álvarez-West — disse ela. Estendeu a mão para além dele a fim de pegar uma caneca com estampa de cogumelos estilo anos setenta na prateleira. O cheiro de coco afogou os sentidos dele, e Mason se sentiu relaxar.

— E eu sou Luis — disse o amigo dele, aproveitando a abertura. — Quis me apresentar antes que você saísse correndo.

Sawyer franziu a testa, fingindo concentração.

— Tenho certeza de que não faço ideia do que está falando.

Luis arfou e balançou a cabeça, sorrindo.

Uma ruiva apareceu ao lado de Sawyer.

— Estamos nos apresentando? Sou a melhor amiga dela, Lily.

Enquanto Luis e Lily apertavam as mãos, Mason encarou Sawyer, mordendo o lábio para não sorrir. Não tinham falado se queriam ou não manter a missão em segredo, deixar família e amigos fora disso, mas fazer o quê. Tarde demais agora. Luis e Lily estavam trocando planos de fim de ano como se fossem velhos amigos, não duas pessoas que se conheceram cinco segundos antes.

Dá para acreditar neles?, os olhos verdes brilhantes de Sawyer pareceram dizer.

— Você devia vir! — exclamou Lily.

Mason afastou o olhar do de Sawyer, voltando à conversa.

— Como é?

Lily sorriu para ele, perspicaz. Quanto tempo ele e Sawyer ficaram se encarando?

— Dia de Ano-Novo! Vamos fazer um brunch da ressaca. Não consegui convencer esta aqui a passar a noite de Ano-Novo comigo...

— É seu primeiro aniversário de casamento com Beau! — protestou Sawyer. — Não vou ficar segurando vela nisso!

Lily dispensou as palavras dela como se as tivesse ouvido um milhão de vezes. Provavelmente tinha.

— Ah, é? E qual é a sua desculpa para o Natal, então?

— É o primeiro Natal que vocês vão passar juntos — disse Sawyer, empaticamente.

— Ai, meu Deus — gemeu Lily. — Passamos os dois últimos Natais juntos.

— Espere — disse Mason. Tinha a impressão de que Sawyer não falava com os pais, então se ela não ia passar o Natal com eles nem com Lily… — O que você *vai* fazer no Natal?

Sawyer hesitou, o olhar passando nervosamente pelo pequeno círculo deles.

— Ler, relaxar, o de sempre.

— Besteira — declarou Luis. — Você vai passar com a gente. Não vai ter nenhum aniversário de casamento, então você não pode negar… e você não quer negar, porque meu jantar de Natal é melhor do que qualquer coisa que você possa comprar.

— Você pode negar — falou Mason, baixinho. Passar o Natal juntos era quilômetros mais profundo do que a regra deles de nível superficial, mas a ideia de Sawyer sozinha no Natal, comendo queijo ralado direto do pacote… É, não. Ela ia jantar com eles. — Mas gostaria que você viesse.

— Ela *adoraria* ir — declarou Lily em seu nome. Antes que Mason pudesse decifrar se a indireta pesada era intencional ou não, ela prosseguiu: — E, se Luis vai ter você para o Natal, então você passará o dia de Ano-Novo comigo.

Sawyer endireitou a postura.

— Licença, vocês são nossos dois pais divorciados decidindo a programação de fim de ano?

— Sim — disseram Luis e Lily ao mesmo tempo.

— O que você vai fazer duas semanas depois do Ano-Novo? — Luis perguntou a Lily, como se estivessem negociando.

Mason lançou a ele um olhar de advertência. Era o dia da festa do tamal — com toda a família Álvarez. Se levasse Sawyer para isso, jamais teria paz. Pelo resto da vida, perguntariam a ele sobre a linda loira que ele levou uma vez, por que a deixou escapar… e ele nunca teria uma resposta satisfatória.

— Vamos só começar com o Natal e o Ano-Novo — disse Luis, pigarreando. — Por enquanto. — Com se fosse haver mais feriados no futuro, como se não fossem sair da vida um do outro dali a uma semana.

Sawyer lançou a Mason um olhar de espanto, claramente se perguntando o mesmo que ele: Como isso tudo acontecera em cinco minutos? Mas a pergunta de Luis ainda estava na cabeça de Mason. Quando essa coisa com Sawyer ia terminar? O último plano concreto era a véspera de Ano-Novo, mas o brunch de Lily lhe daria mais um dia. Não estava pronto para perdê-la. A amiga dele. A amiga com quem gostava de passar tempo amigável, como amigo. A amiga que estava gostosa pra caralho naquele suéter folgado de velho, sexy de uma maneira totalmente platônica.

— Está bem — disse Sawyer, alegre, devolvendo a caneca para a prateleira com um olhar melancólico. — Eu diria que foi divertido, mas, para ser sincera, estou aterrorizada de deixar vocês dois tramarem mais, então Mason e eu vamos dar o fora. A IKEA está chamando, tenho que ir arruinar o romance e talvez uma amizade também agora. Só para garantir.

Eles se despediram, e Sawyer praticamente o arrastou para fora da loja. Os dois olharam para trás no último momento, Luis e Lily acenavam para eles como pais orgulhosos na porta.

— Eu não acredito no que acabou de acontecer — disse Sawyer, franzindo a testa.

— Ah, eu não acredito nem um pouco no que acabou de acontecer.

13

• *Me beije pra gente se esconder* •

Os vilões estão vindo e, se a gente juntar bem nossas caras, talvez fiquemos invisíveis. Provavelmente.

— Deus, eu odeio este lugar — murmurou Mason.

Fazia cinco minutos que estavam na IKEA — sem contar os dez minutos que levaram para se reencontrar depois de estacionar — e era a segunda vez que ele dizia aquilo. Sawyer ficou na ponta do pé para espiar além da família diante deles, que parara a fim de examinar a configuração de uma sala, bloqueando a passagem.

Ela deu um suspiro frustrado que soprou os fios de sua franja.

— Bem, estamos aqui agora, e só há uma saída: por dentro.

— Este é o meu filme de terror pessoal.

— Você é que precisa de uma mesinha — resmungou ela. — Não entendo por que não podia fazer isso da maneira fácil.

— Ah é? Que maneira?

Ela bufou.

— Ficando bêbado e comprando on-line por impulso. Obviamente.

Ao ver uma abertura na multidão, Mason pegou a mão dela e a arrastou por ali consigo. Sua altura fez a família se separar, o que Sawyer não conseguira.

Ele soltou a mão dela quando passaram e deixou uma estranha sensação de formigamento.

— Tentei — resmungou ele. — Quero uma para combinar com a que já tenho, mas todas parecem iguais na internet.

— Você tem mesmo tantos vibradores assim para precisar de uma segunda mesinha?

O olhar de Mason dançou enquanto a encarava.

— Algumas pessoas usam mesinhas para mais que apenas vibradores, Sawyer.

Ela ergueu as sobrancelhas.

— Tipo o quê?

— Livros?

Touché.

Mason desacelerou os passos, e algo impossível de ler cruzou sua expressão.

— O quê? — perguntou ela, olhando ao redor em busca da origem da súbita mudança.

— Quer sair daqui? — perguntou ele, com urgência.

— Quero dizer, sim, sempre, mas por quê?

Mason suspirou, tirando a touca cinza para passar a mão pelo cabelo absurdamente reluzente. Estava mais longo do que quando se conheceram, um mês antes, as laterais, antes curtas, agora estavam crescidas e faziam ondas acima das orelhas. Ele recolocou a touca, Sawyer resistiu à vontade de tirá-la e brincar com os cachos que se formavam.

— Não preciso mais da mesinha.

Sawyer franziu a sobrancelha. Era uma razão válida, que até costumava usar, mas ela não tinha dinheiro para esbanjar. Se Mason queria uma segunda mesinha, com certeza podia comprar uma.

— Eu só ia comprar porque Kara sempre reclamou de não ter uma quando passava a noite no meu apartamento.

Ah. Sawyer inflou as bochechas, sem saber como lidar com isso.

— Está bem — disse ela, com cuidado. — *Você* quer uma, certo? Já estamos aqui.

— Verdade… — Mason franziu os lábios, pensando. — Não — disse, decidido. — Não vou comprar, porque *eu* não preciso. Seria usada apenas por uma visitante, e o lance disso tudo é que não estou procurando por uma.

— Aê, garoto — comemorou ela.

— O que quer dizer — disse ele, murchando — que estamos sofrendo na IKEA por nada.

— Ugh — gemeu Sawyer. — Quer ir testar as camas?

— Sawyer, tem crianças aqui — repreendeu Mason.

Ela revirou os olhos.

— Não assim, seu safado. — Gesticulou para que ele a seguisse. As setas amarelas no chão os guiaram pelo labirinto. Quando chegaram ao andar com salas de estar, paralisaram. O rosto de Mason estava por toda parte. Um Mason mais arrumado, de uniforme azul-claro e jaleco de laboratório, descia o corredor de um hospital, tendo uma conversa contida com sua companheira de elenco, Kara.

Sawyer olhou para Mason em câmera lenta, como se, caso não se mexessem, ninguém fosse reparar nos dois, paralisados no meio do corredor. Nunca vira Mason tão pálido. Seu rosto se transformou na máscara sorridente e sem vida que Sawyer passaria a conhecer como Rosto Público, bem diferente de como ele costumava se expressar.

Ela franziu os lábios e seu olhar disparou pelo andar gigantesco. Precisavam sair dali. As pessoas estavam olhando feio para eles por bloquearem o corredor, e isso era a última coisa de que precisavam — pessoas olhando para Mason enquanto o rosto dele estava em todas as paredes. Misericordiosamente, o episódio passou para uma cena sem ele, mas era apenas questão de tempo.

Sawyer o arrastou para a lateral, até um pequeno cubículo entre as salas, tentando escondê-lo com o corpo — feito que seria mais fácil se ele não fosse tão maior que ela. Ficou na ponta dos pés para que seu rosto escondesse o dele, ela se apoiou no peito dele, segurando-o pelas lapelas do casaco.

Sawyer não estivera perto assim de Mason — tinha evitado de propósito — por um longo tempo, e era, bem, muito perto. O cheiro dele era fantástico.

— O que você está fazendo? — sussurrou ele.

— Escondendo você — arfou ela.

Ela tinha assento na primeira fila com vista para o sorriso que se espalhou no rosto dele, os olhos enrugando nos cantinhos.

— Um esforço heroico — elogiou Mason, apoiando a testa na dela. — Mas, se formos flagrados juntinhos assim, será pior do que se eu fosse pego comprando na IKEA.

— Merda — arfou Sawyer. — Não pensei nisso. — Ela pegou uma suculenta ali perto, segurando-a como se a analisasse, mas escondendo os rostos deles de vista. — Estava pensando mais, tipo, vamos arruinar o tropo de "me beije para não sermos pegos pelos vilões".

— Isso é um tropo? — disse Mason, inclinando a cabeça como se questionasse.

Sawyer deu um tapa no peito dele.

— Com certeza é. Pense em comédia romântica de aventura e ação.

A boca de Mason se curvou em um sorriso convencido.

— Se quer me beijar, Greene, não precisa arranjar desculpa.

O que, em nome do Wattpad, ele estava dizendo?

— Sossegue, Álvarez. Regra número 2, lembra?

— Ah, eu me lembro das regras. É você quem está tentando me beijar — disse ele, insolente. — Gostou mesmo do uniforme, hein? — Ele voltou a atenção para a TV mais próxima, onde seu personagem estava de volta, com certeza muito atraente em seu uniforme azul-claro, apoiado no balcão do laboratório, de pés cruzados.

— Ai, meu Deus, aquele é o Mason West? — perguntou Sawyer, fingindo uma empolgação de fã.

O sorriso sumiu do rosto dele.

— Você não ousaria.

Sawyer lhe deu um sorriso travesso.

— Mas você fica mesmo fofo no uniforme. Devia usar para mim qualquer hora dessas — provocou.

— Regra número 2 — disse ele, fingindo estar escandalizado, o efeito arruinado pela risada, balançando Sawyer contra seu peito. — Tá — disse ele, sério. — É seguro afirmar que estou imune a noções românticas relativas à IKEA.

— Acho que isso era verdade antes de chegarmos aqui, mas... — Sawyer fez mímica, como se cortasse um item da lista antes de fazer contato visual com ele e adicionar outro ponto sob seu nome. Como previra, tinha ganhado aquela rodada sem contestação.

— Justo. Provavelmente poderíamos ter pulado esta. Ninguém conseguiria tornar este lugar divertido para mim.

Sawyer riu.

— Concordo.

— Está bem. Estratégia.

— Certo — disse Sawyer, seriamente. — Como sairemos vivos daqui?

— Bem, a planta tem que vir com a gente. Ela sabe demais.

Sawyer pulou animada quando teve uma ideia.

— Pode ser nossa Samambaia do Amor! Só que uma suculenta do amor, porque suculentas são mais legais e... — Ela conferiu a etiqueta com o preço. — Oito e noventa e nove.

Mason cantarolou, pensativo.

— Você tem mesmo uma grande energia de Kate Hudson.

— Obrigada — arfou Sawyer, muito lisonjeada.

Mason riu.

— Então, manteremos a Suculenta do Amor viva ou deixaremos morrer?

Sawyer franziu a testa.

— Parece carma ruim deixar uma planta morrer de propósito, mas não consigo manter nada vivo, então... talvez deixar a Suculenta do Amor pra lá?

Mason passou o dedão por uma das folhas verdes, apertando devagarinho. Sawyer teve uma reação visceral a isso, a memória do dedão dele correndo por seu lábio, pressionando entre suas coxas.

Ele deu um sorriso travesso. Sabia no que ela estava pensando? Plantas. Eles estavam falando de plantas.

— Vamos torná-la nossa Suculenta da Amizade. — Ele a observou de esguelha. — Somos oficialmente amigos agora, certo?

Sawyer deu de ombros.

— Quero dizer, nós nos conhecemos biblicamente e ainda gostamos um do outro, então, sim.

O sorriso de resposta de Mason fez o peito dela doer. Não, tipo, com sentimentos nem nada, estava mais para um ataque cardíaco, talvez. Ele era lindo demais. Ela estava apenas reagindo a um rosto bonito. No qual se sentara uma vez. Sawyer afastou o pensamento.

Toda masturbação que deixou de fazer a fez se sentir como um nervo em frangalhos, e a proximidade deles a fez suar mais que uma mulher vitoriana vendo um pulso exposto. Ela precisava muito sair daquele cantinho que a estava deixando consciente demais de todas as partes em que eles se tocavam.

A expressão de Mason voltou ao modo missão.

— Está bem... — Apontando acima do ombro dela, ele explicou o plano de passar pelo labirinto de sofás e mesinhas de centro o mais eficientemente possível. Era bobo e provavelmente daria mais trabalho do que só cruzar o ambiente, mas era *divertido*.

Com a rota de fuga planejada, esperaram que as TVs passassem para uma cena sem Mason. Estavam tão próximos que a ansiedade era uma coisa palpável entre eles.

O episódio passou para outra subtrama. Milagrosamente, um espaço apareceu na multidão e os dois entraram no mar de gente.

Enquanto trançavam entre sofás Ektorp e mesinhas Knarrevik, e mais coisas com mais consoantes do que Sawyer conseguiria pronunciar, Mason agarrou a mão dela para evitar que fossem separados por uma família levando várias crianças. O frio na barriga dela com certeza era devido a quase tropeçar no pé de uma mesa, e não pelo contato da pele.

Quando enfim chegaram ao nível inferior, os dois estavam corados e respirando pesado.

Mason largou a mão dela e eles sorriram um para o outro como se tivessem roubado a Declaração da Independência. Então, espiaram a fila gigantesca. Nada acabava mais com o clima do que um galpão cheio de consumidores mal-humorados.

Não que houvesse algum clima para acabar, nem nada assim.

— Não precisamos comprar — disse Sawyer. Tentou pegar a comprinha risível da mão dele, mas Mason a colocou sob a axila como se fosse uma bola de futebol.

— Ah, vamos comprar — disse Mason, firme. — E espero que você fique tão inspirada por esta excursão, que dedique seu próximo romance para a nossa Suculenta da Amizade.

— Para a Suculizade — disse ela. — Minha firme companheira pelas águas lamacentas dos rascunhos.

— Está escrevendo de novo? — A forma como o rosto de Mason se iluminou... era algo e tanto. Fez o interior dela ficar todo estranho e molengo.

A resposta de sempre dela ficou presa na garganta. Falar sobre os livros era profundamente pessoal, e haviam concordado em manter as coisas superficiais, compartilhando apenas informações relevantes para a lista, mas acabar com o bloqueio de escrita dela não era o motivo de ter concordado com essa estranha missão? Queria que ele soubesse que seus esforços estavam funcionando. Além disso, logo contaria a trama para Emily, então valia a pena praticar.

Antes que pudesse pensar duas vezes, contou-lhe a história que estava cultivando dentro da cabeça — e três documentos diferentes do Word intitulados "Ideia Nova", "Ideia Nova_Segunda Tentativa" e "Ideia Nova Agora Vai". Contou a ele do rapaz e da moça que haviam se apaixonado e deixado o amor passar, do rapaz com a mãe doente terminal e o anel que ela dera a ele, da moça sem poder responder ao pedido dele e da jornada deles para honrar o presente da mãe dele ao tentar recuperar o que tiveram um dia, um tropo de romance por vez.

Mason sorriu levemente conforme ela falava, os dois se aproximaram do caixa enquanto isso.

— Então, basicamente o oposto do que estamos fazendo. Adorei.

Sawyer assentiu. Pegou o celular para anotar as duas novas ideias que tivera ao explicar a trama para ele; o livro parecia se desenvolver em sua mente enquanto falava. Mason ficou calado conforme os dedos dela voavam pela tela. Quando terminou, tinha um bloco de texto cheio de erros, mas parecia uma luz no fim do túnel, puxando-a para a frente, para as cenas seguintes que ela mal podia esperar para escrever. Quando tornou a erguer o olhar, haviam chegado à frente da fila e Mason já tinha pagado pela Suculizade.

— O quê? Não! — protestou ela.

— Só garanta que eu seja escolhido para protagonizar quando seu livro for adaptado.

Sawyer ergueu a sobrancelha para ele.

— Você sabe que os autores não controlam nada disso.

Mason franziu a testa.

— Sei. Mas deveriam.

Ela deu de ombros.

— Por isso não vendi meus outros direitos audiovisuais. Houve ofertas, e com certeza preciso do dinheiro, mas você viu o que aconteceu com *Quase amantes*. Foi como se o estúdio tivesse uma ideia para um filme que queriam fazer e, como meu livro estava vendendo bem, pegaram partes dele, colocaram meu nome e título e agora a coisa pela qual sou mais conhecida mal me pertence.

Essa não era a história completa, e ela tinha a estranha sensação de que Mason sabia que estava segurando o real motivo de não gostar da adaptação.

Ele franziu a testa, mas não pressionou, felizmente.

— Isso não é justo. Seu livro é bom. Todos os seus livros são bons, perfeitos para adaptação. Os produtores deveriam querer sua opinião.

Não era assim que funcionava, mas havia um tom na voz dele, um senso de proteção que a derreteu.

— Obrigada — disse sinceramente.

— Imagina. Para que mais servem os amigos? E, já que somos oficialmente amigos — anunciou Mason, entregando a ela a Suculizade —, vou te buscar amanhã às duas para o jantar de Natal.

O coração dela acelerou. Conhecer a família. Ela não ia Conhecer a Família, mas uau.

— Está bem — sussurrou. Desde o desvio na decoração da árvore de Natal, ela honrara a resolução de manter as coisas entre eles relacionadas à lista, mas nisso teria que quebrar a regra. Não queria mesmo ficar sozinha no Natal.

Mason sorriu, a expressão suavizando ao encará-la.

— E estou muito feliz em saber que você está escrevendo de novo. É meio incrível fazer parte do processo.

Sawyer esperava que o sorriso que deu parecesse genuíno. Tentou permitir que a animação dele a empolgasse, mas não podia deixar de se preparar para o momento inevitável em que parasse de ser "incrível", quando o véu do mistério fosse afastado. As noites longas e manhãs cedinho e dias passados com a bunda colada na cadeira, e, *não*, ela não estava escrevendo palavras, mas sentada naquela cadeira e tentando fazer parte dela; e, não, ela não podia dar uma passadinha na loja ou numa festa, porque o tempo de escrita era sagrado e, quando a inspiração fluía, ela era sua prisioneira. O poço criativo não era uma torneira que podia abrir e fechar quando fosse conveniente para ela — muito menos para os outros.

Talvez um dia ela encontrasse alguém que entendesse — que a entendesse —, mas, primeiro, precisava se consertar. Então, talvez, pudesse compartilhar isso com alguém. Por enquanto, protegeria essa frágil chama da carreira com a própria vida.

Sem saber dos pensamentos acelerados dela, o sorriso de Mason falhou, a atenção disparando para atrás dela por um instante.

— Acho que eu me diverti... na IKEA — disse ele, meio enojado.

Ela bufou, surpresa.

— Sabe, acho que eu também, de certa forma. — Ela murchou em derrota enquanto fazia a mímica de remover o ponto de sob seu nome e fazer no dele. — Sinto muito. Não sou muito boa em arruinar as coisas, não é?

Mason balançou a cabeça.

— Não, não mude. Na verdade, acho que assim é melhor. Se você fosse terrível, eu colocaria toda a culpa de não ser divertido em você. Dessa forma... — Ele mordeu o lábio, pensativo. — Dessa forma, alguém tem que ser mais divertido que você para eu ficar tentado.

Sawyer bufou.

— Bem, boa sorte, porque eu sou um poço de diversão.

Ele deu um sorrisão e ela sentiu um frio na barriga.

— Você também, viu? — falou ela, baixinho. — Te vejo amanhã?

Mason assentiu.

— Te vejo amanhã — repetiu. Deu um passo para trás antes de dar meia-volta e ficar diante dela. — Eu esqueci, hã... — Ele massageou a nuca, olhando ao redor do estacionamento para garantir que ninguém estava prestando atenção. — Minha família não sabe sobre Los Angeles nem sobre a produtora ou que estou saindo de *Diagnósticos*, então...

Sawyer passou um zíper na boca. Não seria um jantar de família sem algum nível de sigilo e enganação. Pelo menos Mason escondia boas notícias.

— Obrigado — arfou ele. — Quero passar pelas festas antes de dar a notícia de que estou partindo.

— Entendo. — De fato, ela não entendia. Nunca fora próxima da família. Se assumir bi aos dezessete anos havia acabado com qualquer chance de isso mudar. Quando foi fazer faculdade em outro estado, eles não se surpreenderam nem ligaram quando ela disse que não iria para casa para as festas de fim de ano, nem para as férias, nem nunca. Mason tinha sorte de ter uma família que sentiria falta dele. Ela estava mais que um pouco tocada por ele ter confiado nela.

— Amanhã — prometeu ele com um sorriso travesso.

— Amanhã — repetiu ela.

Mason recuou uns passos e se virou, seus longos passos o levaram rapidamente para o outro lado do estacionamento.

A alegria azedou enquanto Sawyer o observava desaparecer. Ele provavelmente só lhe contara sobre Los Angeles porque não se importava com ela daquele jeito. Não era como se a estivesse deixando para trás, não como a família dele. Aquela coisa entre eles sempre teve prazo de validade. Não existia “eles”.

Arrancando o olhar das costas dele, Sawyer abafou a sensação fria no estômago enquanto cortava mentalmente mais uma coisa na lista deles, que estava minguando rápido. Não tinham muito mais coisas a fazer, e ela fortaleceu sua decisão. Mason a ajudara, e era hora de cumprir seu lado do acordo. E talvez ele tivesse razão. Ela estivera fazendo tudo errado. Arruinar o romance não era a resposta. Ela precisava aumentar a expectativa de Mason para o romance, definir um novo padrão.

Sawyer ia se tornar o mapa para a cara-metade de Mason.

14

• Segredos, segredos •

As estatísticas do romance calculam que, se você tem um segredo, a chance de ser revelado no pior momento possível é de cem por cento.

Ele bateu à porta *exatamente* às duas horas. O que era perfeito, porque fazia uma hora que ela estava pronta. Ou assim pensou.

Ao abrir, viu que Mason tinha trocado seu casaco cinza de sempre por um preto arrumado. Sua mão procurou a dele por livre e espontânea vontade, abrindo-lhe as lapelas do casaco. O coração dela disparou. Ele parecia especialmente elegante em sua calça cinza-escura ajustada e camisa carmesim de botões, com os dois de cima abertos. Se as mangas dele estivessem arregaçadas sob o casaco, seria o fim dela. Não podia ser responsabilizada por suas ações se antebraços expostos estivessem envolvidos. Sua libido simplesmente não aguentaria. Fosse lá quem tinha inventado a regra sobre não poderem dormir juntos de novo, essa pessoa era louca, claramente.

— Ah, não — disse Sawyer, recuando um passo e segurando a bainha de seu suéter largo nervosamente.

— Está tudo bem — disse Mason de imediato. — É culpa minha. Eu devia ter avisado que minha família é exagerada. Dessa forma, pelo menos um de nós está confortável. Vamos.

Ela balançou a cabeça, inflexível.

— Me dá uns cinco minutos. Pode marcar.

Ele ergueu a sobrancelha, pegando o celular do bolso do casaco com um sorrisinho divertido. Sawyer observou o dedão dele deslizar para cima e correu pelo apartamento antes que ele pudesse iniciar o cronômetro. Precisava de cada segundo.

Ela não tinha muitos vestidos bonitos. Geralmente não tinha ocasião para usá-los, e enviou um agradecimento telepático a Lily por se casar no inverno e não a amaldiçoar com um vestido de dama de honra horroroso. Resmungou quando pegou o sutiã menos favorito dos fundos da gaveta de lingerie, aquele com o ferrinho que a cutucava. Mas era o único que funcionava com o vestido, então se desculpou com cada seio antes de vesti-lo.

— Vou deixar vocês saírem assim que possível — prometeu a eles.

Jogou as confortáveis leggings de couro sintético no cantinho do armário e vestiu uma meia-calça preta com textura. O vestido de dama de honra do ano passado era simples, de mangas longas e bandagem, feito de veludo cor de esmeralda, como um abraço. Ela o ajustou na cintura e se olhou no espelho. Correu de volta para o armário, tirou as botas médias apropriadas para o clima e calçou saltos Mary Jane.

— Isso serve? — perguntou enquanto saía do quarto.

Mason ergueu o olhar e paralisou como uma falha em um videogame. O cronômetro no celular soou e ele deu um pulo, uma miríade de expressões passando por seu rosto enquanto o silenciava sem olhar. Ele pigarreou.

— Com certeza serve — falou baixinho.

O silêncio se estendeu entre eles, cada centímetro dela consciente de que Mason a olhava de cima a baixo. Quando ele mordeu o lábio inferior, Sawyer sentiu dentro de si, a distância entre os dois ao mesmo tempo enorme e curta. Balançou a cabeça para clareá-la, puxando o decote do vestido para cobrir o rubor no peito.

— Ótimo. — A palavra saiu distorcida, como se ela tivesse passado por toda a puberdade naquela sentença. — Mas agora preciso de outra coisa para usar na véspera de Ano-Novo, porque minha roupa bonita acaba aqui.

— Eu compro um vestido para você — disse ele bruscamente.

Sawyer paralisou enquanto ajustava as alças, que caíam um pouquinho para o lado. Mason estendeu a mão, a endireitando.

— Você não... Eu não quis dizer...

— Sawyer. — Mason a interrompeu com um sorriso. Ele tinha sempre que dizer o nome dela assim? Claro, já tinha dito várias vezes antes, mas por que parecia tão... *íntimo*? — Se estou arrastando você para uma festa metida, devo lhe dar um vestido metido.

— Está bem. O mais metido — concordou ela com um sorriso fraco. Ainda estava pensando em como seu nome soava na voz profunda dele e se esqueceu de que odiava aceitar ajuda, mas com certeza não podia comprar um vestido bonito o suficiente para uma festa de Hollywood, mesmo a Hollywood de Chicago.

Mason enfiou as mãos nos bolsos, pegando um pacotinho embrulhado em papel dourado. Sawyer paralisou quando ele o estendeu para ela.

— Eu não comprei nada para você — confessou. — Você não disse que a gente ia trocar presentes!

Mason dispensou a preocupação dela.

— É para a Suculizade.

Ela o observou com cuidado. Céus, isso era constrangedor. Fazia tanto tempo que Sawyer não tinha uma amizade nova, que havia esquecido que amigos faziam coisas assim. Ela comprava presentes para Lily todo ano, mas era *Lily*. A coisa mais próxima que Sawyer tinha de uma família. Ela tirou o embrulho dourado e a tampa quadrada. Era a caneca de cogumelos que tinha visto no shopping. Olhou dele para a caneca.

— Como você...?

— Luis pegou para mim depois que saímos.

— Então *não era* para a Suculizade. Não tínhamos adotado a planta ainda! — acusou com um dedo no peito dele. Mesmo assim, foi até a suculenta no vaso de plástico, colocando-a dentro da caneca vintage, a estampa de cogumelo laranja e a planta verde fizeram uma combinação alegre.

— Preciso arranjar terra para plantá-la de novo.

Mason a encarou sem expressão, um sorriso aos poucos se espalhando em seu rosto.

— O quê?

Ele franziu os lábios, balançando a cabeça.

— *O quê?*

— Sawyer, eu... — Ele riu. — Não sei como dizer isso, mas... a Suculizade é uma suculenta falsa.

Ela arfou, pegando a planta da bancada. Ao analisar mais de perto, viu onde as camadas se entalhavam, a ponta do molde usado para criar as folhas.

— Você a regou, não foi?

— Não — mentiu ela, encarando-o seriamente. Ficaram assim por um longo momento, até que Sawyer cedesse. — Tá, reguei, mas não é culpa minha todas as suculentas parecerem tão falsas, então, tanto faz. Vou te comprar um presente — devolveu, rezando para que a mudança de assunto fizesse seu rosto parar de queimar.

— Você nesse vestido e nessa meia-calça já é presente suficiente.

Bem, isso não ajudava. O rubor nas bochechas dela se espalhou para o peito, para dentro. Depois de se recompor, vestiu sua melhor expressão de "Vem aqui", permitindo que uma perna saísse da fenda do vestido.

— Ah, é?

Mason a olhou sério, o pomo de adão subiu e desceu enquanto ele engoliu em seco.

— Não provoque. Pelo menos, não mais do que você já provoca por apenas, sabe — gesticulou na direção dela —, existir.

O coração dela disparou nos ouvidos. Precisava mesmo que ele parasse de falar assim. Claro, sabia que aquele homem estava atraído por ela em algum nível. Eles tinham transado. Mas não estavam *a fim* um do outro. Ela precisava transformar aquilo em conversa de elevador. Um elevador amigável. De boa na lagoa. Sawyer podia ficar de boa, mesmo que sua vagina negligenciada estivesse tudo, menos isso.

Ela cantarolou, pensativa.

— Quero dizer — disse, descrente —, nós transamos na noite em que nos conhecemos, então não sei se isso significa que sou boa em provocar.

Mason riu, quebrando a tensão.

— Concordo em discordar.

A tensão voltou. Sawyer afastou o olhar do dele, sentindo o peito apertado. Depois de conferir a hora no micro-ondas, foi até a geladeira para pegar o queijo chique que comprara por puro pânico no dia anterior. Tinha pesquisado "presentes para festa em casa para alguém que provavelmente já tem tudo e eu sou falida". Surpreendentemente, havia um artigo para isso. Não surpreendentemente, não havia um artigo para a primeira pesquisa dela: "o que levar para a família do seu ficante casual para o jantar de Natal". Considerando a falta de tempo, nenhuma das pesquisas tinha sido muito frutífera. Então, depois de conferir com Mason que a família dele não era tragicamente intolerante à lactose, ela escolheu o de sempre: queijo. Na opinião de Sawyer, só era uma festa se tivesse queijo.

Ela gesticulou com a caixa de madeira da roda de queijo na direção da porta.

— Vamos?

O silêncio caiu entre os dois enquanto ela trancava a porta e os acompanhou até o carro. Algo estava diferente, mas ela não conseguia saber o quê. Estavam acostumados com os comentários provocantes, mas hoje pareciam carregados. Antes, riam, lembravam um ao outro das regras, mas agora... se recusavam a ser silenciados.

Sawyer repassou os eventos na IKEA, a tarde no rinque de patinação, reviveu todas as conversas, mas não conseguiu ver nada fora do lugar. Sempre se provocaram, talvez com um pouco mais de indiretas que o necessário, mas, tipo, tinham se acabado de transar um mês antes. Claro que faziam piadas sobre sexo. Estava tudo bem. Era tranquiloooo. Eles eram *amigos*. Amigos podiam fazer insinuações, não? Ela estava pensando demais no assunto. Culpava toda a masturbação que não estava fazendo. Estava ficando tensa.

Em silêncio, Sawyer fez um pacto com sua vagina de que cuidaria das coisas mais tarde se ela pudesse sossegar por algumas horas.

* * *

A viagem de quarenta e cinco minutos passou num borrão. Apesar de conversarem o tempo inteiro, Sawyer não conseguia se lembrar de nada do que falaram, e só voltou ao presente quando Mason começou a fazer baliza em uma rua lateral com casas que custavam mais que todos os adiantamentos dela somados.

— O que sua irmã faz? — perguntou ela, boquiaberta com as casas e tentando desvendar qual era a de Margot.

Mason não respondeu logo de cara, de olho no retrovisor. Sawyer derreteu mais alguns centímetros no assento quando ele pôs a mão nas costas do apoiador de cabeça dela e deslizou suavemente para a única vaga de estacionamento disponível, girando o volante em movimentos precisos com a palma da mão. Ela estava excitada demais para estar em público se estava se animando com uma baliza.

— Ela é econometrista — respondeu Mason, desligando o carro.

Sawyer pensava que qualquer trabalho que tinha mais sílabas que dedos em uma mão tinha que significar uma coisa: dinheiro.

— Bom trabalho, Luis — murmurou ela, apreciando.

Mason sorriu.

— Não é só ela. Eu garanti que ele tivesse meus colegas de elenco como clientes quando abriu a academia, então ele estava indo muito bem antes de ficar com Margot.

— Bem, por que você não me passa os contatos? — disse ela sem pensar.

Algo impossível de ler apareceu no rosto dele pela segunda vez naquela noite, e ela se encolheu por dentro. Com certeza as pessoas o perturbavam por conta de contatos o tempo todo. Aquilo — eles — nunca tinha se tratado disso. Claro, a carreira dela estava afundando e, de certa forma, ele estava ajudando, mas ela não poderia viver consigo mesma se aceitasse uma esmola. Ela salvaria a carreira sozinha, ou não salvaria e pronto.

Mason abriu a boca para falar, mas ela o interrompeu.

— Desculpe, eu não quis dizer nada com isso.

Ele fechou a boca, hesitando um momento antes de assentir e sair do carro.

Sawyer esperou até que a porta se fechasse atrás dele para suspirar longamente. Por que as coisas estavam tão estranhas entre eles naquela noite? Às pressas, ela se recompôs e saiu do carro.

Mason estava tirando presentes perfeitamente embalados do porta-malas — uma pilha menor do que ela presumira, considerando o tamanho de sua família.

— Confesse — provocou ela. — Você comeu todas aquelas caixas de bombom do Christkindlmarket.

Mason riu, batendo na barriga afetuosamente.

— Com certeza este corpo foi construído com bombons, mas não. A família completa celebra na véspera de Natal, então esta noite é só com a família mais próxima e os amigos. Dei os presentes para as crianças noite passada.

— Garantiu a posição de tio favorito? — perguntou ela.

— Nunca esteve em questão — disse ele, confiante, enquanto seguiam pela calçada recém-varrida de neve até uma linda casa de tijolos com uma arvorezinha de Natal no jardim. Olhando de um lado a outro na rua, Sawyer percebeu que toda casa tinha uma arvorezinha decorada na frente.

Do alpendre, ela viu uma segunda árvore além da janela. Esse era o tipo de invenção de moda de rico que ela podia dispensar. *Duas árvores.*

O vento soprou mais forte, entrando sob o casaco, e ela estremeceu, se inclinando para o calor de Mason automaticamente enquanto ele apertava a campainha.

— Está aberto! — disse uma voz.

Mason tirou a mão da parte baixa das costas de Sawyer apenas o suficiente para abrir a porta, guiando-a com ele para dentro. Pousou os presentes embaixo da árvore antes de ajudá-la a tirar o casaco. Enquanto o pendurava no armário do corredor, um garotinho veio correndo.

— Tio Mason! Tio Mason! — gritou.

Mason pegou a criança nos braços, roubando gargalhadas enquanto fazia cócegas na barriga dele. Sawyer tirou um momento para observar a casa. A entrada era praticamente devotada à árvore, mas além dela havia uma sala de estar mais bem descrita como um estudo em branco. Sawyer não podia nem pensar em ter um sofá branco. Ela o arruinaria em um dia. Em minutos, provavelmente.

Os sons de risada e alguém cozinhando fluíam de uma porta à esquerda deles. Luis apareceu ali, usando avental e batendo algo furiosamente na tigela.

Ao ver o pai, o garotinho se desvencilhou dos braços de Mason e correu zigue-zagueando até a cozinha.

Luis gritou algo para o menino em espanhol e se voltou para eles.

— Sawyer! — cumprimentou calorosamente enquanto Mason colocou os sapatos dela no armário, ao lado dos dele. — Você está adorável.

— Valeu, mano — brincou Mason.

Luis franziu a testa.

— Você não usou isso aí ano passado?

Mason olhou para as próprias roupas.

— Não dá para ganhar nesta família — murmurou baixinho para Sawyer.

Ela sorriu, se inclinando e dando um beijinho no ar ao lado da bochecha de Luis.

— Obrigada pelo convite.

— Imagina! — disse Luis como se fossem velhos amigos, e não estranhos que haviam se conhecido no dia anterior. Mas Luis era uma daquelas pessoas com quem nos sentimos confortáveis de imediato. — Venha — disse ele com um movimento de cabeça.

Ela o seguiu, passando pela cozinha e sala de estar até... uma segunda sala de estar?

Luis parou, o rosto se contorcendo ao ver que Mason os seguia.

— O que você está fazendo? Vista-se. — Ele entregou a Mason a tigela de creme que estivera batendo e pegou o queijo chique da mão de Sawyer, entregando-o para Mason também. — Seu pai acabou de começar o recheio.

Mason encarou Sawyer, como se pedisse permissão para deixá-la sozinha, um gesto que não passou despercebido por Luis.

— Estou com ela — disse Luis, espantando Mason da sala. Ao se virar para Sawyer, sorriu, os olhos enrugando nos cantinhos. — Vamos pegar uma bebida para você antes das apresentações. De um forasteiro para o outro — ele abaixou o tom de voz —, esta família fica melhor com uma bebida ou duas.

Sawyer assentiu, consciente.

— Ah. Minha família também é assim, mas com uma bebida e algumas centenas de quilômetros.

Luis riu, parando diante do bar.

— Entendo totalmente. Passo as festas com os West desde que tenho dezesseis anos porque minha família é... — Ele deixou as palavras morrerem, encarando a parede.

Sawyer entendeu sem que ele dissesse nada. Fazia anos que sua mãe e seu pai pastor não falavam com ela. Era mais fácil para todos se ela não estivesse presente. Luis piscou e se voltou para ela com seu sorriso de um milhão de watts.

— Os West são ótimos — explicou ele. — Eles são... bem, você é escritora, então sabe o que quero dizer quando digo que são *personagens*.

Ela sorriu de um jeito travesso.

— Não me provoque com diversão.

Sorrindo também, Luis pegou uma garrafa do fundo do bar.

— Mason disse que você prefere uísque? E dois cubos de gelo, mas só se forem quadrados? — perguntou, sem saber se se lembrava direito.

Sawyer assentiu em confirmação, mas a garganta dela de repente estava apertada demais para falar. Tinha mesmo que parar de se emocionar com o formato dos cubos de gelo.

Luis rompeu o lacre de papel na garrafa novinha em folha e tirou a rolha. Jesus Cristo. Eles tinham mesmo saído e comprado uma garrafa para ela? Ele serviu uma dose generosa e colocou dois cubos de gelo antes de pegar uma garrafa de tequila e se servir uma dose.

— Saúde — disse de maneira conspiratória.

Sawyer bateu o copo no dele e tomou um golinho enquanto ele virava de uma só vez.

O anfitrião gesticulou para que ela o seguisse, falando por sobre o ombro enquanto iam na direção da sala de jantar, tomada de decorações natalinas, cada ambiente com uma decoração única. Esse era um nível de recepção absurdo ao qual Sawyer não estava acostumada.

— ... e o molho vermelho é apimentado, embora seja seguro para gringos, mas tome cuidado com o verde. Tá. — Ele juntou as mãos. — Tenho que voltar à cozinhar, então deixarei que Mason te mostre tudo depois, quando vocês dois precisarem dar uma voltinha.

— Ah, não estamos juntos — insistiu Sawyer.

Luis ergueu as sobrancelhas.

— Eu sei — falou, mas soou como "Então tá".

Enquanto viravam ao fim do corredor, Sawyer quase tropeçou nos próprios pés. Ela não cozinhava; mas, se tivesse uma cozinha assim, aprenderia.

Só a ilha era maior que a cozinha do apartamento dela. Uma enorme placa de quartzo com veios de ouro ornava com o azulejo atrás do fogão e dos balcões. Mason estava conversando com um homem mais velho e atraente que só poderia ser seu pai, ambos com aventais que combinavam com o de Luis. Este se aproximou para inspecionar o fogão, e, quando as quatro mulheres ocupando os banquinhos acolchoados fixaram a atenção nela, Sawyer tomou um grande gole da bebida.

No meio da conversa, Mason ergueu o olhar, ficando ao lado dela como um ímã.

— Gente, esta é a Sawyer. Sawyer, minha mãe, Moira... — Ele gesticulou para uma linda mulher mais velha com cabelo platinado e os olhos de Mason — embora os dela fossem de um azul gelado e os dele de um castanho quente. Sawyer desejou envelhecer graciosamente assim.

— Prazer em conhecê-la — disse ela, educada, a expressão endurecendo ao pousar em Mason. — Embora não tenhamos ouvido nada a seu respeito porque meu filho prefere que saibamos da vida amorosa dele pelos tabloides.

— Mãe — resmungou Mason —, eu te disse. Sawyer é uma amiga. Guarde as garras.

Moira franziu os lábios e girou a taça de vinho devagar.

— Muito bem. Mas você não está rejuvenescendo, e eu quero netos.

À esquerda de Moira, Margot fez um som de engasgo.

— Mãe, você já tem dois. — Ela gesticulou empaticamente para a criança coberta de salgadinhos em seu colo.

— Sim, e eu amo meu Milo — disse Moira com afeto, tirando uma migalha da bochecha do menino. — E meu Max! — falou alto para a casa, uma risada soando em algum lugar à direita de Sawyer. — Mas precisamos que alguém carregue o nome West.

— Meu nome não é West. Mãe, *você* me nomeou — observou Mason. Do fogão, o pai dele gargalhou. — E sabe que não quero filhos.

Moira se arrepiou, dando um golinho no vinho.

— Sim, bem, você também não queria o papel em *Diagnósticos*... — Falando com a cozinha toda, ela prosseguiu: — Mas eu falei para ele ir à reunião e pronto. — E então de volta a Mason: — E veja só como você está feliz agora.

Houve silêncio antes que Mason risse. Sawyer se perguntou se mais alguém havia reparado na tensão da risada dele.

— Enfim — disse ele. — Margot, você conheceu... — A irmã dele deu um aceno antes de se apressar para evitar que a criança em seu colo derrubasse o prato diante dela. — E Milo. A melhor amiga de minha mãe, Lynn. — A mulher mais velha ao lado de Margot acenou, seus muitos braceletes tilintaram. — A filha dela, Bex. — Em comparação, Bex era consideravelmente menos adornada, mas impressionante, com os mesmos grandes olhos castanhos e cachos castanho-dourados. — Meu pai, Antonio, e Luis você conhece — terminou Mason.

Sawyer inspirou fundo.

— Moira, Margot, Milo, Max... — Outra risadinha, o esconderijo do menino ainda um mistério. — Lynn, Bex, Antonio e Luis. Entendi.

— E eu sou Mason — adicionou ele.

Ela revirou os olhos e ele sorriu, dando um empurrãozinho nela na direção da cadeira vazia ao lado de Bex. A ilha da cozinha estava tomada de aperitivos — o que mais chamava a atenção era uma gigantesca tábua de queijos que a fez cantarolar o clássico de Hilary Duff, "What Dreams Are Made Of", baixinho.

Voltando a se juntar ao pai perto do fogão, Mason arregaçou as mangas da camisa, os antebraços torneados à vista. Sawyer começou a suar em um lugar que não era as axilas.

Os braços, o caimento colado da calça, a porcaria do avental... Tudo a estava atraindo. Sawyer estava tentada a tirar uma foto escondida e enviar para Lily, legendada com emojis de fogo e beringela, mas sabia exatamente qual seria a resposta. Geralmente Sawyer era imune à instigação e à provocação da amiga, mas esta noite poderia ser a gota d'água que estouraria a barragem que ela construíra para conter sua atração (puramente física) por Mason. E talvez

Lily *tivesse* razão. O fato de que ela estava ali, apresentada à família dele como se não fosse nada demais — porque não era nada demais para ele — era prova suficiente de que ele não estava se apaixonando por ela. Talvez pudessem transar e ainda concluir a missão. Quem sabe, só uma vez, para dissipar a tensão persistente entre eles, expulsá-la de seus corpos.

— Então, Sawyer — chamou Lynn, se inclinando ao redor da filha. A julgar pelo sorrisinho dela, com certeza tinha visto Sawyer olhando para Mason como se dissesse "Me fode". — O que você faz?

Sawyer estava tão grata pela interrupção dos pensamentos tomados de tesão, que quase beijou a mulher, esquecendo por um momento que odiava essa pergunta, apenas pelas perguntas a mais necessárias para explicar.

Ela encarou o padrão no jarro de cristal para evitar fazer contato visual, forçando uma leveza no tom enquanto respondia.

— Sou escritora.

— Ela é autora best-seller do *New York Times* — disse Mason.

Ela o encarou, de onde ele a observava com braços cruzados, colher de pau na mão e *aqueles antebraços incríveis*. Enquanto as mulheres na ilha ao lado dela a elogiavam, animadas, ele deu uma piscadela antes de se virar para o fogão.

A conversa se deu exatamente como costumava acontecer. "Algo que eu conheça?", seguido por "Ah, amei esse filme!", seguido por Sawyer dizendo um agradecimento, apesar de não sentir que a história lhe pertencia. Não era a única autora a ter o trabalho mutilado na adaptação, mas doía mesmo assim. Aceitar elogios pelo filme era como reabrir uma ferida mal curada toda vez.

— O livro é melhor — disse Mason. Sawyer sentiu uma onda de afeição tão forte por ele, que ficou feliz de estar sentada.

— Bem, claro — concordou Moira. — Sempre disse que escritores não recebem crédito suficiente. Nós, atores, interpretamos, sim, mas não dá para fazer muito quando o material é ruim.

O olhar de aprovação que Moira deu a Sawyer a fez sentir o peito apertar. Embora a mãe de Mason estivesse no nível de seu olhar, Moira parecia gigantesca do outro lado da ilha. Não era difícil imaginar como essa presença se traduzia na tela. Era como se sentar diante de Meryl Streep e receber um elogio dela. Mas ela conseguia entender como essa presença podia ser sufocante.

— Como seu papel em *Nas colinas*? — disse Lynn.

Todos vaiaram.

— Não falamos desse projeto nesta casa! — declarou Moira, fingindo chateação.

Sawyer sorriu detrás da bebida, observando enquanto entravam no que, claramente, era uma piada recorrente entre eles. Ela chamou a atenção de Luis, os olhos dele enrugando nos cantinhos.

Bex se virou para ela e balançou a cabeça, desacreditada.

— Elas falam disso todo ano, sem falha. Depois de alguns anos, você já sabe tudo.

A cozinha era uma cacofonia absoluta enquanto um falava por cima do outro, mas Sawyer não pôde deixar de pensar que era um som melhor que o silêncio opressivo dos jantares de sua família. Da risada estridente à mistura de culturas representada nos pratos na ilha da cozinha, era mais próximo dos jantares do Natal-queer que ela passara com Sadie e os amigos. Sawyer não tinha percebido até então quanta saudade tinha disso, quão solitária estivera.

— Então, o que você faz, Bex? — Qualquer coisa para evitar descer por aquele buraco mental.

— Ah. — Bex corou. — Sou coordenadora de intimidade.

Sawyer endireitou a postura.

— Que incrível!

Bex se permitiu um breve sorriso.

— Obrigada. Não costumo receber essa resposta. — Quando Sawyer ergueu as sobrancelhas, Bex suspirou. — Geralmente ouço alguma piada sugestiva, o que é irônico, porque esse meio que é todo o motivo de o meu papel ser necessário no set, para começo de conversa.

Antes que pudesse perguntar mais sobre o trabalho, outra risada ecoou de algum ponto da sala. Sawyer olhou ao redor, desta vez vendo meias descasadas saindo de baixo das cortinas da janela. Ela pensou em dar uma boa olhada nas cortinas.

— Então — disse Lynn em voz alta. Sawyer começou a suspeitar que a voz de Lynn só tinha aquele volume. — Como você e Mason se conheceram?

O burburinho na cozinha parou de imediato, e Sawyer encontrou o olhar de Mason do outro lado da cozinha.

— Ficamos presos no elevador juntos. — Ela queria que tivesse uma maneira menos romântica de dizer isso, mas foi como aconteceu.

— Ah, pobrezinho. — Lynn se virou para Mason. — Depois do que aconteceu no set…

— Não precisamos falar disso — disse Mason, corando.

Com a expressão confusa de Sawyer, Bex se inclinou para ela.

— Uns anos atrás, estávamos gravando uma cena nesse armazém esquisito, e Mason e sua colega de elenco ficaram presos no elevador de serviços por meia hora.

— Em minha defesa, pareceu *bem* mais tempo.

— Tenho certeza de que Davi Shah tendo um ataque de pânico completo não ajudou.

— Nunca me senti mais impotente na minha vida. Eu não sabia que fobias eram contagiosas, mas passar por isso com ela… acabou ficando comigo.

Lynn suspirou, melancólica.

— Sempre esperei que vocês dois ficassem juntos. Tinham uma química tão boa.

— Mãe — repreendeu Bex. — Não na frente da… — Ela gesticulou para Sawyer.

Sawyer interrompeu ao mesmo tempo que Mason.

— Ah, não somos…

— Só amigos.

A tensão na cozinha poderia ser cortada com faca, o único som era Antonio picando algo, ignorando alegremente a conversa — ou acostumado demais à dinâmica da família para se importar.

Luis pigarreou.

— Pessoalmente, estou feliz de vocês não estarem juntos. Gosto de você, e quem sabe assim você dure mais que alguns meses.

Todos riram, exceto Mason, que jogou uma vagem em Luis. Detrás do copo, que precisava ser enchido, Sawyer observou tudo acontecer, mas tinha a sensação de que devia permanecer alerta com aquelas pessoas.

Qualquer exaltação que sentisse foi imediatamente esmagada pelas palavras seguintes de Bex.

— Ah, verdade! — disse ela. — Quando você vai embora? Quando acabam as gravações?

Sawyer esperava que a cozinha inteira paralisasse e se virasse devagar para encarar Mason, mas não aconteceu. Lynn falava com Milo enquanto Margot o balançava no colo. Luis e Antonio inspecionavam o peru pelo visor do forno. As costas de Mason ficaram visivelmente tensas sob a camisa carmesim; ele se virou devagar. O Rosto Público estava ali, mas os olhos se entregavam ao se virarem nervosamente para a mãe. Moira tirou o copo de Milo de alcance por instinto, servindo mais vinho com a outra mão.

— Aonde você vai, querido? — perguntou a Mason, claramente ainda sem saber da gravidade do que Bex acabara de revelar.

Bex ficou um pouquinho boquiaberta ao perceber o que fizera. Pegando sua própria taça de vinho, ela a encarou como se quisesse se afogar ali.

— A Los Angeles, para trabalhar — disse Mason, com uma casualidade forçada.

Sawyer ainda não conseguia acreditar que todos seguiam normalmente, como se Mason não estivesse abordando um assunto que passara meses escondendo deles. Talvez ficasse tudo bem, talvez não fosse nenhum problema. Mas, olhando ao redor, o ritmo natural que tinham juntos... Ele estava deixando isso para trás. Sawyer desejou ter mais que gelo derretido no copo, mas não podia se levantar para servir outra dose, não quando estava prendendo a respiração, à espera de que a bomba caísse.

Moira piscou, tirando a atenção de Milo.

— Espere, por que você iria para lá *depois* de as gravações terminarem?

Deus, a mulher sabia como comandar uma sala. Com a leve mudança em seu tom, de repente todos estavam prestando atenção, o silêncio agora ensurdecedor.

Pensamentos ensandecidos passaram pela mente de Sawyer. Talvez ela pudesse fingir uma diarreia súbita a fim de tirá-los dali, para Mason não ter que falar disso até estar pronto. Talvez pudesse fingir ter torcido o tornozelo — mas não era uma atriz muito boa e estava em um ambiente cheio de profissionais. O coração dela ansiava por protegê-lo. Ela sabia como a mágoa causada pela família machucava. A única opção era ficar sentada, observando, o olhar fixado em Mason, como se pudesse enviar apoio telepaticamente.

Mason a encarou, inspirando fundo enquanto deixava a espátula e a tigela de lado e secava as mãos com cuidado no pano de prato em seu ombro.

— Porque estou me mudando pra lá. — A voz dele era baixa, mas a sala estava ainda mais silenciosa. Da forma como Margot arfou, era como se Mason tivesse dito algo profano. Ele ainda encarava Sawyer, como se não pudesse desviar o olhar, sob o risco de perder a coragem. — Alissa está começando a produtora dela, a Luz Guia, e me quer como produtor.

Mais silêncio recepcionou aquelas palavras.

Ao lado dela, Bex tomou o último gole de vinho antes de limpar os cantinhos da boca inocentemente e deixar o cristal vazio na bancada de mármore.

— Primeiramente — disse ela, trêmula —, sou uma babaca. Achei que todos soubessem. Peço desculpas. Em segundo lugar... — disse mais alto, ganhando o olhar de Mason, que obviamente dizia que ele era um homem se afogando e precisando de salvação. Ela assentiu, reconfortante. — Quando Kara me contou, achei brilhante. Com Kara indo para a Marvel, e as histórias da enfermeira Lia e do dr. Santiago tão integradas, é a hora perfeita para os seus personagens saírem da série. Você produziu episódios das últimas duas temporadas e fez produções de Alissa antes disso... será um produtor maravilhoso.

A forma como ela falou deixava pouco espaço para opiniões contrárias, o que sem dúvida era o objetivo. Aquele era o momento de Mason. Sawyer tinha perguntado que diabos um produtor fazia, e ele explicara que estaria no comando de garantir o financiamento para os filmes e gerenciar todos os departamentos, bem como suas programações, enquanto Alissa lidava com o lado criativo das coisas. Não era um trabalho pequeno, e Bex tinha conseguido lembrar a todos que isso era maior do que Mason se mudar para o outro lado do país. Era algo bom para ele, e não se tratava da família. Sawyer resistiu à vontade de bater palmas.

— E é melhor você me contratar — adicionou Bex, leviana.

Mason sorriu, a tensão no ar se tornando menos de uma fração do que era antes.

— Obviamente.

— Ah, mas você vai ficar tão longe da família — interveio Lynn. — Você acabou de voltar.

Droga, Lynn.

Sawyer arriscou olhar para Moira, cujo rosto estava estranhamente neutro, no que presumiu ser sua própria versão de Rosto Público. Sawyer prendeu a respiração, esperando o comentário dela. Foi menos uma escolha consciente do que a sensação de que todo o ar havia sido sugado para fora da sala, o tom do resto da noite seria determinado pela posição dos cantinhos da boca de Moira.

— Ele pode vir para cá como eu faço — observou Bex.

— E é Natal — Luis lembrou a todos enquanto servia mais vinho para Bex. — Hora de ser altruísta e celebrar. — Se estava chateado por Mason ter mantido segredo, escondeu bem e o apoiou como um bom amigo.

— Concordo — disse Moira, fungando. Céus, a postura dela era imaculada. Ela ergueu a taça, todos na cozinha fizeram o mesmo. Sawyer levantou o copo de gelo derretido obedientemente. — A Mason roubar todo o dinheiro de Hollywood.

Todos riram ao brindar e deram goles profundos. Foi em uma sincronia tão perfeita, que Sawyer não teria se surpreendido se alguém no canto estivesse dando os comandos.

A conversa seguiu em frente, mas a tensão permaneceu, e Sawyer começou a suspeitar que houvesse mais que dois atores ali, que toda a rotina deles de refazer coisas antigas fosse uma dança perfeitamente coreografada, pisando em ovos. Mason evitava o olhar da mãe como todo mundo na sala evitava a bomba que acabara de cair.

A situação se parecia bem mais com os jantares de família aos quais Sawyer estava acostumada.

Bex disse "Desculpe!" baixinho para Mason, e ele lhe deu um sorriso que Sawyer suspeitava que deveria ter sido reconfortante, mas saiu contido.

O cronômetro do fogão soou discretamente e Mason suspirou.

— Graças a Deus.

Antonio tirou o peru do forno, polvilhando ervas por cima com um movimento floreado.

— O jantar está pronto!

Luis direcionou todos para pegarem um prato, lhes deu pegadores de panelas e panos de prato e os manteve ocupados demais para cercarem Mason. O homem era um gênio. Cadeiras rangeram contra os pisos de madeira de lei enquanto todos se levantavam, buscando bandejas para levar à sala de jantar. Como convidada, Sawyer não teve permissão de carregar nada, e foi melhor assim, porque, enquanto passava pela janela, Max deu um pulo.

— Bu!

Ela deu um grito e caiu no chão.

15

• *Só uma vez, só para nos satisfazer* •

Os protagonistas estão convencidos de que seus sentimentos são puramente físicos e que a única solução é agir. Uma vez. Só uma vez. Os protagonistas também devem ser muito ruins de matemática.

Em geral, Mason achava as bobagens de Max divertidas, mas, enquanto a criança rolava no chão ao lado de uma Sawyer pálida como fantasma, ele estava tentado a se juntar às repreensões sussurradas de Luis, marchando o filho mais velho para fora da sala. Estendendo a mão, ajudou Sawyer a se levantar. A mãe, a irmã e o pai dele, assim como Lynn e Bex, estavam na soleira entre a cozinha e a sala de jantar, e Mason acenou para eles, estranhamente irritado por permanecerem ali.

— Você está bem? — perguntou quando estavam sozinhos. Massageou os ombros dela reconfortantemente enquanto ela ajeitava a franja, com o topo das bochechas corados.

— Estou bem. Só envergonhada — disse, evitando o olhar dele. — Eu sabia que ele estava lá e mesmo assim me assustei pra caralho. — Sawyer deu um sorriso fraco, e o peito dele apertou. — Foi mal por fazer uma cena.

— Não se preocupe, ainda mais por fazer uma cena. Não nesta família dramática pra caramba.

Isso a fez rir, e o nó da caixa torácica dele se afrouxou um pouco.

— Bem, pelo menos mudei de assunto — disse ela com uma careta. — *Você* está bem?

A mão no ombro dela se flexionou por vontade própria, a mandíbula doía enquanto ele a retesava.

— Não é como eu faria, mas... está feito. Por sorte, minha mãe é orgulhosa demais para demonstrar, então fui poupado de ela roubar a cena... por enquanto. — Ele fez uma careta. Tentava não falar assim da mãe para qualquer um além de Luis e Alissa, mas nunca foi muito bom em se censurar perto de Sawyer. — Tem certeza que está bem?

Sawyer assentiu, e ele ficou grato por poder contar com ela para não ser pressionado sobre o assunto. Não queria falar disso agora, não ali. Queria esquecer, aproveitar o tempo com a família, um luxo que ele havia levado como certo. Sim, a mãe o encurralara com sua intromissão, mas ele ainda a amava. Embora mal encaminhados, os esforços dela eram porque o amava — todos eles. Mason ia sentir falta de estar perto da família.

Sawyer ajustou a saia, emitindo um choramingo que fez o coração dele acelerar.

— Minha meia-calça — disse ela.

Olhando para baixo, ele espiou o rasgo no joelho da meia-calça dela. Tinha sido sexy no início, mas agora que subia pela coxa... Mason resistiu à vontade de segui-lo com os dedos, ver aonde ia dar. Mas não precisou, pois Sawyer passou a perna pela fenda do vestido, puxando o material na parte da panturrilha e o guiando para cima. Com a saia reposicionada, escondeu o dano na meia-calça, mas a tampa que Mason colocara sobre a atração por ela tremia com toda aquela pressão.

Ela ergueu o olhar, claramente orgulhosa do disfarce. Mason não foi rápido em esconder o desejo na expressão. Um sorrisinho curvou os lábios vermelhos dela.

— Calma, Álvarez.

— Só mantenha esse rasgo na meia-calça escondido. — A voz dele saiu contida.

— Está bem — disse ela, ainda em voz baixa para não ser ouvida na outra sala. — Desde que você mantenha os antebraços cobertos.

Ele olhou para as mangas arregaçadas.

— Ah, estes? — perguntou, inocente.

Flexionou a mão, e Sawyer franziu os lábios, um *hmm-mmm* escapou. Mason puxou as mangas além dos cotovelos e estendeu a mão para ela. Sawyer pousou a mão na dele e permitiu que a levasse para a sala de jantar, mas a expressão no seu olhar prometia guerra.

Ele não fazia ideia de onde estava se metendo. Sempre parecia se sentir assim quando estava com ela; então, por mais que fosse normal para eles, não podia deixar de sentir a energia excitada que o percorria. Era uma distração bem-vinda.

Assim que se sentou, Sawyer cruzou as pernas sob a mesa, a aba do vestido caiu para o lado, o buraco na meia-calça exposto para ele. Era uma distração *muito* bem-vinda.

Ele não tinha certeza se sentira o gosto de algo naquele jantar. Estava vagamente consciente de participar da conversa à mesa, mas contavam a mesma história todos os anos, atores em um programa de conversas com roteiro, então ficou no piloto automático. Estavam todos no piloto automático, evitando falar da bomba que Bex deixara cair sem querer. Ela e Kara eram próximas, mas Kara ter mencionado, a necessidade de avisar a Bex para não mencionar a Luz Guia... nem passou pela mente dele. Tarde demais agora. Tinha apenas que sobreviver ao jantar. Lidaria com as consequências depois.

Luis lançou a Mason um olhar carregado em certa altura, e a culpa doeu em seu peito. De todas as pessoas, ele se sentia pior por não ter contado a Luis. Sabia que ele o apoiaria, não se ofenderia, mas não quis forçar o cunhado a manter segredo da irmã. A lógica parecera boa antes, mas agora era frágil. No dia seguinte, teria que pedir muitas desculpas.

Mason se assustou quando uma mão deslizou em sua coxa, com um leve aperto. Sawyer se inclinou um pouco.

— Você está franzindo a testa — murmurou ela.

Mason percebeu que sua máscara havia caído. Focou em relaxar a mandíbula, suavizar a expressão. Sawyer assentiu em aprovação, e Mason não sabia como se sentir sobre o fato de que ela entendia que ele tratava estar perto da mãe igual a falar com a imprensa. Precisava ficar atento. Pousando a mão sobre a dela, apertou, grato. Se Sawyer não estivesse ali, Mason não sabia o que a mãe dele teria feito, se teria se dado ao trabalho de disfarçar diante de Lynn. Ela era praticamente da família, então ele não entendia por que precisavam manter o teatro de Família Perfeita quando já eram uma família perfeita pra caramba, mas o treinamento de mídia de Moira era profundo e bagunça não era permitida. Era necessário engolir sapo, e pronto. Naquela noite, no entanto, Mason ficou grato pela charada. Queria apenas aproveitar o restante da noite, o máximo que podia.

Sawyer tirou a mão da dele, e Mason lamentou a perda de contato. Então guiou sua mão para a perna, ao lado do rasgo muito tentador na meia-calça. Sem qualquer esforço, ela entrou na conversa da mesa, deixando cair o guardanapo sobre as pernas e cobrindo a mão dele, bem mais perto da coxa dela do que seria apropriado.

Mason não sabia o que fazer. Sabia o que *queria* fazer. Queria dar o fora dali, levar Sawyer de volta ao apartamento dele e arrancar aquela maldita meia-calça. Mas isso seria contra a Regra 2: Sem sexo. Aquilo claramente era um convite, mas era apenas para distraí-lo? Ou Sawyer estava flertando? O comentário dela sobre seus... Ela estava lutando contra as regras tanto quanto ele? A possibilidade não lhe ocorrera até agora.

Ela era tão indiferente a tudo o tempo todo, impossível de ler, exceto nas raras ocasiões em que o deixava espiar dentro daquele cérebro fascinante. Todo mundo tinha camadas, como uma cebola, mas Sawyer lembrava o coco de seu perfume. Era preciso ser determinado pra caralho se quisesse chegar ao centro. Mason gostava de pensar que estava fazendo progresso aos poucos. Embora começasse a suspeitar de que não sentia atração sozinho — e teria jogado a Regra 2 pela janela sem problemas, mas a Regra 1: Sem sentimentos tinha que permanecer se Mason tinha qualquer intenção de sair disso ileso.

Erguendo um dedo, ele traçou o padrão da meia-calça dela até encontrar o rasgo. Seguindo-o até a origem, dobrou a ponta do dedo e puxou o tecido um pouquinho. Sawyer inspirou fundo, e Mason sentiu as coxas dela pressionarem sob o toque, os quadris se inclinando para a frente. Tirou a mão dali antes de ficar tentado a fazer mais, se mexendo no assento para esconder a evidência de quão efetiva a distração dela tinha sido.

Foi o jantar mais longo da vida de Mason.

Depois da sobremesa, quando Bex e Lynn anunciaram que tinham que partir, Moira e Antonio aproveitando para ir também, Mason suspirou aliviado. No geral, era sua parte favorita da noite: quando os pais partiam e ele podia tirar a máscara, parar de recitar as mesmas histórias e apenas *ser*. No geral, teria lhes dado tchau e entrado em um coma induzido por comida no sofá de Luis. Mas estivera nervoso demais para comer e beber como costumava e aproveitou a partida deles como uma oportunidade de ir também. Sabia que precisava conversar com a família, mas aquela noite já tinha sido demais. Queria ir para a noite com Sawyer e fazer fosse lá o que os olhares sutis dela estiveram sugerindo que fizessem.

Enquanto Lynn se despedia dos pais dele, Bex o encurralou no armário de casacos.

— Mason, eu sinto *muito* mesmo — disse pela décima vez.

— Está tudo bem — insistiu ele. — Cedo ou tarde eu teria que contar. Você não sabia.

Mesmo assim, ela franziu a testa, arrependida. A atenção dela pulou por cima do ombro dele, e Mason seguiu seu olhar. Sawyer em seu casaco amarelo, se inclinando para pegar as últimas taças espalhadas na sala de estar, apesar da insistência de Margot e Luis para que as deixasse ali.

— Bem — suspirou Bex —, pelo menos você tem uma bela distração para o resto da noite.

Mason riu.

— Não é nada disso. — Embora esperasse desesperadamente que se tornasse *Isso*.

Bex riu.

— Está bem — disse, embora soasse como "aham". — Devo ter alucinado vocês dois se comendo com os olhos a noite inteira quando pensavam que o outro não estava olhando.

Mason escolheu não responder, porque com certeza estivera fazendo isso, mas pensou que tinha sido sutil o suficiente para não ser pego no flagra.

Bex deu a ele um sorriso sabido antes de puxá-lo para um abraço.

— Eu sinto muito mesmo, mas falei sério naquela hora. É a coisa certa para você. — Ela olhou para os pais deles, que ainda estavam na despedida mais longa do mundo. — Não deixe nada te fazer duvidar disso.

Com um último olhar significativo, ela apressou a mãe dela e os pais dele porta afora antes que pudessem ficar ali mais meia hora.

Luis apareceu ao lado de Mason imediatamente, esvaziando as bochechas enquanto suspirava.

— Conseguimos. — Se virando para ele, Luis o observou com cuidado. — Você está bem?

Mason levou um tempo para responder enquanto tirava o casaco, a atenção meio em Sawyer enquanto ela desaparecia no corredor, entrando no banheiro.

— Estou bem — disse automaticamente. — Mas te devo desculpas...

Luis o dispensou.

— Um problema para amanhã. Além disso, namorei sua irmã em segredo por anos. Pelas minhas contas, estamos quites agora.

— Faz anos que trabalho na Luz Guia.

Luis deu de ombros.

— Bem, eu nunca disse que era bom em fazer contas. Enfim, você me disse. Eu só estava em negação que um dia seria verdade e eu te perderia. Foi ótimo ter você de volta em Chicago, mas faz muito tempo que não está feliz trabalhando em *Diagnósticos*. Quero que volte a amar o que faz.

A gratidão pelo melhor amigo encheu o peito de Mason, e não havia palavras para mensurar quanto ele o apreciava, então o puxou para um abraço apertado.

— Obrigado. Por tudo. E pelo jantar. A comida estava ótima, como sempre.

Luis deu tapinhas nas costas dele antes de se afastar, mantendo a voz baixa, embora todos já tivessem partido. Fazia horas que as crianças haviam sido colocadas para dormir, o único som era Margot se servindo uma taça de vinho na cozinha.

— Ela é ótima — disse Luis com cuidado, inclinando a cabeça na direção em que Sawyer fora.

Mason balançou a cabeça, irredutível.

— Eu te falei... não é nada disso — dissera isso tantas vezes naquela noite, que as palavras pareceram perder o sentido.

Luis assentiu.

— Eu sei. Mas você sabe?

— Sei o que você está fazendo — falou baixinho.

Enquanto falava, Sawyer apareceu, o casaco amarelo como um farol no fim do corredor.

— Seu rosto diz o contrário — murmurou Luis.

Ela chegou naquele momento, então ele não poderia responder — nem se soubesse o que dizer.

— Obrigada por me receber — disse ela calorosamente, abraçando Luis como se fosse um velho amigo.

Margot reapareceu com sua taça de vinho, beijando as bochechas de Sawyer.

— Foi tão bom te conhecer, e obrigada pelas recomendações de livros. Espero que a gente te veja de novo em breve.

Margot nunca tinha dito isso para nenhuma namorada de Mason, e ele não achava que era apenas o vinho falando. Sawyer a fizera rir mais de uma vez durante o jantar, e Margot não ria fácil. Ele até vira Sawyer e Bex trocando contatos antes de partir. Quando ela se afastou de Margot e Luis e o encarou, Mason não conseguiu ignorar mais.

Merda.

Luis tinha razão.

Ele tinha feito outra vez.

Gostava de Sawyer Greene e não podia fazer nada além de deixá-la arruiná-lo.

Seguiram para o carro em silêncio, Mason perdido demais em pensamentos para perceber que Sawyer o observava com cuidado, só se dando conta quando ela tocou sua mão enquanto ele abria a porta do passageiro para ela.

Semicerrando os olhos, Sawyer o analisou.

— Você está bem?

— Sim, nem terminei a taça de vinho que servi horas atrás.

Sawyer assentiu.

— Eu sei. Não estava falando disso.

Ele inspirou profundamente, o vento frio de inverno focou seus pensamentos. *Controle-se, West.* Aquela noite tinha sido longa, e ele não queria pensar na família, nem na Luz Guia, nem em Los Angeles, muito menos falar disso.

— Ainda pensando nas suas coxas.

Pronto. De volta à provocação de sempre.

Sawyer ergueu as sobrancelhas devagar, entreabrindo os lábios. Ao se recompor, entrou no carro e Mason inspirou fundo o ar frio mais algumas vezes. Ajudou, mas, quando se sentou atrás do volante e olhou Sawyer de esguelha enquanto ela tirava o casaco, quase engoliu a língua.

— Você perdeu seu sutiã entre o banheiro e o carro?

Sawyer piscou para ele inocentemente.

— Não perdi. — Ela o tirou do bolso do casaco e o girou no dedo.

A cabeça de Mason bateu no apoio da poltrona fazendo barulho.

— O que foi? — Sawyer riu. — É uma longa viagem. Quero estar confortável. — A risada sumiu da voz dela, abaixando para um sussurro rouco. — Tudo bem por você?

Ele inspirou fundo antes de se inclinar para o lado dela, pegando o cinto de segurança e o prendendo.

— Claro. Me avise se houver algo que eu possa fazer para deixá-la mais... — Ele ajustou a alça pelo peito, deixando os nós dos dedos roçarem sobre o mamilo duro, a respiração dela falhando — ... confortável. — Jurou que Sawyer apertou as coxas. Sentiu um arrepio. — Se quiser tirar mais alguma coisa, fique à vontade.

Ela assentiu prontamente, a voz rouca.

— Vou manter isso em mente, obrigada.

Foi um esforço se afastar dela. Mason contou até três e deu partida no carro.

Ficou grato por se perder no caminho familiar, absorvendo em silêncio a beleza da Lake Shore Drive à noite. Com certeza não estava pensando demais em como a provocação costumeira deles havia progredido até se tornar algo físico. Talvez tenha se perdido um pouco no caminho, entrando no piloto automático quando todos os toques provocantes deles eram repetidos em sua mente, percebendo um pouco tarde demais que passara do endereço de Sawyer.

— Merda.

— Está tudo bem. Vire na próxima.

Mason com certeza não estava interpretando mal o som distante da voz dela.

— Vire à direita aqui.

Ele franziu a testa, tentando distinguir a rua escura.

— Sawyer, é um estacionamento.

— Eu sei — disse ela, baixinho. — Pode estacionar?

E, bem assim, ele estava oficialmente pensando demais. Sawyer também sentira a mudança, ia lhe dizer que não era uma boa ideia, que tinham passado demais dos limites naquela noite, que tinham que se lembrar das regras. Ou, pior, que deviam parar a missão ridícula de uma vez por todas. O coração dele disparou no peito com o pensamento. Não. Tinham mais uma semana — no mínimo.

Mason estava se preparando para lutar por ela quando Sawyer soltou o cinto de segurança, se livrando de seus sapatos de pin-up — uma fantasia que ele não sabia que tinha até vê-la usando-os. Ela se inclinou, passando a perna por cima do painel. Ele se mexeu automaticamente a fim de que ela tivesse espaço para se sentar em seu colo.

Mason não fazia ideia do que estavam fazendo, mas um senso vago de autopreservação lhe disse que, fosse o que fosse, com certeza era contra as regras e não deviam estar fazendo isso. Ignorou imediatamente a ideia ridícula. Claro que deviam estar fazendo isso.

Suspirou trêmulo, encarando Sawyer. Os olhos verdes dela estavam fixos nos dele, como se pedissem consentimento. Ele assentiu, sem ousar falar para não dizer a coisa errada e quebrar o feitiço, pois estava totalmente enfeitiçado. Havia uma fome e uma determinação no olhar dela quando soltou o laço do vestido, o veludo verde-escuro se abrindo como papel de embrulho para revelar o melhor presente de Natal que ele já recebera ou receberia um dia.

Afastando o olhar dos peitos dela, Mason a encarou, pedindo permissão. Ela sorriu, assentindo.

Depois que se inclinou, ele sentiu o perfume de coco sempre presente, dando um beijinho entre os seios enquanto suas mãos gentilmente os apertavam, os dedões roçando os mamilos duros. Ela emitiu um som de aprovação, arqueando as costas, num incentivo impaciente. Mason sorriu quando abocanhou um mamilo, provocando-o com a língua antes de deixar que os dentes roçassem nele. Sawyer gemeu, passando seu peso para cima dele e se esfregando contra a coxa de Mason.

O pau dele latejava, pressionando a calça, mas ele não ousou tocá-lo, nem para se reajustar. Direcionou a atenção ao outro seio dela, e ela rebolou contra sua perna mais uma vez, resmungando de frustração.

— Mason — arfou.

Ele passou a mão pela coxa dela.

— Precisa de ajuda?

— Sim — arfou Sawyer. — Por favor.

Mordendo o lábio, Mason deslizou os dedos pelo buraco na meia-calça, aquela que o estivera provocando a noite inteira.

— Posso...?

Sawyer olhou para baixo, os lábios se entreabriram quando inspirou fundo.

— Sim.

Ele agarrou a coxa com força, segurou o tecido e puxou. A meia rasgou satisfatoriamente, e ele sorriu vitorioso. Finalmente, porra.

Com outro puxão, o buraco alcançou o topo, onde o cós se recusou a ceder, mas Mason não se deu por vencido. Sem dúvida, aquela era a coisa mais sexy que já tinha feito. Sabia com certeza que, pelo tempo que vivesse, seria a coisa mais sexy que faria.

Com o fogo queimando no olhar de Sawyer, ele sabia que eles concordavam.

Após deslizar a mão sob o que restava da meia-calça, Mason afastou a calcinha dela, gemendo ao sentir como estava molhada. Traçou o meio, entreabrindo os lábios, alternando entre pressionar a entrada e o clitóris.

Quando deslizou um dedo para dentro dela, Sawyer se recostou contra o volante. A buzina soou no meio da noite, mas, pela reação dela, Mason achou que ela não tinha sequer percebido. Ela rebolou contra sua mão impacientemente e ele saiu dela, provocando-a antes de penetrá-la com dois dedos. Angulou os quadris para que a mão dele estivesse colada em seu corpo, rebolando contra ela e contra a coxa dele. Arfou baixinho de prazer quando a outra mão roçou em seu mamilo.

Mason gemeu quando sentiu a mão dela o segurando pela calça.

— Posso?

— Sim. *Sim* — arfou ele.

Com a permissão, Sawyer desceu o zíper e segurou o pau dele rapidamente. Estimulou-o devagar, passando o dedão pela ponta antes de se satisfazer devagar na mão dele. Mason se mexeu para que a palma de sua mão pudesse pressionar de leve o clitóris dela e Sawyer choramingou, dando um pulinho. Caralho. Ela estava quase lá, mas ele também. Fazia pouco mais de um mês desde que tinham dormido juntos, mas parecia que ele estivera esperando a vida inteira para tocá-la outra vez.

Mason tirou o pau das mãos dela, e Sawyer reclamou baixinho.

— Deixa comigo.

Ela fechou os olhos e assentiu, rebolando devagar na mão dele. Mason apoiou a cabeça no apoio e estimulou a si mesmo e a ela até quase o limite. Eles se encararam por um momento, a boca de Sawyer se abrindo quando um som ficou preso na garganta. Ele queria desesperadamente beijá-la, mas ela não o tinha beijado, e Mason não sabia se era permitido. Não achava que aquilo que faziam agora era permitido, mas ali estavam eles, fazendo, na porra do carro dele na porra de um estacionamento aleatório.

Sawyer fechou os olhos e abaixou a cabeça, apoiando-a no ombro dele. Por um momento, Mason se esqueceu de se dar prazer quando o interior dela se apertou ao redor de seus dedos, os dentes dela em seu ombro quando o prazer a arrebatou.

A cabeça dela caiu para trás, e o êxtase explícito na boca frouxa quando ele a puxou de volta quase o fez gozar. Ela pressionou a testa na dele, erguendo os quadris um pouquinho para que ele pudesse remover os dedos. Segurando o punho, levou a mão dele à boca e chupou.

Mason soltou um suspiro longo misturado com um gemido, a outra mão dela gentilmente tirando a dele do caminho para reivindicar o pau.

Ele afastou o olhar do dela e deixou a atenção vagar para a visão dos dedos na boca pintada de vermelho, para o vestido aberto, os seios expostos e a meia-calça rasgada, até a mão que o segurava.

Sawyer estava mesmo tentando arruiná-lo.

— Sawyer — gemeu ele.

Ela sorriu, permitindo que os dedos dele saíssem de sua boca, a mão agarrando a primeira coisa que tocou — o quadril dela — e apertando com força quando o orgasmo dele chegou, o gozo num espirro que atingiu a barriga dela. Sawyer o acariciou devagar pelos últimos espasmos antes de roçar o dedão pela ponta e trazê-lo para a boca enquanto se sentava no próprio assento.

Mason não pôde fazer nada além de observar enquanto ela se livrava da meia-calça rasgada, usando-a para limpar o gozo dele da barriga antes de dobrá-la e colocá-la no bolso do casaco — supostamente o mesmo bolso do sutiã que ela tirara ao começar tudo isso.

A cabeça dela se recostou no apoio, os olhos encontraram os dele enquanto amarrava o vestido, desajeitada.

— Feliz Natal.

16

• *A Escritora®* •

Cena de montagem da personagem criativa produzindo sua arte. Só vai levar, tipo, alguns olhares melancólicos ao pôr do sol para produzir um livro inteiro que necessita de nenhuma edição antes de se tornar um best-seller instantâneo.

Sawyer se livrou dos sapatos na entrada, exausta demais para colocá-los no armário do corredor ou levá-los para o quarto. Fazia tanto tempo que não encontrava tantas pessoas novas e, embora a explosão que esperava com o anúncio de Los Angeles não tivesse acontecido, a tensão de *não* falar do assunto era quase pior. Jogou a meia-calça arruinada no lixo com um sorriso mal disfarçado. Queria ter deixado claro que era uma coisa de uma vez só, mas então se perdeu na sensação dele, toda a tensão da noite enfim encontrando alívio.

Caminhando pesadamente até o banheiro, Sawyer seguiu sua rotina de cuidados com o rosto, cabelo e dentes no piloto automático. Estava exausta, a tensão da mesa de jantar um pouco familiar demais, tão diferente da sensação derretida de seus ossos depois de um orgasmo. Quando subiu na cama, gemendo como se o corpo tivesse bem mais que vinte e seis anos, a mente não estava mais nos West ou nos Greene. Seus personagens ocupavam-na, e ela se perguntou como seria o encontro de família deles. Anotou algumas ideias no aplicativo de notas antes de colocar o celular para carregar. Se enterrando bem sob as cobertas, mandou o cérebro desligar.

Durou só cinco minutos. Virou-se para anotar outra ideia e digitou até os braços começarem a doer com o esforço de segurar o celular no ar sem deixá-lo cair na cara. Com um suspiro, aceitou que precisava sair da cama. Não eram apenas seus parceiros que sua imaginação astuta e os imprevisíveis surtos de inspiração enlouqueciam. Nem sempre era divertido para ela também. Bem, mentira. Ela amava escrever com uma ferocidade que nem conseguia colocar em palavras. Mas isso não tornava menos exaustivo ficar acordada até às duas da manhã depois de um dia já longo.

Quando enfim conseguiu esvaziar a cabeça, tinha dois novos capítulos rascunhados e um monte de diálogos espalhados para as próximas cenas. Tinha começado a escrever na mesa da cozinha, mas seu corpo exigia almofadas, então ela se encolheu no sofá. Era pior para ela ficar inclinada sobre o notebook assim, mas os cobertores e almofadas eram atrativos demais para resistir. Salvou três vezes o progresso antes de enfiar o notebook na mesinha e se deitar de lado no sofá, deixando que a consumisse por inteiro. Descansaria por alguns minutos e depois iria para a cama.

Sawyer despertou com o sol, uma dorzinha no pescoço e mais ideias exigindo serem escritas. Forçou-se a se levantar, fazer um bule de chá e comer algo antes de se permitir ser consumida outra vez por palavras e almofadas.

Não sabia quanto tempo ficou sentada ali, digitando, encarando, digitando, deletando, redigitando, até seu celular vibrar. Nem fazia ideia de quem era. Após erguer travesseiros e cobertores, encontrou-o entre duas almofadas, mas a ligação caiu na caixa postal. Mason.

— Merda — praguejou. Estava escrevendo havia horas. As costas estalaram quando se espreguiçou, se encolhendo com a dor nos músculos por conta da postura péssima.

Levou o notebook e um cobertor para a mesa da cozinha e desbloqueou o celular.

Não podia retornar a ligação agora, não quando as palavras estavam fluindo tão facilmente, fluindo pela primeira vez em anos. Mas, depois do que fizeram na noite anterior, ela precisava dizer *algo*.

Abrindo as mensagens, viu duas novas dele que não tinha visto, o celular comido pelo sofá e tal. A primeira, um hesitante *Ei* e a segunda, *Sawyer?*. Merda, merda, merda. Estivera muito perdida no novo mundo começando a entrar em foco diante dela para verificar o celular.

desculpe, escrevendo. conversamos depois?

Muito brusco? Os dedos dela pairaram sobre o teclado, e ela balançou a cabeça, frustrada. Podia escrever milhares de palavras por dia, mas uma única mensagem de texto era quase debilitante.

Devia dizer algo mais depois do que fizeram no carro dele na noite anterior, mas, para Sawyer, parecia que fazia um milhão de anos, como se fosse outra pessoa. Ela nem era Sawyer naquele momento. Era um conduíte para a história que precisava tirar de si. Fazia muito tempo que não sentia esse tipo de urgência para escrever, e não ia deixar que escapasse de seus dedos, não ia ficar pensando no que a Sawyer da Noite Passada iniciara no carro de Mason, em como explicar a Mason que era uma coisa de uma vez só porque a Sawyer Excitada tinha escapado da coleira. Esse era um problema para a Sawyer de Amanhã. Ou talvez para a Sawyer de Nunca. Ela esperava que sua mensagem sem graça de quatro palavras fosse suficiente por enquanto, que Mason compreendesse que, naquele momento, as palavras dela eram reservadas para a página.

Antes que pudesse apertar o botão de desligar a tela, três pontinhos apareceram. Ela prendeu a respiração, sorrindo com a resposta: um GIF do Patrick de *Bob Esponja* com bandeirinhas e a legenda: *Torcendo por você*.

Sawyer riu antes de colocar o celular de tela para baixo sobre a mesa, afundando na cadeira que estava agora permanentemente moldada no formato de sua bunda. Demorou para o sorriso desaparecer, um calor se espalhou por ela, energizando-a enquanto os dedos voavam pelas teclas. Fazia tanto tempo desde que tivera alguém ali, torcendo por ela. Um vazio que não sabia sequer que tinha, aos poucos se enchendo até a tampa.

Ela perdeu a noção do tempo outra vez, deixando as palavras fluírem. As cenas eram bagunçadas e imperfeitas, mas ela precisava terminar o rascunho.

Estava rapidamente se tornando seu salva-vidas. Sawyer precisava provar a si mesma que ainda podia fazer aquilo. Ainda podia contar histórias, não tinha conseguido seu emprego dos sonhos e o arruinado. Que em seu malabarismo desajeitado não tinha deixado cair o dom. Tinha que acreditar que toda a habilidade que cultivara desde criança — primeiro se contando histórias durante os sermões do pai, aos quais ela parecia nunca conseguir prestar atenção, depois para se distrair dos sons abafados de seus pais brigando no outro cômodo — ainda podia ser usada para criar alegria em vez de esconder dor. Criar espaços seguros nos quais desaparecer quando o mundo real estivesse sufocante demais.

Ela não podia pensar nisso agora. Pensar na família necessitava de muitas horas de terapia e observar paredes. Então, sufocou esses pensamentos, enterrando-os bem mais fundo que os que tinha sobre Mason. Pensaria nele depois. A família dela... Ela tentava nunca pensar neles.

Então mergulhou ainda mais no mundo de faz de conta. Toda vez que terminava uma cena, pegava mais trechos do esboço, colocando-os no final da página como luzes mágicas a conduzindo mais fundo na floresta. Ela não tinha medo da floresta, de ficar presa, desde que tivesse aqueles pequenos marcos para mostrar o caminho.

Até a tarde seguinte, no segundo dia de seu frenesi de escrita, quando seguir as luzes mágicas a levou direto para um buraco na trama. Ela olhou para a parede de texto pelo que pareceram horas, tentando descobrir como se desenterrar, como colocar um Band-Aid nele — ou se poderia ignorar e continuar, descobrir mais tarde...

Não conseguiu. Depois que viu o buraco, não conseguia ver mais nada.

Em geral, ela discutiria o problema com Tess ou Emily, mas nem tinha tido a ideia aprovada ainda. Então deu meia-volta. Limpou o esboço, escreveu uma sinopse e a ideia, e editou os capítulos de abertura antes de enviar tudo para Tess. Mordiscou a unha enquanto observava a mensagem cair na caixa de saída e, com um *whoosh*, ir para a pasta de enviados. Tinha mandado várias ideias no último ano, só para odiá-las quando começava a escrever. Essa parecia diferente. Ainda havia muitos detalhes nebulosos que precisava desvendar, mas sabia como era o fim. Ia terminar aquela. Precisava terminar.

Ao que parecia, Sawyer estava se sentindo um pouco mais corajosa naquela noite, então abriu seu grupo de amigos escritores silenciado e ligou as notificações. Enviou um GIF da Gretchen saindo detrás da cortina antes de colar a ideia do livro na conversa e enviar. Fechou o notebook antes que pudessem responder, porque estava dando um passo de cada vez.

O estômago roncou, e Sawyer se espreguiçou, dando um pulo quando olhou para o relógio. Era quase hora do jantar. Tinha prometido parar para almoçar horas antes, a mesa da cozinha uma bagunça completa de lanchinhos. O iogurte matinal fora banido para um canto distante. Granola, casca de banana e um saco de salgadinhos de queijo tamanho família tomavam conta do escritório improvisado.

O pescoço dela estalou alto quando o esticou, e Sawyer suspirou, encarando o apartamento, vendo-o de verdade pela primeira vez em dias. Seus saltos ainda estavam perto da porta, onde ela os deixara depois do jantar de Natal com os West. A pia estava cheia de louça — em grande parte porque era pequenina, então se enchia com três coisas. Ela usava o mesmo pijama que vestira depois do banho dois dias antes, mal tendo saído da mesa da cozinha, exceto para fazer xixi e dormir um pouco. A Sawyer que Rascunhava não era muito boa em manter uma rotina ou ser humana. Não era surpresa que ninguém quisesse ficar com ela quando estava assim.

Estava exausta demais para cozinhar — mesmo o que chamava de cozinhar, que na verdade era só misturar coisas. Desenterrou o celular de debaixo de um pacote de biscoitos de chocolate, mentalmente passando por seus restaurantes com delivery favoritos. Quando o pegou, por outro lado, a conversa com Mason ainda estava aberta. Sorriu afetuosamente para a tela, talvez atribuindo significado demais a um GIF, mas houve um tempo em que a necessidade dela de dar ao trabalho seu único foco havia afastado a pessoa mais importante para ela.

Mason podia não ser a pessoa mais importante da sua vida — Sawyer não podia se permitir esse nível de distração, se tornando vulnerável a implodir a vida de novo —, mas ele era... algo. Algo de que ela gostava. Rascunhar costumava deixá-la exaurida e buscando ficar sozinha para recarregar as energias, mas a presença de Mason pareceu a única coisa que podia energizá-la.

E assim, embora estivesse sem palavras naquele dia, ela se forçou a digitar mais algumas. Resistiu à vontade de se desculpar. Estava cansada de se desculpar pelo trabalho. Contudo, quando apertou enviar — apesar de seu relacionamento com Deus estar quase morto —, rezou para que seus longos dias de silêncio não tivessem arruinado tudo. De novo.

17

• *Se apaixonando* •

Quando a ficada casual está ocupando uma quantidade não tão casual de espaço na sua mente.

— Transamos de novo.

A confissão saiu dele com um gemido enquanto começava a última série do exercício. Luis o olhou, mas não disse nada, as mãos posicionadas caso ele precisasse de ajuda. A academia não era o local ideal para uma conversa sincera. Falar era quase impossível quando havia pesos de mais de cem quilos acima do seu rosto, mas Mason tinha necessidade de se exaurir fisicamente, porque mental e emocionalmente estava em frangalhos. E, mesmo assim, não conseguira dormir nas últimas duas noites.

Passara os últimos dois dias tentando consertar o anúncio da mudança para Los Angeles. A mãe lhe implorara que ficasse em Chicago, para "manter a família inteira", e era quase tentador. Ele podia continuar em *Diagnósticos*, permanecer ali para qualquer evento de esporte ou arte de Milo e Max, estar com Sawyer.

Os pensamentos dele sempre voltavam para ela rapidinho. Queria falar com ela sobre o que fizeram depois do jantar, de como estava cansado de ter que consolar a mãe quando queria estar animado para o próximo passo da carreira. Tinha mandado mensagem para Sawyer na manhã seguinte... e então passara os dois dias seguintes encarando o celular como se fosse adolescente, esperando uma mensagem de sua paixonite.

Por mais que uma resposta de Sawyer tenha enfim chegado — uma única resposta de quatro palavras prometendo enviar mensagem depois —, ela não tinha, na verdade, *enviado mensagem depois*. Mas estava escrevendo, e saber disso o fez querer dar pulinhos. A estranha missão deles estava funcionando — para ela, pelo menos.

Para Mason, era a droga de uma tragédia. Ele sabia que não devia se apaixonar por Sawyer. Mesmo assim, depois de dois dias de quase silêncio total da parte dela, e o pânico dele pensando que o que fizeram no carro a afastara, ele havia pelo menos confrontado o fato de que estava caidinho. Tinha se apegado a ela. Sawyer não estava interessada em namorar, e ele se mudaria dali a alguns meses. Mas *porra*. Ele amava passar tempo com ela, os padrões de pensamento erráticos e as filosofias de vida que eram tão inconfundivelmente *dela*.

Mason se convencera mil vezes a não mandar outra mensagem. Deixar o celular no armário enquanto malhava com Luis era um alívio. Precisava se exaurir até o sono não poder mais fugir dele. Não queria saber o que o esperava depois de outra noite sem sono.

Na noite anterior, limpara o rejunte durante o banho às duas da manhã, porra.

Estava péssimo, e era bom se perder nos movimentos repetitivos da academia. Ficar ali com o melhor amigo era a coisa mais normal que acontecia com ele em semanas. Sua pele zumbia com energia e calor, os músculos pegajosos de suor e formigando de cansaço, a dor familiar da exaustão já aparecendo.

Luis o ajudou a guiar o peso de volta ao apoio e, quando encaixou no lugar, Mason se sentou, sentindo que havia soltado bem mais que apenas peso. Todos os seus segredos estavam enfim expostos. Bem, a maioria.

Luis lhe lançou um olhar impossível de ler antes de se sentar no tapete diante dele e começar a desacelerar. Ao lado dele, Mason deitou-se de costas e desistiu de fingir que se alongava, embora precisasse disso, ou ficaria péssimo no dia seguinte. Mais confuso do que já estava.

Os olhos castanhos de Luis encontraram os dele.

— Como assim "transaram de novo"? Ela... Ela está noiva, cara.

Mason piscou.

— Quê?

O amigo dele olhou pela janela, franzindo a testa.

— Faz menos de um dia que Kara voltou para a cidade. Como...

Mason se sentou, resmungando.

— Não. De jeito nenhum. Kara não. Eu nem sabia que ela tinha voltado.

Ele esperou pelo soco no estômago da volta dela na cidade sem que ele soubesse, mas nada aconteceu.

Luis se virou para ele, o alívio tomando conta de seu rosto.

— Ah, graças a Deus. Mas espere, se não está falando de Kara, quem...? — Luis se interrompeu, fechando a boca e arregalando os olhos ao entender. — Como assim, *de novo*?

Mason fez uma careta. Tinha esquecido que não contara a Luis da primeira vez que dormira com Sawyer. Primeiro porque, bem, era um assunto privado. Em segundo lugar, quando contou a Luis da missão deles, contara a verdade sobre ficarem presos no elevador e tomarem uma bebida depois que ele ganhou outro pé na bunda de Kara. Mas fez questão de omitir toda a parte do sexo para evitar a expressão que estava agora no rosto de Luis enquanto ele confessava. E, já que estava confessando — e porque Mason ainda se sentia culpado pelo segredo de Los Angeles, embora Luis tivesse dito mil vezes como estava feliz por ele —, achou melhor contar tudo.

Falou das fúteis tentativas de manter as coisas platônicas com Sawyer e de como, depois do Natal, isso se tornou impossível. Ele aceitou que tinha sentimentos, mas que teria que superá-los, e então passou os últimos dois dias com quem mais amava, apenas para perceber que a pessoa com quem mais queria estar era ela. Ele inspirou, trêmulo, gesticulando vagamente, encarando o teto, enquanto ficava ali deitado.

— Isso é tudo — disse com uma leveza fingida, como se não tivesse aberto o coração no chão suado da academia.

Perto deles, um *bodybuilder* com o pescoço do tamanho das coxas de Mason gemeu tão alto que poderia estar em um pornô. Mason e Luis imediatamente se encararam antes de desviarem os olhares e abafarem as risadas.

Uma vez recuperado, Luis balançou a cabeça devagar.

— "Isso é tudo"? — O peito dele balançava, a risada ecoando. — Puta merda, cara. — Passando a mão pelo rosto, Luis desviou o olhar enquanto pensava. Depois de um longo momento, franziu a sobrancelha. — Vocês transaram na minha garagem? Nem eu transei na minha garagem.

Mason deu um soco no braço dele.

— Você se casou com a minha irmã, por favor, nunca se esqueça disso, obrigado. E não, não foi na sua garagem, foi na rua perto do apartamento dela. Está tudo bem. Além disso, literalmente não é a parte que interessa.

Massageando dramaticamente o ponto em que tomara o soco, Luis mordiscou a bochecha.

— Qual é o problema, então? Você gosta dela. Ela gosta de você. Vocês tiveram um sexo incrível. Parece algo a ser celebrado, não para te estressar.

— Não sei se ela... gosta de mim — disse ele, incerto. Estava se sentindo como um adolescente resmungão, mas conhecia Luis desde antes de ser um adolescente resmungão, então havia pouco espaço para orgulho entre eles.

Luis deu uma risada alta.

— Tá de brincadeira? Eu literalmente tenho que ligar para a minha esposa e dizer que devo a ela cinquenta dólares.

Mason virou a cabeça.

— O quê? Por quê?

— Porque você me disse que vocês não tinham nada, e eu acreditei em você, então, depois do jantar de Natal, quando a Margot bêbada de vinho apostou cinquenta dólares que vocês estavam transando, eu aceitei a aposta, já que eu não sabia que *vocês estavam transando na minha garagem.*

— Não foi na sua garagem — Mason o lembrou com um sorriso sacana.

— Literalmente não é a parte que interessa — zombou Luis. — A questão, meu amigo, é que a garota estava te comendo com os olhos a noite inteira e todo mundo viu, até eu, mas você disse que não era nada porque ela não faz o que você faz o tempo todo, a coisa que você disse que não faria com ela, que é ficar todo apaixonadinho.

— Eu sei — gemeu Mason, escondendo o rosto na camisa sob o pretexto de limpar o suor com a bainha. A questão era... Ele pensou que tinha se apaixonado antes, mas esse lance com Sawyer... essa coisa que nem era real, parecia mais real que qualquer coisa que ele fizera antes.

Esperou que o maromba perto deles terminasse os exercícios — e seu gemido estranhamente sexual — antes de prosseguir. Era difícil ter uma conversa sincera sobre sentimentos quando o cara ao lado parecia estar a uma estocada de gozar. Mas, agora que Mason começara a falar, não podia parar. Se confessar com o melhor amigo era o equivalente emocional a apertar o botão do pânico na esteira dos pensamentos.

— Eu só... — Mason arfou, sentando-se e encarando a parede enquanto se preparava para dizer a única coisa que não escapulira quando contou a história toda a Luis. — Sinto que talvez ela goste. Houve um momento... — Seu rosto apareceu na frente dele, a presença intensa no Natal quando Bex acidentalmente contou o segredo de Los Angeles. Houve uma ferocidade no olhar dela que nada tinha a ver com a provocação habitual dos dois. Era como se as extremidades dela, aquelas que ela mantinha tão afiadas que ninguém conseguia chegar perto, tivessem suavizado. Como se tivesse abaixado a guarda por tempo suficiente para deixá-lo entrar, para que pudesse se proteger atrás dela.

Luis assentiu, mas Mason balançou a cabeça em resposta mesmo assim.

— Você quer minha opinião ou que eu concorde com você? — perguntou Luis baixinho.

Mason trouxe um joelho para o peito em uma tentativa frustrada de fingir que se alongava.

— Opinião — disse por fim. Tinha quase certeza de que sabia a resposta à pergunta que ainda não tinha feito, mas com Luis ele podia dizer a palavra "salada", e seu amigo saberia do que se tratava.

— Na minha opinião — gemeu Luis, fazendo outra posição de alongamento —, você tem três opções: se afastar...

— Não — disse Mason. Era a escolha mais inteligente. Se afastar era o único jeito de se proteger. Mas ele já estava envolvido demais para isso.

— Eu sei — disse Luis. — Então resta perguntar a ela...

Eles trocaram um longo olhar. Perguntar se Sawyer tinha sentimentos por ele depois que expressaram que não fariam isso e ela praticamente desaparecera após a ficada no carro... É, isso também não era uma opção.

— Ou esperar.

Mason abaixou a cabeça, a testa tocou o joelho.

— Isso me faz sentir como um esquisitão que não aceita "não" como resposta.

Ele podia sentir o franzir na testa de Luis mesmo sem olhar.

— Você não é assim. Às vezes, nos apaixonamos por pessoas inesperadas... tipo a irmã do seu melhor amigo... — Mason olhou torto para ele, e Luis deu um sorrisinho. — E, quando isso acontece, tudo o que você pode fazer é amar a pessoa e rezar para que funcione, porque caso funcione... vai valer a pena.

Diante da falta de resposta, Luis prosseguiu, e Mason teve que admitir que o otimismo dele era contagiante.

— Além disso, vocês não estão quase no final?

Mason assentiu distraidamente, o pavor esmagando o balãozinho de esperança que estivera crescendo. A última coisa na lista deles — pelo menos das que descobriram como fazer, ambos em um impasse sobre quem faria o grande gesto musical dramático — era a noite de Ano-Novo. Também havia o brunch de Ano-Novo de Lily depois disso, mas não era um item da lista, embora ele tivesse certeza de que Sawyer daria um jeito de incluir. Ela sempre fazia isso. Ele estava mesmo começando a se ressentir daquela lista.

— Acabar com isso é bom — disse Luis. — Quando a lista terminar, vocês não terão obrigação de continuar a fazer isso, a não ser que queiram. Então, quando ela permanecer, e não tenho dúvidas de que vai... — Deixou as palavras morrerem, permitindo que Mason chegasse à conclusão natural.

Mason desejou que fosse simples assim. Não ia pressionar Sawyer a nada. Nunca quis que isso acontecesse, mas, agora que tinha acontecido, queria. A desejava. Muito. Ele a queria de uma maneira que nunca tinha imaginado. Talvez a maldita lista estivesse funcionando, porque ele não sentia a necessidade de afogá-la em gestos românticos como faria normalmente. Queria acordar ao lado dela, fazer todas as coisas que achou que odiava — como compras na IKEA — e descobrir que não se importava, desde que fosse com ela. Ele a queria no silêncio, nos intervalos entre os grandes momentos. Fechou os olhos e inspirou controladamente. Só esperava que ela quisesse também.

— Ah — adicionou Luis —, e pare de ficar com ela.

Mason franziu a sobrancelha.

— Como é?

Luis deu um sorrisinho.

— Confie em mim. Agora, ela não apenas já assou o bolo, mas está de papo cheio com um copão de chá que você deu de graça.

Mason fez uma careta.

— Você misturou várias metáforas.

— Você sabe o que eu quis dizer. — Luis riu. — Além disso, amigos coloridos não faz seu estilo. Principalmente quando não é só amizade para você. — Luis arregalou os olhos, piscando de forma acusadora.

O amigo tinha razão. Mason não podia ficar com Sawyer quando significava algo para ele e nada para ela. Ou talvez significasse algo para ela. Quem é que sabia? Mason que não.

Ele suspirou, se sentindo derrotado.

— E Los Angeles? A questão toda de fazer isso com Sawyer era ficar solteiro. Os tabloides só estão largando o osso agora. Não quero dar a eles nada para falar, muito menos para ficar arrastando... — Ele se interrompeu, passando a mão pelo cabelo pegajoso de suor, frustrado.

Abriu os olhos quando Luis deu um tapão em suas costas. Com força.

— Amar é uma droga — disse Luis com sinceridade. — Vocês vão dar um jeito. Um passo por vez.

O amigo se levantou, estendendo a mão para Mason, que pegou, no automático. Quando Luis o puxou para cima, ele sentiu como se tivesse deixado seu estômago no chão.

Amor?

Contar tudo para Luis deixou sua mente vazia pela primeira vez em dias, e aquela única palavra agora ressoava dentro de seu crânio como um sino de alerta e uma sinfonia, tudo ao mesmo tempo.

18

• Lingerie •

A intimidade inegável de ver uma pessoa em roupas íntimas pela primeira vez; ver também: calça de moletom cinza.

Não nevava forte assim quando Mason deixou o apartamento. Bolas grossas de neve ainda se agarravam, meio derretidas, nas calçadas, os tênis de academia dele lutavam para encontrar tração. O pó impecavelmente branco estaria coberto pela fuligem da cidade em questão de horas, mas, por enquanto, o mundo estava silencioso — o mais silencioso que a cidade já ficara. Havia uma calmaria na tempestade de neve que Mason adorava. Ele a acolheu, uma tranquilidade maravilhosa depois da montanha-russa dos últimos dias.

Sawyer não tinha mandado mensagem nenhuma quando ele pegou o celular do armário da academia, mas Mason estava tentando fazer as pazes com isso. Enquanto descia pela calçada com neve meio derretida, observou o horizonte que tinha sido seu lar pelos últimos anos. Enfim, a ficha estava começando a cair. Estava acontecendo. Um futuro grande o esperava em Los Angeles, mas no meio da empolgação havia uma pontada de pânico. O tempo dele em Chicago estava chegando ao fim, e ele não se sentia tão pronto para isso.

Seu cabelo ainda estava molhado pelo banho na academia, e ele estava congelando, mas decidiu pegar o caminho mais longo para casa só para poder passar em seu restaurante de pho favorito. Quantas chances ainda teria de comer lá? Esperava que um estômago cheio de caldo delicioso afogasse sua ansiedade sobre a cidade — e a mulher que morava nela — que ele ainda não queria deixar.

Poderia ter funcionado, se Sawyer não tivesse escolhido esse momento para lhe responder.

ei, desculpe, enfim saí da toca, masssssss 37.000 palavras, querido!!!

Ele sorriu para o celular. Não fazia ideia de quantas palavras tinha um romance, mas aquilo parecia muito. De qualquer forma, ela estava escrevendo e a mensagem o aqueceu mais que uma dose de uísque.

MARAVILHOSO.

Antes que pudesse compor uma segunda resposta, três pontinhos apareceram e ele paralisou no meio da calçada, esperando.

obrigada, estou travada agora mas vou tirar a noite para me recuperar, descansar, comer?? fiquei sabendo que é necessário alimentar essa prisão de carne para que ela funcione, ao que parece.

Ele riu. Adorava a forma como ela escrevia mensagens. Sem letra maiúscula, frases corridas, sem pontuação ou com um monte dela. Dava para ouvir sua voz quando lia, seu tom exato.

Quem diria, né? O que você acha de pho?

me causa sentimentos MUITO positivos

Excelente.

Ele abriu o cardápio no celular e enviou para ela. Sawyer respondeu com o pedido em questão de segundos.

P3, B17 e divida A6 comigo por favoooorrr!!! você é um ANJO e eu diria que não precisa mas amo esse restaurante pra caralho e agora nada mais vai servir

Mason dirigiria até a Austrália para pegar um lanche se isso fosse o necessário para vê-la. Ele estivera esperando por uma mensagem de texto, algo para informá-lo de que estavam bem depois do que acontecera no Natal e parecia que estavam, talvez? Enquanto o conforto desse pensamento era absorvido, um novo medo foi desbloqueado na mente dele. Estavam fingindo que não tinha acontecido? Assim como quando passaram a noite (e a manhã) juntos? Apesar de que nunca fingiram que *aquilo* não aconteceu. Os dois fizeram várias piadas sobre o assunto. Então que porra exatamente estava acontecendo?

Ele ainda não tinha entendido quando a comida ficou pronta nem no curto caminho até Sawyer nem quando subiu até o apartamento dela. Então fez o que sempre fazia quando esquecia suas falas no set — improvisou e rezou para não sair muito do roteiro.

Mason suspirou longamente enquanto tirava a touca, chacoalhando para se livrar da camada de gelo que se formara, a neve caindo com força agora. Bateu na porta e ela atendeu de imediato.

O rosto de Sawyer se iluminou ao ver o saco de papel nas mãos dele, e Mason ficou grato por ela não retribuir seu olhar.

Jesus Cristo. Ela estava usando o short mais curto que ele já vira. Não transar com ela de novo seria bem mais fácil se seu corpo não reagisse a ela tão de imediato. A calça que ele vestira antes de pegar o carro mal escondia, bem, qualquer coisa.

— Quanto te devo? — perguntou Sawyer, saindo do caminho para deixá-lo entrar.

— Nada. Estamos comemorando! — Mason esperou que ela não reparasse no breve pânico em sua voz enquanto se ajustava, mantendo a atenção na metade superior do corpo dela, e não naquele short.

Sawyer espiou sobre o ombro, arregalando os olhos de empolgação.

— Uuuh! O que estamos comemorando?

Mason piscou para ela, se livrando dos sapatos.

— Você? Escrevendo?

Ela paralisou enquanto abria uma gaveta, algo impossível de ler passou na expressão dela.

— Ah. — Sawyer corou, dando as costas para ele e revirando uma gaveta. — Não é nada demais. Literalmente é o meu trabalho.

Se aproximando dela, Mason deixou de lado a sacola gigantesca com a comida e a segurou levemente pelos ombros. Colocando um dedo sob o queixo dela, guiou-a para olhá-lo.

— É importante. E estamos comemorando.

Um sorriso se espalhou pelo rosto dela, mas não espantou por completo fosse lá qual emoção nublava os olhos geralmente brilhantes dela.

— Tá bom. Se você insiste… vou até te deixar escolher as canecas.

Mason pousou as mãos sobre o coração.

— Estou honrado.

Indo até o cantinho, ele sorriu afetuosamente para a árvore de Natal ali. Parou, dando uma analisada.

— Sawyer?

— Hmm? — disse ela distraidamente, usando o braço para limpar a bagunça espalhada na mesa da cozinha com um só movimento.

— Por que tem um dildo em cima da nossa árvore?

Ela paralisou, o olhar disparando entre ele e o brinquedo sexual perolado no topo da árvore.

— Bem, o anjo de porcelana caiu. O rosto rachou e tentei consertar, mas não sou muito habilidosa, tá? E a árvore pareceu muito triste sem uma estrela, então pensei que um pouco de brilho daria um ar festivo — disse ela, gesticulando.

— Tem um ar festivo mesmo — concordou ele com uma risada atordoada. — Adorei, só para constar.

Sawyer sorriu.

— Obrigada.

Abandonando a limpeza da mesa da cozinha, ela tirou a pilha de livros da mesinha de centro e espalhou a comida ali.

Após observar a extensa coleção de canecas, Mason escolheu uma com uma bela mulher vitoriana para si. Dos fundos do armário, desenterrou uma caneca com uma fonte em negrito que declarava: "Caramba, sou boa." Servindo uma dose de uísque para cada um, entregou a última para ela.

Sawyer sorriu para as escolhas, assentindo em aprovação.

— Obrigada — disse, brindando com ele e dando um gole.

Mason a observou por cima da caneca enquanto bebia. Havia algo na voz dela, a coisa inominável ainda nublando as expressões. Era por conta do que tinham feito no carro dele naquele dia? Antes que ele pudesse entender, Sawyer afundou no sofá com um suspiro profundo e pegou uma tigela fumegante de pho.

— Tudo bem... eu estar aqui? — perguntou ele.

Ela o olhou enquanto picava folhas de manjericão para pôr no caldo.

— Mason. Eu convidei você.

Ele assentiu uma vez e se sentou no sofá ao lado dela. Ficou olhando-a de esguelha enquanto adicionava pimenta jalapeño e brotos de feijão em seu caldo, tentando se consolar na rotina de preparar sua comida favorita.

Ela o viu encarando de novo enquanto misturava sriracha no caldo.

— O que foi? — Sawyer conseguiu colocar mais emoção em três palavras do que a maioria dos atores que trabalhavam com ele conseguia colocar em um monólogo.

— Desculpe — murmurou Mason. — Eu só... Você parece diferente. É por conta... daquela noite?

Sawyer inspirou fundo, fechando os olhos.

— Não. Só estou cansada. Fico assim quando estou escrevendo. Levo um tempo para me recuperar depois de passar tanto tempo no outro mundo. Eu não costumo — gesticulou para os dois — socializar depois de escrever tanto. É que passo tanto tempo construindo a personalidade deles, que meio que suga a minha. Então desculpe. Posso estar meio chata. Ah... vou arruinar autoras de romance pra você, que tal?

— Sawyer — disse ele baixinho. — Você não tem que "ser" nada. Nem tudo tem que ser para a nossa lista. Eu só queria saber se você está bem... se estamos bem.

Ela assentiu.

— Estamos bem. Não é você, sou eu — disse ela com um sorrisinho ardiloso que Mason viu que não convencia nem a si mesma. Sawyer suspirou, o que fez a franja tremer. — Eu também... — Desviando o olhar para o caldo, misturou distraidamente e ele esperou. — Faz tempo que não escrevo assim, mas também faz tempo que alguém não fica empolgado por mim, a menos que seja uma pessoa que recebe dinheiro quando escrevo.

Ele pensou em Lily, a amiga que conhecera no shopping.

Sawyer o encarou e, como se o pensamento dele estivesse escrito em seu rosto, assentiu.

— Conheci Lily quando estava editando *Por que não estamos juntos*, então ela perdeu essa fase. — Gesticulou para o apartamento bagunçado. Bateu a colher na lateral da tigela, encarando a parede como se decidisse se ia ou não continuar falando. Mason esperava que continuasse. Cada parte que Sawyer escolhia compartilhar era ao mesmo tempo um presente e uma batalha vencida com dificuldade. — Tenho certeza de que você percebeu que não sou próxima dos meus pais... não como você é dos seus. Mesmo com o desconforto, seu jantar de Natal foi a melhor refeição em família que consigo lembrar. Minha família e eu... — Ela passou o dedão pelo lábio inferior, ainda encarando a parede diante deles. — Bem, eu não era exatamente a filha ideal para um pastor, mas ainda doeu quando enviei uma cópia antecipada do meu primeiro livro e eles a devolveram sem nem tirar o plástico.

Mason passou as mãos pelo rosto, sem saber o que dizer. As experiências deles não podiam ser mais diferentes. A mãe dele quase o sufocava com apoio.

— Está tudo bem — murmurou Sawyer. — Não precisa dizer nada.

Ele queria dizer a ela que não estava tudo bem, mas dava para ver que Sawyer já sabia disso, que talvez já tivesse feito as pazes, e nada que ele dissesse aplacaria a dor. O que ele não conseguia entender era como alguém podia conhecer Sawyer, ter participação em formá-la, ver a maravilha que ela era — e se afastar. O diagrama de Venn de "conhecer Sawyer" e "amar Sawyer", para Mason, era um círculo só.

Uma memória passou pela mente dele... Não uma memória. Uma cena do filme *Quase amantes*, em que a personagem principal se reconcilia com a família com a qual não falava. Uma cena que não estivera no livro. De repente, Mason se sentiu vazio. Não tinha entendido por que Sawyer odiava tanto a adaptação. Até agora. Ela havia dedicado uma parte de si à personagem, e o estúdio a deformara, como se a única maneira de ter o final feliz fosse tudo ser amarrado com um laço bonito quando, para Sawyer, sempre haveria um laço despedaçado.

— Enfim. — Sawyer provou o caldo antes de prosseguir. — Peguei o exemplar e fiz uma família nova. Eu o levei para toda sessão de autógrafos de *Quase amantes* e deixei meus leitores assinarem. Ficou tão arregaçado na última sessão, que tive que colar a lombada.

— Posso ver? — perguntou ele, hesitante.

O sorriso suave no rosto dela sumiu, e Sawyer encarou o caldo com se quisesse se afogar nele.

— Não tenho mais. Sadie e eu terminamos antes do lançamento, mas achei que íamos voltar quando tudo se acalmasse. Só que, quando voltei da turnê, Sadie mandou o irmão pegar as últimas coisas dela e eu fui embora porque não suportava ver. Levei semanas para perceber que o livro tinha sumido.

Raiva incandescente se espalhou por Mason.

— Eles pegaram?

Sawyer deu de ombros com falsa tranquilidade, dando uma colherada no macarrão antes de responder.

— Pode ser que eu tenha perdido.

— Você não acredita nisso.

Ela suspirou.

— Não. Mas pegar de volta exige que eu fale com ela. — Sawyer deu outra colherada, mastigando pensativamente. — É patético que depois de todo esse tempo eu ainda tenha medo de falar com ela?

— Não — disse Mason. Ainda não tinha reunido coragem para ligar para Kara ou qualquer uma de suas ex.

— Acho que o que mais me assusta — admitiu ela baixinho, encarando o pho como se fosse mais fácil confessar para uma tigela de macarrão — é que ela tenha feito algo com o livro. Pelo menos assim, posso fingir que ainda existe, caindo aos pedaços de tantas mensagens de amor.

Sawyer Greene tinha um grande coração e não sabia disso. Mason teve inveja de cada pessoa que um dia segurou o exemplar, que preencheu as rachaduras deixadas por aqueles que não o reconheciam pelo tesouro que era.

— Tenho certeza de que existe — disse ele, apertando o joelho dela reconfortantemente.

Ela deu um sorriso fraco, assentindo.

Comeram em silêncio depois disso. A mente de Mason ficava repassando a conversa com Luis e ele enfim entendeu o que o amigo quisera dizer com esperar. Mason estava acostumado a aparecer sem ser chamado e confessar seus sentimentos. Acreditava que, quando gostamos de uma pessoa, dizemos isso a ela. Mas Sawyer estava se abrindo para ele, devagar, e, por mais que talvez nunca ficasse pronta para um relacionamento — pensar nisso o arrasava —, a ideia de não ter nenhum tipo de relacionamento com ela doía mais. Então Mason segurou qualquer grande confissão que ousou aparecer. Mas não conseguiu se livrar da necessidade de dividir algo pessoal com ela, de deixá-la saber que ele apreciava a coragem dela de compartilhar coisas com ele. Suspeitava de que não fosse algo que ela fazia com frequência. Na verdade, nem ele.

Sawyer bebeu a última gota do caldo, largou os palitinhos e a colher dentro da tigela e a afastou. Deitada no sofá, pôs os pés sobre o colo dele, através do círculo que os cotovelos dele faziam ao se apoiarem nos joelhos.

— Fique à vontade. — Ele riu, ajustando a posição para que ela pudesse se esticar.

— Sempre fico — disse ela, sorrindo.

A memória deles no carro duas noites antes apareceu diante dos olhos dele, o sutiã que ela tirara para ficar "confortável". Ele se livrou do pensamento. Não tinha certeza do que aquilo tinha sido. Ela não parecia disposta a falar do assunto, e com certeza não era a vibe daquela noite, então ele não diria nada.

Tomando a última gota do caldo, Mason empilhou as tigelas vazias e afundou no sofá, massageando as panturrilhas dela, distraído.

— Estou muito feliz que você esteja escrevendo de novo — admitiu baixinho.

— Eu também — disse ela, um brilho no olhar. Desviou o foco, sorrindo ainda mais, antes de voltar para ele e cutucar sua costela com o dedão.

— Sinto que isso está funcionando demais para mim e é injusto. Me coloque para trabalhar. — Ela se virou, pegando o controle remoto da mesinha. A Netflix iniciou com um som alto enquanto ela abria uma lista. — Escolha uma comédia romântica e eu a arruinarei para você.

Mason apertou o joelho dela.

— Nem tudo o que a gente faz precisa ter a ver com a lista.

Ela fez uma careta.

— Comédia romântica favorita: vai.

Quando ele não respondeu imediatamente, ela o cutucou, impaciente, nas costelas.

— *10 coisas.*

Sawyer ficou tensa.

— Não. Escolha outra.

Ele riu.

— Você perguntou minha favorita. É a minha favorita.

Sawyer resmungou dramaticamente, se jogando sobre as almofadas do sofá.

— É, mas é a *minha* favorita. Não posso arruiná-la. É perfeita.

Mason jogou as mãos para o alto, derrotado.

— Só coloca alguma coisa.

— Não — insistiu Sawyer, apoiada nos cotovelos. — Quero cumprir minha parte do acordo, mas não sei como. Talvez... Não sei, não sei se te *entendo* por completo.

Ele piscou, surpreso. Já tinha contado a ela mais do que a qualquer pessoa.

Sem reparar no choque dele, ela prosseguiu:

— Me conte: como foi que você se tornou tão romântico?

— Meus pais — respondeu ele automaticamente. Sawyer se ajeitou mais, ouvindo. — Eles tiveram o encontro inesperado do século.

Sawyer deu uma batidinha no sofá ao lado dela, se encolhendo um pouco para abrir espaço a fim de que ele se deitasse também. Mason se acomodou ao lado, o braço ao redor dela para evitar que ela caísse do sofá pequeno demais para duas pessoas se deitarem sem ficarem praticamente em cima uma da outra. Talvez a missão esquisita deles *estivesse* funcionando para ele também, porque não ficou pensando demais no que significava Sawyer estar deitada daquele jeito com ele.

— Me conte mais sobre esse encontro inesperado — disse ela.

Mason levou um momento para lembrar exatamente o que lhe dissera quando estava entrando em pânico no elevador. O fato de que ela se lembrava… Esperava que ela não conseguisse sentir seu coração acelerado por estarem tão próximos.

— Eles se conheceram no set de *Nas colinas*.

Sawyer torceu o nariz, concentrada.

— Não foi esse o filme que Lynn zoou no jantar?

Mason assentiu.

— Sim. O filme é horrível. — Ele riu. — Mas foi onde meus pais se conheceram. Minha mãe estava apenas começando. Acho que ela tinha, tipo, vinte e um? Vinte e dois? Meu pai era alguns anos mais velho e era dublê… — Ele balançou as sobrancelhas sugestivamente e Sawyer riu. — Eles tinham ensaiado a cena de luta várias vezes e tudo tinha sido perfeito… até que as câmeras começaram a filmar e o protagonista jogou meu pai do outro lado da sala, na direção errada. Minha mãe impediu que ele voasse pela janela por questão de segundos. Só que ele estava tão rápido que os dois caíram no chão…

— Pare — arfou Sawyer.

Mason riu, assentindo.

— Caíram um em cima do outro, não foi? — perguntou ela, sem fôlego.

— Sim — confirmou ele.

Sawyer gemeu como se sentisse dor porque era fofo demais.

— Aposto que a imprensa teve um dia e tanto.

Mason balançou a cabeça.

— Eles demoraram a tornar as coisas públicas. Ela estava fingindo um relacionamento com o protagonista do filme na época, então meu pai a cortejou em segredo. Minha mãe sempre fingiu para a mídia. "Dê a eles algo para falar e mantenha a verdade para você" — imitou.

Sawyer sorriu para ele.

— Por favooor, torne todos os meus sonhos de escritora de romance realidade e me diga que fingiu um relacionamento por publicidade.

Mason não conseguiu deixar de sorrir para ela, tocando a ponta do seu nariz adoravelmente torcido.

— Com todas as atrizes que namorei, é de se pensar, não é? Mas, além do meu primeiro relacionamento, que todo mundo menos eu sabia que era falso, não. Todos foram de verdade.

Sawyer ficou boquiaberta antes de fazer mímica, passando um zíper na boca. Mason sabia que ela precisava de todo o autocontrole para não pedir detalhes, mas estava decidido a não falar da mãe naquela noite. Não queria se lembrar daquilo.

Moveu o ombro em que a cabeça dela não estava apoiada.

— Em qualquer outro meio, namorar um colega de trabalho é tabu, mas os sets são um microcosmo. Não há ninguém para namorar além de colegas de trabalho. A mídia adora, a publicidade é ótima e é mais fácil dar a eles a foto da manchete que ficar se escondendo e ser pego desprevenido. Nunca fingi que não queria o que meus pais têm. Eles são pra valer. Quero encontrar isso. Gosto de exagerar. Amo.

Lá estava aquela palavra de novo. Porém, usá-la para descrever seus relacionamentos anteriores não encaixava muito bem. Ele amara algumas delas, mas não tinha mais certeza de que estivera totalmente *apaixonado*. Como se estivesse no lado raso da piscina todo esse tempo e só agora aprendesse a nadar no fundo. A profundidade era ao mesmo tempo empolgante e assustadora.

Ele não precisava ficar falando, mas descobriu que queria mesmo assim, mesmo que fosse contra seus instintos deixar a bagunça interna se desenrolar. Mason se inclinou para o toque de Sawyer, para a sensação de confiar em alguém com todo o seu ser, mesmo as partes que não dariam um bom programa de entrevistas.

— Mas... apesar de tudo isso, não importa quanto tenha tentado fazer tudo ser certo, meus relacionamentos nunca duraram mais que o tempo de produção. Então, quando recebi a proposta de *Diagnósticos*, pareceu a resposta a todos os meus problemas. O relacionamento com minha mãe estivera ruim desde que eu a demiti e ela deixou de ser minha empresária, porque sim, sou *esse* clichê de criança que atua, mas eu não era mais criança. Eu sabia quem era além de apenas filho de Moira West. E estava muito sozinho. Queria vir para casa. Mas, como com todas as coisas que parecem ser boas demais para ser verdade… o produtor de *Diagnósticos* torna nossa vida um inferno. Ele…

Como se sentisse que Mason estava se fechando, Sawyer passou os dedos pelo cabelo dele, massageando o couro cabeludo confortavelmente. Ele não conseguia se lembrar da última vez que se confessou assim, se já tinha falado tudo de uma vez dessa forma. Agora que começara, precisava terminar, tanto por uma necessidade de que Sawyer entendesse quanto pela necessidade de se compreender.

— Não é que eu não queira contar toda a merda tóxica com que temos que lidar, só não quero arruinar o resto da nossa noite — disse ele, rindo sombriamente. — Quando estivermos filmando mês que vem, você vai ficar cansada de me ouvir reclamar. Mas, por enquanto, vamos só dizer que não é coincidência eu estar deixando a série para começar minha própria produtora. Não precisa ser assim. Nos convencemos de que os dias ruins no set são normais porque eles são figurões, esses caras velhos e brancos que podem acabar com a nossa carreira, mas… — Balançou a cabeça. — Há uma nova geração de atores, diretores e produtores e podemos escolher não perpetuar isso. — Olhando para ela, Mason deu um sorriso torto. — É agora que você me diz que, além de ser um romântico incurável, também sou um sonhador.

Sawyer balançou a cabeça.

— Eu não ia dizer isso, não — disse ela em voz baixa. — Amo seu sonho.

Mason não tinha certeza de por que isso lhe deu vontade de chorar. Fechou os olhos com força, inspirando profundamente e prendendo o ar por um momento. Tinha tido essa conversa com a família várias vezes nos últimos dias, explicando a visão da Luz Guia, o motivo da mudança para Los Angeles, mas estivera na defensiva. Agora, pela primeira vez em muito tempo, estava animado.

— Desculpe — murmurou. — Falei demais.

As mãos de Sawyer pararam no cabelo dele e ela se mexeu, se encolhendo na lateral dele para observar sua expressão.

— Álvarez — ela o repreendeu. — Por que está se desculpando?

Ela tinha razão. Mason queria poder ser mais como ela, não sentir a necessidade de se desculpar por ir atrás do que queria. Mas fora criado por Moira West, e ali era necessário manter os pensamentos debaixo do tapete.

Estivera fingindo que tudo estava bem, sempre com o pé direito na frente, sem jamais expressar pensamentos ruins, mascarando expressões havia tanto tempo que não conseguia se lembrar da última vez que falara sem editar tudo para a audiência.

— Não sou muito bom em manter as coisas superficiais com você.

Sawyer deu de ombros, dispensando aquele comentário.

— Foda-se essa regra. Somos amigos.

"Amigos" não parecia uma palavra suficiente para o que ela era para ele. Era assustadora sua facilidade de ser verdadeiro com ela. Com ela, ele não era o dr. Santiago ou o filho de Moira West ou o namoradinho da mídia. Com ela, podia ser apenas Mason Álvarez.

— Obrigado por ouvir — disse, com sinceridade.

— Imagina — arfou ela. — O que você precisa agora?

Ele suspirou.

— Foram dois dias longos. Só quero ficar deitado aqui e não pensar nisso.

Sawyer sorriu suavemente, cutucando o peito dele com o nariz.

— Sou *ótima* em evitar as coisas, mas obrigada por me contar — disse com um sorriso suave. — Sei que às vezes só falar ajuda.

Mason assentiu, distraído. Ele se sentia melhor, mais leve.

Sentindo que ele não ia dizer mais nada, ela voltou a mexer na Netflix.

Ele afundou mais no sofá, pegou um cobertor incrivelmente macio e os cobriu.

Rolando de lado, manteve o braço firme ao redor dela, sem querer que ela se mexesse. Estava tão pleno, a mente misericordiosamente vazia pela primeira vez em dias, e o sofá dela era confortável. *Ela* era confortável — e não apenas o corpo dela, as costas pressionadas contra seu peito —, mas sua presença era como um cobertor com peso, acalentando-o. Vê-la outra vez depois de dois dias de preocupação era como tirar um peso enorme dos ombros, uma calidez feliz tomando o lugar.

Mason sentiu a cabeça de Sawyer virando em sua direção, parando por um momento de procurar um filme. Teve a vaga ideia de que ela tinha perguntado alguma coisa.

— O quê? — murmurou ele.

— Vai dormir?

A última coisa de que ele se lembrava era de dizer um relutante "Não" antes que o sono o dominasse.

— Mason.

Ele piscou e despertou, a luz fraca da rua mal iluminando o apartamento de Sawyer. Alguns centímetros de neve se acumularam no parapeito estreito da janela, e mais caía constantemente. Ainda estava no sofá de Sawyer, um cobertor fino jogado aleatoriamente sobre o corpo. Ele riu. Claro que ela não o acordou para oferecer sua cama a ele. Provavelmente diria que estava arruinando o conceito de "só tem uma cama" para ele. Apesar de que talvez Sawyer tivesse tentado acordá-lo. Ele estava tão cansado depois de dois dias acordado que não tinha noção de por quanto tempo dormira. Poderiam ter sido minutos ou dias.

— Mason.

Ele ficou tenso, forçando a visão na escuridão. A porta de Sawyer estava entreaberta, o som de lençóis farfalhando vindo do outro cômodo. Ela o tinha ouvido acordar? Talvez ela dividisse a cama, sim. O sofá era pequeno demais para que ele se esticasse confortavelmente, e seus músculos doíam por causa da academia e pela posição encolhida em que adormecera. Seus pés mal tinham tocado o piso frio quando ouviu Sawyer gemer.

A ficha caiu de uma vez. Sawyer estava se tocando, e era o nome dele nos lábios dela enquanto isso.

Ele levou o punho até a boca, mordendo. Essa mulher seria sua perdição. Cada músculo de seu corpo ficou tenso enquanto ele se obrigava a ficar parado.

Um som de vibração se juntou aos gemidos suaves vindos do outro cômodo, e Mason ficou tão excitado que estava vendo estrelas. Ouvir parecia errado. Interromper pior ainda. Se juntar a ela seria a melhor ideia, mas a metáfora de Luis soou em sua mente. Ele já tinha quebrado a Regra 1: Sem sentimentos. A Regra 2 precisava ser mantida.

Tentou não ficar ouvindo, mas não havia como confundir o pequeno gemido que Sawyer fazia quando gozava. Mason segurou o braço do sofá com tanta força que não teria ficado surpreso se o enchimento tivesse vazado das costuras.

Foi um esforço controlar sua respiração rápida, quase perdendo o murmúrio baixinho de Sawyer.

— Obrigada, Mason.

Uma gaveta abriu e fechou e ele ouviu os lençóis farfalhando enquanto ela se acomodava para dormir.

Ele riu em silêncio.

O nome do vibrador dela era Mason?

Meio delirante de prazer, ele sentiu a esperança crescer no peito. Talvez não fosse o único a ter passado dos limites.

19

• Cena de compras •

Nas sábias palavras de Donna Meagle e Tom Haverford, "mime-se".

Sawyer tinha certeza de que pegara o único taxista na cidade que dirigia no limite de velocidade. Ela tamborilava os dedos ansiosamente na capinha do celular, querendo que ele fosse mais rápido. Ele freava no sinal amarelo em vez de avançar, e ela lutou para não gritar. Não era culpa dele. Ia se atrasar por culpa própria. Enfim tinha encontrado seu ritmo de escrita uma hora antes de ter que sair, e se amaldiçoou por não ter se aprontado mais cedo.

Estar atrasada era apenas metade da frustração. Enfim conseguira chegar à metade do rascunho incrivelmente bagunçado, e seus personagens estavam começando a se apaixonar. Escrevera uma cena de sexo tão longa, que com certeza teria que cortar mais tarde, mas estava excitada demais e queria que *alguém* gozasse. Antes que pudesse terminar a cena, percebeu que estava atrasada. Pela segunda vez em muitos dias ficou na vontade.

Depois que Mason dormiu no seu sofá, ela planejara sugerir que ignorassem a Regra 2. As coisas estavam boas entre eles. Se podiam continuar amigos depois de passarem a noite juntos e transarem no carro, parecia bobagem não aproveitar os benefícios — e os orgasmos. Mas, quando saiu do banheiro para defender sua nova opinião e o sexo matinal, Mason já calçara os sapatos. Ele a beijou na testa brevemente antes de deixá-la escrever, o que era, bem, irritantemente atencioso.

Mas não era fácil detê-la. Estava tão tensa depois de escrever obscenidades a manhã toda que, se o cabelo dele estivesse despenteado daquela maneira fofa, ela poderia se jogar nele. Tomara que ele a abraçasse e seus quadris se tocassem e... Sawyer agarrou o assento do táxi e sua visão dançou, apertando as pernas para ter um pouco de alívio. Podia ter nomeado todos os vibradores de Mason, mas não eram comparáveis com a coisa real. E ela queria a coisa real. Em breve. Hoje, de preferência.

O celular dela vibrou na mão, e Sawyer ficou tão satisfeita pela distração que já tinha atendido antes de perceber que não era Mason ligando para saber onde ela estava.

— Oi, Tess — disse ela, surpresa.

— Sawyer! — exclamou a agente dela. — *Sawyer*.

Ela riu nervosamente.

— É uma ligação boa ou ruim?

Do outro lado da linha, Tess riu.

— Por favor. Você sabe que guardo as más notícias para depois das festas. — Sawyer colocou isso na lista Preocupações para Depois. — Acabei de terminar de ler sua proposta e precisei ligar. *Amei*. Emily vai amar também. É tão bom e tão você, e estou morrendo para ler o resto.

Os olhos de Sawyer ardiam, e ela piscou rapidamente, engolindo em seco para desalojar a inesperada onda de emoção presa ali. O grupo com escritores explodiu com elogios à sua ideia, o apoio deles ali como se ela nunca tivesse desaparecido. Isso a animou, silenciou sua síndrome de impostora, mas ela não tinha percebido quanto estava temendo o veredito de Tess até agora.

— Uau, hã, acho que devo terminar de escrever?

Ainda precisava da aprovação da editora, mas o entusiasmo de Tess era como um bálsamo. Ela tinha mais pessoas na torcida do que imaginara.

— Sim — disse Tess empaticamente. — Vou dar uma editada na sua ideia e enviar para Emily esta tarde. Tudo bem?

Sawyer assentiu antes de lembrar que Tess não conseguia vê-la.

— Sim, eu... Sim. Obrigada.

Mesmo se aceitassem a ideia, ainda precisava concluir o manuscrito e uma rodada de edições para ser paga. Só então pararia de ser assombrada pela conta bancária em declínio.

O táxi parou fora do prédio de Mason, Sawyer deu o dinheiro ao motorista e disse que podia ficar com o troco. Não importava quanto estivesse quebrada, sempre dava gorjeta. Desejou um bom dia ao motorista antes de sair.

— Sawyer — disse Tess outra vez, baixinho. Tinha a impressão de que Tess falara todo aquele tempo e ela se distraíra por completo, feliz e esperançosa demais com o processo para prestar atenção. — Sei que é um primeiro rascunho, mas já está muito, muito bom. Seja lá o que estiver fazendo, não pare.

Mason apareceu, com o casaco cinza e a touca azul-marinho de sempre, e ela deu um sorrisão ao olhá-lo.

— Não vou parar — prometeu.

— Ótimo — disse Tess, séria. — Agora, volte ao trabalho.

— Pode deixar — disse Sawyer, rindo e desligando.

Mason sorriu, animado por ela, mesmo sem saber do que se tratava. Mais uma pessoa torcendo por ela. Fazia muito tempo que ela não sabia o que fazer com o que sentia. Na pontinha dos pés, passou os braços pelo pescoço dele, garantindo que os quadris estivessem distantes enquanto balançava de um lado a outro, feliz.

Se Mason achou o cumprimento exuberante estranho, não falou nada. Deslizou os braços ao redor dela, apertando-a com força.

— Desculpe, estou atrasada — murmurou ela, se afastando.

Ele balançou a cabeça.

— Não tem problema, já avisei a eles. Quem era? — Indicou o celular.

O sorriso voltou ao rosto dela, e, quando Mason pousou a mão na parte baixa das suas costas enquanto caminhavam, ela teve certeza de que o sorriso viera para ficar.

— Minha agente. Faz alguns dias que lhe mandei minha proposta, e ela gostou muito.

Mason sorriu.

— Claro que ela gostou. Ela tem bom gosto.

Sawyer abraçou a cintura de Mason, feliz demais para responder. Era uma caminhada pouco prática, mas nenhum dos dois parou. Se ele parasse de tocá-la, talvez ela flutuasse para as nuvens.

Os passos de Mason desaceleraram quando os dois se aproximaram de uma boutique com manequins sem rosto na vitrine. Ele abriu a porta para ela, e Sawyer ficou feliz com o gesto ao entrar na loja. Até o *cheiro* era caro. Mal teve tempo de sentir culpa pela neve derretida que trouxera para a entrada polida, pois sua atenção foi atraída pelas araras de vestidos de festa. Peças de seda, renda bordada, vestidos que brilhavam como diamante, em todas as cores do arco-íris. Era uma confusão de cores e texturas, e, de alguma forma, parecia magnífico de uma maneira que o apartamento cheio de cores dela jamais seria.

— Comprar vestidos é outro clichê — murmurou ela quando Mason ficou ao seu lado. — Adicione à lista e corte.

Tirando o jantar de Natal, eles fizeram um bom trabalho em se ater à lista. Bem, isso, e quando ele levara pho para ela. Ok, estavam fazendo um trabalho terrível, mas se ela queria quebrar as regras — ou seja, obliterar a amaldiçoada Regra 2 — então precisava se ater às outras resoluções.

Sawyer não conseguiu ler a expressão no rosto de Mason antes que ele vestisse o Rosto Público ao ouvir o som de saltos se aproximando. Ela odiava que ele sempre tivesse de se filtrar ao redor de outras pessoas, mas estava satisfeita por nunca fazer isso com ela.

— Mason! — Uma mulher de meia-idade em um macacão bem justo cor de ametista se aproximou deles de braços estendidos. Beijou-o nas bochechas afetuosamente.

— Celia — cumprimentou ele. — Obrigado por nos receber de última hora.

A mulher mais velha sorriu.

— Imagina. Faria qualquer coisa por Moira. Agora, Mason, me apresente à sua bela dama.

Sawyer se assustou, ocupada demais observando os muitos anéis de Celia e a sombra da mesma cor do macacão.

— Sou Sawyer — disse depois de um segundo. Estendendo a mão, se atrapalhou com os beijinhos no ar quando Celia se inclinou para ela.

— Linda — disse Celia, observando Sawyer dos pés à cabeça.

Era generosidade dela. Sawyer tinha se arrumado no táxi, penteando o cabelo com os dedos e usando a câmera do celular para passar batom e rímel entre os buracos na rua.

Eles a seguiram até os fundos da loja. Celia pegou seus casacos antes de deixar Mason em um sofá de couro com uma taça de champanhe. Quando a mulher estava de costas, ele apontou para a taça com um sorriso travesso.

Sawyer repreendeu um sorriso, tentando canalizar o entusiasmo dele. Nunca fora muito de fazer compras. Jamais tinha dinheiro para esbanjar, seu guarda-roupa formado por muitos anos de compras em brechós. A vida de autora não era exatamente luxuosa. Os pagamentos de royalties eram imprevisíveis, e ela gastava quase imediatamente no aluguel exorbitante de seu apartamento de um quarto.

Celia colocou uma taça de champanhe em sua mão e a instruiu a dar uma olhada enquanto ela pendurava os casacos. Sawyer vagou entre as araras, os dedos roçando nos tecidos luxuosos, vez ou outra pegando um antes de colocá-lo no lugar com cuidado. Não havia etiquetas com preço. A champanhe pouco ajudou com a secura na sua boca.

— Mason — sibilou ela, indo até ele. — Isso é demais.

Ele sorriu para ela.

— É um vestido, Sawyer.

Ela olhou ao redor para garantir que Celia não estava por perto.

— E quanto custa um vestido aqui?

Mason deu de ombros.

— O preço da minha sanidade por não ter que ir sozinho à festa. Agora — ele a dispensou com um movimento da mão —, vista algo sexy para mim.

Passou os braços pelo apoio do sofá, o champanhe casualmente pendurado na mão enquanto afundava ainda mais nas almofadas, as pernas se abrindo um pouquinho.

Sawyer se endireitou como se tivesse sido atingida por um raio, o desejo se acumulando por dentro. Ele era tão... Caralho. O Mason convencido era uma coisa e tanto. Ela queria se esgueirar por cima dele, ficar sentada ali até lhe tirar aquele sorrisinho do rosto. Antes que pudesse fazer qualquer coisa, Celia reapareceu.

— Gostou de algo? — perguntou, animada.

— Ah, hmm... — Sawyer tirou os olhos de Mason enquanto ele tomava um gole de champanhe, lambendo os lábios, devagar, como se soubesse o mergulho que os pensamentos dela deram na Cidade do Tesão. — Não tenho certeza. O que você vai vestir? — perguntou a Mason.

Os cantinhos da boca dele se viraram para baixo enquanto pensava.

— Preto? Mas também tenho azul-escuro, cinza, bordô. Qualquer um.

— É tão fácil para os homens... — sussurrou Celia em tom conspiratório, e Sawyer não pôde deixar de gostar dela. Com um passo para trás, o olhar avaliador da mulher foi de um ao outro, a atenção parando no batom vermelho de Sawyer. — Mason, você usará o terno bordô, combinará mais com ela. Trabalharemos com isso.

Mason assentiu com a ordem, mordendo o lábio para não rir. É, Sawyer gostava dessa mulher. Seguiu Celia de volta às araras, forçando as palavras antes que as engolisse.

— O que você acha que ficaria melhor com... — Ela gesticulou para os seios fartos e quadris.

Celia a observou por um momento, mas, quando encarou Sawyer, seu olhar era determinado.

— Ah, querida... tudo.

Sawyer estava surpresa demais para responder. Por mais que amasse seu corpo — meio que estava presa com ele a vida inteira, então imaginou que era melhor assim —, o auto-ódio sempre surgia quando tinha que vesti-lo, e as coisas nunca pareciam servir direito. Ela sabia por fazer compras com Lily que não era fácil para quem era alto e magro, mas saber disso não eliminava o fato de que ao vestir algo, esse algo distorcia a imagem mental que tinha de si mesma como um espelho de circo.

Celia pareceu sentir que Sawyer estava ansiosa. Começou a agir e foi até uma arara do outro lado da sala para pegar um vestido fluido azul-marinho, um cor de rubi, uma nuvem rosa millennial de tule e alguns outros. Sawyer não fazia ideia de como acompanhou, mas sabia que a mulher tinha coisas muito específicas em mente pela forma como se aproximou da arara e pegou os vestidos sem pensar muito. Celia voltou para tirar um último vestido antes de gesticular para que Sawyer a seguisse.

Ela sabia que o azul-marinho não daria certo mesmo antes que Celia terminasse de ajustá-lo em seu corpo, mas permitiu ser levada para o pedestal diante de três espelhos. Valeu a pena só pela reação de Mason. Ele passou a mão no rosto para se recompor enquanto Celia ajustava a saia e a curta cauda. Sawyer apenas deu um sorrisinho quando o olhar dele encontrou o dela no reflexo. O tecido transparente cruzava sobre seu peito, deixando vãos assimétricos sob os seios, pela caixa torácica e na parte baixa das costas. Era lindo, mas mostrava bem mais pele do que estava acostumada, ainda mais em um ambiente cheio de estranhos.

Analisando corretamente a expressão dela, Celia assentiu.

— Podemos arranjar um melhor.

Sawyer faria uma avaliação gloriosa para ela na internet.

A explosão de tule rosa foi o seguinte e, por mais que Sawyer tenha se surpreendido com a saia divertida, simplesmente era demais. Mason gostou desse também, mas ela tinha a sensação de que era porque o espartilho tinha deixado seus seios espetaculares. Ela balançou um pouquinho quando Celia estava de costas, e ele fingiu desmaiar no sofá. O vestido rubi era uma obra de arte de renda e couro com uma fenda tão alta, que Sawyer achou que Mason ia chorar quando ela disse que aquele ainda não era o vestido.

Após dispensar os próximos dois, esperou que Celia ficasse frustrada, mas a mulher apenas sorriu e perguntou o que ela gostava e desgostava em cada vestido. Sawyer falou desajeitadamente, tentando lembrar o pouco que sabia sobre estilos de vestidos, e Celia assentiu.

— Tudo bem ser sexy, mas... sexy conservador, acho. Existe isso?

Celia riu.

— Sim. Adoro uma moça clássica.

Sawyer esperou até que Celia desaparecesse no provador para rir. A única coisa clássica em Sawyer era seu gosto por bebidas. Estava pronta para encerrar ali e arrastar Mason de volta ao apartamento para dar um desfile de moda diferente, onde peças de roupa de seda e renda eram bem, bem menores. Segurou um gemido ante a ideia de perambular em lingerie enquanto Mason abria as pernas no sofá dela. Esperava que o desejo não estivesse em seu rosto quando Celia reapareceu um momento depois.

Sawyer arregalou os olhos para a coisa fina nos braços dela e se perguntou se a mulher a tinha ouvido, mas concordou em experimentar. Quando Celia subiu o zíper, ela suspirou.

— Você faz milagres — arfou.

Celia sorriu acima do ombro dela.

— Não acho que devemos mostrar a ele, que tal? Fazer uma surpresa.

Sawyer assentiu em concordância, e Celia a ajudou a sair do vestido antes de anotar as medidas dela e seu endereço, prometendo entregá-lo quando fizessem algumas alterações.

Mason arregalou os olhos, surpreso, quando ela voltou usando jeans e suéter largo.

— Nada? — perguntou, parecendo decepcionado não com ela, mas como se tivesse falhado com ela.

Sawyer balançou a cabeça.

— Não, encontramos o vestido. Você vai ver no Ano-Novo.

Um sorriso se espalhou devagar pelo rosto dele. Mason se levantou do sofá, ficando tão perto que ela teve que inclinar a cabeça para olhá-lo. Ele segurou-lhe a nuca, o dedão acariciando para cima e para baixo no ponto de pulso acelerado.

— Provocadora — arfou ele.

— Você gosta — disparou ela.

— Gosto mesmo.

A respiração dele roçou a testa dela, e Sawyer estremeceu com o timbre baixo da sua voz, a promessa que continha. Estava muito grata por seu presente de Natal não ter arruinado nada entre eles. Ia tirar a Regra 2 tão suavemente que seria como um garçom arrancando a toalha da mesa, com tudo nela permanecendo intocado.

O olhar de Mason se demorou na boca de Sawyer, e ela sorriu. Os dias da Regra 2 estavam contados. Ele pousou um beijo rápido na testa dela antes de seguir Celia, que os observava com carinho, e Sawyer se sentiu estranhamente culpada, como se estivessem mentindo para ela.

Ficou ali desconfortável enquanto ele pagava, ainda se sentindo meio estranha, mas era o evento dele, e pessoas normais não tinham vestidos para *festas da firma*. Tentou se livrar do desconforto. Claramente ele não estava se importando e, se as coisas saíssem como ela queria, logo roupas não seriam algo necessário entre eles.

O pensamento a alegrou de imediato. Sorriu com vontade quando Mason se virou e gesticulou para que o seguisse para fora.

— O champanhe sempre sobe à minha cabeça — murmurou quando estavam na calçada, as bochechas meio coradas pelo frio e pela bebida. — Quer comer alguma coisa? Você tem tempo?

Ela se apoiou nele, com o queixo em seu peito.

— Preciso voltar a escrever, mas tenho um tempinho. Maaaaaas — arrastou com um sorriso travesso para ele.

Mason a encarou, sorrindo também.

— Mas?

— Mas não quero comer. — Ela ficou nas pontas dos pés para aproximar os rostos. Pôs os braços atrás da nuca dele enquanto os dele circulavam sua cintura. Roçou a pontinha do nariz no dele, arrastando os lábios nos dele em algo que quase era um beijo. — Passei a manhã inteira escrevendo sobre orgasmos, e um cairia bem pra caralho.

Mason se afastou um pouco, sem encará-la.

Ela o guiou para que a olhasse, seu sorriso falhando. O olhar dele estava sério, quando antes estivera derretido.

— Achei que a gente precisava das regras para não nos complicarmos, mas transamos duas vezes e nada mudou, não é? — perguntou ela, com uma leveza forçada.

Mason deu um passo para trás, saindo dos braços dela, e enfiou as mãos nos bolsos do casaco.

Não estava tão frio assim, era um dia ameno para os padrões de Chicago, mas de repente Sawyer sentiu que seus ossos tremiam, a expressão dele falando muito, embora ele não tivesse aberto a boca.

— Não posso fazer isso — falou ele, baixinho.

— Está bem. — Foi surpreendente quanto a voz dela falhou em apenas duas palavras. — Não precisamos transar. Vamos só… só comer — sugeriu desajeitadamente, o constrangimento ardendo em sua bochecha. Tinha mesmo interpretado tudo tão mal?

Mason franziu os lábios, inspirando fundo.

— Não, e-eu preciso dizer isso.

Os ossos de Sawyer tremiam violentamente, e ela não sabia como estava de pé.

— Tá. Eu… Devemos ir a algum lugar para conversar?

Ele fechou os olhos com força e então balançou a cabeça.

— Não. Porque, se formos, você vai dizer algo engraçadinho e me fazer rir, e eu vou esquecer por que isso é importante.

Ela assentiu para que ele prosseguisse, se perguntando distraidamente se morrer engolida por areia movediça era assim — lento, sabendo que era inútil resistir, aceitando o fim.

— Odeio fazer compras. — Ele olhou para a boutique de Celia. — Odeio a IKEA. Odeio espaços públicos cheios como o rinque de patinação do Millennium Park. Mas fazer tudo isso com você… Não odeio.

— Também não odiei fazer tudo isso com você — admitiu ela, a voz mal audível acima do vento vindo do lago ali perto. — Desculpe. Sei que estou fazendo um trabalho terrível em manter meu lado da lista.

— Esqueça a lista.

Sawyer ergueu a sobrancelha com a seriedade na voz dele.

— Isso… — Ele gesticulou para os dois. — Não se trata da lista para mim. Faz tempo que não é assim. Com ou sem regras, isso já está complicado, Sawyer. *Tudo* mudou. — Ele a encarou, implorando. — O que acontece quando terminarmos a lista? E depois?

Sawyer sabia o que ele queria que ela dissesse, que o motivo de continuar adicionando itens era arranjar mais tempo com ele, para desconsiderar o fato de que não conseguiam parar de encontrar desculpas para passar tempo juntos.

— Somos amigos — falou ela, baixo.

O olhar de Mason suavizou.

— Claro que somos. Mas não somos *apenas* amigos. Amigos não nomeiam vibradores em homenagem um ao outro.

As bochechas de Sawyer queimaram. Ela sabia que era arriscado fazer aquilo com Mason na sala ao lado, mas, se fosse ser sincera, meio que esperava que ele a flagrasse. E ele a ouvira, mas ela tinha subestimado o autocontrole dele.

Antes que pudesse arranjar uma resposta, Mason deu um passo para perto dela. Estava tão perto, a um fio de cabelo de distância, sem tocá-la de propósito.

— Não fique constrangida. Também penso em você. O tempo todo. Confie em mim, não há nada mais que eu queira além de voltar ao seu apartamento agora, mas, se eu fizer isso, não vou como seu "amigo". Não vou te foder como se fôssemos amigos, ou ficantes, ou seja lá o que foi aquilo no Natal. Se transarmos de novo, temos que estar entendidos sobre o que isso significa, e agora... — Ele balançou a cabeça, inspirando controladamente.

O coração dela martelava na garganta como se, quando abrisse a boca, ele fosse abandonar o navio.

Estavam em um impasse. Só tinham duas regras, e cada um queria tirar uma de cena. Mas não importava, não é? Com ou sem sexo, com ou sem sentimentos, sempre seria assim com Mason. Ele estava partindo. Los Angeles estava ali, se aproximando. Melhor agora que depois, quando ela se acostumasse ainda mais com a presença dele em sua vida.

— Então terminamos — disse ela sem emoção. — Com a lista.

Não sabia por que sentiu a necessidade de explicar, exceto que era mais fácil prestar atenção nisso do que no fato de estar perdendo mais um amigo.

Mason se afastou com um passo brusco para trás. Quando a encarou, o rosto normalmente expressivo estava impossível de ler, o Rosto Público firmemente no lugar. Ela o vira fazer isso diversas vezes, mas nunca para ela. Foi como um soco no estômago.

— Eu... É. Acho que terminamos. Quero dizer, claramente não está funcionado. Ainda sou um romântico, mas os tabloides estão deixando o assunto para lá e você voltou a escrever, então... — A voz sumiu, como se fossem sócios concluindo um acordo. Ele passou a mão pelo rosto, embora parecesse apenas tirar mais emoções da sua expressão.

A areia movediça estava no peito dela agora, pressionando por todos os lados, tornando difícil respirar. Queria sair correndo, mas estava presa.

Ele a observou por um longo momento antes de inspirar, trêmulo.

— Tá bem, então...

— Preciso voltar ao trabalho — disse ela ao mesmo tempo, aliviada por sua voz ter praticamente voltado ao normal.

Ela quase podia vê-lo de fato agarrar-se à desculpa como a uma tábua de salvação. Ele assentiu.

— Vou chamar um Uber para você — ofereceu ele, tirando o celular do bolso.

— Pode deixar — disse ela às pressas. Mexeu no aplicativo no automático, invocando um carro. — Te vejo depois?

Os dois sabiam que "depois" era uma forma convenientemente vaga de prometer algo sem prometer nada.

Ele assentiu, sem encará-la.

— Tchau, Sawyer.

O olhar dele permaneceu nela, como se tentasse memorizá-la com desespero, um último olhar antes de nunca mais vê-la.

Assim que ele ficou de costas, o tremor nos ossos dela se tornou um estremecimento no corpo todo e ela praticamente caiu para dentro do carro quando o motorista chegou. Tinha terminado várias amizades coloridas antes, então por que seu corpo parecia ao mesmo tempo quente e frio? Estava tonta e mal se lembrou do próprio nome quando o motorista perguntou. Nunca tinha se sentido assim. Talvez estivesse adoecendo.

20

• A questão do ex •

"Não é você, sou eu." Mas e se *for* você?

Não foi a primeira vez que Mason acompanhou alguém para comprar um vestido, mas com certeza foi a primeira que se divertiu. E não só porque tinha champanhe.

Ver Sawyer entrar e sair daqueles em que se sentia mais bonita, as dancinhas e balançadinhas que fazia para ele quando Celia não estava olhando, a forma como queria escondê-la em seu casaco quando dava para ver que ela estava desconfortável em um.

Ele odiava ela ter transformado a compra do vestido em um item da lista, como se fosse tudo o que havia entre eles.

Passara meia hora frustrado com Sawyer e os últimos dias com raiva de si. Tinha pegado o celular para ligar para ela um milhão de vezes, enfiando-o entre as almofadas do sofá antes que pudesse ligar. Queria se desculpar, pedir que voltassem atrás, para como as coisas eram antes, mas não havia como voltar. Ele pensou que conseguiria. Esperar por ela. Mas sentir-se como se sentia enquanto ela não queria nada além de sexo estava acabando com ele.

Eles foram à IKEA para arruinar *500 dias com ela*, mas essa briga, esse sentimento, estava mesmo estragando o filme para ele. Mason, também, havia se apaixonado por uma garota que não queria nada sério. Mas a forma como se sentia sobre Sawyer... era diferente de tudo o que já sentira antes. Ele não se importava com encontros chiques em iates ou fazendas de árvores de Natal ou patinar sob pisca-piscas; só queria ela. Talvez a lista estivesse funcionando. Talvez ele estivesse mudando. Mas talvez... ele simplesmente não pudesse ser diferente com ela. Mason não gostava dessa ideia. Talvez a lista *não* estivesse funcionando, porque ele não conseguia se livrar da ideia de que isso tinha que significar alguma coisa. Porém, também não sabia o que mais podia fazer a respeito.

Mason não tinha a intenção de se apaixonar por ela... mas, agora que acontecera, não podia fingir que as coisas eram casuais para ele. Era como mentir. Fazia-o se sentir péssimo. Queria alguém que também se importasse, que o quisesse tanto quanto ele a queria. Era demais pedir isso? O que havia nele que tornava tão fácil para ela não se apegar?

Mason sabia que fizera a coisa certa, mas isso não significava que se sentia bem a respeito. Sentia que quebrara a confiança dela ao fazer o que disse que não faria, mas não podia continuar a fingir que eles eram apenas amigos. A questão era... quanto mais pensava no assunto — e pensava nisso *demais*, não importando quanto tentasse se distrair —, mais achava que ela também não os via como amigos.

Ou... será que estava vendo o que queria ver? Quer ela tivesse sentimentos por ele, quer não, se Sawyer não queria nada mais, ele podia aceitar isso. Mason respeitava os limites dela, mas, se iam permanecer amigos — *apenas amigos* —, precisava ter seus próprios limites.

Com um suspiro, pegou o roteiro da mesinha e pôs no colo. Girando a caneta azul na mão, tentou retomar de onde parara, mas perdera o fio da meada na cena. Permitira que seu agente notificasse *Diagnósticos* de que a sexta temporada seria sua última — depois do Ano-Novo, é claro. Não queria passar toda a festa de véspera de Ano-Novo explicando aonde ia e por quê. Mas desde que fizera isso, e embora pensasse que era a decisão certa, sentia-se exposto. Ainda mais exposto do que quando os tabloides espalharam mentiras sobre ele. Sentia-se nu, como se tivesse saído da pele anterior e a atual ainda não tivesse firmado. Ler o roteiro da estreia da sexta temporada o fez se sentir como uma fraude, e ler sobre o término do dr. Santiago e da enfermeira Lia por conta de um simples mal-entendido o fez querer atirar o roteiro na parede. Ele sabia que tinha que parar de pensar em Kara de algum jeito, que aquilo era apenas uma escrita ruim, e que o desdém do *showrunner* por Kara estava praticamente pulando da página.

Jogando o roteiro de volta na mesinha, Mason apoiou a cabeça no sofá. A questão era essa, não era? As coisas seriam diferentes na Luz Guia. Eles podiam ser a mudança de que a indústria precisava desesperadamente. Com certeza eram uma empresa pequena, não podiam mudar tudo, mas era uma sensação boa, parecia *certo* fazer algo, tentar.

Mason sentia como se estivesse tentando havia anos. Tentando ser um filho melhor, um ator melhor, um namorado melhor. Claro, sua vida não era terrível de forma alguma, mas achava que estaria feliz agora. Ficava pensando que, se conseguisse esse papel ou fizesse sua parceira feliz ou até mesmo recebesse algum raro elogio de Moira West, enfim se sentiria contente, e ainda assim... continuava na busca. O que estava fazendo de errado? O problema era ele?

E como consertaria as coisas com Sawyer? De alguma forma, seus pensamentos sempre voltavam a ela.

Não tinha a mínima ideia do que fazer. Sabia o que queria fazer. Queria cruzar a cidade e se explicar melhor. Dizer que, sim, *tinha* se cansado da lista porque não podia deixar de ser um romântico, assim como ela não podia parar de ser escritora de romances. E esperava que Luis estivesse certo, que quando a lista — as obrigações deles um com o outro — acabasse, ela quisesse ficar com ele mesmo assim. Não se importava se era irracional ou se partiria dali a alguns meses: esse lance com Sawyer parecia diferente de uma maneira que ele não conseguia explicar, e não saber como ela se sentia estava acabando com ele. Ah, se ela se permitisse sentir...

Ele precisava interromper esse fluxo de pensamentos.

Pegando o celular das almofadas, abriu o contato de Alissa e ligou.

— Luz Guia Produções, Alissa Moreno falando — atendeu ela.

Ele sorriu, os músculos do rosto doeram. Fazia dias que não sorria.

— Hã, sim, oi. Queria saber se vocês estão contratando.

Alissa riu do outro lado da linha.

— Estou *tão* animada para o anúncio!

Mason suspirou longamente.

— Estou animado para quando tudo estiver pronto. — Já lhe contara da revelação desastrosa no Natal e da conversa com a mãe, que de alguma forma fora mais a respeito dela do que dele. — E prometo que não haverá mais tabloides pelos próximos dias.

Alissa bufou.

— Eles que se fodam. Nunca abalou minha fé em você ou meu desejo de tê-lo a bordo. Mas estou feliz que estejam deixando você em paz. Quero que possa aproveitar este momento.

Fazia anos que trabalhavam por isso, mas Mason não podia deixar de sentir que estava tudo acontecendo ao mesmo tempo. O anúncio da Luz Guia seria feito uma semana depois do Ano-Novo. Ele esperava estar à altura de gerenciar tudo. Era facilmente a maior responsabilidade que já tivera em uma produção e passara mais tempo do que admitiria sonhando com chamadas e horários e para quem ligaria primeiro em busca de investimentos.

Sem saber dessa confusão interior, Alissa prosseguiu.

— Acabei de aprovar os gráficos de rede social para o anúncio. Seu timing está impecável. Também… — a linha ficou em silêncio por um momento, o som de um e-mail sendo enviado — acabei de te enviar uma ideia. Potencial primeiro projeto.

Mason colocou o celular no alto-falante para poder abrir o e-mail que acabara de chegar.

— Achei que já tínhamos alinhado isso.

Alissa cantarolou.

— Eu também. Mas agora estou pensando que parece mais um segundo projeto, que devemos ser um pouquinho mais mainstream para o primeiro, antes de ficarmos bem artísticos.

— Confie no seu instinto, Alissa. O primeiro roteiro estava perfeito — ele lhe garantiu. E falava sério. Tinha lido de uma só vez, ficando acordado até tarde para terminar.

Ela suspirou.

— Você pode estar certo, mas é culpa *sua* eu estar questionando.

Mason piscou.

— Minha?

— Sim — gemeu ela. — Tentei comprar os direitos daquele livro que você me enviou, e a agente da autora me rejeitou automaticamente.

— O quê? — perguntou Mason, um tilintar soando nos ouvidos.

— É, ao que tudo indica a autora não vende os direitos, então obrigada pela dica, mas parece que não vai funcionar. Enviei a ela outro e-mail pedindo uma reunião com a autora. Seria um primeiro projeto perfeito para a Luz Guia. Assim que li, senti que tudo se encaixava. É perfeito para a nossa ideia. Escrito por uma mulher, representação *queer* feita por uma autora *queer*, teria um apelo bem grande como comédia romântica, mas também tem profundidade, peso e realidade que eu podia levar para Sundance... Sei que não devemos falar disso, mas... senti que estava vendo o futuro da Luz Guia, e esse era o nosso ponto de partida para fazer tudo o que queremos.

Mason sentiu que tomou um banho de água fria.

— Você solicitou os direitos de *Por que não estamos juntos*?

Alissa ficou em silêncio por um momento, sua confusão palpável do outro lado da linha.

— Sim? Não foi por isso que você me enviou?

Mason passou a mão pelo rosto. *Foi* por isso que enviou a ela. Seria o projeto de estreia perfeito, mas isso foi antes de tudo, antes de conhecer Sawyer pra valer. Fazia tanto tempo que não pensava nisso, que não tinha percebido que Alissa estava pensando no assunto havia um mês — não apenas pensando, *trabalhando* nisso.

— Sim, foi. É que... eu a conheço, a autora.

— O quê? — gritou Alissa. — Me coloque em contato com ela! Sei que consigo convencê-la se eu puder...

— Não posso — disse Mason, a meia-voz. O silêncio que se seguiu na linha foi pesado. — Não... não estamos nos falando agora.

— Entendo — falou Alissa devagar. Ele praticamente podia sentir as palavras dela se acumulando na represa, ameaçando estourar. — Mason, juro por Deus. Se o seu pau estiver arruinando isso para mim...

Ele riu sem humor.

— Meu pau não foi o problema, meus sentimentos que foram.

— Ah. Desculpe, isso... isso é uma merda.

— Está tudo bem. — Ele suspirou pesadamente, sentindo-se mal. — Acabou de acontecer. E, sinceramente, desculpe. Primeiro os tabloides adiando o anúncio e agora isso...

— Mason... — ela o interrompeu. — Eu te amo, mas isso não se trata de você.

Ele assentiu.

— Ela teve uma má experiência com a adaptação do primeiro livro. — Ele sentiu a atenção de Alissa aumentar do outro lado da linha.

— Como?

Mason fez o melhor que pôde para contar o que Sawyer compartilhara, e sabia o que Alissa estava pensando: todas as formas como a Luz Guia seria diferente daquele grande estúdio. Já podia visualizar o PowerPoint que Alissa montaria às quatro da manhã quando a fome pelo projeto a mantivesse acordada. Quando ele terminou, porém, em vez de falar todos os motivos pelos quais Sawyer estava errada, Alissa ficou quieta.

— Agora me conte sobre ela.

E, bem assim, ele contou a história toda. Depois da discussão deles fora da boutique, Mason pensara em ligar para Luis e contar o que aconteceu, mas não estava pronto para a opinião de ninguém. Contudo, entre o trabalho e Sawyer, e agora o inesperado encontro do trabalho *e* Sawyer, ele precisava contar tudo. Quando terminou, sentia-se cansado, mas mais leve.

— Não sei como continuo caindo nessa. Mesmo quando tento desaprender esse padrão, eu o repito.

Alissa ficou em silêncio por um momento.

— Já tentou fazer o mesmo que fizeram em *Por que não estamos juntos*?

— Você está mesmo usando o livro como exemplo?

— Sim. Boa ideia, né?

Ele ouviu o som de uma porta batendo do outro lado da linha, a namorada de Alissa gritando algo indecente nos fundos, que ele fingiu não ouvir. Tossiu para disfarçar a risada.

— Vou deixar você ir. Parece que tem um encontro esta noite.

Alissa deu uma risadinha.

— Tenho. Te amo. Obrigada por ligar.

Antes que ele pudesse alertá-la para não fazer mais nada quanto aos direitos audiovisuais de Sawyer, ela já tinha desligado. Não queria interromper a noite dela, então apertou o botão para desligar o celular, pensando em mencionar isso da próxima vez que se falassem.

Suspirou profundamente, apoiou a cabeça nas almofadas do sofá. Estava feliz por Alissa, mas não podia deixar de sentir a pontada feia da inveja. Queria ter alguém com quem celebrar as vitórias.

Pegou o roteiro outra vez, apertando o botão da caneta de propósito. Ah, se pudesse parar de pensar na última pergunta de Alissa... Sawyer quase tinha feito a mesma pergunta para ele depois que compraram a árvore de Natal. John Cusack tinha algum segredo? As ex dele tinham a resposta de por que os relacionamentos de Mason nunca duravam?

Ele mexeu no celular, invocando o nome que abrira naquele dia no apartamento de Sawyer. Só que, desta vez, ela não estava ali para impedi-lo. Houve dois toques antes que ela atendesse. Ele abraçou a almofada para ter apoio moral.

— Alô?

Enfim se deu conta do que estava fazendo e piscou horrorizado para o celular de boca aberta embora nenhuma palavra saísse. Em retrospecto, estava grato por não ter feito isso diante de Sawyer. Ele a imaginou sorrindo do outro lado do sofá, dizendo “Isso aí”. Afastou o pensamento.

— Mason?

O som do nome dele o libertou do estupor.

— Oi! — disse ele, um pouco animado demais. — Kara, como você está?

— Bem — respondeu ela, claramente confusa. — E você?

Pigarreando, Mason se inclinou para a frente, apoiando os cotovelos nos joelhos.

— Estou ótimo — mentiu. — E você? — Ele fechou os olhos ao perceber que já tinha perguntado isso.

Do outro lado da linha, Kara riu baixinho.

— Bom saber que não sou a única nervosa com a festa amanhã. Eu queria te ligar, mas não sabia se você ia querer isso. — Ela inspirou fundo. — Não era assim que eu queria que as pessoas... que você soubesse do nosso noivado.

— Aliás, parabéns. — Ele falava sério. Foram amigos por anos antes de namorar. Por mais perdido que se sentisse agora, não estava tão perdido a ponto de a felicidade de outra pessoa o deixar amargo.

— Obrigada. E fique sabendo, vou levar Peter à festa. Se tenho que passar o Ano-Novo com o nosso chefe de merda, não vou sozinha.

Mason sabia exatamente por que ela estava dizendo aquilo.

O conselho da mãe dele soou em seus ouvidos.

Você deveria ser visto com uma pessoa nova, querido.

Doía admitir que sem querer ele planejara seguir o conselho da mãe. Mas, caramba, ela tinha razão. Encarar Kara de novo — com o homem dela a reboque — seria mais fácil para todos se ele mesmo tivesse uma acompanhante. Por isso convidara Sawyer no começo, mas estivera tão envolvido em sentir falta dela que se esquecera de Kara. Todos os olhares na sala estariam neles para ver como se comportariam, um teste para analisar a postura deles quando as filmagens recomeçassem.

— Também vou levar uma pessoa. — Bem, Mason esperava que isso ainda fosse verdade. — Mas não foi por isso que liguei.

O cantarolar baixo do outro lado parecia perguntar: "Ligou pra quê, então?"

— Bem, é meio que o motivo da ligação, sim. Acho que vou levar alguém. Espero, pelo menos. — Ele riu sem humor. — Estive pensando, tentando entender por que continuo fazendo a coisa errada. E, se alguém pode me dizer, é você.

Ele resistiu à vontade de esconder o rosto de vergonha. Tinha subestimado muito como isso seria desconfortável. Nem *Alta fidelidade*, nem *Por que não estamos juntos* o prepararam para isso.

— Ah — disse Kara, desconfortável. — Mason, você foi um namorado incrível.

— Desculpe — suspirou ele. — Sei que isso é estranho. Não estou ligando para ter você de volta ou fazê-la se sentir mal, eu só... tentei muito fazer tudo certo, mas claramente estou errando em algo. Quero saber o que estou fazendo de errado para parar de ferrar tudo. — Ele riu sem humor, esperando não parecer um maníaco.

Kara suspirou alto.

— Tá — disse, como se estivesse se preparando.

Mason endireitou a postura.

— É que você tenta *demais*. Antes de namorarmos, pensei: "*Deus*, se eu pudesse encontrar um homem assim... Um que não faz joguinhos, quer se comprometer, não tem medo de falar do futuro." E, então, quando namoramos...

Ela inspirou fundo do outro lado da linha.

— Você era perfeito pra caralho. — Kara riu. — Nosso primeiro encontro foi um conto de fadas, só que você era o príncipe idílico da Disney e eu era a versão um pouco aterrorizante do Hans Christian Andersen. Você estava fazendo tudo o que eu pensei que queria, mas, tipo, assim que começamos a namorar, você parou de ser meu melhor amigo com quem eu desabafava no trailer da maquiagem e começou a ser o namorado perfeito. Eu só queria o Mason. Pensei que talvez fosse um incômodo com a mudança do nosso relacionamento; mas, quando você me disse que me amava e queria ir para Los Angeles comigo, e eu senti que te conhecia menos que nunca, eu... entrei em pânico. Era demais, rápido demais. Pensei que pedir um tempo enquanto eu estava em Los Angeles seria a solução, mas... aí conheci Peter, e logo de cara ele era muito aberto. Tudo o que nos faltava estava *ali*, fácil. Não sei como explicar.

Mason assentiu. Sabia exatamente do que ela estava falando. Tinha sido igual com Sawyer. Fácil. E, mesmo assim, ele ferrara tudo.

Seu cérebro estava agitado com tudo o que ela dissera, sem saber o que fazer com a informação.

Kara deu um gritinho alto que só dava quando estava nervosa.

— Me sinto uma babaca. É que... você não fez nada de errado, mas meio que foi isso. Eu não queria o Mason West romântico incurável, queridinho da mídia. Só queria o meu amigo.

Ele assentiu, anestesiado.

— Sinto muito.

Kara riu.

— Mason, não estou brava. Você é o único ex que ainda considero um amigo. Mas somos melhores como amigos. Você vai encontrar alguém com quem possa ser você mesmo, e ela vai ter sorte pra caralho de estar com uma pessoa que tem um coração tão grande e quer ir além. Mas... não apresse isso. Dê a ela tempo antes de falar da palavra com A. — Ela riu. — O felizes para sempre é uma jornada, não um destino.

Mason riu com ela, mas foi forçado. Tinha certeza de que já encontrara essa pessoa.

Conversaram um pouco mais, mas enquanto falavam Mason sentiu como estava se segurando. Sim, talvez fosse porque era a primeira vez que conversavam de verdade desde que terminaram (de novo), então ele não devia mergulhar fundo agora. Mas, depois que ela falara, ele percebeu que era verdade. Tinha sido criado por Moira West, que o ensinara a lidar com o olhar público, ser genuíno e ainda manter um nível de privacidade. Tinha deixado isso se infiltrar em sua vida pessoal? Sempre culpara seu estilo de vida temporário pelo fim da maioria de seus relacionamentos, mas talvez houvesse algo mais nisso. Talvez fosse fácil deixá-lo porque ele nunca lhes permitira entrar, para começo de conversa.

Pensou que fazia tudo certo, tudo para deixá-las felizes. Não queria preocupar ninguém com seus problemas. Não tinha percebido que, ao agir assim, não estava machucando apenas a si mesmo, mas o relacionamento. Só que quanto mais pensava nisso, mais seus pensamentos voltavam para Sawyer.

Sawyer, que ele deixara entrar mais que qualquer pessoa, porque nunca tiveram a intenção de ser mais que amigos. Mesmo assim, se apaixonara por ela de uma maneira que nunca imaginou, sentiu mais do que sentira com qualquer pessoa antes, porque a deixara entrar por completo. E a ironia era que talvez ela — enfim — cumprisse sua parte do acordo e o arruinasse.

21

• Corrida pela cidade •

Na qual o protagonista tem que encontrar seu interesse amoroso antes que ele pegue um trem ou um avião ou se case com alguém que com certeza Não É Ele.

Sawyer despertou com o som de alguém batendo à porta.

Uma batida alta e insistente.

— Srta. Greene?

Ela piscou, confusa, encarando o teto. O pescoço reclamava do ângulo estranho em que ela dormira. No sofá. De novo. Porque tinha ficado acordada até tarde tentando e falhando em escrever, não porque *queria* dormir no sofá, mas por encontrar ali o cheiro de Mason e ela não tinha ouvido notícias dele desde a briga e estava muito chateada com isso. Não, não estava. Ela estava bem.

— Srta. Greene?

Mais batidas.

Sawyer se levantou, tirou o notebook do colo e o colocou na mesinha antes de ir até a porta. Evitou olhar para qualquer superfície que refletia, só se dando ao trabalho de limpar a remela do olho porque o direito estava quase fechado.

Ao abrir a porta, se assustou com o estranho que a esperava. Não sabia quem era — ninguém que a conhecia tinha dúvidas sobre ela ser uma "senhorita".

Para seu crédito, o adolescente à porta mal reagiu à aparência dela, mantendo a atenção respeitosamente em seu rosto depois de uma breve olhada.

— Seu vestido, senhorita.

Ele estendeu um embrulho gigantesco para ela, e Sawyer o pegou de imediato, a língua enrolada. Reconheceu o logotipo suave e cursivo da boutique de Celia no canto superior do pacote. Merda. Já era véspera de Ano-Novo?

Sawyer não podia aceitar o vestido, não agora. Mason terminara com ela. Terminara com a lista, com a bobajada dela — como cedo ou tarde ela sabia que aconteceria.

— A sra. Celia lhe enviou isto também.

Ela piscou para o jovem, pegando a pequena sacola preta com papel de seda listrado preto e branco.

— Tenha um bom dia, srta. Greene.

Ele estava a três passos de distância quando a língua dela soltou.

— Não posso aceitar isto — disse.

Ele se virou, parecendo se encolher.

— Só sou pago para fazer entregas, senhorita. Não lido com devoluções.

A postura dele informou que tinha que lidar com vários clientes horríveis, então Sawyer apenas assentiu e agradeceu antes de fechar a porta. Ia descobrir mais tarde o que fazer com o vestido, então só o pendurou com cuidado no armário da frente.

A sacolinha de presente pendia de seu dedo, e ela fez menção de prendê-la no cabide, mas a curiosidade falou mais alto.

Enquanto puxava o papel de seda, um pequeno cartão caiu. Após recuperá-lo do chão, deslizou o dedo sob o lacre para abri-lo, as mãos tremendo, embora não tivesse certeza do motivo. Ela *tinha* se sentido meio doente nos últimos dias.

Querida Sawyer,

Isto chegou à loja ontem, e não consegui pensar em uma combinação mais perfeita para ele do que seu vestido.

Mande lembranças para o Mason,
Beijos, Celia

Com cuidado, ela pegou as elaboradas correntes douradas da sacola, virando-as para analisar o diagrama atrás. Joias para o cabelo. Gente rica podia adornar qualquer coisa. Só que, diferente de colar strass na região pubiana, ela meio que gostava disso. Conseguia imaginar o delicado dourado entrelaçado com o penteado que Celia lhe ensinara a fazer no provador. Era uma pena que não pudesse usá-lo.

Seu peito estava apertado, assim como nos últimos dois dias. O corpo inteiro doía como se ela tivesse pulado de um veículo em movimento e rolado por quilômetros. Tinha medido a temperatura, mas nada. Sem tosse ou febre, apenas náuseas intermináveis e falta de energia.

O celular vibrou na mesinha e ela correu, a decepção obstruindo sua garganta por não ser Mason.

Não que estivesse esperando notícias dele ou algo assim.

— Oi, Lily — suspirou, afundando no sofá de novo. Uma onda do perfume de Mason emanou das almofadas, envolvendo-a no cheiro almiscarado e intenso. Era incrível ainda estar ali; apesar de que, a esta altura, devia ser efeito colateral de fosse lá o que ela tinha. Alucinações olfativas ou algo assim. Ela pesquisou, mas isso apenas a levou por um buraco de doenças obscuras que significavam que estava morrendo.

— Uau — disse Lily bruscamente. — Você não responde as minhas mensagens e atende o telefone como se fosse a Morte ligando ou algo assim.

— Desculpe — gemeu Sawyer, deitando-se de lado para enfiar o rosto na almofada com o cheiro de Mason. Não que esse fosse o *motivo* de estar fazendo isso. — Estou me sentindo uma merda nos últimos dias.

— Ah, não — disse Lily, empática. — Você está bem? Posso fazer algo por você?

Sawyer deu de ombros para o teto.

— Não. Não se preocupe, amanhã estarei bem.

— Ótimo. — Ela podia sentir o sorrisão da amiga do outro lado da linha. — Estamos tão animados para receber você e Mason amanhã.

O estômago de Sawyer doeu como se ela estivesse prestes a ter uma onda violenta de diarreia. Estivera tão focada em vencer o bloqueio de escrita que esquecera que Lily havia convidado Mason para o brunch.

— Ah, hã, quanto a isso. Mason e eu, hã, não sei, meio que terminamos?

O som que Lily fez só podia ser descrito como a versão humana de um disco arranhado.

— Como é?

— Não quero falar disso. — Sawyer suspirou antes de contar a história toda mesmo assim.

Lily ouviu num silêncio tão completo que Sawyer teve que conferir se a ligação tinha caído. Quanto mais falava, mais suas palavras se tornavam uma reclamação, menos um relato do que acontecera e mais um surto completo. Ela pensou que enfim tinha encontrado seu ritmo. Mas, quando Mason lançou a bola, ela não soube o que fazer. Era mais fácil ficar com o que conhecia, o que funcionava. Seria menos doloroso, pensou, deixar a bola cair do que tentar erguê-la e deixar tudo cair. Mas deixar Mason cair... Ainda não sabia se ele era de vidro ou plástico.

— Tudo estava indo muito bem, mas então a Sawyer Tesuda tomou conta e arruinou tudo. Gosto muito dele, Lily. Quero tanto que ele seja feliz, que chega a doer. Isso é normal? Eu...

Lily riu, e foi tão inesperado que Sawyer parou de resmungar imediatamente.

— O quê?

— Sim, Sawyer, é normal. Acho que tem uma palavra para isso, espere. Ei, amor? — ergueu o tom de voz, chamando pelo apartamento. Sawyer ouviu o resmungo da resposta de Beau. — Qual é a palavra para quando você gosta muito de alguém e quer que ele seja feliz e também quer foder com ele o tempo todo?

Ela não ouviu a resposta de Beau.

— Não, não posso dizer isso — respondeu Lily. — Vai fazer Sawyer ter palpitações.

Outra resposta abafada de Beau.

— Não, ela não está tendo palpitações de verdade, está só tendo *sentimentos*.

— Te odeio — murmurou Sawyer.

— Não odeia nada — disse Lily, séria. — Sawyer, você sabe o que é isso, não é?

Ela não sabia se queria ouvir a resposta, então não disse nada, mas Lily não desistia fácil.

— Você está agindo igualzinho ao que fez quando Sadie foi embora.

— Eu nem te conhecia nessa época — protestou ela fracamente.

— Não — concordou Lily. — Mas você me contou tudo naquela noite em que tomamos duas garrafas de vinho. Como você achou que tinha gripado por dois meses, mas estava era de coração partido. Embora eu tenha certeza de que deve ser um resfriado agora, porque você não pode estar de coração partido. Vocês dois eram só amigos, não é?

— Certo — concordou Sawyer, sem confiar no tom sarcástico de Lily. Era como se a amiga tivesse ouvido todos os pensamentos que Sawyer não tinha revelado.

— Então — prosseguiu Lily. — Pare de choramingar. Você não perdeu Mason. Ele só não quer dormir com você se as coisas forem apenas platônicas, o que é justo com ele. Mas também entendo você estar chateada pela perda que a sua vagina sofreu, porque aquele homem é... — Ela assobiou baixo.

Em algum lugar nos fundos, Beau disse:

— *Ei.*

— Desculpe, amor, eu quis dizer de uma maneira totalmente clínica — disse ela. — Eu te falei que a Sawyer transou com o cara de *Diagnósticos*, certo?

Lily e Beau então discutiram qual personagem Mason era.

— Não, dr. Santiago. Lembra, ele estava namorando a enfermeira e então os atores começaram a namorar e todo mundo enlouqueceu? — A conversa deles ficou abafada, Lily provavelmente colocando o alto-falante contra o peito. Sawyer encarou o teto, piscando devagar enquanto seus pensamentos fragmentados se alinhavam.

Kara. Mason. A festa do elenco. Mason ia ver Kara pela primeira vez desde o término deles, desde que descobrira que ela estava noiva de um cara com quem começara a sair quando eles estavam "dando um tempo". Não apenas ele teria que vê-la, mas também sorrir e parabenizá-la pelo noivado, provavelmente apertar a mão do noivo. Por isso ele não quis ir sozinho. E agora ia, tudo por conta dela.

Sawyer se sentou, encarando seu reflexo na janela. Estava vagamente consciente de que Lily falava com ela, mas afastou o celular da orelha, conferindo o horário. Cinco da tarde. O plano era jantarem antes de irem à festa. Ela precisava desesperadamente de um banho, então de jeito nenhum chegaria ao restaurante a tempo da reserva às seis horas, mas talvez conseguisse encontrá-lo antes que ele saísse para a festa.

Não tinha certeza de que Mason queria que ela o acompanhasse, depois de tudo, mas ia *tentar*. Não ia se esconder e ficar emburrada porque ele estabelecera limites, assim como ela. Sawyer não tinha tempo de ser namorada de ninguém. Ele não sabia como ser casual. Apesar de tudo, antes de cederem à libido, foram bons sendo amigos. Sawyer levava isso a sério. Não tinha muitas pessoas na vida com quem contar. O que eles tinham era especial — e valia a pena lutar por isso. Mesmo que houvesse uma pequena parte dela (uma pequena parte que estava ficando cada vez menor) que queria mais, ela estaria lá pelo amigo.

— Sawyer? Tá me ouvindo? Temos um monte de champanhe e charcutaria e adoraríamos que você viesse.

Ela inspirou fundo.

— Desculpe... Espere, é isso mesmo. É o seu aniversário de casamento. Por que está me ligando? Vá comemorar!

— Ah, comemoramos. Comemoramos esta manhã quando acordamos. Provavelmente comemoraremos mais...

— Tá — interrompeu Sawyer. — Entendi.

Lily deu uma de suas risadas características.

— O que quero dizer é: venha. Passe a noite e teremos o brunch amanhã de manhã quando estivermos todos funcionais o suficiente para cozinhar sem botar fogo na casa.

Sawyer balançou a cabeça.

— Talvez. Mas, primeiro, tenho que invadir uma festa.

Lily arfou.

— Você vai invadir a festa dele?

— Hã, não, só achei que soava divertido. Vou tentar falar com Mason, antes da festa, tentar amenizar as coisas e salvar nossa amizade. E talvez ir à festa, se ele quiser. Se não, vou estar *muito* bem-vestida para uma noite de Netflix e queijo.

Lily deu um gritinho.

— É igualzinho ao final de uma comédia romântica.

Fechando os olhos para ter paciência, Sawyer inspirou fundo.

— Não é isso. Só uma amiga apoiando um amigo, tá?

— Claro — disse Lily, duvidando. — Mas também tudo bem se vocês quiserem ser mais que amigos. Sabe, só estou dizendo.

— Não tenho tempo para um relacionamento agora — Sawyer a relembrou.

Lily bufou.

— Claramente, você tem. Já está basicamente em um.

Sawyer fechou a boca, sem saber como responder. Afundando nas almofadas, suspirou.

— Até se eu tivesse tempo para um relacionamento agora, e não tenho, não importa. Ele está se mudando para Los Angeles, lembra?

Lily fez um som intrigado.

— Ah, desculpe. — Ela riu, sem fôlego. — Pensei que estava falando com Sawyer Greene, Senhorita Relacionamento Curto Sem Comprometimento. O sexo deve ter sido fantástico para te fazer sonhar com um futuro.

— Não estou...

— Seja feliz, Sawyer — interrompeu Lily, firme, mas não sem doçura. — Ele te faz feliz, sei que sim. Namore, não namore, tanto faz, mas pelo amor de Deus só se *permita* ser feliz, querida.

— E quando der tudo errado? — rebateu.

Lily grunhiu.

— E se não der? — Quando Sawyer não respondeu, Lily prosseguiu, a voz mais baixa. — Sei que você está preocupada com tudo implodir como da última vez. Mas me responda: quanto você escreveu este mês?

Sawyer falou sua última contagem de palavras sem ter que pensar, o número relacionado ao bem-estar mental de uma maneira que ela sabia que não era saudável.

— E quanto você escreveu desde sua briguinha com Mason?

— Quase nada — admitiu Sawyer, suspirando.

— Então pronto — disse Lily, triunfante. — Ele é bom para você. Faz um tempão que não te vejo *viver* tanto assim, querida. Então vá em frente.

Sawyer fez um biquinho frustrado, Lily expondo a besteira dela da forma que só Lily podia fazer.

— Tá, bem, preciso me preparar. Tevejoamanhãtchau!

Sawyer lavou o cabelo e raspou as pernas mais rápido do que já tinha feito na vida, depois alternou entre gritar com o secador para "secar mais rápido!" e murmurar doces palavras encorajadoras enquanto o aparelho soprava ar morno. Passou base no rosto, criando uma tela em branco que sempre a fazia se parecer com o Leatherface antes que devolvesse os traços com o contorno.

Era uma corrida contra o relógio. Virava o celular e se recusava a olhar para ele; a mão começou a tremer tanto que teve que reaplicar o batom vermelho-escuro duas vezes.

Permitiu-se espiar a hora uma vez quando terminou a maquiagem, o coração acelerou quando viu que eram seis e vinte e cinco. Não tinha percebido que estivera esperando que Mason ligasse, perguntando por que ela estava atrasada para o jantar, até a hora chegar e passar sem que ele desse notícias. Sawyer queria afundar no chão, abraçar o próprio corpo e chorar. Em vez disso, apertou o laço do robe como se ele pudesse mantê-la inteira até terminar de se arrumar.

Às pressas, foi buscar o vestido, desenrolando a fita para pôr nos seios enquanto ia até o armário. Uma batida soou na porta e ela deu um pulo, a fita voando pela sala. Observou-a rolar para debaixo da mesinha de canto, antes de direcionar a atenção para a porta, o coração batendo na garganta.

Não era Mason. Era um vizinho ou coisa assim. Sawyer tentou acalmar o coração acelerado, mas não adiantava. Queria estar com Mason com uma intensidade que não podia ignorar. Mas sabia que não seria ele. As pessoas não apareciam na porta uma da outra tanto quanto *One Tree Hill* queria fazer você acreditar. Não importava que ela planejava fazer a mesma coisa com Mason — mas eles tinham um encontro combinado, então era *diferente*.

Com certeza não era um grande gesto digno de comédia romântica, independentemente da opinião de Lily.

Na ponta do pé, espiou pelo olho mágico. Deixou escapar um gritinho, uma mão já na chave, a outra na maçaneta, praticamente arrancando a porta das dobradiças, tamanho seu entusiasmo.

Mason estava com o mesmo casaco preto que usara no Natal, de calça bordô por baixo. O fato de estar com o terno que Celia lhe disse para usar porque combinaria com o vestido fez o coração dela apertar. Ele havia penteado o cabelo e, embora ela sentisse falta dos cachos rebeldes que caíam ao redor das orelhas, tinha que admitir que estava bonito. Se Sawyer estivesse usando calcinha, teria tirado agora.

Mason sorriu ao ver o robe dela, o que ele tinha usado em nome de sua "modéstia" enquanto ela lavava suas roupas de lenhador enlameadas.

— Sei que eu devia ficar longe dos tabloides, mas acho mesmo que precisamos que a *People* decida: quem ficou mais bem-vestido?

— Você, óbvio — disse ela de imediato.

Mason sorriu, os olhos dançando, divertidos. Considerando como tinham se separado da última vez, provocá-lo pareceu novidade. Talvez estivessem bem. Devolvendo o sorriso, ela se inclinou mais pesadamente contra a porta. Caramba, sentira falta dele. Não importava que só fizesse dois dias.

— Posso, hã, entrar?

Sawyer se assustou. Certo. Essa era a coisa certa a se fazer, não ficar parada na porta sonhando acordada.

Não que estivesse sonhando acordada.

Saindo da frente, gesticulou para que ele entrasse. Mason estava ali! Viera vê-la, e, embora estivesse planejando caçá-lo para que pudessem conversar, de repente ela se sentiu incapaz de produzir palavras.

Quando não disse nada, não se mexeu de onde estava contra a porta, ele ficou ali, desajeitado, na entrada.

— Oi — disse Mason, hesitando. — Eu só queria, hã, dar uma passadinha.

Ela deu uma afundada. Ele estava só de passagem, não tinha ido buscá-la. Sawyer assentiu, atordoada, a alegria da presença dele evaporando tão rápido quanto começara.

Mason a observou por um momento, a atenção na forma como ela se abraçava.

— Desculpe por aquele dia.

A sinceridade do tom dele fez a língua dela descongelar.

— Mason, você não precisa...

— Preciso — insistiu ele. — Não me arrependo do que falei, mas sim de como falei. Você não foi nada além de sincera comigo desde o começo sobre o que tínhamos. Pensei que estava bem com isso, mas quando você me pediu para vir para cá... eu sabia que significava algo diferente para mim do que para você, e isso não pareceu certo. Porém, quando eu disse que não podia fazer isso, não estava falando da gente. Não quero te perder, Sawyer, e não podia encerrar o ano sem falar com você.

Sawyer fez um som que era metade soluço, metade suspiro aliviado. Ele queria ser amigo dela. Isso era o que ela queria, certo? Então por que, agora que ele aparecera em sua porta como a porra do John Cusack, fazendo o grande gesto platônico que ela planejara fazer, ela se sentia mais solitária que nunca?

Mason olhou para o rosto dela devagar.

— Você está linda, inclusive.

Sawyer dificilmente arranjava tempo para fazer algo além de passar rímel e batom, mas esta noite havia usado tudo. Sobrancelhas: feitas. Maçãs do rosto: contornadas. Cílios: postiços pra caralho.

Ela riu, trêmula.

— Bem, foi tudo por você.

— O quê? — Mason franziu a testa e inclinou a cabeça de lado, suspeitando. — Para a nossa lista? Porque não quero arruinar os beijos à meia-noite... ou seja lá o que falta na lista.

Sawyer também não queria. Não queria arruinar nada mais. Não queria fingir odiar tudo. Droga, Lily estava certa, ela sentia falta de ser feliz, e Mason... Mason a fazia mais feliz do que ela estivera em muito tempo. Se ela pudesse apenas... contar a ele.

As palavras estavam presas na garganta, e ela pigarreou de repente.

— Não, a lista não. Eu estava pensando em você indo à festa sozinho e tendo que encarar a Kara e o diamante horroroso e gigante dela, e não podia deixar você ir sem reforço.

— Você ia me encontrar? — perguntou ele, incrédulo.

Ela assentiu de novo.

— Também sinto muito. Sei que isto começou como uma missão boba, mas quando você disse que terminamos achei que estava falando de nós e... — Ela inspirou fundo, o coração acelerado. — Sei que não sou a pessoa mais fácil da qual se aproximar... sumo por horas ou dias, e isso não vai mudar magicamente, mas, quer haja meia cidade, quer haja meio país entre nós, não quero não saber de você.

Um sorriso cuidadoso se espalhou pelo rosto dele, e o coração dela bateu contra a caixa torácica com força.

— Também não quero não saber de você — disse ele, carinhoso. — E espero que saiba que seus horários malucos não me incomodam. Quando as gravações voltarem, *eu* é que vou trabalhar em horas malucas e desaparecer por longos períodos. E então... — Ele encarou além dela, parecendo perplexo. — E então vou começar uma empresa, o que provavelmente nem vai demandar tempo nem nada.

Ela riu, dando de ombros.

— Provavelmente nada.

Ele sorriu um pouco, abrindo os braços.

Sawyer se afastou da porta, usando-o para mantê-la de pé, de repente com os joelhos muito fracos por conta *daquele sorriso*. Ficaram assim por um tempo, balançando levemente ali, suas mãos no peito dele e os braços dele ao redor dela, o rosto pressionado no cabelo.

Aquele era o momento.

Se Sawyer quisesse confessar, agora era a hora. Queria desesperadamente poder dar tudo a ele, dizer que queria mais também; porém, mesmo dizendo o pouco que lhe restava, sentia-se exausta. Por outro lado, não tinha mais certeza de que o esforço de manter o sentimento reprimido era mais exaustivo do que se abrir. Queria ser do tipo que faz grandes gestos, que sobe em uma plataforma e faz um discurso revelador, mas não era, e para quê, afinal de contas? Ele ia se mudar. Passaram de muitos limites, mas, se passassem deste, não haveria como voltar atrás. Então ela pegaria o que pudesse, daria o que pudesse, seria amiga dele e pouparia os dois da inevitável dor de cabeça. Preferia tê-lo pela metade a não tê-lo de jeito nenhum. Se tentasse tê-lo por completo, quanto tempo até que não pudesse dar o romance de conto de fadas que ele ansiava, até perdê-lo de novo? Onde isso a deixaria — magoada, sozinha, presa? Era melhor assim.

Inspirando a colônia almiscarada dele, tentou fazer as pazes com sua escolha. A presença de Mason acalmou a dor no peito que estava lá desde a última vez que conversaram.

Mason afrouxou o abraço, a atenção presa no saco do vestido que tomava a maior parte do espaço do armário do corredor.

— Não tem um corpo aí, tem? — sussurrou, conspirador.

— Abra e descubra — desafiou ela.

Mason sorriu, dando uma apertada no saco. Aparentemente satisfeito por ser tule, e não um braço, tirou o saco do gancho e ficou de joelhos.

— Sawyer Greene — começou, o rosto se contorcendo de concentração. — Qual é o seu nome do meio? — sussurrou.

Ela resmungou.

— Jo.

O rosto dele se iluminou.

— Claro que é. Sawyer Jo Greene, quer ir ao baile comigo?

Ela franziu os lábios para não resmungar, assentindo.

— Ande logo, diga seja lá que piadinha suja você quer fazer — disse ele, sorrindo.

Ela balançou a cabeça, sem querer arruinar o momento com uma piada de quinta série que devia ter parado de achar engraçada uma década antes.

Mason escondeu o rosto atrás do saco enquanto ria, apesar de não haver piada nenhuma.

Afastando o saco para que pudesse vê-lo, Sawyer sorriu, com uma sensação de vitória por ser quem conseguia fazê-lo rir assim, se iluminar; por poder ver atrás do Rosto Público de Mason West.

Abraçando os joelhos dela, ele a puxou para mais perto até que ficasse entre suas pernas, com os joelhos em seu peito.

— Acho que você é minha pessoa favorita.

— Claro que sim, sou fantástica — disse ela, em vez do que realmente queria dizer: *Acho que você é minha pessoa favorita também*. Era melhor assim.

Então por que ela não se sentia melhor?

22

• O evento principal •

Tudo levou a isso, e tudo vai dar muito certo... ou muito errado.

Mason estava nas nuvens. Viu Sawyer terminar de se arrumar em um silêncio quase reverente, o simples ato de observá-la no banheiro era mais íntimo que qualquer coisa que já tinham feito. Ela o expulsou antes de pôr o vestido, murmurando algo sobre ele não ver os bastidores.

Sawyer estava mais quieta que o normal, mas Mason supôs que ele também estivesse. Também gostava dessa versão mais quieta deles. Queria passar todas as manhãs preguiçosas com ela em um silêncio companheiro. Voltar para casa de uma longa filmagem e não fazer nada com ela. Mas guardou esses pensamentos para si. Sawyer não tinha dito exatamente que eles eram só amigos. Talvez tenha sido a primeira vez que ela não insistiu nesse ponto, e ele não deixou de reparar. O que quer que ela se sentisse confortável em dar era suficiente. Ele não iria se apressar desta vez.

Mason não lhe contou da ligação com Kara. Sempre disse que não queria fazer aquele item secreto da lista. Contar a Sawyer todos os seus erros do passado e como estava tentando não repeti-los com ela parecia o oposto de não apressá-la.

— Prepare-se, Álvarez — chamou Sawyer pela porta.

Ele sorriu. Gostava de ser chamado assim, como se fosse um lembrete de quem era, de que podia ser ele mesmo com ela.

— Estou muito pronto — disse ele. Estava pronto, mas e ela? Se permitiria estar pronta? Ele tinha certeza de que não era o único que não estava contando tudo o que pensara nos últimos dois dias, mas tinha que aceitar o conselho de Luis e Kara e esperar, não apressar.

Foi difícil manter a resolução quando ela saiu do banheiro.

— Fecha meu zíper? — pediu ela, girando e o observando por cima do ombro.

Sawyer se parecia com uma taça de champanhe, e Mason queria tomar até a última gota. O vestido era de um dourado pálido, com uma camada de cristais que refletiram a luz quando ela girou para dar acesso ao zíper. Apesar do espartilho na cintura, o caimento era amplo, os braços cobertos por mangas transparentes e fluidas. Seria quase conservador, não fosse pelo decote baixo na frente e nas costas que o fez salivar. Foi necessária toda a força de vontade para não atirar as regras pela janela e fazê-los se atrasarem de propósito.

— Pronta, Greene?

— Muito pronta — imitou ela.

Ele tentou não atribuir mais sentido a isso do que deveria, repetindo as palavras de Kara mentalmente como um mantra. *Não apresse, não apresse, não apresse.*

— Como é o nome do produtor mesmo? — perguntou Sawyer quando o motorista deles embicou na entrada circular de uma casa absurdamente grande.

— Richard Smalls — respondeu Mason.

Ela deu as costas à janela e o observou com olhos verdes iluminados.

— Será que ele atende por Dick?

Mason a encarou, já sabendo o que ela queria dizer.

Ela ainda estava rindo da piada não dita quando entraram no opulento saguão festivo. Richard se aproximou para cumprimentá-los antes mesmo que tirassem os casacos.

No dicionário, sob a definição de "cara branco, rico e bajulador", havia uma foto de Richard: olhos aguados, bochechas coradas e cabelos penteados com gel.

— Mason — disse ele calorosamente, abraçando-o e dando um tapinha em suas costas. Richard não costumava ser o tipo fisicamente afetuoso, mas Mason viu os executivos do estúdio desconfortáveis atrás dele, no bar. Claro.

O elenco se reunia algumas vezes durante a pausa das gravações, mas essa festa era a primeira e a "presença obrigatória" estava fortemente implícita. Mason não tinha dúvidas de que as próximas renovações de contrato do elenco principal eram um fator importante na mudança repentina de comportamento de Richard. Engraçado como de repente eles não eram tão "substituíveis".

Mason não precisou fingir um sorriso, optando por imaginar o rosto de Richard quando soube que Mason estava se recusando a renovar o contrato.

Alguns membros da equipe de produção chegaram, e Mason aproveitou a chance para escapar. Com um braço em volta da cintura de Sawyer, a guiou até o bar, prometendo conversar com Richard mais tarde, embora não tivesse intenção disso. Havia um roteiro esperado em eventos de trabalho, e Mason sabia muito bem qual papel deveria desempenhar. Desde sua ligação com Kara, não conseguia parar de reparar quantas vezes entrava no papel de Mason West. Era exaustivo.

Desejou estar levando Sawyer a uma festa de encerramento de uma das produções de Alissa. Permitiu-se fantasiar brevemente sobre um futuro em que Sawyer tivesse vendido os direitos de *Por que não estamos juntos* à Luz Guia. Na festa, usariam jeans e beberiam cerveja artesanal; Alissa insistiria em tomar cervejas da região em que estavam. Ele desejava aquela visão do futuro com uma ferocidade que quase o fez cair. Havia uma chance baixíssima de Sawyer vender os direitos — mas não era hora de falar disso com ela. Tudo o que importava agora era que ela estava ali com ele, e Richard *era* um saco, então Mason pediu duas doses do uísque mais caro do bar.

O sonzinho de aprovação que Sawyer emitiu no primeiro gole fez valer a pena. Ela o olhou, surpresa, como se não quisesse ter gemido.

Mason sorriu para ela, colocando uma mecha solta do cabelo dela de volta no penteado. A franja tinha sido torcida para a lateral, o rosto totalmente exposto. Ele sabia que ela estava usando mais maquiagem que o normal, mas não podia deixar de se impressionar. Sawyer se esforçara muito, mas ainda parecia natural, deixando o vestido brilhar — literalmente. Os lábios vermelho-escuros foram levantados em um sorrisinho enquanto ele a observava pela milionésima vez.

— Mantenha o seu amigo dentro da calça, Álvarez.

Mason deu uma risada estrangulada. Além de babar nela quando fechara o zíper, ele não tinha permitido que a mente fosse muito longe. Se expressara o melhor que podia e agora... tinha que esperar. Esperaria pela eternidade, até que ela estivesse pronta. Bem, esperaria até Los Angeles, e então teria que ser realista, mas, por enquanto, por aquela noite, podia fingir que a única contagem que importava era até a meia-noite.

— Imagino que não esteja chateado por eu não ter escolhido o vestido justo do qual você gostou.

Mason sorriu, se inclinando para sussurrar no ouvido dela.

— Aquele não deixa muito espaço para a imaginação, e estou honrado de ser o único aqui que sabe como você é debaixo desse vestido, Sawyer Jo.

Sawyer corou fortemente, os olhos verdes brilhando.

— Álvarez — repreendeu. Se afastando, observou-o. — Espere, qual é o *seu* nome do meio?

— Alexander.

Sawyer grunhiu.

— Mason Alexander. Tá de brincadeira? Por que seu nome é tão sexy?

Ele sorriu para ela.

— É o meu destino, acho.

Ela riu, e Mason segurou seu rosto com uma mão; precisava tocá-la, sentir a alegria que passava por ela.

Não queria nada além de começar o Ano-Novo com um beijo de Sawyer. Não para a lista deles, não a fim de arruiná-lo, mas para mostrar a ela por que era um clichê, para começo de conversa. Estava tentando não apressá-la, mas não se importava de lembrá-la como eles podiam ser bons pra caralho juntos. Passou o dedão pelo lábio inferior dela, mas o batom permaneceu imaculado.

— É à prova de beijos?

O brilho no olhar dela ficou sarapintado.

— À prova de todo tipo de mancha — confirmou em uma voz baixa que afetou algo bem dentro dele.

Antes que pudesse pensar demais na implicação no tom dela, Mason ouviu seu nome do outro lado da sala. Já sabia a quem pertencia aquela voz e, seguindo o som, estendeu a mão para Sawyer. Ela deslizou a mão na dele, e uma emoção o percorreu. Considerando tudo o que eles tinham feito juntos, como o simples ato de segurar a mão dela em uma sala lotada parecia o ápice da intimidade? Estavam fazendo tudo ao contrário. Mal reconheceu a miríade de pessoas que o cumprimentou enquanto cruzavam a sala em direção a Bex, seu foco apenas na sensação da mão de Sawyer na sua.

— Sawyer, que surpresa! — exclamou Bex, as duas trocando beijinhos no ar. — Amei seu vestido.

— Obrigada! Tem bolsos! — Sawyer deu um pulinho animado, o equivalente humano de um ponto de exclamação.

— O meu também! — disse Bex, compartilhando o entusiasmo ao enfiar a mão no bolso de seu vestido safira e girar.

Enquanto falavam de uma caixa de livros que Sawyer aparentemente havia enviado a Bex em algum momento entre o Natal e agora, Mason se aproximou e sussurrou em seu ouvido:

— Vou cumprir minha obrigação de cumprimentar, tudo bem?

Sawyer olhou para ele por um instante e assentiu. Incapaz de se conter, Mason deu um beijo no cabelo dela antes de se afastar, mas não sem ver os olhos de Bex se arregalarem. Ele supôs que merecesse isso, depois de toda a insistência deles no Natal de que não estavam namorando. Esperava que ela não desse muito trabalho para Sawyer. Por outro lado, estava grato por Sawyer ter um rosto amigo ali além do dele.

Enquanto andava pelo ambiente, sorriu para os executivos do estúdio e riu genuinamente com seus colegas de elenco, mas manteve a cabeça girando, em parte conferindo como Sawyer estava, ainda muito envolvida em uma conversa com Bex e agora sua colega de elenco Davi, e em parte de olho na chegada de Kara. Depois da ligação, não estava nervoso em revê-la, mas ficaria feliz em acabar logo com isso. Todos os olhares da sala os observariam em busca de pistas. O término de dois atores de personagens próximos podia alterar todo o tom no set — e a produção deles já estava tensa o suficiente graças a Richard.

Após pedir licença para ir ao banheiro, inspirou fundo algumas vezes e movimentou a mandíbula para amenizar a dor nas bochechas de tanto sorrir. Quando voltou, observou a sala, os olhos se deparando com Bex e Davi cochichando em tom de conspiração no canto, sem Sawyer. Varreu a sala mais uma vez e praguejou por ela ser tão baixinha, a atenção enfim vendo o reflexo do vestido dela perto do bar.

Sawyer, de correntes douradas em seu cabelo loiro platinado, sorria para... Kara.

23

• A temida ex •

Primeiramente: ela é o epítome do mal e você se pergunta como é que alguém a namorou um dia. Mas: você também a namorou.

— Mais um Blanton's? — perguntou o bartender, gesticulando para o copo vazio de Sawyer.

— Sim, por favor — disse ela, esperando que o desespero que sentia não estivesse aparente na voz. Estava infinitamente grata por Bex estar ali para lhe fazer companhia, mas ainda não tinha eliminado por completo a sensação de ser um peixe fora d'água. Bex a apresentara a Davi Shah, que era tão hilária quanto linda, e as duas se conectaram por terem ficado presas no elevador com Mason. A conversa por fim se transformou em fofoca, e Sawyer sorriu e assentiu e bebeu e fingiu que sabia o que acontecia nos sets. A bebida acabou rápido demais.

A casa era maior que o prédio do apartamento dela inteiro, e a decoração de Natal com certeza não tinha sido comprada na promoção. Havia um pianista de smoking tocando covers elegantes de canções pop, caramba. A esta altura, se a própria rainha aparecesse e declarasse que alguém era o diamante da temporada, ela não se surpreenderia. Ou pior, Usher apareceria e ela teria que participar de uma batalha de dança pelo coração de Mason, à moda *Ela é demais*.

— Sirva dois, por favor — disse uma voz rouca à direita dela.

Sawyer a olhou duas vezes. Reconheceu-a daquela noite no bar — e nas fotos dela com Mason, photoshopadas para parecer que tinham um rasgo no meio.

O bartender colocou as bebidas diante delas, e Kara pegou uma imediatamente, se virou para encarar Sawyer e estendeu o copo de cristal.

— Saúde.

Sawyer levou um momento extra para agir, ocupada demais a encarando. Pele cor de âmbar, cabelo preto sedoso que Sawyer jurou ter um quilômetro de comprimento, olhos escuros encantadores e uma pinta fofa pra caramba na bochecha.

— Saúde — murmurou.

Ela arregalou os olhos quando Kara bebeu tudo de uma só vez, e Sawyer tentou não fazer a matemática mental para saber quantos muitos dólares ela engolira sem sentir o gosto.

— Mais um, por favor — disse Kara ao bartender. — E vamos fingir que é o meu primeiro.

O bartender sorriu.

— Não estou aqui para julgar — disse com um sorriso de flerte antes de ver o anel na mão dela, que ainda segurava o copo.

E, céus, que anel. Sawyer usava um vestido coberto de cristais, mas a pedra na mão de Kara a ofuscava de longe.

— Lindo vestido — comentou Kara, olhando-a da cabeça aos pés.

— Obrigada, tem bolsos — disse Sawyer automaticamente. Tinha certeza de que estava obrigada por contrato a revelar esse fato divertido.

Kara resmungou.

— Que inveja — disse, dando um golinho na bebida. Passou a mão pela bainha azul-petróleo bem ajustada como se esperasse que bolsos se materializassem. — Qualquer dia, vou vestir um desses e todo mundo vai ser obrigado a usar cinta modeladora e salto alto ou absolutamente ninguém vai poder usar essas duas coisas.

Sawyer riu na bebida, e Kara sorriu. Droga. Não queria gostar dela. Também não queria odiá-la — não acreditava nesse tipo de competição boba entre mulheres —, mas isso não mudava o fato de que Kara magoara Mason. Mas Sawyer também queria lhe agradecer, porque sem o segundo término deles jamais teria conhecido Mason.

Kara resmungou, olhando para o outro lado da sala enquanto tomava mais um gole.

— Meus bolsos ali.

Seguindo o olhar dela, Sawyer viu Peter Levine.

— Uau — disse Sawyer, mal contendo uma risadinha. Não sabia muito bem quem era quem em Hollywood, mas todo mundo conhecia Peter Levine, o filho de uma ex-Bond girl e um famoso fanfarrão. Havia um rubor nas bochechas dele e, se isso não fosse sinal suficiente de que já estava mais pra lá do que pra cá, o acenar exagerado teria entregado.

— Acredita que esta é a nossa terceira festa esta noite? — murmurou Kara baixinho, e então ergueu a mão. — Na verdade, não responda.

Sawyer deu um sorriso fraco.

Em comparação, apesar de ter tomado de uma vez a primeira dose, Kara parecia totalmente sóbria. Como se lesse os pensamentos de Sawyer, ela assentiu.

— Não costumo beber, mas meu ex está aqui em algum lugar, e estamos bem, mas sei que todo mundo vai fazer ficar esquisito, então... — Ela ergueu o copo para explicar.

Nervosa, Sawyer pigarreou, porque agora parecia que estava mentindo e fingindo que não sabia quem ela era.

— Kara — disse, sem saber como abordar o assunto. Antes que pudesse encontrar as palavras, uma mão tocou suas costas. Ela sabia sem olhar que era Mason, mas, mesmo que não soubesse, a forma como Kara arregalou os olhos, o olhar passando de um para o outro, lendo a linguagem corporal deles como se fosse um livro, teria entregado.

Sawyer jurou que o volume da conversa na sala gigantesca abaixou para observar o casal das telas e os ex fora delas enquanto se cumprimentavam.

— Kara. — O Rosto Público de Mason estava firmemente no lugar, seu tom o epítome do agradável.

Kara se recompôs com um piscar, sorrindo calorosamente e se inclinando para um beijinho no ar.

— Mason.

— Vejo que você já conheceu... — Mason se interrompeu, a mão nas costas de Sawyer se flexionando um pouco enquanto ele tentava resolver como apresentá-la.

Ela esperava que Kara não tivesse visto a onda de terror e empolgação que a sacodiu quando pensou que Mason estivesse prestes a apresentá-la como namorada.

— Sawyer — disse ela, estendendo a mão.

Se Kara percebeu algo, não demonstrou, e Sawyer suspeitou que o Rosto Público dela fosse tão afinado quanto o de Mason. Kara apertou a mão dela brevemente, olhando por cima do ombro para onde Peter estava fazendo sala.

— Bem, eu te apresentaria, mas... — deu um golinho na bebida, compartilhando um olhar sagaz com Mason do qual Sawyer não gostou — vou te poupar. — Peter fez um amplo gesto, dando um meio passo de lado. Kara suspirou. — Na verdade, eu deveria... — Gesticulou vagamente na direção de Peter. — Foi bom te conhecer, Sawyer — disse, calorosamente. — Mason.

— Kara.

Enquanto ela saía, Sawyer suspirou. A mão de Mason em suas costas começara a traçar círculos vagarosos. Ela se inclinou para o lado dele por instinto.

— Do que vocês duas falaram? — perguntou Mason.

— Seu desempenho na cama.

Mason disfarçou a risada alta demais com uma tossida.

— Do que vocês realmente falaram?

A expressão dele ainda era o Rosto Público neutro, e ela odiou não ter dicas de contexto para saber como ele estava se sentindo por rever Kara pela primeira vez. Francamente, ela estava tentando fingir que não estava revivendo até agora a estranha pontada de ciúmes pela interação silenciosa deles. Ciúmes e... saudade. Costumava ter isso com Sadie. Sentia falta de ter. Uma voz que soava muito como a de Lily passou pela sua mente, lembrando-a de que poderia ter isso, se quisesse. Ele estava ao lado dela, querendo. A única coisa que os impedia era, bem, ela.

Seja lá o que havia escrito no rosto dela, rachou a expressão neutra dele, uma ruguinha aparecendo entre as sobrancelhas.

— Você está bem? — perguntou Mason, em voz baixa.

Com a mão na dele, ela o conduziu pela sala, desceu o enorme corredor, tentou abrir a primeira porta que viu e ficou aliviada por estar destrancada. Os sons da festa ficaram abafados quando a porta se fechou atrás dele. Ela observou o escritório luxuoso antes de tornar a se concentrar em Mason, que se apoiava em um armário, puxando as mãos deles ainda dadas para que ela ficasse entre suas pernas.

Deixando a bebida de lado, ela pousou as mãos no rosto dele. Mason fechou os olhos e suspirou devagar, o Rosto Público desaparecendo. Quando tornou a abri-los, sorriu.

— Oi.

— Oi — disse ela. — *Você* está bem?

Ele assentiu.

— Feliz que passou. Melhor agora, que somos só nós dois.

A palavra *nós* lhe deu um frio na barriga, uma sensação bem mais forte do que três letras deveriam provocar. Sawyer assentiu, se inclinando para ele.

— Desculpe eu ter me atrapalhado ao te apresentar — disse ele, se encolhendo.

Ela sorriu, roçando o nariz no dele e conseguindo um sorriso de volta.

— Não importa. Sei o que somos.

Mason a encarou, a expressão impossível de ler.

Ela sabia que ele estava resistindo à vontade de pressioná-la por uma explicação. Sawyer traçou um dos botões da camisa preta dele com a ponta do dedo, tentando descobrir uma maneira de lhe contar o que sentia sem apertar o equivalente emocional ao botão do pânico. Estava cansada de fingir também. Cansada de fingir que não sentia nada. Abafou o instinto de fazer uma piada, tentando encontrar uma maneira de achar um meio-termo entre o que ele queria e o que ela podia dar.

Para alguém que escrevia milhares de palavras para pagar as contas, não era muito boa em dizê-las na vida real. Com livros, tinha diversas chances de acertá-las, reescrevê-las, expressá-las errado e editá-las até que o que restasse dissesse exatamente o que estava na mente e no coração dela. Não funcionava assim com as pessoas. Uma segunda chance não era garantida, e eles já estavam na segunda chance.

Sawyer invejou a facilidade de Mason com sentimentos, a forma como ele dizia tanto quando tudo o que saíra de sua boca era "Acho que você é a minha pessoa favorita". Palavras simples que diziam muita coisa.

Ela traçou os contornos do rosto dele com a ponta dos dedos, esperando que ele pudesse sentir os sentimentos dela pelo toque, pudesse lê-los em sua expressão. Mas, só para garantir, ela devia tentar dizer com palavras também.

— Tenho inveja de você — conseguiu dizer.

Mason arregalou os olhos e ergueu as sobrancelhas.

— Pode ser uma surpresa — disse Sawyer, cheia de sarcasmo —, mas perder Sadie como perdi... me ferrou. Sinto inveja da forma como você nunca parou de buscar amor e alegria. — Ela engoliu o nó na garganta, franzindo os lábios para resistir ao ardor nos olhos. — Tenho tanto medo de voltar àquele ponto, em que me impeço de me apegar, porque ele não pode me machucar se eu nunca o deixar entrar. — Sawyer riu sem humor. — Estou fazendo uma péssima propaganda de mim mesma, não é?

Os cantinhos da boca de Mason se curvaram para cima, os olhos escuros analisaram o rosto dela com muita esperança mal contida.

— Sawyer — o nome dela soou bem rouco, como se morasse nas profundezas do peito dele —, você não precisa se vender para mim. Já me convenci. Desde a primeira interação acidental.

A sinceridade na voz dele ativou todos os instintos de autopreservação de Sawyer para voltar atrás antes que pudesse decepcioná-lo. Inspirando fundo, ela passou pelo medo.

— Eu também, provavelmente — admitiu com uma risada. — Eu só não me permitia sentir. E não mudei num passe de mágica. Ainda tenho medo. Minha vida ainda está uma bagunça que estou tentando consertar. Só sei que é melhor com você nela. — A forma como o rosto de Mason se iluminou foi ao mesmo tempo um bálsamo e um alarme alto. Ela não queria se ferir outra vez, mas, acima disso, não queria *feri-lo*. Inspirou fundo para ter coragem. — Estou contando tudo isso porque não me importaria se você me chamasse de sua namorada, mas também não me importo se não chamar, desde que a gente saiba o que é um para o outro.

Mason fez um movimento confuso com a cabeça, meio assentir, meio balançar.

— E o que... somos?

Ele era uma encarnação metade agonia, metade esperança. Se ele era Wentworth, então ela era Knightley. Caso se importasse menos com ele, talvez ela conseguisse falar mais a respeito. Era isso o que acontecia quando você se permitia se apaixonar por alguém? De repente, toda interação começava a ser narrada por Jane Austen?

Sawyer roçou os lábios nos dele.

— Somos a pessoa um do outro. — Ele se inclinou para ela, juntando suas testas enquanto suspirava, trêmulo. — Sou sua. — As mãos dele apertaram a cintura dela, como se conferissem se ainda estava ali. — E você é meu?

Ele a encarou de olhos semicerrados.

— Claro que sou, Sawyer. Sempre fui seu.

Ela estremeceu, as palavras tomando conta dela como um choque de água gelada e um cobertor quente ao mesmo tempo. E então os dois estavam se mexendo.

Sawyer quase esqueceu como era arrebatador beijar Mason, mas sua boca não, a memória estampada em seus lábios.

Se encontraram em um embate de dentes e línguas, como se para compensar o tempo perdido. Mason gemeu na boca de Sawyer quando ela mordiscou o lábio inferior, reivindicando-o para si. As mãos dele nos quadris dela viajaram para baixo, segurando-lhe a bunda e apertando com força, puxando-a para si. Os quadris se encontraram e os dois gemeram, Sawyer se esfregando nele por instinto. Segurou os cabelos dele, desfazendo o penteado, precisando dele mais perto. Teve a estranha sensação de que queria devorá-lo ou se esgueirar para dentro dele, consumir e ser consumida.

A porta à direita deles se abriu e os dois paralisaram como estátuas.

Alguém disse um "Opa!" baixinho antes de fechar a porta.

O olhar de Sawyer voltou para Mason. As mãos dele ainda a seguravam, as dela paralisadas no cabelo dele, o peito de ambos arfando junto à respiração dificultosa. Se recompuseram em fragmentos, Mason afrouxou o aperto sobre ela, o vestido que estava aos poucos erguendo caiu de volta ao chão em um farfalhar de tecido. Ela alisou o cabelo dele para trás, mas, uma vez soltos, os cachos não queriam ficar como antes.

— Opa — disse Sawyer, inocente.

Mason sorriu, segurando o rosto dela entre as mãos e a trazendo de volta para si em um beijo de tirar o fôlego.

— Quer dar o fora daqui? — murmurou contra os lábios dela.

— Isso é uma opção? — Ela movimentou os quadris contra ele, fazendo-o gemer de prazer.

Mason pressionou-lhe um beijo no canto da boca, na testa, no topo da cabeça, como se precisasse se afastar aos poucos, como se fazer tudo ao mesmo tempo fosse demais. Sawyer entendia.

— Sim.

Um ronco alto cortou a quietude e Sawyer percebeu que era seu estômago. Os dois riram alto.

— Pulamos o jantar — disse Mason, sendo razoável.

Sawyer riu.

— Fale por você. Eu acabei com a mesa de charcutaria enquanto você estava por aí.

— Charcutaria é a preliminar do jantar — disse Mason. Entrelaçando os dedos deles, levou a mão dela aos lábios. — Posso te levar para jantar, Sawyer Jo?

Ela não tinha coragem de lhe dizer que odiava o nome do meio, sobretudo quando soava tão doce na voz dele, o exato oposto do que estava acostumada a ouvir.

— Se esse relacionamento vai funcionar, você deve saber que depois das nove da noite é tarde para jantar qualquer coisa. Ficar acordada até de madrugada é coisa dos deuses do café da manhã.

Mason assentiu seriamente e Sawyer se perguntou se conseguiria namorar alguém fora da atuação depois disso. A forma como Mason se comprometia com as piadas dela imediatamente, não apenas acompanhando suas bobagens, mas se divertindo com isso — ela estava se acostumando rápido demais.

Tirando o celular do bolso do casaco, Mason mostrou a hora para ela. Dez e quinze. Deu um sorrisão.

— Waffles — gemeu.

— E eu achando que só eu conseguia te fazer gemer assim.

Mason sorriu, beijando a mão dela outra vez. De dedos entrelaçados, saíram da sala, tentando não parecer dois jovens que foram pegos se beijando debaixo da arquibancada. Entre o cabelo despenteado de Mason e o sorriso que Sawyer não parecia conseguir tirar do rosto, ela achou que não estavam muito convincentes.

Mason nunca soltou a mão dela, mantendo-a perto de si enquanto passavam pela sala, prometendo falar com as pessoas depois. A julgar por como estavam bêbadas, não iam se lembrar de que eles nunca voltaram.

Quando ele foi fisgado por uma doce mulher mais velha a quem não conseguia dizer "não", ele guiou Sawyer atrás de si, colocando algo em sua mão. Olhando para baixo, ela viu o cartão do armário de casacos e uma nota dobrada. Escapuliu antes que a querida mulher pudesse notá-la, se enfiando no cantinho ao lado do armário e rezando para que Bex, Kara ou Davi não a vissem enquanto tentava facilitar a fuga deles.

Mason a encontrou alguns minutos depois, mas havia algo estranho em sua postura. Ela lhe entregou o casaco com uma interrogação no olhar e ele inclinou a cabeça para baixo. Seguindo o olhar dele, ela sorriu para a garrafa de champanhe que ele havia roubado de *algum lugar*, escondendo-a sob o paletó do terno. Saíram pela porta da frente, rindo como loucos.

Quando se afundaram na parte de trás de um carro preto, Sawyer se aninhou ao lado de Mason enquanto ele dava ao motorista o endereço de seu restaurante favorito. Os braços dele a envolveram, abrindo rapidamente o papel-alumínio, a gaiola e a rolha da garrafa de champanhe antes que o motorista chegasse à porta da frente. Se este reparou que eles bebiam às pressas a espuma que saía — Sawyer lambendo-a da garrafa enquanto Mason lambia o champanhe *nela* —, não disse nada.

Sawyer estava atordoada, e não tinha nada a ver com a garrafa de champanhe que passavam de um para o outro. Tá, talvez parte da culpa fosse do champanhe. Mas ela sabia que era principalmente o cara ao seu lado que a fazia se sentir borbulhante.

Traçou os contornos da mandíbula dele com o olhar, observando o pomo de adão subir e descer quando tomou um gole da garrafa.

— Acho que você é minha pessoa favorita, Mason Alexander.

24

• O beijo de Ano-Novo •

A tradição vem dos romanos, que acreditavam que não beijar alguém à meia-noite resultaria em um ano de solidão. Então, nada de pressão.

Era quase meia-noite quando chegaram ao restaurante Fred's ao lado da estrada, e Mason não conseguia pensar em uma maneira melhor de entrar no novo ano do que com Sawyer, uma pilha de waffles, um prato de bacon gorduroso e um estômago cheio de champanhe roubado.

Talvez fosse o champanhe, mas ele não estava tão preocupado quanto deveria com a possibilidade de ser reconhecido. Tinham o local quase todo para si, a maioria das pessoas ainda estava em festas. Em algumas horas, o Fred's estaria cheio de foliões bêbados que precisavam de gordura e carboidrato para absorver o álcool de seus sistemas. Ele estava se divertindo demais agora para se preocupar. Só conseguia pensar em como queria preservar esse momento — esse sentimento — para sempre.

— O que você está fazendo? — perguntou Sawyer, rindo.

Ele saiu do banquinho e tirou o casaco.

— Fique aqui — instruiu, dando-lhe um beijo rápido nos lábios. Deus, que luxo era beijar Sawyer Greene casualmente.

— Tá — disse ela, tornando a rir, algo que mal tinha parado de fazer desde que terminaram a garrafa de champanhe.

Saindo pela porta da frente, Mason deu alguns passos para trás e tirou o celular do bolso e posicionou o aparelho para tirar a foto.

Fred's não era um local chique. Janelas de vidro davam a volta na frente e proporcionavam uma visão livre do bar, a fileira de banquinhos bambos, o balcão gigantesco e gorduroso mais atrás. Sawyer sorriu para ele por sobre o ombro. Ele tirou uma foto.

Estava um pouco borrada, mas era um resumo perfeito do momento. O meio sorriso de Sawyer, seu vestido dourado brilhante derramando-se sobre o banco de couro verde rachado, parecendo... Mason franziu a testa, tentando encontrar as palavras certas em sua névoa de embriaguez. Como uma luz guia. Ele balançou a cabeça. Não, isso era a produtora. Mas, quanto mais ele observava Sawyer, a iluminação opaca do Fred's captando e refletindo nela com o mais leve de seus movimentos, mais a frase se acomodava profundamente dentro dele, como se as respostas para todas as suas perguntas estivessem bem na sua frente. *Diagnósticos*. Luz Guia. Sawyer Greene.

Ele ainda estava parado ali, perplexo, quando o próprio Fred entregou a comida deles.

Sawyer olhou para trás, erguendo uma sobrancelha para ele antes de pegar um garfo e comer.

Deus, Mason a amava tanto.

Quando Luis sugeriu isso pela primeira vez — que Mason estava se apaixonando por Sawyer —, ele foi pego desprevenido. Era como uma peça de quebra-cabeça que fazia anos que ele tentava encaixar no lugar, em todos os lugares errados, e enfim — *enfim* — acertou, deslizando-a sem nem tentar. Ao observar o rosto dela se iluminar enquanto comia um waffle de chocolate, sabendo que ele seria o único a dividir aquele waffle...

Assim que Mason se sentou ao lado dela, Sawyer estendeu o garfo, com um pedaço pronto para ele. Com a outra mão, devorou uma tira de bacon em duas mordidas.

Mason gemeu ao mastigar, a satisfação que apenas chocolate e carboidratos podiam fornecer correu por seu corpo.

Um dos outros grupos no restaurante se levantou, ligando o som da TV baixo do outro lado do bar. Um minuto até a meia-noite. Enquanto a bola descia, as pessoas começaram a cantar a contagem regressiva. Sawyer apenas sorriu, alternando entre mordidas de waffle e bacon, como se nada importante estivesse acontecendo. Como se Mason não estivesse se apaixonando por ela em um restaurante ruim. Parecia ao mesmo tempo um momento magnífico e a coisa mais normal do mundo.

Assim que a contagem chegou aos segundos finais, Sawyer limpou a boca com o guardanapo, se inclinando para beijá-lo quando o relógio marcou meia-noite. Gritos e aplausos soaram no ambiente, e Mason a puxou para mais perto, abrindo-lhe a boca com a língua. Ela sorriu, os lábios o aconchegando. Sawyer tinha gosto de champanhe e waffles de chocolate, defumado com uísque e bacon, o melhor dos dois mundos.

— Feliz Ano-Novo. — Ela lhe deu um beijo rápido e se afastou antes que ele pudesse puxá-la para outro.

— Sabe — disse Mason pensativamente, espetando um quadrado de waffle com o garfo —, acho que nunca me empolguei antes, mas o Ano-Novo é o meu novo feriado favorito.

Sawyer o olhou por cima da borda do copo de água, erguendo as sobrancelhas devagar.

— Até mais que o Natal?

Um sorriso se espalhou devagar pelo rosto dele, o calor se acumulando dentro de si enquanto se lembrava de como o Natal tinha terminado. Não era nada comparado a ter Sawyer com ele agora, tentando construir algo novo juntos.

— Até mais que o Natal — confirmou ele. Deixá-la no apartamento dela naquela noite tinha sido quase impossível. Ele queria segui-la, passar a noite, mas não podia fazer nada disso na época. — Posso te perguntar uma coisa?

De esguelha, Sawyer o observou com cuidado, e Mason mal conseguia esperar para conseguir a confiança dela por completo, suavizar as extremidades irregulares deixadas por aqueles que vieram antes dele. Ela assentiu desajeitadamente, a atenção de volta à comida enquanto mergulhava um quadrado de waffle no melado.

— Sei que passar a noite é coisa séria para você, então pode negar, mas... — Mason levou a mão livre dela à boca, os lábios roçando no pulso dela. — Mas quero acordar com você. — Mordiscou o ponto do pulso, fazendo-o acelerar. — Começar meu dia com você. — Pousou um último beijo ali. — Quando estiver pronta.

— Está bem — disse Sawyer simplesmente, como se estivesse resolvido. Tocou a bochecha dele carinhosamente antes de voltar a atenção aos waffles encharcados de melado.

Mason não fazia ideia se "Está bem" queria dizer que ela diria quando estivesse pronta ou se ele podia passar a noite lá. Estava tentando não pressioná-la — já tinha recebido mais do que ousou esperar —, mas confiava que Sawyer não faria nada que não quisesse fazer. Permitiria que ela definisse o ritmo.

Então, depois de pagar a conta e deixar uma gorjeta generosa para Fred, Mason pediu um Uber. Entregou o celular para Sawyer definir o destino. Os olhos verdes dela brilharam na luz amarela do Fred's, sorrindo suavemente ao selecionar o apartamento de Mason.

O caminho até lá foi dolorosamente lento. A vista do apartamento dele na Mag Mile era linda, mas *chegar lá* naquela época era um pesadelo. Foliões bêbados atravessavam fora da faixa em todos os lugares, e o carro deles andava na velocidade da lesma. Quando estavam a alguns quarteirões de distância, Mason olhou para Sawyer, e ela assentiu sonolentamente.

— Vamos andando a partir daqui — disse ele ao motorista. Deixou-lhe uma gorjeta generosa também, pelo incômodo.

Sawyer pegou a saia do vestido enquanto caminhavam para que não arrastasse pelos vários líquidos que molhavam a calçada agora. Caminharam por um quarteirão quando Mason parou.

— Suba — disse ele, indicando as costas.

Ela o olhou como se fosse ridículo antes de sorrir alegremente. Enlaçando o pescoço dele com os braços, Sawyer montou. Ele prendeu os braços sob as pernas dela — com dificuldade, o vestido tinha muito volume — e a ajeitou mais alto, o que a fez dar um grito.

— Estou te segurando — disse ele, baixinho.

Sawyer beijou a lateral da cabeça dele e aninhou o rosto na curva do pescoço.

— Eu sei.

Se Luther, o porteiro do prédio, pensou que eram uma visão estranha — Mason de terno com uma Sawyer brilhante nas costas, entrando a uma da manhã —, não demonstrou. Apenas assentiu para cumprimentar, abrindo a porta para os dois antes de chamar o elevador.

Quando entraram, Sawyer tentou descer das costas dele, mas Mason se inclinou para trás, pressionando-a contra a parede dos fundos para que segurasse o peso dela enquanto subiam. Ela deu um gritinho e bateu nos ombros dele, a risada se transformou em ronquinhos quando chegaram ao andar.

— Minhas chaves estão dentro do bolso do casaco — disse Mason enquanto a carregava pelo corredor.

— Tá — disse ela, ainda rindo. — Qual bolso? — perguntou, enfiando as mãos dentro do casaco dele. As palmas passaram pelo peito; descendo, as unhas arranharam o abdômen.

— Isso não é um bolso — grunhiu ele quando a mão dela tocou o cós da calça.

Sawyer deu uma risadinha, beliscando o mamilo dele.

Mason não segurou a risada. Ela era ao mesmo tempo a pessoa mais safada e boba que já conhecera. Mordiscou o lóbulo da orelha dele e puxou enquanto a mão deslizava para dentro do bolso do casaco, fazendo cócegas em suas costelas através do forro de seda.

Quando chegaram à porta, Mason não a deixou descer, se dobrando para que destrancasse a porta. Ambos riam tanto, que foi um milagre não terem caído. Ele não sabia o que era tão engraçado, exceto que, agora que começara, não conseguia parar, toda a felicidade das últimas horas saindo na risada.

Depois de muito se atrapalhar com as chaves, enfim conseguiram entrar. Mason soltou as pernas dela e Sawyer desceu de suas costas com um farfalhar de tecido. Gentilmente, ela o girou, puxando-o contra si. Ele pressionou um beijo na boca ainda risonha dela, fazendo-a dar passos para trás a fim de que pudesse pressioná-la contra a parede. Ela suspirou contra os lábios dele, ficando frouxa em seus braços.

— Mason — arfou.

Ele cantarolou contra o pescoço dela, deixando uma trilha de beijos ali.

— Não acredito que vou dizer isso, mas não acho que posso transar.

Ele se afastou um pouquinho.

— Estou tão cheio — admitiu.

— Eu também. — Ela riu.

Mason beijou a testa dela, deixando a mão sair de seu cabelo para entrelaçar os dedos nos dela, puxando-a atrás de si até o quarto. Ele a ajudou a sair do vestido devagar, beijando-a por toda parte, tão apaixonado pela forma como Sawyer o observava, as emoções que não conseguia dizer em voz alta muito nítidas no olhar. Tirou quase cem grampos do cabelo dela, gentilmente desenrolando as correntes douradas que Celia lhe dera, antes de massagear o couro cabeludo. Sawyer ficou completamente mole contra ele.

— Está bem — arfou. — Vou dormir se você continuar fazendo isso.

— A cama está bem ali — disse ele, indicando-a.

Sawyer se endireitou.

— Ainda não, tenho que... — Ela gesticulou para o rosto maquiado.

Enquanto Sawyer tomava banho, Mason pegou água e aspirina para os dois, sabendo que o champanhe que os fez se sentirem tão leves ia acabar com eles de manhã. Pegou uma camisa para ela, colocando-a ao lado da água e da aspirina na bancada do banheiro. Tinha quase certeza de que ela não gostava de dormir nua. Além disso, queria muito vê-la em uma de suas camisas.

Sawyer não decepcionou. Indo até o lado dele da cama, vestindo apenas a camisa dele, montou em seu colo, tomando um longo gole de água.

— Devia ter te convencido a comprar aquela segunda mesinha — disse ela com um sorrisinho. Inclinando-se, colocou o copo na mesinha, sufocando o rosto dele em seu peito.

— Não estou vendo nenhum problema — disse ele, a voz abafada enquanto aninhava o rosto ali.

Sawyer riu, passou os dedos pelo cabelo dele e inclinou sua cabeça para trás a fim de poder plantar um beijo naquela boca sorridente.

— Mas foda-se a IKEA. Vamos comprar uma na internet — prometeu com um beijo rápido antes de sair de cima dele e entrar sob as cobertas.

Mason se acomodou atrás dela e enterrou o rosto em seu pescoço, adorando o cheiro de seu xampu e sabonete, a forma como "vamos" soava saindo de seus lábios.

— Boa noite, Sawyer Jo — murmurou Mason no pescoço dela, para então se acomodar no travesseiro.

Ela segurou o braço dele mais firme ao redor da cintura.

— Boa noite, Álvarez.

Passar a noite ou transar uma segunda vez não parecia nada demais, mas Mason sabia que, para Sawyer, podia ser o maior gesto de todos. Com a pessoa certa, os momentos mais comuns se tornavam grandiosos.

Se ele não estivesse deitado, teria desmaiado.

Ao beijar seu cabelo, ele nunca se sentiu mais contente. Foi necessário todo o seu autocontrole para não lhe dizer quanto a amava.

25

• *Orgasmos múltiplos* •

Bem, não seria uma fantasia se o sexo fosse ruim, né?

Sawyer despertou com os sons da respiração vagarosa e firme de Mason. Nunca tinha passado a noite, não desde Sadie, nem mesmo com o chefe de cozinha com quem teve um breve lance, que vinha no final de seus turnos, bem depois da meia-noite, e partia às três da manhã, quando ela o expulsava depois que acabavam.

Mas não queria que a noite anterior acabasse. Embora, julgando pela escuridão do lado de fora da janela do quarto de Mason, ainda fosse noite — ou bem cedinho. Céus, ela passara a noite e eles nem sequer tinham transado. Quem era ela?

Sawyer ainda se sentia cheia, mas de uma forma diferente, como se mal conseguisse respirar porque havia emoção demais obstruindo a garganta. Era um pouco desconcertante a forma como acontecera tão rápido. Como se estivesse esperando nos bastidores e, assim que abriu a porta para a possibilidade de que essa coisa com Mason pudesse ser algo a mais, não houvesse como fazer isso pela metade. Ainda que ele fosse embora em breve. Deixou esse pensamento de lado, afundando outra vez no peito de Mason. Ele se mexeu, o braço que mantinha ao redor dela subiu, a mão deslizou por baixo de sua blusa, trilhando um caminho lento entre os seios, pela barriga, sobre os quadris e descendo pelas coxas.

Sawyer dormira no máximo algumas horas, e fora o melhor sono que tivera em um longo tempo. Virando-se para encará-lo, prendeu a mão vagante entre as coxas.

— Sim, Mason?

Mason sorriu, tímido, enfiou mais o rosto no travesseiro e abriu um único olho.

— Sawyer.

Ela fechou os olhos quando ele apoiou a testa na dela. Amava a forma como dizia seu nome. Havia intimidade nisso, como se fosse mais que apenas um nome, e naquelas duas sílabas ele conseguia expressar o equivalente a um romance inteiro de emoção.

Deslizou a mão pela cintura dele, guiando-o por cima de si, suspirando quando Mason pôs parte do peso nela e a pressionou contra o colchão. Lambeu os lábios, a língua umedecendo tanto a dela quanto a dele. Arfou.

— Sinto muito — murmurou automaticamente, os lábios roçando nos dele enquanto formavam palavras.

— Eu não.

Um choramingo ficou preso na garganta dela, e a atenção de Mason disparou para o sonzinho que conseguiu escapar. Ele roçou a boca na dela, testando.

— Foi para isso que me acordou?

— Sim — arfou Sawyer, nem se dando ao trabalho de argumentar que tinha certeza de que ele a acordara. Não importava. Subiu a mão que estivera na mandíbula dele e torceu a mecha de cabelo que se enrolava acima das orelhas dele antes de enterrar os dedos no cabelo, arranhando o couro cabeludo com as unhas.

— Você quer isso?

A mão dela parou e Sawyer o encarou. Tinham feito isso antes. Tinham feito de tudo antes, mas ele ainda pedia permissão enquanto ela o arrastava para cima de si. Ela também sabia que Mason não se referia apenas ao sexo. Quis dizer "Sim", mas o que saiu foi:

— E você quer? — Ele já a havia rejeitado antes, e não seria a primeira pessoa a decidir que ela não valia o esforço.

Mason segurou seu rosto, gentilmente tirando a franja dos olhos.

— Sim — grunhiu. — Penso nisso, *em você*, o tempo todo.

— Eu também.

Ela esperava que ele a atacasse na sequência, mas ficou longe do alcance, os olhos fixos nos dela, como se esperasse por algo. Do que mais ele precisava? Da porcaria de um convite formal?

Prezado sr. Álvarez-West,

Você está cordialmente convidado a me foder até o próximo século, começando agora.

Por favor, responda o mais rápido possível, no caso agora.

Beijos,
Sawyer

— Mason — alertou —, se não me beijar logo, vou desenvolver um complexo.

Ele sorriu contra sua boca e mordiscou delicadamente o lábio inferior. Ela apertou mais seu cabelo com os dedos, e ele gemeu. Inclinando-se, ela ansiava por capturar o som na boca dele, seus lábios se encontrando em um beijo violento. Mason a beijou como se estivesse faminto. Como se não tivessem passado a noite inteira se beijando, como se a noite anterior fosse um sonho meio lembrado e como se pudessem permanecer assim caso não parassem de se beijar nunca.

Na primeira vez em que transaram, Sawyer foi mandona, impaciente, dizendo-lhe onde tocá-la e como. Agora, por outro lado, estava satisfeita em se mover no ritmo que Mason estabeleceu. As mãos dele vagaram, lentas, apertando e provocando suavemente enquanto seus dentes roçavam no lábio inferior dela, ao longo da mandíbula, pelo lóbulo da orelha, sugando de forma suave o ponto de pulso. Ele se moveu com uma intensidade concentrada que ela não tinha desejo de interromper, permitindo que a consumisse. Percorreu os planos largos das costas dele, arranhando um pouco e deixando para trás uma trilha de arrepios.

Ao ser guiado para que ficasse totalmente por cima, Mason se acomodou entre as pernas dela como um cobertor quente e pesado. Do outro lado da janela, a neve rodopiava preguiçosa na luz do amanhecer, e o mundo estava quieto, exceto pelo som de lençóis farfalhando.

Dançou os dedos pela lateral do corpo dela, fazendo cócegas em sua caixa torácica. Sawyer se arqueou, tentando guiar a mão dele para onde queria, mas seus peitos estavam pressionados juntos, e ela não conseguia se afastar dele nem um pouco. Contorceu-se por baixo, igualmente impaciente e jamais querendo que aquilo acabasse.

A mão dele deslizou para cima, segurando levemente o seio dela através da blusa, o polegar roçando o mamilo, arrancando um gemido aliviado dela.

— É isso o que você quer? — sussurrou Mason no lóbulo da orelha dela.

— Sim — arfou Sawyer.

Passou a boca pelo pescoço dela, clavícula, subindo a camiseta dela para expor o peito. Deixou de tocar-lhe as costas por tempo suficiente para tirar a própria camisa. Ela enterrou as mãos nos cachos escuros dele enquanto os dentes e língua dele se revezavam em morder e beijar, trabalhando com dedos, que circulavam e provocavam.

— E isso? — perguntou Mason, a boca descendo ainda mais.

Sawyer ficou tensa, segurando o cabelo dele com mais força.

— Não — arfou, surpreendendo-se. Quem era ela? Jamais recusava oral, mas agora o queria por cima, dentro dela, cercando-a, preenchendo-a. Seu corpo estava praticamente zumbindo com a necessidade. — Eu quero… — Ela gesticulou com uma mão mole na direção da mesinha de cabeceira, e jurou que o olhar dele escureceu.

Mason não disse nada, voltando a ficar por cima e pressionando-a contra o colchão com um beijo. Moveu o peso do corpo, abrindo a gaveta. Ela viu o brilho da embalagem quando ele a segurou, deslizando a gaveta para fechá-la e se acomodando de volta sobre ela. A expressão dele se suavizou quando apoiou a testa na dela.

— Você vai me arruinar mesmo.

Sawyer fechou os olhos e deixou que as palavras a dominassem. Não sabia se podia nem se queria. Queria se enterrar bem fundo na alma doce dele, tão cálida e suave e o exato oposto da dela. Não poderia mantê-lo e amá-lo, mas por um momento foi bom imaginar que não havia Los Angeles.

Ela sabia o que deveria fazer. Deveria parar com isso agora, antes que se apaixonasse ainda mais. Deveria fazer o papel da megera, sussurrar algo escandaloso em seu ouvido para que ele a fodesse forte e rápido, como se não estivesse redefinindo tudo o que pensava que desejava de um parceiro. Mas não fez nada disso. Queria fingir mais um pouco que era aquela garota, aquela que acordava com um parceiro amoroso na cama e fazia sexo matinal preguiçoso com ele antes de começar o dia.

— Praticamente consigo sentir seu lindo cérebro funcionando — murmurou Mason contra a têmpora dela, pousando um beijo ali. — Fale comigo.

Sawyer deu um sorriso suave, angulando a cabeça para encará-lo, os narizes se tocando. Traçou os ângulos do rosto dele com a ponta do dedo, os planos largos das maçãs do rosto, a testa forte, a curva suave dos lábios.

Ela o queria, mas não da forma como costumava querer as coisas. Fosse lá como Mason a quisesse, ela o queria. Queria se sentir desejada por ele. As palavras saíram antes que ela pudesse pensar direito.

— Quero que você conduza.

Ao ouvir, o foco dele pareceu ficar mais intenso, como se não tivesse estado totalmente acordado até então. O coração dela pareceu desacelerar e acelerar ao mesmo tempo.

Mason gemeu o nome de Sawyer no ouvido dela antes de se afastar, com o peso do corpo nos calcanhares. O ar frio entrou com a falta de calor do corpo dele, mas a maneira como ele a olhou a fez corar com um novo calor que lhe pertencia.

Ele correu as palmas para cima e para baixo nas coxas dela devagar antes de pousar sobre os joelhos dela, abrindo-os e os prendendo em volta de sua cintura. Enquanto ele a analisava, Sawyer aproveitou o momento para observá-lo, a tensão da ereção contra a cueca boxer.

A intensidade total da atenção dele, o *desejo* puro em seu rosto, estava dificultando a respiração. Estavam brigados menos de vinte e quatro horas antes, e agora ele a olhava como se...

Eles não estavam falando, mas a expressão dizia *muito*. O instinto de preservação dela entrou em ação, e Sawyer não conseguiu deixar de aliviar o clima.

— Me desenhe como uma de suas garotas francesas, Jack.

Mason bufou uma risada, como ela sabia que aconteceria, mordendo o lábio inferior, como ela também sabia que ele faria.

— Primeiramente — grunhiu ele, passando uma mão brusca pelo interior da coxa —, sou Mason.

Ela riu, alto demais, mas certinho, soltando a emoção presa na garganta e permitindo que respirasse.

— E em segundo lugar? — perguntou.

Mason se inclinou e beijou a parte de trás do joelho dela.

— Em segundo lugar — falou devagar, e ela soube que não havia um "em segundo lugar" —, espero que você compartilhe o espaço da porta comigo.

Sawyer riu enquanto ele beijava o interior da outra coxa.

— Eu compartilharia com você sem problemas.

Sentiu os lábios dele se curvarem em sua pele e então se abrirem, a língua saindo rapidamente antes que os dentes roçassem a pele sensível.

— E em terceiro lugar... — Mason a olhou do meio das pernas dela. Sawyer perdeu o fôlego pela intensidade do olhar, as pupilas dele tão dilatadas que seus olhos estavam quase pretos. — Se você jogar a Suculizade no oceano, vou ficar puto pra caralho.

A risada dela se dissolveu em um gemido quando Mason se abaixou por cima dela, a sensação do peito nu dele contra o dela era boa pra cacete. Ela o guiou para mais perto, mais alto, o tempo todo tentando se abaixar, para encaixar os quadris.

— Paciência — resmungou ele. Aquela única palavra, o tom rouco e baixo da voz, a fez parar. A ânsia entre as pernas dela cresceu, parecendo se espalhar por todo o corpo, zumbindo sob a pele como um segundo pulso.

Mason passou o polegar sobre o lábio inferior dela e a beijou profundamente mais uma vez. Sawyer estivera impaciente para que a beijasse antes e ainda se sentia muito carente. Cada movimento da língua e mordida dele, a maneira como o corpo dela reagia, parecia a emoção de uma primeira vez. Tinha a sensação de que ele estava tendo uma revelação semelhante, suas mãos lentas e sem rumo, dedos gentilmente espalhados no cabelo dela, segurando a mandíbula, o lóbulo da orelha, beijando-a o tempo todo, como se estivesse determinado a compensar todo o tempo que desperdiçaram sem se beijar.

Sawyer interrompeu o beijo para recuperar o fôlego, ofegante como se tivessem corrido uma maratona, e Mason mal a tocara. Seu corpo inteiro estremeceu enquanto ela inspirava fundo, atordoada com a euforia do toque dele. A boca dele descia devagar, tão devagar. Claro que Mason iria demorar. Não deveria surpreendê-la nem um pouco que esse fosse o estilo dele, exatamente o oposto do dela, embora não se importasse. Ela arqueou as costas quando os dentes dele rasparam a parte inferior do seu seio, a promessa da sensação de sua boca enviou uma onda de calor como se ele realmente a tivesse tocado. Como estava fazendo isso?

— Mason — murmurou ela. Não sabia quando começou a tremer, mas, se ele não parasse de provocá-la e cumprisse as promessas que sua língua, dentes e dedos faziam, ela ia enlouquecer.

Mason cantarolou contra a caixa torácica dela, parecendo ignorar o que ela sentia.

— Sim? — perguntou inocentemente.

Antes que Sawyer pudesse responder, uma das mãos dele deslizou entre as pernas dela, um dedo a provocando. Os quadris dela se ergueram, implorando por mais.

Um som semelhante a um soluço escapou dela, junto ao nome dele e "por favor" e "caralho" e outras coisas sem sentido.

Sawyer o sentiu sorrir enquanto roçava os lábios em seu umbigo, o dedo ainda provocando onde ela queria. A mão desapareceu quando Mason se acomodou entre suas pernas, envolvendo os braços ao redor delas, palmas abertas nas coxas para mantê-las mais abertas. Ela estava muito feliz em obedecer, apoiando a cabeça nos travesseiros no primeiro movimento da língua dele.

Mason gemeu como se fosse ele quem recebesse o oral, os lábios vibrando contra o clitóris enquanto a chupava. As mãos pressionaram as coxas dela, mantendo-as bem separadas para ele, mesmo enquanto Sawyer lutava para apertá-las contra a crescente onda de prazer dentro de si. Ela não queria que isso parasse nunca, não conseguia acreditar que estava prestes a chegar ao limite com a sucção mais leve, o movimento provocador da língua tão em desacordo com o aperto forte das mãos dele. Ele já tinha feito sexo oral nela antes, mas nunca *desse jeito*.

— Mason, vou... — ela arfou, inspirando fundo.

Mason gemeu contra ela, levando-a ao limite e Sawyer torceu as mãos em seus cabelos, mantendo-o ali, o corpo contorcido, sem conseguir diferenciar mais cada toque, uma gigante explosão de sensações. Gritou. Gritou de verdade. Caiu na cama enquanto a língua dele a devorava, continuando enquanto os tremores prosseguiam. Ela costumava se sentir mole depois de um orgasmo, mas, fosse lá o que ele fez, deixou cada nervo em seu corpo parecendo fio desencapado.

Ela agarrou o cabelo dele e o guiou para cima, precisava dele de volta por cima. Mason obedeceu, mas devagar, ignorando os puxões desesperados dela. Cedendo, ao aceitar que ele teria o ritmo que quisesse e a faria esperar, ela deixou as mãos caírem. Algo se agarrava à sua palma, e, na névoa de prazer e necessidade infinita dele, Sawyer reconheceu que era a camisinha que ele pegara antes. Jogou-a, impaciente.

A risada dele viajou pelo mamilo duro dela, e Sawyer arqueou as costas, precisando de mais.

— Acho que nunca uma mulher *jogou* uma camisinha em mim.

— Por favor — implorou ela, pegando a embalagem com dedos dormentes e pressionando no peito dele. Ela mesma colocaria nele, mas era necessário mais foco para isso do que tinha agora.

Pegando dela a embalagem quadrada, ele a colocou entre os lábios enquanto tirava a cueca boxer.

Ela salivou quando a ereção dele se libertou, e deslizou mais para baixo na cama, alinhando os quadris com os dele. Observou Mason avidamente, os olhos dele se fecharam enquanto ela se esfregava por seu comprimento. Sawyer praticamente conseguia ver Mason chegando ao limite, a paciência e o controle se desfaziam. Ele estava de olhos arregalados quando agarrou o quadril dela, pressionando-a de volta no colchão.

— Por favor — repetiu ela.

Mason rasgou a embalagem rapidamente.

— Acho que a Sawyer que implora é a minha favorita — disse ele roucamente, desenrolando a camisinha.

Ela sorriu para o teto.

— Acho que o Mason no comando é o meu novo favorito.

— Qual o seu antigo favorito? — perguntou ele com um arquear sexy de uma só sobrancelha.

Sawyer não conseguia pensar direito. Desejava-o demais para focar em produzir palavras quando ele estava entre as pernas dela parecendo a porra de um Adônis.

Ele deslizou a ponta do pau até o centro dela, entreabrindo-a.

— Sawyer?

Ela quase engasgou.

— Não sei — respondeu, distraída. — Todos eles.

A expressão arrogante no rosto dele suavizou quando Mason pairou sobre ela, segurando seu rosto com a mão. Com a outra, provocou-a, mergulhando a ponta do dedo de leve antes de recomeçar. Passando as mãos sobre seu peito e costas, Sawyer podia sentir os músculos tensos e retesados. Uma emoção a percorreu por ele estar tão tenso quanto ela. Como se eles não tivessem feito isso antes. Mas daquela vez não significou nada, e agora... se ela pensasse muito sobre o que estava escrito tão claramente no rosto de Mason, o pânico se instalaria, então afastou o pensamento.

Desceu as mãos, agarrou aquela bunda maravilhosa e guiou os quadris dele para a frente. Ele fechou os olhos, um vinco se formando entre suas sobrancelhas enquanto ela o encaminhava para dentro de si. Um ruído sufocado escapou dele, seu hálito deslizando pelas clavículas dela enquanto Mason abaixava o rosto na curva de seu ombro. Ela parou, dando-lhe um momento, embora desejasse enterrá-lo dentro de si.

A boca dele encontrou a dela, e Sawyer sorriu. Quando ele entrou por completo, ela interrompeu o beijo, abrindo a boca conforme ele a preenchia e a esticava. *Ugh*, ele ia fazê-la gostar de papai e mamãe, não ia?

Sawyer rebolou os quadris contra os dele, gemendo com a pressão da pele dele contra suas partes mais sensíveis. A mão dele em seu quadril a manteve no lugar enquanto encontravam o ritmo, e ela estava tão perdida nele, tão cheia dele, que já podia sentir os nervos faiscando. Estremeceu por baixo, resistindo à mão que a segurava. Com um grunhido, Mason a puxou com ele enquanto afundava os peitos dos pés, antes de deslizar de volta para dentro dela com um novo senso de urgência. Ela agarrou os lençóis, as costas arqueando enquanto era segurada no ângulo certo, os quadris se juntando e se separando em um ritmo ao mesmo tempo muito rápido e muito vagaroso.

Mason no controle com certeza era a nova coisa favorita dela.

Ele sorriu, e Sawyer percebeu que dissera isso em voz alta. O braço dele deslizou por sua cintura, guiando-a para cima para que se sentasse em seu colo. Ela abraçou o pescoço dele imediatamente, sem Mason jamais interromper o ritmo perfeito.

— Menti antes — grunhiu ele.

Sawyer o observou enquanto ele os olhava se juntar e separar, de novo e outra vez.

— Ah, é? — incentivou ela.

— Te ver gozar é a minha parte favorita.

Ele deslizou a mão entre os dois, pressionando o dedão no clitóris dela.

Ah.

Caralho.

Um tremor percorreu a espinha de Sawyer, e Mason enterrou a mão no cabelo dela quando a cabeça começou a cair para trás, sustentando seu olhar. A boca dela se abriu em um suspiro silencioso conforme o orgasmo a dominava. O interior dela parecia lava derretida e fumaça, simultaneamente; uma onda de prazer a atravessava, percorria seus membros ao ritmo dos quadris de Mason. Pressionando as testas juntas, ele se esfregou com mais força nela, os quadris ganhando uma velocidade ofuscante enquanto ele corria para alcançá-la no limite. Enterrando-se dentro dela, ele mordiscou-lhe o ombro enquanto gozava com um grunhido.

— Caralho — Sawyer arfou no cabelo dele. Passou as unhas pelo couro cabeludo dele e esperou que se mexesse primeiro, sem querer arruinar o momento.

Todo orgasmo que ela tivera antes parecia a marca genérica do supermercado, e agora ela estava experimentando a coisa verdadeira pela primeira vez. Inferno, já gozara com ele antes, mas aquilo era diferente. A voz no fundo da mente, que ela silenciara antes, estava de volta. Pareceu diferente desta vez porque eles não estavam apenas fodendo, aquilo era... *fazer amor*.

A ficha caiu com um estremecimento físico, e de repente ela não se importou em arruinar o momento, porque, de alguma forma, na missão esquisita e perversa deles, *Mason* arruinara *Sawyer*. Libertando-o, ela caiu de qualquer jeito no colchão, atordoada demais para fazer qualquer outra coisa. Não conseguia pensar nisso enquanto ele ainda estava dentro dela.

Sem saber dos pensamentos agitados dela, Mason afundou na cama ao lado dela, também encarando o teto.

Não era para isso acontecer. Regra 1: Sem sentimentos. Ela definira isso para *ele*, não para si. E, sim, sabia que tinha sentimentos, mas não tinha, até então, reparado como eram intensos, até que a ideia de Mason partir para Los Angeles fez seu peito doer. Ela apertou os olhos, uma lágrima escapando. Afundou o rosto no travesseiro para esconder.

Mason pousou-lhe um beijo no ombro.

— No que está pensando?

— The Killers — murmurou ela no travesseiro.

Uma risada surpresa borbulhou dele.

— O quê?

— Começou como uma ficada, como é que terminou assim? — ela cantarolou, fazendo referência a "Mr. Brightside".

A cama balançou com a risada de Mason, e ela ficou grata por ele ter interpretado como uma piada, e não como a crise existencial que era.

— Adoro sua mente — murmurou ele, dando-lhe um beijo na têmpora antes de sair da cama para jogar a camisinha fora.

A única coisa que assustava Sawyer mais que se apaixonar era ter infecção urinária, então ela se forçou a sair da cama e seguiu Mason para o banheiro. Ele molhou um paninho sob a água morna para ela e deu um beijo muito doce em sua testa, então a deixou sozinha ali para fazer xixi. Encarando seu olhar vazio no espelho, ela inspirou longa e tremulamente.

Tudo ficaria bem. Ela ficaria bem. Sempre soube que cedo ou tarde teria que deixá-lo ir. Por enquanto, queria ser egoísta. Fazia muito tempo que não se sentia assim, e queria afundar ainda mais. Queria passar o tempo que tinham embaçando janelas de carros e passando as mãos pela condensação, ignorando que estavam indo direto para o iceberg de afundar navios que era fazer algo tão idiota quanto se apaixonar por alguém que ia se mudar para o outro lado do país.

26

• Calça de moletom cinza •

Você sabe qual.

Mason a acordou com beijos preguiçosos.

— Bom dia — sussurrou no cabelo dela.

— Bom dia — respondeu ela, sonolenta.

Dormira nua. Nunca dormia nua, odiava a forma como a pele se tocava. No entanto, não odiava a sensação de Mason atrás dela, a abraçando. Ela se espreguiçou como um gato à luz do sol, adorando a firmeza dos músculos depois do que fizeram no meio da noite. O sol havia nascido agora, um pedacinho dele visível nas beiradas das cortinas blecaute de Mason.

— Que horas são?

Mason tateou cegamente em busca do celular, quase o derrubando da mesinha e o pegando no ar no último segundo.

— Dez — disse.

Ela viu o momento em que ele chegou à mesma conclusão que ela.

— Brunch — disseram em uníssono.

Mason pulou da cama, se virou e a pegou no colo, levando os dois para o chuveiro. Ao primeiro jato de água fria, ambos protestaram. Passando sabonete e xampu de um lado para outro, lavaram as evidências da noite passada de seus corpos em um ritmo fácil, como se tivessem feito isso um milhão de vezes.

Sawyer só percebeu o dilema ao sair do chuveiro. Ela não tinha roupas. Adorava o vestido da noite anterior, mas não tinha como vesti-lo de novo. Era muito cedo para usar um vestido naquele estilo. O decote do espartilho significava que não tinha usado sutiã, então tudo o que tinha era a calcinha da noite anterior, e também não ia vesti-la de novo.

Percebendo seu dilema mental, Mason vasculhou a cômoda, jogando para ela uma camiseta e uma calça de moletom. Ela as vestiu, apertando o cordão da calça e fantasiando sobre um Mason descabelado usando-a baixa nos quadris.

— No que você está pensando aí? — perguntou ele com um sorriso torto, esperando até que ela fizesse contato visual para subir lentamente o zíper da calça.

— Em como você fica gostoso neste moletom. — Indo até ele, ela deslizou a mão em seus bolsos de trás.

Mason sorriu para ela e apoiou a testa na sua.

— Já estamos atrasados — relembrou-a, roçando os lábios nos dela. — Devemos nos atrasar mais?

Com um resmungo, Sawyer se afastou.

— Não. Podemos compensar mais tarde.

Ela reparou em como o olhar dele se iluminou ao ouvir *mais tarde*.

O que ela não podia pegar emprestado de Mason eram sapatos, então se resignou a calçar os saltos de volta, porque de jeito nenhum andaria descalça pelas ruas de Chicago. Dobrou as pernas da calça para que não arrastassem no chão e fez uma pose.

Saltos dourados. Calça de moletom cinza. Camiseta preta.

Mason a olhou dos pés à cabeça, uma, duas vezes.

— Você é a mulher mais sexy que eu já vi — disse, rindo.

Chegaram lá em tempo recorde, as ruas milagrosamente vazias enquanto a maior parte de Chicago ainda precisava sair.

Chegaremos atrasados, informou à Lily no caminho, que respondeu: *CHEGAREMOS?!*, e Sawyer ignorou, correndo para seu apartamento e se trocando tão rapidamente quanto sua cabeça doendo permitia. Preocupação e ressaca juntas não davam certo. Mason, em comparação, parecia completamente bem.

— Eu estava ocupado demais bajulando para me acabar no open bar — explicou quando ela observou como ele não estava de ressaca para o brunch da ressaca.

Sawyer grunhiu bem-humorada enquanto saltavam do metrô e caminhavam o resto da distância até o apartamento de Lily e Beau. No geral, não se sentia terrível, exceto por uma dor de cabeça pulsante que esperava eliminar depois de um café da manhã com muito carboidrato e mais uma dose de álcool.

O apartamento do casal ficava a uma curta distância de metrô do apartamento dela, em um bairro artístico promissor onde Sawyer adoraria morar, mas não estava disposta a ter uma colega de quarto para pagar o aluguel. Felizmente, Lily e Beau sempre ficavam felizes em recebê-la, e ela estava bem familiarizada com segurar vela para eles em inaugurações de bares e festivais de Shakespeare in the Parks.

Sawyer paralisou com a mão sobre a porta, virando-se para Mason.

— Sei que você conheceu a Lily, mas sinto que devo te alertar que ela e Beau são tipo... *demais*. No bom sentido, como ser sufocado até a morte por um monte de filhotinhos muito agitados.

Mason sorriu.

— Você disse que Beau trabalha com tecnologia, certo?

Sawyer riu de si.

— É, tipo coordena a equipe tecnológica na Steppenwolf.

Mason ergueu as sobrancelhas, impressionado, então se inclinou e sussurrou no ouvido dela:

— Está mesmo me alertando sobre conhecer seus amigos atores?

Sawyer piscou para ele.

— Certo. Me esqueci.

Ele a encarou, divertido, e bateu à porta com o punho fechado.

Se ela já não o tivesse avisado, a animação do outro lado da porta teria sido suficiente.

— E não coma a geleia vermelha da geladeira — avisou ela. — Não é geleia.

Mason a olhou, confuso.

— O que é?

— Sangue cenográfico.

Mason deu uma risada.

— Você sabe disso por experiência própria ou...?

Felizmente, Beau abriu a porta, poupando-a de ter que confessar o incidente da torrada. Lily correu, puxando Sawyer para um abraço. Para uma pessoa tão magrinha, ela dava abraços ferozes. Houve uma tentativa de moderar sua animação em benefício de Mason, estendendo a mão para um aperto... e então o envolvendo em um abraço assim mesmo. Beau abraçou Sawyer antes de cumprimentar Mason direito, que ainda estava com uma expressão um pouco perplexa.

Lily e Beau os conduziram para dentro, e Sawyer viu Mason observar o espaço. As paredes estavam decoradas com a arte em aquarela de Lily e adereços de palco que Beau chamava de "lembranças", os quais na verdade haviam sido "roubados". Nada combinava, mas dava a Sawyer certo consolo de que o apartamento de alguém era ainda mais eclético do que o dela. Além da mistura de estilos, eles tinham decorações de Ano-Novo pretas e douradas e o que parecia ser decoração de casamento para comemorar seu aniversário.

Se Mason achou algo disso estranho, não demonstrou. Mas não era seu Rosto Público. Ele parecia mesmo arrebatado por tudo. Sawyer pôs a mão na dele e apertou. O gesto não passou despercebido por Lily, que agradecidamente não comentou nada além de arregalar os olhos enquanto os conduzia até o bar improvisado.

— Mimosas?

Sawyer grunhiu.

— Por favor. Chega de champanhe. Não posso.

Beau sorriu.

— Bloody Marys!

Beau pegou uma garrafa de bebida debaixo do bar e começou a montar as bebidas com entusiasmo óbvio — embora raramente fizesse algo de outro jeito.

Enquanto Beau passava copos de cerveja em sal temperado, Mason ouvia atentamente sua descrição da extensa pesquisa que fizera para aperfeiçoar a receita de Bloody Mary.

— Então — disse Lily detrás de sua mimosa meio bebida, arrastando Sawyer para a cozinha sob o pretexto de conferir as batatas para o café —, o que aconteceu entre ontem e agora? Não que eu tenha achado que seu grande gesto ia falhar... obviamente, vocês foram feitos para ficar juntos. Mas eu estaria mentindo se dissesse que não esperava ouvir a respeito só em algumas semanas, no verdadeiro estilo Sawyer.

Sawyer ignorou a provocação. Contava tudo a Lily. Talvez não imediatamente, mas, quando sabia como se sentia, sempre contava a ela.

— Não foi um grande gesto — murmurou na defensiva.

Lily a dispensou.

— Escute, quanto antes você me contar, mais rápido podemos salvar Mason do maravilhoso monólogo do meu marido sobre Bloody Mary.

Sawyer sorriu. Em voz baixa, relatou uma versão abreviada dos eventos. Mason foi até a casa dela enquanto ela se preparava — "Meu Deus, é como se vocês dois estivessem metaforicamente correndo pelo campo para os braços um do outro, só que o campo era uma cidade muito suja!" —, ambos se desculparam, foram à festa, encontraram Kara, saíram para comer waffles, transaram e foram para o brunch.

— Você passou a noite lá? — sussurrou Lily. Estava com os olhos tão arregalados de expectativa, que Sawyer teve medo de que caíssem e rolassem pelo chão.

— Estava tarde, e os Ubers na noite de Ano-Novo são caros pra caralho — disse despreocupada, esperando que Lily entendesse que não era nada demais.

Ela não entendeu. Abafou um gritinho.

Beau enfiou a cabeça na cozinha para entregar a bebida de Sawyer. Era pelo menos cinquenta por cento complementos, como qualquer Bloody Mary de respeito devia ser.

Foram até a pequena sala de estar enquanto as batatas terminavam de cozinhar, Sawyer silenciosamente acomodando metade de uma cesta de enroladinhos de salsicha enquanto Lily e Beau os atualizavam sobre seus projetos mais recentes. Não tinha pensado muito nisso antes, mas é claro que havia muita sobreposição entre teatro e cinema, e Beau estava claramente emocionado por ter um novo público. Mason ouviu com atenção e pareceu mesmo entender as coisas técnicas que Beau fazia. Perguntou coisas que Sawyer só podia presumir que fossem perspicazes, a julgar por como Beau não conseguia parar de balançar a cabeça como um boneco. A fácil conexão entre eles deu a Sawyer uma sensação estranha e mole no estômago, e ela não achou que fosse apenas por causa dos enroladinhos.

Segurou a mão de Mason outra vez, dando um beijo rápido em seu ombro. Não tinha percebido como estava nervosa em apresentá-lo para seus únicos amigos.

Lily parecia ter uma opinião sobre a reconciliação dela e de Mason. Sawyer a pegou olhando para suas mãos entrelaçadas mais de uma vez, sorrindo como a sra. Bennet prestes a casar outra filha.

Desejou que ela parasse. Isso a fazia se sentir como um animal no zoológico. Já havia trazido parceiros antes, embora talvez "parceiro" fosse uma palavra muito forte para o que esses relacionamentos haviam significado, considerando que todos tinham sido apenas físicos e temporários.

O que Mason era... Parceiro dela? Não era apenas físico e não parecia temporário, mas o futuro dele estava em Los Angeles. Sawyer lutara muito para colocar a vida de volta nos trilhos a fim de acabar com tudo o que construíra por alguém que era seu namorado havia vinte e quatro horas. Pensar nisso fez suas palmas suarem. Havia alguma versão disso cujo final não fosse a droga de uma tragédia?

Afastando a mão da de Mason, ela as limpou no jeans. Sem hesitar, Mason puxou as pernas dela para o colo dele e apoiou a mão no joelho dela. Lily pulou como se fosse uma torcedora de beisebol assistindo a um *home run*; em vez disso, anunciou que iria verificar as batatas e arrastou Beau com ela para ajudar a arrumar a mesa.

Mason apertou o joelho dela.

— Você está bem? — sussurrou, mantendo a voz baixa o suficiente para não serem ouvidos no apartamento aconchegante.

Ela assentiu.

— Acho que Lily vai ter uma hérnia com essa empolgação mal disfarçada com a nossa reconciliação.

Mason sorriu, se inclinando para beijar a têmpora dela.

— Então somos dois, mas eu não chamaria exatamente de hérnia...

Sawyer bufou.

— Ah, é?

Sem disfarçar, o olhar dele pairou sobre ela, e Sawyer se arrependeu de não ter aceitado a oferta dele de se atrasarem mais para o brunch. Apertou as pernas para lutar contra a ânsia crescente ali. O movimento não passou despercebido por Mason, um cantinho de sua boca se erguendo em um sorriso torto.

— Vamos nos juntar a eles antes que a gente escandalize no sofá. — Ela acariciou a bochecha dele ao se levantar, puxando Mason consigo.

— Então, como vocês se conheceram? — perguntou Mason enquanto migravam para a mesa da sala de jantar.

Lily se iluminou.

— Bem, não ficamos presos no elevador nem nada adorável assim... — começou, com um sorriso inocente.

Sawyer tomou um gole do Bloody Mary. Ia ser um brunch longo. Ela só podia esperar que, depois do encontro inicial deles, a novidade de Sawyer Namorando Alguém passasse rápido.

— Enfim — disse Lily, respirando depois de dar a Mason a versão sem cortes da linha do tempo de seu relacionamento com Beau —, nos casamos na última véspera de Ano-Novo, alugamos várias cabanas a uma hora ao norte. Convidamos poucas pessoas e comemoramos por três dias direto. Recomendo muito.

Sawyer ficou tensa. Lily *não* tinha acabado de insinuar que eles iam se casar nem vinte e quatro horas depois que decidiram tentar toda essa... coisa que estavam fazendo.

— Parece divertido — disse Mason, diplomático.

Ela queria ao mesmo tempo beijá-lo e deslizar da cadeira até o chão. Lembrou-se de não deixar Lily e Mason sozinhos. Entre a grande energia de sra. Bennet de Lily e o romantismo de Mason, a vida inteira de Sawyer e Mason seria planejada menos de um dia depois que ela enfim conseguiu entender que, pela primeira vez em anos, estava em um relacionamento que era mais do que apenas sexo. Ela esfaqueou uma batata melancolicamente.

— Foi divertido — concordou Beau com uma tossida para disfarçar. — Sawyer, como vai o livro?

Apesar da confusão mental, ela sorriu.

— Não quero azarar, mas está muito bom.

Mason apertou o joelho dela por baixo da mesa, e Sawyer sorriu mais. Normalmente, deixaria por isso mesmo, mas não conseguiu evitar de falar sem parar, divagando sobre as subtramas e os arcos de personagens e algumas das mensagens ocultas que tinha escondido de seus livros anteriores, especialmente uma de *Por que não estamos juntos* que ela esperava que sobrevivesse às edições.

— Esse é o meu favorito — disse Beau gentilmente, e Sawyer sentiu uma onda de afeição por ele. Era o favorito dela também, embora terminá-lo tivesse sido a coisa mais difícil que já fizera, se arrastando pela edição depois de perder Sadie, o título do livro como um tapa na cara toda vez. — Sempre pensei que daria um bom filme.

Sawyer focou em pegar os ovos com o garfo, esperando que a conversa mudasse de rumo sem esforço. Mas aquele não era o dia dela.

— Uuuuh, sim — disse Lily, apoiando. — O que você acha, Mason? Você entende de filmes mais que a gente.

Sawyer moveu a cabeça para o lado para ver a reação dele.

Mason puxou o colarinho da camisa, olhando para ela de forma furtiva.

— É, daria sim. Mas isso meio que é decisão da Sawyer.

Ela não conseguiu entender o tom dele, o Rosto Público de repente no lugar. Não deixou de reparar na inquietação sutil. Mason não era do tipo inquieto.

— Você gostaria? — perguntou Beau, curioso pra valer.

Sawyer reprimiu a recusa veementemente, que era uma reação impulsiva naquele momento. Não era culpa de Beau que Hollywood acreditasse que a única maneira de ser feliz para sempre era que todos os aspectos da sua vida funcionassem como passe de mágica no final, que o "pequeno ajuste" que eles fizeram no final do livro dela fosse o fragmento vulnerável de si mesma que ela deu à sua personagem, e que essa personagem agora tivesse um encerramento onde Sawyer sempre teria uma ferida aberta. Era besteira. Personagens feridos também mereciam finais felizes para sempre.

Assim que teve certeza de que não arrancaria injustamente a cabeça de Beau pela pergunta inocente, ela balançou a cabeça. Não olhou para ele enquanto respondia, optando, em vez disso, por observar Mason, a fim de decifrar sua mudança repentina.

— Não. Não depois de *Quase amantes*.

— Você não sabe se seria igual...

— É escolha dela, Lily — Beau relembrou gentilmente a esposa enquanto Sawyer olhava para as batatas.

Ela amava Lily, de verdade, mas ela apoiava até a morte. A melhor líder de torcida do mundo quando alguém precisava de uma, e às vezes até quando não queria uma. Tipo agora.

— Alguém aceita outra bebida? — perguntou Beau, alegre, já se afastando da mesa.

A conversa continuou, mas Sawyer não conseguia parar de analisar a maneira como Mason se calou. Em todas as conversas sobre os direitos do filme dela, ele nunca deu sua opinião, mas é claro que tinha uma, considerando seu futuro emprego. Se a reação dele ali disse alguma coisa, eles estavam em páginas muito diferentes. Não importava. Não era uma discussão que valesse a pena ter, ainda mais durante o brunch. Arriscando um olhar para ele de esguelha, ela ficou aliviada ao ver que o Rosto Público tinha sumido, ele e Lily discutiam amigavelmente sobre os melhores tipos de batata.

Sawyer respirou fundo e reprimiu o poço de pânico pela alegria quase sufocante de Lily por ela, a decepção inevitável que sua amiga sentiria quando Mason se mudasse para Los Angeles e essa coisa entre eles tivesse que acabar. Afastou tudo. Uma coisa de cada vez. Primeiro, sobreviver ao brunch. Desmoronar depois. Podia sentir que estava chegando como uma tempestade, como se alguém tivesse aumentado a velocidade da música, forçando-a a dançar mais rápido; como se tivessem jogado dezessete bolas novas para ela fazer malabarismos, mais rápido, mais rápido, não as deixe cair ou elas vão quebrar, mais rápido, mais rápido.

— Batata frita — disse ela, a voz um pouco alta demais, precisando abafar a confusão mental. — Batata frita é o melhor prato com batata, de longe.

— Concordo, mas que tipo? — quis saber Mason.

— Palito.

A mesa explodiu com gritos indignados ("canoa!", "ondulada!", "palha!") e pelo restante do brunch houve uma batalha pela supremacia da batata. Em certa altura, Beau pegou um pedaço de papel e fez uma competição em chave, e eles fizeram um pacto de se encontrarem a cada duas semanas, um tipo de batata avançando a cada semana até que a Batata Escolhida restasse.

Sawyer se divertiu tanto pensando em tipos de batata e quais restaurantes as faziam melhor, que quase esqueceu como suas pernas estavam começando a tremer sob o peso de manter tudo no ar. Quase não percebeu que a chave levaria seis meses para terminar, bem depois que Mason partisse.

27

• A palavra com A •

Uma vez dita, não dá para desdizer. Melhor esperar que seja dita na hora certa, e não, digamos, no meio de uma discussão. Isso seria trágico.

As duas semanas depois do Ano-Novo passaram em um borrão. A editora aceitou a proposta do livro, e Sawyer se grudou ao notebook, incapaz de se livrar do medo de que, se desacelerasse ou tirasse um dia de folga, o poço criativo secaria.

Seus protagonistas tornaram a se apaixonar e tudo estava indo bem para eles, mas a jornada ainda não havia acabado. Sawyer podia sentir os dedos digitando mais devagar a cada dia, desejando viver esse momento de felicidade com eles para sempre. Não queria escrever o grande desentendimento final. Sabia que, se conseguisse superar isso, eles ficariam felizes, mas a discussão que havia planejado para eles doeria, e agora Sawyer não queria mágoa alguma, porque estava feliz — em grande parte.

Desde o brunch na casa de Lily, fez o possível para acabar com a ansiedade de que, a qualquer momento, a outra bomba cairia. Saíram com Lily e Beau algumas vezes. Primeiro, para dar o pontapé inicial na competição de batata — a noisette derrotou a batata ralada e frita na frigideira, para desgosto de

Beau —, e mais uma vez no último fim de semana, colocando a infinita energia de Lily e Beau em uso na festa do tamal da família Álvarez. O pequeno freezer de Sawyer agora estava cheio de tamal e menudo. As coisas estavam indo bem, mas, quando tudo ficava calmo assim, Sawyer não conseguia evitar que a dúvida surgisse.

Mason estava se preparando para a volta das gravações de *Diagnósticos* e passava um tempo exorbitante na academia com Luis para "apagar os pecados do Natal passado". Quando não estava fazendo isso, estava em sucessivas reuniões com Alissa, discutindo a Luz Guia. O anúncio de que se juntaria à produtora criara muito burburinho, em parte por conta da notícia simultânea de que estava saindo de *Diagnósticos*. Por sorte, a imprensa parecia ter superado o Time Mason, sem dúvida na esperança de que conseguissem informações sobre o primeiro projeto da Luz Guia.

Ele estava até mesmo mantendo segredo sobre seu primeiro projeto, apenas provocando Sawyer com a dica de que eles poderiam mudar a ordem dos projetos, se Alissa conseguisse o que queria — o que, de acordo com Mason, ela costumava conseguir.

Suas agendas estavam se tornando cada vez mais difíceis de conciliar, mas Mason nunca reclamou. Nem mesmo quando ela parou pouco antes de sair para vê-lo para anotar um ponto da trama e acabou pulando o encontro para escrever até tarde da noite. Ela o compensou com sexo por telefone mais tarde, ambos cansados demais para encarar a jornada de meia hora pela cidade até o apartamento do outro. Pelo menos, ela pensou consigo que fosse apenas exaustão na voz dele, e não que Mason estivesse começando a se ressentir de suas imprevisíveis crises de escrita. Ele não era Sadie, e ela *estava* tentando, mas isso não negava o fato de que precisava terminar o livro, ser paga, colocar sua vida de volta no azul pela primeira vez em muito tempo. Estava fazendo mais malabarismos do que fazia havia anos, e não conseguia se livrar da sensação de que era apenas uma questão de tempo até que deixasse alguma coisa cair.

Não via Mason havia três dias — o que não era nada, na verdade, e se sentia ridícula por choramingar por isso, mesmo dentro da própria cabeça. Não seria nada, se ela tivesse estado ocupada. Depois da longa maratona de escrita tarde da noite, chegara a um bloqueio. Com o prazo se aproximando rapidamente, não podia se dar ao luxo de ficar presa, e estava presa havia dois dias.

Sawyer perdeu uma hora reclamando sobre bloqueio criativo para seus amigos escritores; mas, quando reabriu o manuscrito, ele teve a audácia de não ter se escrito sozinho enquanto ela estava nas redes sociais. Passou a hora seguinte alternando entre olhar para o cursor piscando e não escrever nada — ou escrever algo e imediatamente deletar. Aceitando que seria outro dia difícil, cedeu e ligou para Mason. Se seu poço criativo estava vazio, ela tinha que enchê-lo outra vez.

— Alô, muso — chamou.

Mason riu.

— Acho que nunca fui muso antes. Estou honrado.

— Me tire do meu apartamento, por favor. Não me importa onde, ou o quê, só não quero ter que decidir.

Mason cantarolou pensativamente, a linha silenciosa enquanto ele digitava algo no celular.

— Está bem. Acabei de voltar da academia, então preciso de um banho antes. Me encontra na Michigan com a Illinois?

Resistindo à vontade de perguntar o que fariam, ela concordou e entrou no trem num piscar de olhos. Mason estava de folga hoje, mas não a pressionou a fazer planos com ele, sabendo que Sawyer entraria em contato quando atingisse a contagem de palavras do dia. Talvez essa coisa com Mason pudesse dar certo, no fim das contas.

O otimismo dela logo foi abafado quando Sawyer saiu do trem e caiu em uma poça, lama de neve e lixo molhado encharcando a bota esquerda e a meia. Xingando, tirou o celular do bolso quando o sentiu vibrar.

— Tess! — atendeu, surpresa. Que dia era? Elas tinham uma reunião marcada e Sawyer se esquecera?

— Oi, oi! — disse a agente dela, alegre. — Desculpe ligar do nada, mas tenho boas notícias. Tem um minuto?

— Para boas notícias? — Sawyer riu. — Sempre tenho tempo para boas notícias. Principalmente agora. — Ela tirou um pedaço de lixo da bota.

— Está bem. — Tess inspirou fundo e, apesar da alegação de que eram boas notícias, Sawyer não pôde deixar de sentir que ela se preparava para o impacto. — Então, temos uma oferta…

Sawyer gritou, dançando em um pequeno círculo na plataforma do trem, não se importando com quem a encarava.

— Querem outro livro?!

— Hã… não. Alguém quer comprar seus direitos audiovisuais…

— Não — disse Sawyer logo de cara. Ela brigou com o estúdio quando mudaram o final de *Quase amantes*, quando fizeram sua personagem principal se reconciliar com seus pais homofóbicos. E perdeu a briga. Não era pessoal, eles disseram, mas com certeza parecia. Como se sua personagem não pudesse ter um final feliz sem isso. Ela odiava a mensagem que isso enviava aos leitores, a *ela*.

Se a única coisa que pudesse controlar fossem seus livros, suas palavras, então ela se agarraria a eles com tudo o que tinha. Não cometeria o erro de deixar outra pessoa ter o controle de novo.

A linha ficou em silêncio, e Sawyer sabia que Tess estava franzindo a testa do jeito que fazia quando rezava por paciência.

— Eu lhes disse isso, mas quiseram falar diretamente com você, e sei o que você vai dizer — interrompeu Tess —, mas não seria como o *Quase amantes*, Sawyer. Alissa parece ter amado mesmo o livro e quer adaptá-lo, mantê-lo verdadeiro à essência.

Todos os músculos do corpo de Sawyer travaram.

— Desculpe. Que estúdio você disse que é?

— Não falei. É uma pequena produtora chamada Luz Guia — disse Tess, esperançosa. — Eles são novos… novinhos em folha, na verdade, mas têm Alissa Moreno no comando, e ela já fez muitos filmes.

O trem sibilou ao sair da plataforma, e Sawyer ficou com a visão distante.

— Alissa Moreno, hã?

Uma touca azul-marinho entrou no campo de visão, nos degraus para a plataforma, a figura alta de Mason aparecendo.

Sawyer ficou boquiaberta.

— Obrigada, Tess. Vou pensar no assunto.

— Sério? — disse Tess, surpresa. Então, aparentemente pensando melhor: — É claro. Leve o tempo que precisar. Tenha um bom final de semana, Sawyer.

— Você também — disse ela, anestesiada, enquanto desligava a ligação.

Mason se aproximou dela devagar, franzindo a testa ao ver sua expressão.

— Tudo bem?

Sawyer riu, embora sem humor.

— Era a Tess. Uma nova produtora quer os direitos de *Por que não estamos juntos*.

Ele parou diante dela. Sawyer teve certeza de ver uma onda de pânico na expressão dele.

— Ah, é?

— É. Luz Guia. — Com certeza uma onda de pânico. — Já ouviu falar?

Mason suspirou, fechou os olhos e tirou a touca, passando a mão pelo cabelo longo demais.

— Sawyer — disse em tom de desculpas.

— Você sabia, não é? — Ela já tinha a resposta, mas queria que ele admitisse. Produtoras ainda eram um pouco confusas para ela, mas Mason era integrado demais ao projeto para não saber.

Encarando-a, Mason assentiu devagar, torcendo a touca nas mãos.

— Posso explicar?

Ela se forçou a desviar o olhar, encarando a lateral.

— Como Alissa se deparou com o meu livro?

— Eu enviei para ela... em um impulso — ele se apressou a explicar. — Depois que nos conhecemos eu li todos os seus livros. Fiquei acordado até a uma da manhã para terminar de ler porque não conseguia parar. Conseguia ver tão claramente na minha cabeça. Era como ler um filme. Assim que terminei, comprei outro exemplar e mandei para Alissa. Eu não te conhecia ainda. Eu não sabia como você se sentia sobre proteger seus direitos audiovisuais.

— E quando você soube... sabia que ela ia fazer uma oferta?

Mais uma vez, ele assentiu, fazendo uma careta.

— E não me contou?

— Sawyer... — A voz dele falhou. — Eu queria que você a ouvisse, e queria que ela tivesse essa chance.

— E pensa que eu não teria dado a chance se você tivesse pedido? Achou melhor agir pelas minhas costas, me surpreender, envolver minha agente, dar a ela mais uma coisa pela qual se decepcionar comigo?

Ela inspirou, trêmula. Não queria falar mais alto, mas a histeria estava atacando. Todo o pânico e os medos que estivera reprimindo estavam subindo à superfície com uma força física, como vômito. Engoliu em seco. Não ia vomitar de pânico no meio da plataforma do trem.

— Sawyer, não é isso de jeito nenhum...

— Mas *é*, Mason. É a minha carreira! Você não pode brincar com ela! Como se sentiria se eu agisse por suas costas para te pressionar a fazer uma escolha que eu acho melhor? Foi o que sua mãe fez com você por anos, não foi?

Mason piscou como se ela tivesse lhe dado um tapa. Talvez puxar o Cartão de Mãe tenha sido um golpe baixo, mas ela tinha lido nas entrelinhas todas as coisas que ele não dissera sobre os primeiros anos de sua carreira, os filmes independentes que fez para se distanciar do controle de Moira. Ele olhou ao redor cautelosamente, a discussão deles, em sua maior parte abafada, chamava a atenção de mais do que algumas pessoas naquele momento.

— Podemos ir para o meu apartamento para falar disso? — perguntou, baixo.

Sawyer bufou, quase engasgando no pânico que lhe subia pela garganta.

— Quanto tempo?

— O quê?

Sawyer tentou engolir o nó na garganta, mas ele tinha se alojado ali, começado a pagar aluguel.

— Há quanto tempo você sabe que Alissa está tentando comprar meus direitos?

Mason engoliu em seco.

— Depois de comprar seu vestido.

Uma memória surgiu. Brunch da ressaca, quando Beau perguntou sobre o filme de *Por que não estamos juntos* e Mason ficou agitado. De repente, tudo fez sentido. Ela podia entender ele não ter dito nada no brunch, mas e depois?

Fazia semanas. Ele sabia por semanas e não contou, escolheu não contar toda vez que ela perguntou como iam as coisas na Luz Guia.

— Mason? Mason West?

Ambos se encolheram, lembrando que estavam em público. Uma mulher baixa e morena com um casaco creme de aparência muito cara estava a alguns metros de distância, com um olhar hesitante e esperançoso no rosto. Sua amiga estava alguns passos atrás dela, fingindo não observar enquanto mexia no celular com um dedo de unha bem-feita.

A expressão de Mason mudou de imediato, o Rosto Público aparecendo.

— Olá.

A mulher deu um gritinho antes de se aproximar. Sawyer se virou e saiu pisando duro. Não se importava de ser mesquinha. Não ia ficar ali tirando fotos deles com o rosto estupidamente lindo e sorridente de Mason quando queria gritar com ele.

Ela esperava que caminhar a acalmasse, mas o bater de suas botas contra o pavimento — bem, meio batendo, meio chapinhando — só a deixou ainda mais irritada. Podia desculpar o envio do livro para Alissa; eles não se conheciam naquela época. Mas e depois?

Mason sabia como Sawyer se sentia a respeito da venda de seus direitos audiovisuais. Sabia e decidiu não lhe contar. Várias vezes, escolheu não dizer nada. Todo esse tempo, ela pensou que Mason tinha sido muito gentil sobre sua agenda caótica, mas e se fosse tudo apenas para bajulá-la, para convencê-la a ceder os direitos?

Sawyer não percebeu para onde ia até que parou do lado de fora do prédio de Mason. O doce porteiro sorriu calorosamente para ela.

— Bom dia, srta. Sawyer. Infelizmente, o sr. West acabou de sair.

— Eu sei. — Ela suspirou. — Obrigada, Luther. Eu não...

— Ah, esqueça. Aí está ele.

Sawyer virou-se enquanto Mason corria para atravessar a rua, o olhar fixo nela. Tinha certeza de que ele tentava sorrir, mas parecia mais uma careta. Aparentemente, ela não era a única cujo humor não melhorara com a caminhada.

— Sério, Sawyer? Você simplesmente foi *embora*?

— Ah, desculpe — disse ela. — Precisava que eu bancasse a fotógrafa para o seu fã-clube de mães gostosas?

Luther pigarreou desconfortável, abrindo a porta do saguão para eles.

Mason pousou a mão no cotovelo dela e a guiou para dentro. Com um chilique infantil, ela arrancou o braço do alcance dele, entrando às pressas sem esperar.

— Sawyer — ele suspirou. — Essa discussão é idiota.

— Ah, é? Meus sentimentos sobre você ter agido pelas minhas costas e mexido na minha carreira são idiotas?

Ele passou a mão pelo rosto.

— Não, eu... eu disse isso errado. Claro que não. Agi mal, mas esta não seria a última vez que...

— É isso, Mason — interrompeu ela. — Você acha que sabe, mas não sabe. Não é que eles tenham mudado algumas coisas sobre meu livro e meu ego ficou ferido demais para lidar, eles... — Os olhos dela arderam e Sawyer piscou furiosamente, ainda com mais raiva de si mesma por chorar agora.

— Eu sei, Sawyer — implorou Mason. — Sei o que eles fizeram, e é por isso que quis garantir que pudéssemos dar a você todo o necessário para que se sentisse confortável antes de te contar. Alissa quer escrever o roteiro com você. Nós queremos que você seja produtora executiva. Você teria poder de veto sobre quaisquer mudanças das quais não gostasse. Você poderia ficar em Los Angeles comigo...

O coração dela estava na garganta, sufocando-a. Seria tolice não aceitar essa oferta. Mas isso não fazia parte de seu plano. Inferno, ela não tinha um plano além do prazo, seu futuro inteiro dependia de salvar ou não sua carreira. O mero pensamento de mais uma coisa para conciliar a fez querer afundar no chão e se dissolver em uma poça. Ela se sentia encurralada, pressionada por um futuro que não escolhera.

— Você faz parecer tão simples — disse ela, a voz vazia. — Vender meus direitos, empacotar minha vida, seguir você para La-La-Land. E se isso não tiver o felizes para sempre que você espera? E aí? Eu terei vendido meus direitos para o meu ex?

— Por que está presumindo que não vai funcionar?

— Porque, na minha experiência, não funciona! E, sinceramente, você pode dizer que seu histórico é melhor que o meu? Essa missão toda, a lista, se tratava de nós dois consertarmos nossas carreiras, e fizemos isso. Misturá-las com… — De alguma forma, as mãos dela tremiam e estavam dormentes ao mesmo tempo. — Sou muito grata por nossa missão idiota ter funcionado, mas, da última vez que eu aceitei tudo, perdi tudo. Você está me pedindo que concilie coisas demais, eu… — Ela inspirou fundo, sem saber da última vez que respirara.

Mason, por outro lado, estava completamente calmo. Claro que estava. Tivera semanas para pensar nisso.

— Você não teria que lidar com tudo sozinha, amor. Eu estaria com você em todos os passos. Me deixe ajudar. É demais, eu sei que é demais, mas podemos fazer isso funcionar.

Ele fez parecer tão simples, tão fácil. Se Sawyer não tivesse feito isso antes, provavelmente acreditaria nele. Mas já tinha estado ali, tudo o que sempre quis na ponta dos dedos, apenas para acabar mais sozinha do que nunca — e isso foi quando ela manteve tudo separado. Envolver Mason diretamente era um convite ao desastre, outra queda de dois anos em que ela sentiria a cor de sua alma esvaindo a cada dia, incapaz de fazer a única coisa que amava. Estava apenas começando a se sentir ela mesma outra vez. Estava bem orgulhosa de onde havia chegado. Pensou ter encontrado algo em Mason, em como ele era compreensivo com sua agenda e seus prazos, em como ele não era como Sadie, e ainda assim… ali estava ela outra vez.

Interpretando mal seu silêncio, Mason continuou em uma voz suave, como se estivesse falando com um animal ferido.

— Não precisamos desvendar isso agora.

— O que há para desvendar? — Sawyer riu. — Mason, isso não tem sentido. Você quer que eu me mude para o outro lado do país e amarre minha carreira a um cara aleatório que conheço há dois meses, com quem estou saindo há poucas semanas? Você não precisa se analisar, porque vou dizer agora por que seus relacionamentos não duram. É demais, Mason. Faz poucas semanas e você já está me pedindo que desista da porra da minha vida toda.

Mason se encolheu, mas seguiu calmamente, decidido.

— Sei que é muito, que esse não era o plano. Não planejei me apaixonar por você, mas aconteceu. E, exceto por este momento, estive mais feliz com você do que com qualquer outra pessoa.

Os cantinhos da visão dela ficaram borrados, a atenção totalmente em Mason e na boca dele que ainda se mexia, formando palavras que ela não conseguia compreender.

— Mentira — forçou ela.

— O quê? — perguntou ele, parando o monólogo.

— Você não me ama — disse ela, anestesiada.

Mason riu sem humor.

— Não acho que é você quem decide isso.

Sawyer balançou a cabeça.

— Você está... confuso. E é culpa minha, acho. Fizemos todas essas coisas românticas pela lista e você caiu nessa, como disse que sempre acontece.

— Besteira.

Sawyer riu, meio histérica.

— Agora é mesmo uma boa hora para uma referência a *Como perder um homem*?

— Não, estou dizendo que você está falando besteira. Não me apaixonei por você por conta da lista. Me apaixonei por você nos momentos entre os itens. Me apaixonei na fazenda quando você garantiu que aquela garotinha ficasse com a árvore que você escolheu...

— A fazenda estava na lista...

— Me apaixonei de novo quando você saltitou na boutique da Celia...

— Cena de compras...

— A noite em que comemos pho no seu apartamento e ficamos acordados por horas conversando...

Antes que ela pudesse arranjar defeito nisso, ele prosseguiu:

— Na véspera de Ano-Novo, no Fred's...

— O beijo à meia-noite estava na lista...

— Natal — ele praticamente grunhiu. — Meu carro, estacionamento. Aquilo não estava na lista, e com certeza não significou porra nenhuma.

— Apenas sexo. — O silêncio que seguiu a mentira deslavada dela foi ensurdecedor, os dois se encarando, respirando com dificuldade, e Sawyer quase desejou que ele dissesse que ela estava blefando, a versão ferrada deles do jogo. — Assumo a culpa, tá? — prosseguiu ela, trêmula. — Quebrei as regras, claro que as coisas ficaram confusas.

Mason ergueu a mão e cutucou o ar como se pontuasse um xingamento não dito antes de fechar a mão em punho, pressionando os nós em sua boca.

— Não acredito que você está fazendo isso... e talvez isso me torne o romântico mais incurável do mundo, porque eu deveria saber que você faria exatamente isso. Bem, parabéns, Sawyer Greene, você enfim cumpriu sua parte do acordo e arruinou o romance para mim. Satisfeita?

Não exatamente.

— Você ficará bem, Mason. Quando tudo isso passar, você vai superar. Você não me queria. Eu só estava aqui.

Um músculo pulou na mandíbula de Mason, de tão forte que ele a apertava.

— Essa não pode ser a sua impressão de mim.

— Prove que estou errada — disse ela, abrindo bem os braços. Nem sabia o que queria *dizer*, mas era a coisa mais dolorosa que podia dizer agora. Ela queria sair correndo, vomitar no porta-guarda-chuvas, gritar. Queria sair dessa conversa, custasse o que custasse.

— Como? — perguntou ele baixinho, a voz falhando.

Ela inspirou, trêmula, mal conseguindo levar ar aos pulmões.

— Me deixe partir. Respeite que não quero isto. Nunca quis. Eu tentei, tá? Mas isso... — Sawyer gesticulou entre eles. — Sempre teve data de validade, então vamos parar de prolongar o inevitável. Você está se mudando para Los Angeles. Minha vida está aqui. A lista acabou. Os tabloides te esqueceram. Meu bloqueio passou. Preciso me concentrar em terminar meu livro, e você precisa focar a Luz Guia. Então chega. Nós dois conseguimos o que precisávamos.

Mágoa apareceu no rosto de Mason.

— E o que queremos?

Ignorando a dor no peito, Sawyer forçou as palavras seguintes.

— Eu não quero isso.

— Claro — falou ele secamente, o Rosto Público aparecendo.

De alguma forma, isso doeu ainda mais do que vê-lo magoado.

Sawyer o encarou, e eles se observaram sem respirar. Houve um momento, uma fração de segundo, em que ela pensou que Mason iria ceder, implorar que ficasse para conversar. A parte mais assustadora era que esperava que ele fizesse isso. Antes que ele pudesse, ela deu meia-volta e foi embora.

Caminhou meio quarteirão antes de vomitar em uma lata de lixo.

28

• Falta de comunicação •

O tropo menos popular das comédias românticas, talvez por ser o mais parecido com a vida real e ser uma merda (na ficção e na realidade).

As semanas seguintes à briga com Sawyer foram algumas das mais longas que Mason já vivera. Estava igualmente ansioso e temeroso para que *Diagnósticos* recomeçasse a ser filmada — mesmo que fosse apenas pela distração. Era agridoce. O set e a equipe eram seu lar havia quase seis anos, mas ele estava pronto para algo novo, mesmo com a incerteza do que seria "novo".

Os roteiristas enviaram algumas alterações no roteiro mais cedo naquele dia, um novo enredo B para ele, trabalhado nos primeiros episódios que inevitavelmente levaria à saída de seu personagem da série. Quando Mason chegou aos escritórios do estúdio para a leitura da sexta temporada, a sala inteira ficou em silêncio. Ele paralisou por um momento antes de ir até a mesa dos lanchinhos do set e pegar um bolinho que não tinha intenção de comer.

A mão em seu cotovelo o fez se virar.

— Orgulho de você — murmurou Kara.

Ao encará-la, soube do que ela falava. Como era a namorada dele nas telas, as mudanças de última hora no roteiro incluíram principalmente as cenas dos dois.

— Obrigado — disse, falando sério.

— Parece certo nós sairmos juntos — disse ela, a meia-voz. — Não sei por que estou sussurrando —riu, se servindo uma xícara de café —, mas gosto da nova direção.

Ele assentiu. Também gostava. Era irônico ter sido necessária apenas a partida deles para que seus personagens tivessem o maior tempo de tela desde que ficaram juntos, duas temporadas antes. A versão original do roteiro daquela temporada tinha seus personagens caminhando para mais um rompimento. A nova versão tinha a enfermeira Lia sendo sondada por outro hospital, e, embora ainda não tivessem todos os episódios, Mason estava disposto a apostar que o dr. Santiago a seguiria para o pôr do sol, ambos felizes para sempre.

— Talvez eu seja romântico... Tá, sei que sou. — Ele riu baixo. — Mas estou mesmo feliz que nossos personagens vão permanecer juntos.

— Eu também — disse Kara, colocando um pouco de leite no café. — Então, como vai a Sawyer? Já estamos nesse ponto? Perguntando sobre novos amores?

O peito dele doeu. Mason pigarreou, desconfortável.

— Terminamos. Na verdade, nunca estivemos juntos de verdade. Não sei. Não tenho certeza.

Kara franziu a sobrancelha.

— Você não é assim.

Ele suspirou.

— Eu sei. Tentei fazer o lance casual, mas não sou bom nisso.

Kara passou o peso do corpo de um pé ao outro.

— Eu não quis dizer isso. Quero dizer, sim, você? Casual? — Deu um riso abafado. — Não é o seu estilo, mas vai desistir? Tipo, eu literalmente tive que terminar com você duas vezes.

Mason sorriu.

— Sawyer... — Ele realmente não queria falar disso. Essa semana, já tinha se confessado com Luis e Alissa se sentindo responsável pelo término. A oferta de Alissa pode ter sido a fagulha, mas Mason estava convencido de que o fusível de Sawyer estava esperando ser aceso. — Ela... — Ele não tinha certeza de como resumir a maneira com que tudo implodira tão rápido. — Me apressei, e não sei como posso consertar isso... se posso consertar isso. Aparecer na porta dela pode fazer mais mal que bem, mas não fazer nada... — Ele balançou a cabeça. Semanas, e ainda não tinha ideia do que fazer.

Kara franziu a testa, afastando o cabelo longo do ombro. Foi só então que Mason notou a falta do anel em sua mão esquerda. Percebendo a maneira como os olhos dele seguiram seu dedo anelar vazio, ela assentiu.

— Não quero falar disso... Não aqui, pelo menos, mas confie em mim quando digo que eu queria que alguém aparecesse na minha porta.

Mason franziu a testa, encarando a parede sem realmente vê-la.

O diretor pediu que se sentassem, e Mason seguiu Kara, seus personagens sempre sentados um ao lado do outro. Enquanto todos se acomodavam, Richard permaneceu de pé, torcendo as mãos na frente do corpo enquanto olhava Mason e Kara com carinho paternal. Como se ele não fosse o modelo de tudo que Mason faria diferente na Luz Guia.

Enquanto Richard falava, anunciando a saída de Mason e Kara da série, Kara colocou a mão sobre a dele e apertou. Ele mal estava prestando atenção ao que Richard dizia. Reparou nas olheiras sob os olhos de Kara, que ela havia coberto com maquiagem, a maneira como seus ombros estavam ligeiramente curvados para dentro, tão diferente de sua postura normalmente imaculada.

Se Mason aparecesse na porta de Sawyer, ela estaria assim também? Sofrendo tanto quanto ele? Pior, se aparecesse e ela estivesse perfeita como sempre... Ele teria que aceitar que tinha mesmo acabado, e não tinha certeza se estava pronto para fazer isso.

Mason desejou que alguém aparecesse em sua porta, para variar. Que ele não fosse sempre aquele que rastejava de joelhos atrás da pessoa que se afastava. Mas e se Kara estivesse certa? E se todo esse tempo em que Mason estava esperando que Sawyer batesse à sua porta, ela estivesse fazendo o mesmo? Qual era o limite entre respeitar os desejos dela e chegar tarde demais?

Ele estava tão distraído, pensando em círculos, que perdeu a deixa para suas falas mais de uma vez. Felizmente, foi apenas uma leitura de mesa, e ninguém disse nada quando se reuniram no corredor depois, todos "bem chateados" com a saída dele. Percebeu que ninguém parecia igualmente triste com a saída de Kara. Não pôde deixar de pensar que era porque acreditaram na narrativa que Richard pregava de que ela era "difícil de se trabalhar", quando tudo o que ela queria era que ele parasse de difamar seu caráter. De repente, Mason se sentiu menos inclinado a rir com todos na sala das piadas sobre o que ele planejava fazer depois, ou fosse lá o que conversavam distraidamente, e pediu licença.

Dirigiu para casa no piloto automático. Queria tanto acreditar que Kara estava certa, que bastava aparecer na porta de Sawyer e eles conversariam sobre tudo. Sabia que tinha coisas pelas quais se desculpar, mas não tinha certeza de como fazer isso sem desrespeitar o pedido dela de deixá-la ir.

Tinha tentado. Tentou ficar bravo com ela, odiá-la, mas não conseguiu. Sawyer estava certa. Ele se precipitou nas coisas de novo, mesmo sem intenção. Mas aprendera muito tempo antes que a gente não escolhe como faz as outras pessoas se sentirem. Odiava que Sawyer pensasse que ele tinha se apaixonado apenas porque ela estava *ali*. Não se sentia bem com isso, mas também não tinha certeza de como consertar.

Estava tão perdido em pensamentos que não ouviu o porteiro chamar seu nome.

— Desculpe, Luther — disse ele.

— Sem problemas, sr. West. Só queria devolver o livro da sua namorada — disse ele, se apressando para dar a volta na mesa e pegando um pequeno livro. Quando Sawyer lhe emprestara aquilo?

Mason franziu a testa, pegando-o e agradecendo. Era um autor que ele não reconhecia, mas a heroína desmaiada na capa fez seu coração doer em desconforto. A lembrança de Sawyer fazendo aquela pose exata na fazenda de árvores passou diante de seus olhos. Parecia ontem e anos atrás, tudo ao mesmo tempo.

— O senhor leu? — perguntou Luther.

— Não — respondeu Mason, virando o livro para ler a contracapa.

Luther pôs a mão na contracapa, bloqueando a sinopse.

— Não estrague — disse, conspirativo. — É melhor ler sem saber nada. Mas vou lhe dizer, aquela carta no fim... — Ele balançou a cabeça, o olhar distante. — As pessoas não conversam mais assim, mas deveriam.

Mason sorriu.

— Você escreveu muitas cartas de amor na sua época, Luther?

A pele de Luther corou.

— Claro que sim. Eu tinha que dizer à minha Rose como eu me sentia, para esperar por mim.

Endireitando a postura, Mason inclinou a cabeça para o lado com curiosidade.

— E se fosse você a esperar?

Luther estalou os lábios, pensando.

— É a mesma coisa, na verdade. Diga a ela como se sente. Tenha fé de que, se for para ser, ela encontrará o caminho até você. E se ocupe, seja alguém para quem valha a pena voltar. — Luther sorriu suavemente, o olhar distante. — Minha Rose era... bem, pode não parecer agora, mas um dia fui bonito, como você. Eu tinha outras opções, mas, quando conheci Rose, ela era a única opção.

Mason conhecia esse sentimento. Pensou que tinha estado de coração partido antes, mas agora sabia que era a dor da solidão. Estava solitário, sim, mas era diferente. Sawyer havia entrado na vida dele como mais ninguém. Ele não sentia falta apenas da presença dela — suas agendas tornavam o tempo juntos cada vez mais difícil de se encontrarem, mas isso não o incomodava. Sentia falta de falar com ela, mesmo que fosse brevemente, de ouvir como o dia dela tinha sido ou de poder lhe contar sobre o seu, sem filtros. Era algo do qual não sabia que precisava até ter. Ela se tornou sua melhor amiga, e foi uma perda como ele nunca havia conhecido antes.

— Obrigado, Luther — disse Mason de repente, se afastando dos pensamentos. — Adoraria ouvir mais sobre a Rose em algum momento, mas agora eu... — sorriu, de cabeça leve pela primeira vez em semanas — tenho uma carta para escrever.

Mason foi em direção ao elevador, decidido. Se não era um sinal, ele não sabia o que era. Não importava se Sawyer não acreditava em sinais ou grandes gestos ou em felizes para sempre. Ele *acreditava*, e acreditava com cada fibra de seu coração incuravelmente romântico que sua história com Sawyer não tinha terminado.

Mal reparou no caminho do elevador ou na forma brusca como parou no andar dele, a mente girando a um milhão de quilômetros por hora. Não era escritor, então não sabia como colocaria tudo o que sentia em uma carta.

Folheando a parte de trás do livro que Sawyer havia emprestado a Luther, encontrou a carta mencionada pelo porteiro. Mesmo sem o contexto do restante do livro, o texto tocou as cordas do coração de Mason, porque ele conhecia aquele sentimento desesperado.

Como? Como ele conseguiria transmitir a Sawyer que de agora em diante, para ele, todo romance a que assistisse ou que lesse seria sobre ela? E, ao mesmo tempo, cada um deles empalideceria em comparação com sua história de amor favorita: a deles.

29

• *Fundo do poço* •

Quando você chega ao fundo do poço, o único caminho é... espere, ela tem uma pá. Vamos descer mais.

Com um suspiro contido, Sawyer ergueu a bolsa de livros mais alto no ombro, prometendo a si mesma de novo que, da próxima vez, encontraria uma maneira melhor de transportá-los. Era a primeira vez que saía do apartamento em uma semana, tendo passado os últimos dias assistindo a *Diagnósticos*. Forçou-se a pausar a terceira temporada, episódio dois, e sair do sofá. Toda a tensão entre o dr. Santiago e a enfermeira Lia estava deixando-a *tensa*. Se não ficassem juntos logo, ela teria um infarto. Não queria torcer pelos personagens de Mason e Kara, mas estava devorando todas as migalhas dos roteiristas.

Tinha muita saudade de Mason. Queria se desculpar, mas não tinha certeza de como, não sabia se as ideias sairiam direito. Mesmo que encontrasse as palavras perfeitas, estava convencida de que não seriam suficientes. Não mudaria nada. Mason estava partindo.

Então, na semana seguinte à briga deles, ela preencheu o vazio em formato de Mason em sua vida com *Diagnósticos*. Qualquer coisa para evitar pensar no prazo que se aproximava ou na seriedade de seu bloqueio de escrita. Brigava consigo mesma. Preencher o poço criativo assistindo a *Diagnósticos*. Parar de assistir a séries de TV e *escrever a porra do livro.*

Sawyer já estava se arrependendo de deixar a santidade de sua pilha de cobertores e travesseiros, desesperada pela emoção que sentia toda vez que o dr. Santiago aparecia na tela. Embora, apesar do que Mason disse, o dr. Santiago não fizesse suas cirurgias sem camisa, para a decepção dela.

Ela sentiu o coração se contorcer ao entrar no elevador. Não era o mesmo em que ficou presa com Mason. Nem tinha percebido que havia memorizado qual elevador era, mas aparentemente havia. Apoiando o saco de livros contra a parede, esticou os músculos.

— Segure a porta!

Ela ergueu o olhar, o braço se levantando automaticamente. Seu pulso acelerou, o déjà-vu distorceu seu senso de realidade. Estava apenas a dois quarteirões do apartamento de Mason, será que...?

As portas se abriram de novo, revelando um homem bem-vestido na faixa dos cinquenta e poucos anos. Ele lhe ofereceu um sorriso simpático, e Sawyer tentou não deixar a decepção transparecer.

Na pressa de segurar a porta para ele, ela se esticou pelo elevador como uma mulher jogando Twister. A bolsa de livros balançou precariamente e, antes que pudesse reagir, a alça rasgou, o conteúdo se espalhando pelo chão.

Interpretou isso como um sinal de que não deveria ter saído de casa.

Com um suspiro, abaixou-se, apressando-se para colocar os livros de volta na bolsa agora sem alça antes que as portas do elevador se abrissem em seu andar. Por algum milagre, conseguiu ir do elevador até o bar sem que tudo caísse outra vez.

— Sawyer! — chamou Alex. Ele ergueu a bolsa com facilidade da bancada do bar. — Estava pensando em você. Chegou esse novo uísque... — Ele pegou a garrafa da prateleira do alto. — Local. Você precisa experimentar.

Colocou a garrafa diante dela antes de ir buscar um copo.

Quando Sawyer pegou a garrafa, ficou gelada. Sair do apartamento com certeza tinha sido um erro. Destilaria Fé Inabalável. Ela traçou a assinatura da destiladora na parte inferior do rótulo. Nunca esqueceria a maneira torta como Sadie escrevia seus "s". Quis quebrar a garrafa no chão, ou roubá-la como Sadie tinha feito com o exemplar de *Quase amantes* assinado pelos leitores dela. Mas isso só machucaria Alex, não Sadie, e deixaria Sawyer se sentindo pior.

— Já tomou desse? — perguntou Alex, sorrindo, ignorando por completo que dera a ela o orgulho e a alegria de sua ex.

Balançando a cabeça, ela virou a garrafa para ler o rótulo.

— Tenho tempo para uma degustação antes da correria do almoço — ofereceu Alex, o sorriso falhando diante do estranho silêncio dela.

— Não, obrigada — retrucou Sawyer, distraída, a atenção parando no endereço no fim do rótulo. — Preciso ir — disse de repente. Pegando o celular do bolso, digitou o endereço no aplicativo do mapa antes de entregar a garrafa a um Alex estupefato. — Obrigada!

— Eu não fiz nada — chamou ele atrás dela, Sawyer já a meio caminho do elevador.

Ela não costumava acreditar em sinais, mas estava em um momento estranho. O elevador fez um som para anunciar sua chegada — o mesmo em que ela conhecera Mason. Mason, que não temia o passado, para aprender, crescer e se curar.

Ela sabia o que tinha que fazer.

A viagem de uma hora e meia para Indiana passou em um piscar de olhos. Sawyer não cruzava a fronteira do estado havia anos. Aquele lugar sabia demais. Memórias em excesso que era melhor deixar no passado. Sawyer pensou que era àquele lugar que Sadie pertencia também, mas estava começando a perceber que nunca a tinha deixado para valer ali. Vinha arrastando essa dor por anos, sem nunca permitir a cura. Assim como a dor que sentiu pela adaptação de *Quase amantes*.

Ao entrar no estacionamento de cascalho da destilaria, começou a tremer de nervosismo. Era uma ideia idiota? Provavelmente deveria ter pensado nisso antes de dirigir até ali.

Com as mãos trêmulas, abriu a porta, saiu para o ar gelado e forçou os pés a irem em frente.

O exterior minimalista do armazém deu lugar a um interior quente e industrial. Vigas de madeira desgastadas adornavam o teto, e lâmpadas Edison rústicas pendiam delas, iluminando o espaço com um brilho dourado.

— Mesa para um? — perguntou a recepcionista tatuada por cima do heavy metal soando nos alto-falantes.

— Hã. — Sawyer pigarreou. — Estou procurando por Sadie. Ela está?

A recepcionista ergueu uma sobrancelha muito marcada.

— Posso perguntar quem quer saber?

Sawyer mordeu a bochecha por dentro.

— Ah, bem, somos velhas conhecidas. Ela está com uma coisa minha.

— E ela está te esperando?

— Não exatamente — confessou Sawyer, com um sorriso autodepreciativo.

A recepcionista a analisou.

— Seu nome?

— Sawyer Greene — disse uma voz à esquerda dela.

Sawyer ficou tensa como se um raio tivesse caído em sua testa. Virando-se devagar, inspirou fundo ao olhar para Sadie.

Se fosse um dos livros de Sawyer, ela escreveria algo dramático, como "Ela estava exatamente como Sawyer se lembrava". Mas era mentira. De alguma forma, Sadie estava bem melhor. Ela secou as mãos no pano de prato do bar e o torceu entre as mãos tatuadas, como provavelmente queria fazer com o pescoço de Sawyer. Os pálidos olhos azuis brilhavam na pele bronzeada — como ela estava tão bronzeada no inverno? O cabelo castanho estava raspado de lado, e Sawyer se lembrou exatamente do motivo de ter deixado aquela bela criatura partir seu coração.

— Oi — conseguiu dizer.

Jogando o pano sobre o balcão, Sadie pegou um molho de chaves do cinto.

— Estou saindo — disse para a recepcionista. Para Sawyer, movimentou a cabeça na direção da porta. Sadie se enrolou em um casaco Carhartt caramelo que pegou do gancho.

— O que está fazendo aqui, Sawyer?

Sawyer engoliu o nó na garganta.

— Me perguntando o mesmo, na verdade. — Ela fora até ali para exigir que Sadie devolvesse o livro, mas, em algum ponto do caminho, a raiva dera lugar a algo mais suave, algo mais profundo e infinitamente mais triste. — Quero meu livro de volta — ela se forçou a dizer.

Sadie franziu as sobrancelhas.

— Que livro?

E a raiva voltou.

— Você sabe qual — sibilou Sawyer.

— Na verdade, não sei — rebateu Sadie.

— Sério? — Sawyer grunhiu. — Apenas devolva. Pode não significar nada para você, mas para mim... — Ela se interrompeu ao sentir que falava mais alto.

Sadie suspirou, pousando a mão no cotovelo dela e a conduzindo para o lado de fora, onde a música era ouvida num volume menos ensurdecedor.

— Não sei mesmo do que você está falando.

— *Quase amantes*! Você pegou minha cópia antecipada, aquela que meus leitores assinaram na minha primeira turnê.

Ela não esperava chorar e limpou rapidamente as lágrimas traidoras que conseguiram escapar.

Sadie a encarava, impotente.

— Sawyer, não está comigo. Eu tenho, tipo, cinco livros. Eu teria percebido.

— Por favor, Sadie. Sei que seu irmão pegou. Só quero de volta — implorou. Sair de casa hoje tinha sido uma má ideia. Não estava em condições de ser vista em público, muito menos ir atrás da ex em outro estado.

Sadie entreabriu os lábios. Com um suspiro, pôs o cabelo atrás da orelha, assentindo devagar.

— Ah. Eu, hã, pode ser que esteja comigo. — Girando as chaves no dedo, ela indicou uma caminhonete ali perto. — Você pode me seguir, mas precisa ser rápido. Eu... — Sadie suspirou. — Por que hoje?

Sawyer ergueu as sobrancelhas.

— Como assim?

Sadie a encarou, desacreditada.

— Você não faz ideia de que dia é, não?

Sawyer pressionou os lábios. Não sabia. Só sabia que era domingo porque era o dia em que Alex trabalhava, quando ela deixava os livros.

— Feliz Dia dos Namorados, Sawyer — Sadie disse tão calorosamente quanto o clima. Ou seja, gelado. Com isso, ela se virou, esmagando cascalho sob as botas enquanto ia até a caminhonete sem olhar para trás.

Sawyer voltou para o carro, seguindo Sadie pela cidadezinha. Agora que prestava atenção, notou que as vitrines das lojas estavam decoradas de rosa e vermelho para o feriado.

Quando Sadie parou diante de uma casa, Sawyer estacionou na rua e se apressou pela calçada. Não conseguia acreditar que estava fazendo isso. Estava mesmo percorrendo a escala emocional, a onda de empolgação apaziguando sua raiva. Estava fazendo isso. Pegando o livro de volta.

— Temos que ser rápidas — disse Sadie, destrancando a porta.

— Sadie, confie em mim, não estou esperando que você estenda o tapete vermelho.

Sadie bufou, abrindo a porta para que ela entrasse.

— Não é isso. Eu não esperava uma vela nos meus planos para esta noite.

Enquanto ela dizia isso, Sawyer observou os toques ao redor do espaço que com certeza não eram de Sadie. Os chinelos cor-de-rosa perto da porta, o cardigã fofo no cabideiro, a tigela de arco-íris em que Sadie deixou cair as chaves. Claro. Sadie tinha uma nova namorada, e elas tinham planos para o Dia dos Namorados. Sawyer se encolheu. O primeiro e único Dia dos Namorados que comemorou foi com Sadie.

— Desculpe — disse ela. — Sei que isso foi do nada. Recebi uma garrafa do seu uísque hoje, não sei o que me deu. Eu só... queria meu livro de volta e cansei de inventar desculpas para te evitar, acho.

Sadie assentiu devagar, o olhar passando dos pés à cabeça dela.

— Se estiver comigo, está ali.

Tirando as botas, ela desapareceu no corredor e Sawyer a seguiu, sentindo-se como uma intrusa na sua nova vida. Por mais desconfortável que fosse, era quase um alívio ver que Sadie estava bem. Que não estava tão mal quanto Sawyer. Que havia vida após o amor. Alguém deveria contar a Cher.

Do armário do corredor, Sadie tirou algumas caixas etiquetadas como "coisas de Hanukkah", antes de pegar uma caixa marrom sem identificação coberta de poeira. Ambas olharam para ela e não uma para a outra, era uma representação física da bagagem entre elas.

— Nunca abri — confessou Sadie. — Foi pirraça mandá-lo buscar minhas coisas em vez de ir até lá. Eu nem precisava de nada que o mandei buscar. Enfim... — Ela gesticulou para a caixa, massageando a nuca, desconfortavelmente. — Fique à vontade.

Sadie desapareceu pelo corredor assim como Sawyer queria desaparecer por completo. Afundando no carpete, abriu as abas, uma nuvem de poeira a fazendo espirrar. Com cuidado, pegou uma camiseta desbotada da universidade que originalmente era dela, o mistério de onde tinha ido parar enfim resolvido. Ela a colocou de lado; cada lembrança do relacionamento delas era como derramar suco de limão em uma ferida aberta. Ou talvez menos como suco de limão, mais como ver algo que havia apodrecido dentro dela porque fechou a ferida sem limpar primeiro.

Conteve um soluço quando seus dedos tocaram no papel. Inspirou trêmula enquanto puxava o livro dos itens diversos que ainda estavam na caixa, seus dedos traçando o nome na capa com reverência. A lombada estava presa com fita adesiva transparente, a cola era visível por baixo de onde havia sido aberta e fechada tantas vezes. A capa estava dobrada e desfiada nas bordas, mas ela nunca tinha visto uma cópia mais perfeita de seu primeiro livro, com a capa original, antes de ter sido refeita com o pôster do filme. Ao abri-lo, não conseguiu nem ler as mensagens de seus leitores — seus *primeiros* leitores — porque seus olhos marejavam mais rápido do que ela conseguia piscar para afastar as lágrimas.

Fechou a caixa, sem precisar de mais nada dela, e a colocou de volta no armário. Enfiou o livro dentro do casaco, ao lado do coração, seguindo os sons do corredor.

— Encontrou? — perguntou Sadie, de onde estava organizando uma tábua de charcutaria.

Sawyer assentiu, tirando o livro de dentro do casaco.

Uma expressão dolorosa apareceu no rosto de Sadie.

— Desculpe. Eu não sabia mesmo. Eu jamais... você se sacrificou tanto por esse livro...

Sawyer revirou os olhos.

— O quê? — perguntou Sadie, na defensiva.

— Você não podia resistir a mais um golpe, não é?

A expressão inocente de Sadie era quase convincente demais.

— Você sempre se ressentiu do meu esforço. Mesmo agora, não consegue deixar isso de lado.

Sadie ficou boquiaberta.

— É isso o que você acha? Que fiquei com raiva porque você *trabalhava muito*?

Sawyer ergueu as sobrancelhas como se dissesse: "Não foi isso?"

Sadie riu sem achar graça.

— Sawyer, a sua paixão era o que eu amava em você. Escrever era a sua vida toda, e eu queria fazer parte daquela vida, mas você não deixava. Entendo esconder sua escrita de sua família, mas de mim? Sabe quantas vezes eu descobri coisas da sua carreira pela porra do Twitter? — Sadie inspirou fundo. — Desculpe, eu não esperava me irritar depois de todo esse tempo. — Ela levou a mão fechada ao peito. — Não é que você tenha trabalhado demais. É como se você tivesse conseguido o seu sonho e se esquecido de viver.

Sawyer olhou para Sadie como se a visse pela primeira vez, de repente entendendo todas as brigas, os silêncios gelados toda vez que atingia um novo marco ou cancelava planos, através de uma nova perspectiva. E Lily não tinha dito algo parecido? Sawyer estava muito preocupada em fazer malabarismos demais e deixar a bola cair de novo. Fez toda a sua vida ser sobre essa única coisa, mas isso não é viver de verdade. Não era apenas sua escrita que estava presa. *Ela* estava presa. Quando fez o acordo com Mason pela primeira vez, pensou que o romantismo de cavaleiro de armadura brilhante dele a libertaria de sua torre de bloqueio criativo sem fim. Agora, percebeu que o dragão que a prendia ali era... ela mesma.

— Eu... — Ela pigarreou. — Desculpe, Sadie. Acho... não sei. Só me desculpe.

Sadie balançou a cabeça, o olhar parando no volume em formato de livro sob o casaco de Sawyer.

— Eu nunca entendi como você era capaz de escrever coisas tão lindas que me emocionavam e ao mesmo tempo não conseguia dizer como se sentia.

Sawyer arfou como se tivesse tomado um soco. Fechou os olhos com força, mas as lágrimas caíram mesmo assim.

— Sinto muito. Sinto mesmo. Se te faz se sentir melhor, ainda sou uma merda nisso. E agora nem consigo escrever nada lindo.

— Isso não me faz me sentir melhor, na verdade — disse Sadie, triste.

— Teria mudado algo — perguntou ela para o teto — se, depois que as coisas implodiram, eu tivesse aparecido? Se eu tivesse tentado? — Ela pressionou os lábios para evitar que o queixo tremesse.

Sadie a observou com olhos semicerrados.

— Não é para mim que você quer fazer essa pergunta, é?

Sawyer lhe deu um sorriso fraco.

— Não.

Se inclinando para a frente, Sadie apoiou os antebraços na bancada da cozinha.

— Então vá reescrever seu final.

30

• *(Sem)Romance* •

Tentar arruinar clichês românticos só para se tornar todos eles. (E tudo bem, na verdade.)

Havia um grande envelope esperando por ela quando chegou em casa.

Seu coração bateu na garganta ao ver a letra bagunçada de Mason. Então se deu conta. Era isso? Ele estava devolvendo as coisas dela?

Sawyer colocou a cópia recuperada de *Quase amantes* com cuidado na mesa da cozinha, como se fosse quebrar. O que, considerando que estava se segurando com fita e oração, podia acontecer. Com mãos trêmulas, desfez o selo do envelope, virando-o de ponta-cabeça. Uma dúzia ou mais de postais caiu. Com uma perna sob o corpo, ela se afundou na cadeira mais próxima e pegou o primeiro cartão.

Era um print de *Harry e Sally — Feitos um para o outro*, só que a legenda dizia: "Sawyer, vim aqui esta noite porque, quando você perceber que quer passar o resto da sua vida com alguém, vai querer que o resto de sua vida comece o quanto antes."

Outro, de *10 coisas que eu odeio em você*, com Heath Ledger correndo pelas arquibancadas. Na parte inferior, o nome dela e os primeiros versos de "Can't Take My Eyes Off You", de Frankie Valli.

O seguinte, de *Orgulho & preconceito* (2005). "Se seus sentimentos permanecem como da última vez que conversamos, me conte imediatamente. Minha afeição e desejos não mudaram, mas uma palavra sua me calará para sempre. Se, no entanto, seus sentimentos mudaram, terei que dizer: você me enfeitiçou, meu corpo e alma, e amo — amo —, amo você. Deste dia em diante, não quero ficar longe de você."

E assim por diante, prints de alguns dos grandes gestos mais icônicos, todos com o nome dela ali. Quando chegou ao fim, ela ficou triste por ter acabado, espiando dentro do envelope em busca de mais. Para sua alegria, encontrou um cartão.

Sawyer,

Sei que tenho muito pelo que me desculpar, mas você merece mais do que eu fazer isso por carta. Por favor, não confunda meu silêncio com outra coisa senão meu desejo de te dar o espaço que pediu. Penso em você o tempo todo, e, se você alguma vez duvidar dos meus sentimentos, saiba que você arruinou o romance para mim da melhor maneira, pois se tornou a própria definição dele para mim. Não tenho palavras para descrevê-lo, então espero que você não se importe que eu tenha pegado emprestadas algumas das minhas favoritas. Quando você estiver pronta, eu estarei pronto. Não quero deixar as coisas assim. Peça, e correrei pela cidade à meia-noite, ou farei papel de bobo cantando Frankie Valli com uma banda do colégio e serei preso pela polícia do campus, ou, inferno, eu até vou à IKEA com você para comprar sua mesa de cabeceira. O que você preferir — escolha sua própria aventura de grande gesto. Quero passar o resto da minha vida provando a você que felizes para sempre é real e vale a pena.

Seu,
Mason

Ela traçou a palavra *seu*, lembrando do som saindo dos lábios dele na véspera de Ano-Novo. Não tinham estragado o beijo de Ano-Novo, e ela estava feliz por isso. Não tinham estragado nada, mas relendo a carta Sawyer pensou ter entendido o que ele quis dizer. Ela estava arruinada para qualquer outra pessoa, menos para ele. Ninguém mais serviria.

Queria correr até o apartamento dele, mas era tarde, e não poderia ser tão fácil, poderia? Ela sabia a resposta para isso. Não. Não seria fácil. Ela teria que deixá-lo entrar, por completo, e isso exigiria trabalho. Muito trabalho, trabalho a distância, mas *não* seria trabalho se fosse Mason. Seu homem doce e romântico incurável merecia um grande gesto para entrar para a história.

Sawyer afundou no chão em frente à estante. Puxando o dicionário, folheou a letra "e" até encontrar "elevador". Ali, pressionado entre as páginas, havia um pedaço de papel impresso. "Regra 1: Sem sentimentos. Regra 2: Sem sexo." A parte inferior do papel estava rasgada onde Sawyer havia escrito seu número de telefone e dado a Mason. Havia um segundo pedaço de papel, um que ela havia arrancado de um caderno.

Missão: (Sem)Romance

Ela sorriu para a lista, a versão original no verso onde ela cortara várias ideias, reescrevendo os itens aprovados na frente. Ali, no final, ela adicionara às pressas: "data final???"

Enquanto relia a lista, sua atenção foi capturada pelos dois últimos itens. Não ia arruiná-los para Mason. Ia mimá-los com eles.

O grande gesto de Sawyer teve um começo desanimador.

Colocar música dos anos oitenta para tocar do lado de fora da janela de alguém não tem o mesmo efeito quando a pessoa está no décimo oitavo andar e você na calçada.

Ela olhou para o porteiro com cautela. O doce senhor que cuidava da porta quando ela esteve ali antes já tinha ido embora. O que era uma pena, porque ela estava contando que Luther a reconheceria. E, mesmo que ele não se lembrasse dela, sabia que poderia passar por ele. Os elevadores não ficavam tão longe da porta da frente. Mas esse cara novo... Nossa. Ele tinha o porte de um caminhão. Aquele cabelo grisalho era um equívoco. Ele já a havia frustrado uma vez, mas ela não desistiria tão fácil.

Sawyer reuniu toda a sua destreza de atuação, colocando os cartões gigantes debaixo do braço e caminhando até a porta da frente como se fosse dona do lugar.

— Senhora — disse o porteiro quando ela se aproximou. — Senhora — falou mais seriamente quando ela o ignorou e continuou andando. Ele ficou diante da porta, bloqueando tudo com seu corpanzil.

Sawyer ergueu o olhar, fingindo surpresa, observando o prédio como se nunca o tivesse visto antes.

— Ah, desculpe — falou em sua melhor voz distraída. — Prédio errado!

Sem comprar a mentira dela nem um pouquinho, ele a observou desconfiado enquanto ela se afastava a um quarteirão de distância para replanejar o ataque.

Um homem de negócios saiu do prédio, acenando alegre para o porteiro, que agora ela tinha certeza que se tornaria uma parte essencial na explicação de como se tornou uma vilã.

Por sorte, no entanto, o homem parou bem na frente dela, dando tapinhas nos bolsos, preocupado, antes de se virar e voltar pelo caminho que veio. Sawyer seguiu meio passo atrás dele, eufórica por ser baixa, enfim, ser útil, enquanto deslizava para dentro do prédio atrás dele. Mal tinha entrado quando uma mão agarrou seu casaco, puxando-a de volta para o ar frio do inverno de Chicago.

— Senhora — repetiu o porteiro, um crachá dourado e brilhante no peito declarando que seu nome era Stan.

Deus, que nome mais de porteiro. Era tão perfeito, que ela quase não viu a careta dele.

— É a terceira vez — suspirou. — Pelo menos tente disfarçar.

Ela se inclinou para mais perto.

— Tá, estou escutando. Como faço isso?

Ele revirou os olhos.

— Para começar, não carregue pôsteres gigantes e uma boombox.

Ele tinha razão. Mas ela… ela tinha uma missão.

— Pela última vez — disse Stan, cansado. — Se você não for moradora, não pode entrar sem a permissão explícita de um morador.

— E se — suspirou ela, sentindo um frio na barriga quando ele se inclinou para ela automaticamente — eu dissesse que conheço alguém no prédio e estou tentando surpreendê-lo? — Ela gesticulou para os pôsteres e a boombox.

— Posso ligar e confirmar se a pessoa quer ser surpreendida — propôs ele.

— Não sei se temos a mesma definição de "surpresa" — retrucou ela. — Mason não vai se importar, *prometo*.

O porteiro ergueu as sobrancelhas.

— Está aqui para ver o sr. West?

A esperança cresceu no peito dela pelo mais breve momento antes de murchar. Essa não foi a coisa certa a dizer. Stan definitivamente achava que ela era uma fã apaixonada, e esse nível de segurança provavelmente foi o motivo pelo qual Mason escolheu esse apartamento, para começo de conversa. Que inconveniente para ela.

— Eu o conheço — implorou ela. — Juro. E talvez você esteja me poupando de uma vida inteira de constrangimento, mas estou aqui para fazer isso por amor, e preciso muito que você me deixe entrar.

Stan a encarou por um longo momento, o olhar disparando para o dela, cheio de lágrimas, para os pôsteres e a boombox, e de volta para ela.

— O que você está planejando?

Ela deu um passo para trás, colocando a boombox na calçada e apertando play. Apoiando os pôsteres contra o peito, ela esperou que os olhos dele examinassem as palavras antes de passar para o próximo pôster. Quando terminou, ele franziu a testa. O otimismo cauteloso que vinha crescendo constantemente dentro dela a cada pôster se esvaiu.

— Mas que drogas são essas, cartões de felicitações? — murmurou ele.

— Exatamente — disse Sawyer, empática, como se isso explicasse algo. Apesar de que, julgando pela expressão dele, não explicava nada. — Mason e eu temos uma lista... talvez eu deva começar do começo?

Stan a observou por um longo momento antes de se aproximar e parar "In Your Eyes" do Peter Gabriel.

— Está bem, mas vamos fazer isso lá dentro, e preciso da minha pipoca.

— O que quiser — concordou ela, animada. Correria até a loja da esquina e compraria qualquer guloseima que ele quisesse se considerasse deixá-la passar. Mas estava dentro do prédio agora. *Progresso*. Pensou em correr para o elevador...

Seguindo o olhar dela, Stan estalou a língua.

— Nem pense nisso. Vou desligá-lo com você lá dentro e te deixar pensar nas suas escolhas por *no mínimo* meia hora — ameaçou ele, gesticulando para o painel de controle na mesa.

— Eu não faria isso. — Sawyer forçou uma risada que soou mais como um guincho. — Na verdade — disse alegremente. Se havia algo em que ela era boa, era contar história. Esta estava prestes a se tornar sua obra-prima —, o motivo de Mason e eu nos conhecermos é um elevador. Só que ele é quem estava tentando entrar escondido.

Stan se sentou na cadeira, balançando para a frente e para trás e abrindo o saco de pipoca.

— Continue.

— Espere — disse Stan, se sentando de novo. — O Dia dos Namorados foi há duas semanas.

Sawyer fez uma careta, reajustando a pilha de cartões aos seus pés que continuava deslizando pelo piso de ladrilhos escorregadio. Quase se sentiu culpada por monopolizar o tempo de Stan. Vários moradores tinham vindo e ido, Stan pulando com uma rapidez surpreendente para um cavalheiro mais velho, voltando correndo todas as vezes para que ela pudesse retomar o causo.

— Sim, foi, mas sabe como é difícil encontrar uma boombox que funcione hoje em dia? E uma fita cassete? Tive que mandar trazer de Portland! E — ela sorriu, culpada — posso ou não ter estado ocupada com outra coisa...

Stan sorriu, rolando uma pipoca caramelizada entre os dedos.

— Você terminou seu livro, não foi?

Ela assentiu. Enquanto esperava que seus itens do grande gesto fossem entregues, voltou a assistir *Diagnósticos* porque era tudo o que conseguia pensar em fazer. Quando o dr. Santiago e a enfermeira Lia terminaram no final da quarta temporada, Sawyer gritou com a personagem de Kara por deixá-lo ir, mas a enfermeira Lia não sabia que o dr. Santiago estava do outro lado da cidade, procurando por ela enquanto ela procurava por ele. Sawyer havia se desenterrado da montanha de cobertores e travesseiros no sofá para fazer uma tigela de pipoca antes de começar a quinta temporada; mas, enquanto estava lá, observando os grãos estourarem na panela, se deu conta de como consertar o livro. Após pegar o notebook do sofá, ela o moveu para a mesa de jantar, voltou para o sofá e se enrolou em cobertores. Se ia fazer isso, precisava estar confortável. Soluçou durante os capítulos finais, em parte por seus personagens, dando-lhes o final feliz que queria, e em parte por si mesma, porque estava mesmo escrevendo. Pela primeira vez em anos, ela havia terminado um livro.

Enviou o rascunho à sua agente e à sua editora, rezando para que o entusiasmo anterior de Emily não diminuísse ao ler o trabalho final. Não tinha certeza de que alguém gostaria de ler um livro sobre duas pessoas que fizeram tudo errado na primeira vez e se encontraram de novo, mas esperava que seus leitores encontrassem o caminho de volta para ela, assim como seus personagens fizeram.

Stan largou o saco de pipoca, balançando um dedo para ela.

— E você não está aqui só para terminar a lista?

Sawyer balançou a cabeça.

— Não se trata da lista nem do grande gesto. Agora entendo por que nossa missão sempre esteve fadada ao fracasso. Todos aqueles grandes momentos dos filmes fracassariam se a pessoa não quisesse. Se não tivesse lutado para chegar lá. Não se trata de correr pela cidade para se encontrarem no Ano-Novo, ou interromper um casamento, se trata da vulnerabilidade, não do ato em si. A questão é aparecer e arriscar tudo sem garantia de que você conseguirá o que quer. Trata-se de tentar. É por isso que estou aqui. Para tentar. E talvez fazer papel de boba... — Ela deu de ombros. — Mas não me importo. Porque estou apaixonada. E quero lutar por isso. Mas, primeiro, preciso passar por esse porteiro que é um pouco bom demais no que faz.

Stan sorriu, inclinando-se para a frente mais uma vez, de cotovelos apoiados na mesa, para enfim esticar o braço e apertar um botão. Um momento depois, o elevador apitou, e as portas se abriram.

31

• O grande gesto •

É tudo ou nada, amor!

Mason passou a mão pelo cabelo. Ainda não tinha se acostumado com ele curto para o dr. Santiago; a gravação começaria na segunda. Mexendo no celular, decidiu o que pedir para o jantar. Coçou distraidamente a barriga, sob a bainha da camisa. Não estava com fome, mas sabia que devia comer e estava cansado demais para cozinhar.

Passara a tarde toda limpando o apartamento, banindo tudo de Sawyer para uma pequena gaveta. Ela não deixara muita coisa ali, exceto o vestido dourado, as joias e algumas dezenas de grampos que de alguma forma ele ainda achava por ali. Ele sabia que deveria jogar tudo em uma das muitas caixas de mudança agora espalhadas pelo apartamento e mandar de volta para ela, mas não conseguia se obrigar a fazer isso ainda. Não parecia certo ele sentir tanto por uma pessoa e não dar em nada. Havia enviado a carta para ela durante a noite duas semanas antes, mas, mesmo com o silêncio dela, não estava pronto para esquecer.

Mason paralisou quando o som de tambores o alcançou. As paredes ali eram bem isoladas, então ele raramente ouvia os vizinhos. Alguém devia estar realmente curtindo. Embora fosse mais como uma balada lenta. Era... *era Peter Gabriel*? A atenção de Mason se desviou lentamente para a porta.

O canto da boca dele tremeu, e ele jogou o celular no balcão, todos os pensamentos sobre o jantar esquecidos enquanto cruzava a porta em passos longos, uma esperança cautelosa florescendo no peito. Sem se preocupar em verificar quem era — sabia quem era —, abriu a porta.

Sawyer estava do outro lado do corredor, apressadamente enxotando um dos vizinhos de volta para casa. Ao avistá-lo, ela paralisou, visivelmente perdendo o ar. Se recompôs, e Mason encostou o ombro no batente da porta, observando-a.

Ela usava uma jaqueta militar verde esfarrapada com uma camisa xadrez preta e vermelha por baixo. Seus jeans desbotados estavam soltos e rasgados, botas aparecendo sob a bainha desfiada. Ele só podia supor que aquela fosse a versão dela de Interesse Amoroso Masculino Chique dos Anos Oitenta. Uma boombox enorme a seus pés. Onde ela havia encontrado uma boombox vintage... e fazia quanto tempo que estava planejando isso?

Mason estava chocado demais para fazer ou dizer qualquer coisa. Sawyer pegou uma pilha de pôsteres, e ele sorriu ao perceber o que estava prestes a acontecer. Sawyer Greene estava fazendo um grande gesto. O inferno devia estar congelando.

Enquanto ela apoiava a pilha de pôsteres brancos contra o peito, ele desviou sua atenção dos grandes olhos verdes para as mãos ligeiramente trêmulas, até o primeiro pôster, ondulando com a respiração falha dela.

OI.

— Oi, Sawyer — disse ele, baixinho.

Ela deu um sorrisinho, tirando o primeiro pôster e o apoiando na canela. Mason voltou a atenção para os pôsteres.

DESCULPE.

Próximo.

TIVE MEDO.

Próximo.

AINDA ESTOU COM MEDO,

Próximo.

MAS QUERO TENTAR COM VOCÊ.

Próximo.

ENTÃO AQUI ESTOU, NÃO SENDO ROMÂNTICA COM VOCÊ.

Próximo.

ASSIM, DIFERENTEMENTE DE ANDREW LINCOLN, ESTOU AQUI COM ESPERANÇA E SEGUNDAS INTENÇÕES.

Próximo.

EMBORA NÃO SEJA BOA EM ME EXPRESSAR,

Próximo.

ESPERO QUE ISTO GARANTA QUE AS PALAVRAS SAIAM DIREITO.

Próximo.

ENTÃO:

Próximo.

MASON ALEXANDER

Próximo.

ÁLVAREZ-WEST*
*NOME VERDADEIRO

Mason riu pelo nariz, vendo o sorriso nervoso de Sawyer falhar quando ela revelou o último pôster.

EU TE AMO.

Deu para ver que ela havia passado mais tempo com o último. Nos outros, os rabiscos bagunçados estavam descentralizados e tortos. Mas aquele era perfeito. A posição das letras foi intencional, sabendo o peso das palavras que elas se juntariam para formar. Mason olhou para ele por um longo tempo, tentando fazer a esperança continuar brotando no peito.

— Isto não é... — disse ele roucamente, pigarreando. Precisava ter certeza. — Não é para a lista, é?

Sawyer balançou a cabeça.

— Não, é para mim. Para nós, com sorte.

— Porque... você me ama.

Ela assentiu.

— Porque eu te amo — disse, baixinho.

Ele se afastou da porta para pegá-la nos braços, mas Sawyer ergueu as mãos. Mason paralisou.

— Espere, e-eu não acabei, e se você me beijar agora vou esquecer, porque essa calça de moletom e o corte de cabelo estão acabando comigo.

Ele sorriu, voltando a se apoiar na porta.

— De qualquer forma, tirando o gesto, achei que você tinha dito que a cena dos pôsteres era estranha.

— Bem, sim — disse ela, hesitante, apoiando o último cartão contra os joelhos para ainda encará-lo como um lembrete de que ela o amava. De que era real. — Foi para a esposa do melhor amigo dele… espere, você não tem uma esposa aí, tem? Cheguei tarde demais?!

— Não — disse ele com um sorriso. — Chegou na hora certa.

— Graças a Deus. — Ela suspirou, aliviada. — Mason, eu sinto tanto. Passei muito tempo afastando as pessoas para não me magoar de novo, mas de alguma forma você entrou aqui, e eu gostei tanto de você que foi assustador. Eu estava aterrorizada de deixar você entrar e então você partir e eu ficar péssima e tudo estava acontecendo tão rápido e você me disse que me amava no meio de uma discussão e… — Ela inspirou, trêmula. — Eu não estava pronta para ouvir naquele dia, mas entendo agora. Não escolhemos por quem nos apaixonamos nem quando. Às vezes, é uma moça aleatória no elevador ou um cara com quem você devia ficar uma vez só. Mas dá para escolher com quem queremos ficar.

Mason esperou apenas meio segundo para ter certeza de que ela tinha terminado de falar antes de atravessar o corredor em um único passo. Pausando Peter Gabriel, ele a puxou para os braços, pressionando a testa na dela.

— Também peço desculpas. Eu te pressionei tanto. Não acredito que dei uma de Moira para cima de você. Não sabe quanto me castiguei por isso. Ou por apressar o que temos. Eu sabia que você precisava ir devagar, mas aconteceu que fiquei atordoado quando começamos e isso não é desculpa…

Sawyer pousou o dedo nos lábios dele.

— Eu sei. Senti a mesma coisa, e me assustei. Pensei que tinha que me concentrar em salvar minha carreira, e depois me preocuparia — gesticulou amplamente — com todo o resto. Mas estava tão focada, que não me permitia viver. Você me ensinou a me apaixonar pela vida de novo. Compartilhar isso com você foi a melhor coisa que me aconteceu em anos. Eu não tive ninguém comigo… não *deixei* ninguém estar comigo — corrigiu. — Mas quero você aqui. Quero estar com alguém que vai me pressionar. Quero estar com alguém que me ama não apenas por quem sou agora, mas também por quem ele sabe que quero ser. Mas — disse ela, com um pequeno sorriso —, se vamos fazer funcionar, preciso que você converse comigo, mesmo que não tenhamos as palavras perfeitas ainda, e prometo fazer o mesmo, porque… — Ela inspirou fundo, e Mason perdeu a respiração. — Eu te amo.

A mão dele estava no cabelo dela em um instante, inclinando seu rosto para trás para que pudesse beijá-la, lábios que tinham acabado de proferir as palavras mais perfeitas, aquelas que ele nunca ousou imaginar ouvir. Mason queria se afogar no som e na sensação disso. Sabia que tinham mais o que conversar, mas agora só conseguia pensar em como teriam tempo para fazer isso mais tarde. Eles tinham um depois. Só esse pensamento bastava para atordoá-lo. Bem, isso e o fato de que ele mal tinha respirado, tão decidido a despejar tudo o que eles não tinham dito em seus beijos, os lábios transmitindo a amplitude de sentimento que as palavras não podiam abarcar.

Sawyer se afastou primeiro, inspirando trêmula.

— Bem, eu nunca quero ter que brigar assim de novo, mas, hã, fazer as pazes não é tão terrível.

— Só para registrar — disse ele, roçando os lábios nos dela —, quando inevitavelmente brigarmos de novo, saiba que tudo isso foi muito bom, mas não é necessário. Eu só queria que você voltasse.

Sawyer sorriu.

— Eu sei. Mas quero que saiba como falei sério, que estou com tudo nessa. Eu não podia esperar que meus personagens fizessem um grande gesto e então fugir porque eu estava com medo.

Mason se endireitou, um sorriso puxando os cantinhos da boca.

— Terminou o livro?

Sawyer assentiu, sorrindo alegremente, e Mason a puxou para um abraço tão poderoso que tirou os pés dela do chão. Ele a girou no ar antes de pousá-la de novo.

— Estou orgulhoso pra caralho de você.

— Bem, preciso te agradecer.

Ele ergueu a sobrancelha.

— Fiquei tão brava com o término Liatiago que precisava de um final feliz, então escrevi um.

Mason entreabriu os lábios, surpreso.

— Assistiu à minha série?

Ela deu de ombros como se não fosse nada de mais.

— Senti saudade, tá? Muita.

Os ombros dele balançaram com a risada e ela estendeu um dedo, dando-lhe um olhar mortal.

— Ainda me falta uma temporada; então, se você me der spoiler, juro que vamos brigar de novo.

Mason passou o zíper na boca.

— Enfim — disse ela, suspirando. Ele não precisava ouvir mais nenhuma explicação, nenhuma desculpa, mas também estava muito curioso em como ela fora parar ali, na porta dele com uma boombox e pôsteres gigantes. — Você já tinha aparecido na minha porta e escrito minha primeira carta de amor, então era minha vez de fazer um grande gesto. E, embora eu ainda não saiba se acredito em felizes para sempre, nunca estive tão feliz quanto ao estar com você, e não estou pronta para me despedir disso... Agora não, e talvez não por um longo tempo, se estiver tudo bem por você.

— Mais do que tudo bem por mim. — Mason a olhou, acariciando sua bochecha. Ainda não conseguia acreditar que ela estava ali. — Vamos entrar?

Mordendo o lábio, Sawyer assentiu.

Com os pôsteres e a boombox na mão, ele deixou o último pôster cair no balcão da cozinha. Levou os demais para um lugar seguro no canto. Ia emoldurar o último, sem dúvida. Se endireitou quando "In Your Eyes" começou outra vez. Virando-se, observou enquanto Sawyer imitava tocar bateria no ar.

— Sabe, sempre achei essa canção meio boba, mas... — Sawyer deu de ombros. — Tenho que admitir, quando começa, é bem boa.

O ritmo acelerou e Mason estendeu a mão.

Ela o observou com cuidado antes de aceitar.

— Vamos mesmo dançar na cozinha? — perguntou, girando para ele.

— Shh, aceite o clichê, Sawyer. — Se inclinando, os lábios dele roçaram no lóbulo da orelha dela enquanto sussurrava: — Acho que no fundo você gosta.

Ela riu alto.

— Sei que você disse que não é necessário, mas acho que os grandes gestos combinam mais com minha natureza dramática.

— Amo sua natureza dramática. Você arruinou o romance para mim da melhor maneira possível. — Ele colocou o cabelo dela atrás da orelha, franzindo a testa. — Já não falei que te amo?

Sawyer balançou a cabeça devagar.

— Permita-me corrigir isso imediatamente. — Mason a abraçou mais forte. — Eu te amo, Sawyer Greene.

Ela afundou nele, com o queixo apoiado em seu peito.

— E eu te amo.

Mason os balançou no ritmo da batida, e ela se aconchegou mais em seu peito enquanto dançavam na cozinha ao som de Peter Gabriel. Era clichê, e combinava perfeitamente com eles.

32

• *De ficantes a estranhos a amigos a amantes a idiotas a amantes* •

Inventado por Mason Álvarez-West e Sawyer Greene, provavelmente.

Um ano depois...

— Então, Sawyer — disse Claire, o sorriso se iluminando na tela do notebook de Sawyer —, a comunidade Café e Composição implodiu quando anunciei essa entrevista. Pareceu que não tivemos notícias suas por um tempo, e então, *bam*, filme; *bam*, anúncio de livro novo. Você tem alguns leitores muito leais, e eles estão famintos por novidades. Obviamente você esteve bem ocupada desde *Por que não estamos juntos*. Pode nos dizer o que esteve fazendo nos últimos anos?

Sawyer assentiu, umedecendo os lábios enquanto inspirava fundo. Encarando a camerazinha do notebook, falou diretamente com os leitores.

— Obrigada, Claire. Mal posso explicar quanto significa para mim ainda ter leitores depois de todo esse tempo. Porque, sim, estive ocupada, mas a maior parte dos últimos anos tem sido eu tentando e falhando em escrever. Comecei um monte de projetos que não deram em nada. Falamos muito sobre como escrever é um ofício solitário, e eu pensei que isso significava que eu tinha que fazer tudo sozinha, então minha escrita sofreu por isso.

Mas, recentemente, aprendi que pedir ajuda não é um sinal de fraqueza, e eu não seria capaz de fazer tudo isso sem as pessoas que amo me apoiando e me incentivando a fazer coisas que me assustam. Só quando comecei a deixar as pessoas se aproximarem foi que percebi a alegria que me traz compartilhar minhas histórias, e estou muito animada para que os leitores descubram *Senão, noivos*. Espero que tenha valido a espera.

Claire ergueu sua cópia antecipada, dançando na cadeira.

— Ai, meu Deus. Morrerei feliz de antecipação por dois anos se todos os seus livros forem bons assim. *Senão, noivos* arrancou meu coração, cortou em pedacinhos e colocou de volta no lugar. — Ela segurou a capa mais perto da câmera para ler a contracapa. — "Quando a mãe de Dom perde sua batalha de anos contra o câncer, a última coisa na mente dele é romance. Na verdade, faz um tempo que ele não pensa nisso. Mas, quando o testamento de sua mãe deixa o anel dela como herança, a mensagem é alta e clara. Ele pede sua namorada de longa data, Harlow, em casamento e recebe um silêncio carregado em resposta. Os últimos anos foram difíceis para os dois, e o relacionamento ficou em segundo plano. Harlow promete dar a ele uma resposta antes do aniversário de sete anos, e Dom jura reconquistá-la fazendo todos os clichês de comédia romântica que puder pensar. Só que, quando o lampejo do grande gesto desaparece, Dom percebe que, a menos que possam reacender a centelha que tiveram, em vez de um felizes para sempre, verão uma homenagem ao amor que perderam." — Claire abraçou o livro. — É romance, então não é spoiler dizer que assistir a esses dois se apaixonarem de novo foi uma das coisas mais doces que já li.

Sawyer corou.

— Obrigada.

— E dizem que há uma inspiração real por trás?

Sawyer corou ainda mais, balançando a cabeça para a parede. Desde que a dedicatória do livro vazara, o boato se espalhara.

A Mason; se eu tive que ficar presa (rapidinho) no elevador com alguém, fico feliz por ter sido você.

— A história de Dom e Harlow é o contrário da nossa, na verdade. — Sawyer riu. — A última coisa que Mason e eu queríamos quando nos conhecemos era um encontro inesperado. Nos esforçamos para lutar contra nossos sentimentos, enquanto *Senão, noivos* se trata de duas pessoas lutando para reencontrá-los.

Claire assentiu, girando.

— E, para falar de outras grandes notícias, seu livro anterior, *Por que não estamos juntos*, está sendo adaptado, e sei que *eu* estou esperando ansiosamente notícias do elenco. Você disse no Instagram que pode anunciar em breve?

Sawyer sorriu, cruzando os dedos para a câmera.

— No final da semana, acho.

— Alguma chance de vermos um certo dr. Santiago na lista?

Não importa quantas vezes eles negassem, esse boato não morreria. Conseguiram manter o relacionamento em segredo por alguns meses felizes; mas, quando Mason chegou a Los Angeles, onde os paparazzi eram muito mais comuns, a questão não era se seriam flagrados se agarrando em público, mas quando. E depois que a Luz Guia anunciou que havia comprado os direitos de *Por que não estamos juntos*, não demorou muito para que todos soubessem quem era a "loira misteriosa" em seu braço.

Sawyer nunca admitiria em voz alta, mas sentia falta de ser a Loira Misteriosa. Se os investidores tinham alguma hesitação persistente sobre a vida amorosa de Mason colocar em risco a produção, não disseram nada, sobretudo porque Kara e outras ex-namoradas famosas de Mason expressaram interesse em trabalhar com a Luz Guia. Não era convencional, mas, ei, nada sobre o relacionamento deles tinha sido normal até então. Por que começar agora?

Sawyer fez gesto de trancar os lábios e jogar a chave fora. A essa altura, tinha aprendido a simplesmente abraçar o boato e deixá-lo seguir seu curso. Claire entendeu a indireta e abandonou o assunto Mason. No início, Sawyer resistiu a permitir que as entrevistas perguntassem sobre ele, sem querer que as pessoas pensassem que ela estava pegando carona, mas não havia como negar que, se Mason não tivesse enviado o livro dela para Alissa, não haveria um acordo para o filme. Além disso, embora inicialmente tenha aceitado a ideia esperneando, ela estava animada. Ele era seu maior incentivador, e ela tinha orgulho disso.

Claire fez mais algumas perguntas sobre o filme, e Sawyer deu suas respostas habituais — não havia muito que pudesse dizer no momento. Ainda estava em pré-produção. A indústria cinematográfica se movia tão devagar quanto a de publicação de livros. Elas jogaram um jogo de isto ou aquilo com os personagens de Sawyer dos quatro livros antes de encerrar com uma conversa geral sobre escrita.

Após a entrevista, ela conversou com Claire um pouco antes que o tempo acabasse.

Sawyer apagou a luz do *ring light*, afundando na cadeira e sorrindo para o teto. Tinha conseguido. Havia escolhido especificamente o *bookstagram* de Claire para sua primeira entrevista. Já havia trabalhado com ela antes, e Claire nunca hesitou em promover a lista de livros de Sawyer, mesmo quando parecia que ela nunca lançaria outro.

Uma batida suave soou, a porta se abriu um pouco. Mason enfiou a cabeça no quarto de hóspedes do apartamento deles em Los Angeles.

— *Terminou?* — murmurou ele.

Ela assentiu, abrindo os braços.

— Terminei.

Ele cruzou o pequeno espaço e a pegou da cadeira. Sawyer abraçou o pescoço dele enquanto ele a jogava na cama, sufocando-a sob si.

— Você conseguiu — ofegou no cabelo dela.

— Consegui.

Ela sorriu contra seu pescoço, passando os dedos nos cachos, que ela não o deixara cortar desde que terminara de gravar *Diagnósticos*, e agora estavam bem longos. Ele dizia que estava deixando crescer para um papel, mas ela reivindicava os créditos por inspirar essa direção artística.

Mason a olhou, uma ternura em sua expressão que a fez derreter ainda mais na cama macia do segundo quarto deles, que também servia como seu escritório em Los Angeles. Ele olhou para trás por cima do ombro.

— Desligou a câmera, não é?

Sawyer sorriu.

— Sim, por quê?

Ele riu para ela, fazendo cócegas.

— Ótimo.

— Mason! — Ela se contorceu sob o toque dele. — Não temos tempo, precisamos... — protestou ela de qualquer jeito, já tirando a camisa dele.

— Temos tempo — insistiu Mason.

Não tinham tempo, mas estavam atrasados para a maioria das coisas nos últimos tempos. Felizmente, ali era Los Angeles, então sempre podiam culpar o trânsito. O apartamento dela em Chicago era longe o suficiente de tudo para que a desculpa geralmente funcionasse lá também.

A distância não tinha facilitado as coisas, mas eles aproveitavam ao máximo o tempo juntos. E, quando estavam separados, Mason escrevia cartas de amor para ela com instruções no envelope sobre quando as ler. "Para quando você sentir minha falta", ou "para quando você (emoji de berinjela) sentir minha falta", ou "para quando você esquecer como é ridiculamente talentosa". Sawyer lhe atribuíra um som especial no celular; então, mesmo com suas agendas caóticas, uma diferença de fuso horário de duas horas e os períodos de escrita imprevisíveis dela, nunca perdia suas ligações, e eles começavam e terminavam cada dia com um "Eu te amo".

Milagrosamente, chegaram ao espaço que a Luz Guia havia alugado apenas dez minutos atrasados. Todos ainda estavam circulando, e eles tentaram entrar discretamente. Poderia ter funcionado, se Alissa não tivesse gritado no momento em que passaram pela porta, puxando-os para abraços e simultaneamente conduzindo-os para seus assentos na parede mais distante.

Sawyer trocou um olhar culpado com Mason enquanto Alissa chamava todos.

— Eles estavam esperando a gente, sim — murmurou ela.

— Valeu a pena — disse ele, abrindo uma garrafa de água e tomando um gole.

Sawyer endireitou a caneta diante de si, a atenção pousando na placa ali. *Sawyer Greene, Escritora, Produtora Executiva*. Seus olhos se voltaram para a placa de Mason ao lado da sua. *Mason West, Produtor Executivo*. Ela sorriu consigo, esperando que as pessoas não ficassem muito decepcionadas com o fato de que Mason não atuaria em uma produção da Luz Guia até o próximo filme na agenda rapidamente preenchida de Alissa.

Mason apertou a mão dela por baixo da mesa.

— Pronta?

Olhando para ele, para o orgulho e a esperança em seu olhar, Sawyer sentiu os ombros relaxarem, virou a mão e apertou também.

Ela ainda não sabia se acreditava em almas gêmeas ou em felizes para sempre, mas acreditava em Mason, e acreditava neles. E, por enquanto, estava feliz. Feliz de um jeito incandescente. Quando pensou na série de eventos que os levaram até ali, não se lembrou do pedaço de papel em que rabiscaram sua primeira lista — sem sentimentos e sem sexo —, das regras que não perderam tempo em quebrar. Lembrou-se do pedaço de papel que estava emoldurado ao lado da lista em seu apartamento em Chicago. "Missão: (Sem)Romance", onde, no canto, ela rabiscou "data final???".

Esperava que a resposta a essa pergunta fosse "nunca".

Mas, por enquanto, Sawyer sorriu, olhando nos olhos do homem que a ensinou a amar novamente e, vendo esse mesmo amor refletido de volta para ela, assentiu.

— Pronta.

Agradecimentos

Coloque uma música melosa e vista sua melhor fantasia de Interesse Amoroso Chique de Comédia Romântica dos Anos Oitenta, porque estou prestes a fazer um grande gesto para um monte de gente:

Para a minha agente, Hannah Schofield — sinto que ganhei na loteria de agentes com você. Obrigada por acreditar em mim e neste livro, por entender Sawyer e Mason tão completamente e por amar pontos de exclamação e travessões tanto quanto eu. Sou muito grata por ter você nessa jornada comigo.

Para as minhas editoras, Junessa Viloria, Katie Seaman e Clare Gordon, este livro literalmente não existiria sem vocês. Obrigada por darem uma chance a Sawyer, Mason e a mim. Eu não poderia pedir uma equipe mais brilhante de entusiastas de romance para defender minha comédia romântica sobre comédias românticas. Vocês são o encontro inesperado e o Felizes para Sempre deste livro. Muito obrigada às equipes incríveis da Forever e HQ, a cada um de vocês que emprestou seu tempo e talento para moldar este livro, especialmente Sabrina Flemming, Dana Cuadrado, Anjuli Johnson, Angelina Krahn, Taylor Navis, Emily Baker, Sara Schaller, Lori Paximadis e Becky Maines. Obrigada a Mars Valubi por suas ideias inestimáveis como leitor de autenticidade para Mason. Quaisquer erros em Mason são inteiramente meus. Um agradecimento especial a Daniela Medina pela direção de arte e a Guy Shield pela arte da capa original.

Para minha terapeuta: Ufa, garota. Deus te abençoe.

Um salve para a seção de queijos do supermercado, os sacos de tamanho família de bolinhos de queijo e todos os PB&Js comidos na pia que me ajudaram a cumprir meus prazos.

Meus amigos e familiares, que há muito tempo aceitaram que sempre serei a criança estranha que está meio perdida em devaneios — obrigada por me amarem. (E vejam só: eu fiz disso uma carreira. Quem imaginaria? Eu não!) Vocês completam tanto a minha vida. Coloquei partes do meu amor por vocês nestas páginas, e espero que saibam que são para vocês quando as virem.

A comunidade de escritores é um lugar mesmo especial, e fui abençoada por conhecer tantas pessoas talentosas, mas gostaria de agradecer especialmente às seguintes: Courtney Kae, por defender este livro quando era apenas uma ideia de uma linha; Alicia Thompson, que viu o potencial desde o primeiro rascunho; Hailey Harlow, por sempre me ouvir divagar sobre pessoas que inventei; Ande Pliego, meu irmão agente que tenho o privilégio de ter ao meu lado nessa jornada; o grupo de estreia de 2024ever, por celebrar e simpatizar, por sempre estender a mão para ajudar outros escritores a subir na escada editorial e por me permitir ser a primeira de 2025. Gratidão infinita a Anita Kelly, Lana Ferguson, Jessica Joyce, Chip Pons, Ava Wilder, Andie Burke, Mae Bennett, Jen Comfort, Solange Bello, Kristine Lopez e Claire Laminen. A todos os *bookstagrammers* que emprestam seu tempo e imenso talento para incentivar os outros, vocês merecem todas as flores.

Para minhas queridas Abby, Alisa, Ashley e Lizz: a maior história de amor que já vivi é a nossa amizade. Não escrevo pelos interesses amorosos apaixonados (tá, *em parte* pelos interesses amorosos apaixonados), mas porque mulheres como vocês merecem ser vistas como heroínas de suas próprias histórias. Vocês me surpreendem e me inspiram. Sou muito grata por estar em um momento em que o número de anos que conheço vocês supera os anos em que não as tinha em minha vida. Amo vocês para sempre.

A Karrie Kwong. Minha primeira leitora beta e ainda a primeira pessoa a ler qualquer coisa que escrevo. Não sei se ainda estaria escrevendo, muito menos se teria tido coragem de seguir esse sonho, se não fosse por sua fé em mim. Obrigada por me acompanhar desde (as datas conferem) 2005.

Estou torcendo por nós sempre e te amo infinitamente. Vejo você nas margens do Google Doc.

Para meus pais (e meu irmão, eu acho), obrigada por me deixarem ser eu mesma. Não somos uma família de grandes gestos ou grandes discursos, mas nossa casa sempre foi um espaço amoroso e seguro — para nós e para os outros. Sei que algo especial assim não é garantido. Espero honrar isso imbuindo meus livros do mesmo sentimento de segurança, inclusão e escapismo. Também espero sinceramente que esta seja a única parte deste livro que vocês leiam. Quero dizer, amo vocês.

Meus animais de estimação maravilhosos: Basil, Paprika, Freya e Odin — obrigada por me abraçarem enquanto eu estava deitada no chão, olhando para o teto, tentando lembrar de como escrever um livro.

Obrigada ao meu marido, que é minha comédia e meu romance. Eu não poderia ter escrito personagens que gostam tanto de estar perto um do outro, cuja linguagem de amor é o riso, se você não tivesse me mostrado primeiro o que é ter um amor assim.

A você, leitor, por pegar este livro. Ler sempre foi minha fuga, e minha escrita ser isso para os outros era um desejo que eu não ousei falar em voz alta por muito tempo. Obrigada por me presentear com seu tempo e ajudar a tornar esse sonho uma realidade.

Impressão e Acabamento:
GRÁFICA SANTA MARTA